U0470083

私 莫言

Issue 01

每当有人醒来

张莉 编

上海文艺出版社
Shanghai Literature & Art Publishing House

目录 Contents

序
张清华
—
001

1 子夜歌
万芳
—
011

2 每当有人醒来
于文舲
—
037

3 炽风
崔君
—
061

4 仙女镇
陈小手
—
111

5 爱丽丝柏林
陈各
—
175

6 海的女儿
刘秀林
—
191

7 十字街永远消失
郝文玲
—
211

8 捉影
苏怡欣
—
225

9 孔雀
叶昕昀
—
249

10 木兰舟
焦典
—
285

11 儿子
武茳虹
—
305

12 迷雁坡
张祯
—
331

编后记
张莉
—
375

序

张清华

在浩渺的历史和难以计量的出版物中，这本作品集的出版，也许可以看作是一个"偶然事件"，但笔者却希望以此提醒各位，这不纯粹是偶然。

世纪之交以后，在最近的十几年中，全国的高校相继出现了不大不小的"文学教育热"，准确地说，也可以叫做"文学教育的复兴"。其契机是一大批优秀作家，从社会各界汇聚到了高校之中。从时间先后计，王安忆最早，她在世纪之交前后就进入了复旦大学，并且开设了广受欢迎的写作课；随后是刘震云、阎连科和王家新调入中国人民大学，毕飞宇调入南京大学，苏童和余华先后调入北京师范大学；最新近的例子是李洱，就在上个月，他惜别了工作十多年的中国现代文学馆，调入北京大学的"文学讲习所"。

当然例子还有很多，在南方，东西等很早就调入广西民族大学，于坚调入云南师范大学，贾平凹和张炜也分别被多家高校聘为文学系的教授。

其中动静最大的，当然还属莫言。2012年10月，作为北师大校友的作家莫言荣获诺贝尔文学奖，北师大校方当即决定，立即聘请莫言为北师大特聘教授，且专门成立"北京师范大学国际写作中心",由莫言担任主任。中心先后引进了同为师大校友作家的苏童和余华,还有两位当代中国最具影响力的诗人欧阳江河和西川。以此为契机,北师大的文学教育,立刻有了一个蔚为壮观的局面。

说到文学教育,可以构成历史联系的,是过去高校大都有过的"写作教研室"的建制。几乎所有大学的中文系都曾有过"写作课",但后来都撤并了。为什么?原因很复杂,主要问题是定位。绝大部分学校都声称"不培养作家","写作课"只是提供一些初级的或应用类"写作知识"的讲授,而基本无关乎"文学写作"。这样,不止学生无法从中得到原创写作能力的教育,连老师也因为专业定位的模糊,且缺少一个标准的"二级学科"支持平台,而很难发展起来。因为这样的原因,写作教研室大都萎缩甚至消失了。

这种文学教育的缺陷是,不能提供专业性的、较高起点的、纯文学的——特别是有实践经验的教育条件。老师只有关于写作的"知识",而无写作的实际能力,所以不能提供学生真正希望获得的高质量的教育资源。

当然,也有媒体质疑:"作家是能够培养的么?"问得有理,当然不能。但请问,科学家、法学家、哲学家、经济学家,乃至于各界的杰出人物,都是能够"培养"的么?恐怕也不能。事实上,各界的优秀人物都不是由大学直接"培养"出来的,而是他们在不同的业界和岗位多年磨砺和成长起来的。但是,学校就能够以此为理由,不提供他们受教育的良好条件么?显然不能。

中国古代的文学教育,当然也有问题,但有一点,古代的读书人,都是有"写作能力"的,可以提笔即写诗赋文。为什么?因为他们是把"读与写"看成同一件事。新文学以来的教育,渐渐把语言和文学分成了细化的"学科",越来越注重其研究性与专业性,而忽略了受教育者实践能力的培育,认为"写作是作家的事"。所以导致受教育者大都写不出像样的文字。回想"五四"一代作家,他们大都是国文系的教授,鲁迅、周作人、胡适、老舍、闻一多、沈从文……他们学富五车,又同时是可以写作的人。再后来,大学教授就渐渐衰变成为"不同学科的专门人才"了。

说得太多太远了。我们也不能否认,自1980年代以来,大批作家的成长也与他们的高校教育背景有密切关系,但毕竟他们更多都是在社会这个大学校里自行成长起来的。时代在发展,我们不能再因守于原来的那一套观念,应该认真地考虑,如何为在校学生提供一切能够提供的受教育的良好条件。

正是在这样的情况下,文学教育出现了复兴。

以北师大为例,作家进到校园,为学生提供了什么?似乎也很难回答。最直接的,就是学生见到作家变得很容易了,变成了"家常便饭"。学生近距离地接触到莫言、余华、苏童这样的当代作家,使他们和文学的距离在直感上一下子变得无限接近。每当他们出现在学校的某个活动、某次会议,或是某次课堂之后,总会有学生兴奋地来与我交流,说如何受到刺激和启发,然后就拿来他们的习作让我看,并且试探地问我,可不可以拿给那些作家老师给指导一下?

有一天,我的一位硕士研究生甚至跑来说:"老师,我刚刚看到余华老师了,他太幽默顽皮了,我好喜欢啊!"我问,他究竟怎么顽皮了,该同学答道,"就是和一般的老师不一样,他讲话直率,有个性,和学生没有距离……"

我遂知道,老师的正襟危坐的"教书育人",并不总是受学生待见的。而作家老师来到校园里,至少带来了不一样的东西。

如上当然不止是说笑,学生与作家老师的近距离接触,最直接的作用是耳濡目染。他们倒不一定天天给学生上课,但毕竟有了真实的气氛和环境,学生能实实在在感受到一种召唤,一种引领,在无意识中作家老师们也会给学生树立一种成长的人格气度和风范。这种作用,单从书本中是无法获得的。他们的哪怕一点点启发、暗示和点拨,所起到的作用,都是其他的专业老师无法起到的。

当然,光有虚没有实也是不行的,我们的文学教育确乎真正是"建制性"的。2014年春,在学校的推动下,以文学院为依托,以国际写作中心为主导,在中国现当代文学二级学科下,设立了"文学创作"培养方向,并开始招收以文学创作为培养目标的硕士研究生,迄今已经招收了8届69名学生。

开设的课程,除了与当代文学方向相重叠的主干课,我们还专门设立了"文学创作理论与实践"和"创意写作理论与实践",由富有创作经验的资深老师来讲授;此外最有特色的,便是专门由作家讲授的"作家专题讲座课"。每堂课都请一位不同的作家,来作一场完全自定题目的讲座。迄今为止来讲过课的作家诗人,已几乎涵盖了当代中国所有的实力派作家。余华、苏童、张炜、韩少功、格非、阿来、迟子建、李洱、毕飞宇、叶兆言、李敬泽、邱华栋、东西、艾伟、欧阳江河、西川、翟永明、王家新、臧棣……

一直到年轻一代的徐则臣。

　　间或我们还会请一些外校的著名作家,如贾平凹、王安忆、刘震云等来作公开讲座,请著名的艺术家、编辑家、翻译家来授课,他们中的很多人同时也是作家或诗人,提供的不同视角和经验,犹如一架万花筒一般,打开了学生的思路和视野,对于这些学生的成长,可以说起到了点化与"播种"的作用。不一定什么时候,这些种子就会忽然生根发芽,长出奇花异草来。

　　还有"双导师制",这也算是我们的一个创举,每位学生除了有一位学术导师之外,再专门配备一位作家导师。最初中心建制不全时,主要靠外聘,上述作家中的很多都曾担任过创作导师;后来中心先后完成了五位作家的调入工作,人手就全部自给了。这些年,我们专业上冒出来的许多写作能手,包括入选本书的12位学生作者,都与中心的莫言、余华、苏童、欧阳江河和西川等几位老师的指导,有着直接和密切的关系。

　　谁都知道作家老师"很忙",他们都有自己的创作计划,有各种社会活动,但责任感也促使他们,挤出时间指导学生的写作,还要耐心地不断在修改中重复读他们的文字,给出非常具体的意见,有时还专门主持召开"名师写作指导工作坊",组织校外的作家和编辑老师给出细致的指导。

　　当然也不能忽略学术导师的作用,还有文学院的领导和老师们的指导与支持,这一过程中我最清楚,哪些人为此事业付出了心血。时任文学院院长过常宝教授、后任王立军教授、书记李国英教授、康震教授,还有作为教务主管的赵曦老师,他们为学科的设置和发展、谋划和管理都付出了很多。当然还有时任主管研究生教育的副院长的本人，是培养方案和管理制度的直接设计与实施者。除此，就是参与到学术导师团队的老师，特别资深的如刘勇、张柠、李正荣、黄开发、李山、赵勇等教授，还有张莉、梁振华、张国龙、熊修雨、翟文铖、张晓琴等中青年教授。这个学术团队的参与虽有先后与多少之分，但他们在职称上都是教授，也多是有写作实践经验的老师。像张柠老师，就在教学中"教学相长"，近年连续出版了多部长篇小说及小说集，成了与作家们"抢饭"的"新锐作家"。

言归正传，现在我再来说说这本作品集的主角们。

从2014年第一批创作方向的学生入学至今，我印象中，在读期间，每一届学生中表现出浓厚创作兴趣和一定写作能力的学生，不会少于三分之一。确乎不是每个学生都能对写作产生信心，但他们毕业后，大部分都去到了与文学有关的单位，有的去了作协机关、有的到影视公司当了签约作家，有的考了博士，有的去了国外，第一届的万芳毕业后就去英国读了博士。她在读期间第一次发表作品，就发在了《人民文学》，这当然与她的作家导师李洱老师的指导推荐有很大关系，但至少也表明她写出了相对成熟的作品。

第二届是个小小的爆发。这届学生一入学，就显示了不俗的实力，崔君、陈帅（陈小手）、李晓博（陈各），在读期间就写了大量的习作。有一天，崔君告诉我，她的一个中篇小说《金刚》，要在《西湖》杂志头条推出，编辑老师希望我给她配一个短评，我欣然应允。她告诉我，这是她给我交的课堂作业，因为我以古典白话小说《蒋兴哥重会珍珠衫》，以及迟子建的短篇小说《一坛猪油》为例，讲了一节题为"向一个古老的原型致意或致敬"的课，要求学生学习叙事中的某些古老模型，她从中受到感召而作。我读这篇小说时，可以说非常欣慰，也非常兴奋，因为她确乎从前人的叙事中找到了叙述的肌理，找到了故事的窍门。这篇小说讲述了一枚金刚宝石的失而复现，但是她巧妙地将1970年代乡村社会的历史背景，与一个家族的恩怨纠结，以及一个少年的个人成长，这三条线索有机地交融在了一起，使这个小说的故事生发出了丰富的道德与命运的意义。虽然有枝蔓过多的问题，但整个故事显得生气勃勃；特别是，因为叙述人"我"被刻意设计了性格上的微小缺陷，而使得故事更具有包容性，有了粗粝的、原始混沌的感觉，整个小说的气象显得更加饱满。这篇小说使崔君一下就获得了一个很高的写作起点。

另一个给我深刻印象的是陈帅，他是这届学生中唯一的男生，是个众星捧月的宝贝。他的特点是勤奋和刻苦，一开始，似乎他找叙述感觉的路显得稍稍漫长了点，但他的作家导师苏童老师非常有耐心，每有习作必给他以鼓励，同时也悉心地指出他的问题。有一次，苏童老师在向我如数家珍地夸耀他的几个学生时，特别说到陈帅，他说，虽然陈帅目前写的东西还有些粗糙，但他相信陈帅最终会写出来，因为他"有那么一股子劲儿"，执著、努力，而且作品中关键性的东西都在。果然，陈帅不久之后就浮出水面了。

有一天，余华老师郑重其事地告诉我，他发现了一个让他惊讶的学生，叫叶欣昀，她的一篇习作《孔雀》实在太好了。余华老师是个多高傲的人呀,他对一个硕士生如此夸赞,也让我吃惊。记得之前我曾"硬派"给他两个学生,让他做作家导师,他可是直接拒绝的,因为他那时还没有调入写作中心,不愿意承受带学生的压力。但自他正式调入之后,突然来了责任感,他对自己学生的作品阅读之精细,嗅觉之灵敏,真的令人讶异。在他主持下,中心专门为这篇作品举办了一个"名师写作指导工作坊",莫言老师在百忙中也参加了活动。会上,大家一致肯定了叶欣昀带有陌生感与尖锐感的叙述,肯定了她对于云南边地乡村生活场景的书写,认为她在继承了先锋文学写作的诸多优长的同时,写出了独特而又有现实感的故事。而且那居然是她的第一篇小说。自此,在一年多的时间里,叶欣昀已连续在《收获》等刊物发表了多篇作品。她还成功考取了余华老师2021级的博士生,迅速成为了"90后"新秀作家。

还有一位武茳虹,她是苏童老师和我合带的研究生。茳虹在硕士阶段写作勤奋,语言感觉极好,叙述的绵延性很强,原先的问题是故事的核儿稍显薄弱,叙述中的"物性"或"实感"稍弱。但她在苏童老师的悉心指导下,进步迅速,很快找到了感觉,继在《收获》上发表了短篇小说《撒耶沙漠》之后,2021年她又考取余华老师的博士生,更是一发不可收。最近她写出的几个作品,《山那边是海》《父亲》《宛远是个美人窝》等,都带有明显的先锋气质,叙述仿佛兼取了苏童与余华早期小说的特点,既有很深的寓意,在语言感觉上又独具韵味。在我看,以《山那边是海》为标志,茳虹原来故事偏弱的问题,已经得到了克服。

焦典也是一个例子,她在硕士阶段也打下了很好的基础。

2019年，毕飞宇老师来师大做驻校作家时发现了她，从一堆学生的作业里挑出了她的作品。在毕飞宇老师的细心指导下，她最终修改出了短篇小说《黄牛皮卡》，发在《人民文学》上。自此焦典也一发而不可收，连续写出了多篇作品。2021年她成功考取了莫言老师的博士生，在莫言老师的亲自点拨下，焦典进步飞速，以短篇小说《六脚马》，斩获"首届京师-牛津国际青年文学之星"的头奖。这篇作品得到了以李敬泽为主席，张炜、叶兆言、格非、毕飞宇为委员的评委会的一致肯定。

应该特别提到的作者还有很多，郝文玲、于文舲、张明慧、刘秀林、苏怡欣、张祯的小说，都写得有模有样，只是限于篇幅，我不能再一一评点。我想说的是，这些学生有着非常好的基础与素养，所有人几乎都是从零开始，在修读硕士期间就能够成为崭露头角的写作者，确乎是令人欣喜和欣慰的。除了她们自身的才华和努力以外，一流的教学条件，一流的学术指导和训练，特别是超一流的作家导师团队，可以说起到了决定性的作用。

最后，我还要再说明几句的是，此次展示的，只是小说写作方面的成果，偏于诗歌写作或者其他创意写作的同学，就没有机会露面了，这是非常令人遗憾的事。但我必须要说，除了小说，我们的诗歌写作和其他创意写作的教育，也是成果丰硕的，假以其他机会，我们也要集中展示一下。在此要特别感谢欧阳江河和西川老师，他们作为杰出的诗人和批评家，为这些学生的成长也付出了大量心血，这本集子中于文舲的小说，就是在江河老师的指导下创作的。

没有机会入选本书的学生中尚有很多优秀者，比如封文慧、马赫、何向、林加妹、张世维、张佳、孟学轲、宋文静、李雅婷、祁清玉、赵瑞华等，还有我本人以学术导师身份指导过的王瑜、于茜、胡丹、张璨、薛双娴、冯帅等，都给我留下了非常深刻的印象。特别是张世维，可以说是一个多栖的写作者，除了已发表大量诗歌和批评文章，也尝试小说创作，显示出非常可喜的才华。

如数家珍，但是又必定有所遗漏。我想借这个机会，对我们的八年来近70名全日制的文学创作方向的研究生们表示祝贺；对为他们的成长付出了心血的学术导师团队的各位同仁，以及在文学院和写作中心担任教辅工作的老师们，表示诚挚的敬意；对以莫言老师为代表的校内外的作家导师团队，表示由衷的致敬；也向学校各部门和社会各界关心文学教育的朋友们致以谢忱。此外，还要提到的是张莉老师，她为这本作品集的编选付出了宝贵的时间和精力，也值得称道。培养人才本就是功德无量之事，更何况我们所做的，是一件具有实验意义的、负载着知行合一理想的事情。

谨以为序。

2022年6月26日
北京清河居

1

万芳

子夜歌

万芳，1988年12月生，上海人，2014—2017年就读于北京师范大学文学院文学创作与批评方向，获文学硕士学位，作家导师李洱，学术导师张健。作品曾发表于《人民文学》《青年文学》，另有研究文章发表于《当代作家评论》《戏剧艺术》《华文文学》、SEXTANT (Éditions de l'Université de Bruxelles) 等期刊。现为伦敦大学亚非学院博士候选人，研究方向为中国现当代文学、网络文学、中国当代女性文化以及华文文学。

《子夜歌》发表于《人民文学》2016年第8期

杨紫嫣在临睡前接到一个电话，是养老院打来的。上海已经到了一年中最寒冷的时候，电话那头的声音浸在凉飕飕的空气里，即便裹紧了披肩，杨紫嫣还是忍不住打了个哆嗦。

"杨女士，她已经病危了，说是想要见您。"

"伊……还有多久？"

"就这一两天吧。"

"好的，我晓得了，谢谢侬。"

挂了电话后杨紫嫣发了一会儿呆，直到十点半的钟声敲响，她才惊觉已经过了自己平时睡觉的钟点。收拾完毕，她关了灯躺下来。屋外一阵细密的冬雨敲打在窗玻璃上，沙沙的声音直往人脑子里钻。杨紫嫣觉得自己像是在寒雨中上下颠簸的小舟，冰凉的水汽一层层卷上来，每个关节都在阴冷中收缩。

天刚蒙蒙亮，杨紫嫣就醒了。老房子的窗户很大，钉在窗框上的窗帘勉勉强强挡住一半，青色的天光就从另一半流淌进来，激得她打了个哆嗦。要起床给爹爹准备早餐了。她坐起来，在床上拼命地深呼吸，催促着自己的脑子尽快清醒。早冬泛着寒意的空气随着她的每次呼吸缓缓进入体内，却怎么也活泼不起来，像是被时间碾压过一样，步履维艰地到处游走，跟跟跄跄的。

杨紫嫣忽然想起来，她不用给爹爹准备早餐了。爹爹已经过世四十多年，而自己，也已经七十五岁了。

为爹爹准备早餐的习惯，是在姆妈去世后养成的。那时她总怕爹爹会丢下自己和小弟不管，费尽了力气想要讨得爹爹的欢心。其实，这样的日子左右不过三个月，却在回忆里被无限拉长，仿佛姆妈过世后，自己永远活在这三个月的时光里。

爹爹早年是留法的，回国后，在一片实业救国的浪潮里，卖掉祖上的基业开了家味精厂。正好碰到抵制日货，他的厂子也就越做越大，最后成了上海滩首屈一指的味精大王。站在七十五岁的年纪往回想，最先想到的还是爹爹做味精大王的这段日子。那算得上是最好的时光了，是爹爹和姆妈的，也是自己的，熙熙攘攘中又带着点静谧的味道。

姆妈是爹爹在法国读书时的同学。那时，爹爹忙着经营味精厂，姆妈就联合阔太太们为前线做些募资。那年头兵荒马乱的，到处都是战场。姆妈过得比爹爹更讲究，虽然每天都忙得不可开交，却也周周都记得带她去淮海路吃西餐。每次点完餐后，姆妈都会有一搭没一搭地讲起自己在法国的生活，眼睛里泛着光，细碎日子中的那些疲惫，被牛排的热气一熏，通通融化在了十里洋场的晚风里。咖啡更是没有断过。后花园里摆了成套乳白色的桌椅，插着几把阳伞，姆妈每天下午都在那里吃下午茶。从南洋运来的上好咖啡豆手工磨成粉，煮出来后兑上点儿淡牛奶，再用小夹子夹一块方糖放进去。姆妈嗜甜，却总是指点她，吃咖啡不能加太多糖，一块就顶多了，不然会显得土气。

就是这样的姆妈，却每天都会早起为爹爹做早餐，杨紫嫣有记忆的十来年里，一天都没间断过。有时是浓香的三明治，烤到微焦的面包里加上生菜、番茄、煎蛋与培根，用银质小刀切成漂亮的三角形，摆在乳白色的骨瓷盘上，再配一杯果汁，或是新鲜的牛奶。有时是传统的法式早餐，一大早派人去法国点心店买来新鲜出炉的法棍，切成厚片，涂上加了香草、蒜蓉的奶油，微微烤一下，等香味飘满厨房时装入盘中，再配上一碗熬到浓稠的罗宋汤与色彩缤纷的蔬菜沙拉。极偶尔，姆妈也会做一次淮扬细点。头天晚上嘱咐人炖上一锅鸡汤，第二天早早起床，用极细的刀工将方干、黑木耳、火腿、鲜蘑与冬笋切丝，放入炖了一夜的高汤里煮上片刻，再加入鸡丝与虾仁。干丝充分吸收了鸡汤的鲜味后，用精致的青花瓷小碗一份份盛出来，另摆上一笼晶莹剔透的小笼汤包，蘸料装在每个人面前的小圆碟子里。

　　杨紫嫣觉得，爹爹和姆妈之间的浓情，都在这一日日用尽心思的早餐里了。这样的日子，就像窗外的那株法国梧桐，永远在那里。过完了春还有夏，过完了夏还有秋，过完了秋，又有冬天忙不迭地跟上，再一眼又望见明年春到，还是郁郁葱葱满树滴着翠绿。后来，姆妈怀上了小弟，更加显得富态，眉梢眼角都泛着光，甜蜜得不可思议，在那个年代里是一种难得的美。若干年后回头去望，杨紫嫣记忆里的姆妈更是美得动人心魄，像是将所有生命力聚集到一起，才一瞬间轰的一下绽放出来。这样的美，凡间是守不住的，在婴儿的啼哭声中，姆妈去世了。

　　姆妈过世的细节，被杨紫嫣刻意埋在了脑海深处，偶尔拿出来，也是影影绰绰糊成一团。隐约记得医生摘下口罩摇摇头，低声说出"节哀顺变"后，所有人都在医院的走廊上慌不择路，横冲直撞。铅灰色的云层掩住太阳,屋顶上吊着的灯在风中摇晃,明明暗暗的灯光打下来,绿色的墙裙泛出一层惨白,在她的虹膜上烧灼下一块块灰蒙蒙的光斑。唯一清晰的只有小弟的哭声,撕心裂肺,仿佛夹着血丝,穿透凌乱的脚步声、谈话声、咳嗽声、呼吸声,一下一下刮着她的鼓膜。

那天过后,杨紫嫣怕爹爹承受不住打击丢下自己和小弟追随姆妈而去,主动接过了为他做早餐的工作。没想到,才三个月,那个女人就进了门。

杨紫嫣不愿想起那个女人的事情,平日里有了点苗头就会尽力压下去,今天不知怎么了,思绪反反复复围着她转,躲都躲不过去。

可能是因为那个女人就要死了,还说想见自己。

发一会儿呆的工夫,天就大亮了。杨紫嫣穿好衣服下了床,走进厨房开始为自己做早餐。一个人的早餐很好弄,热杯牛奶,煎个鸡蛋,再用面包机烤两片面包也就可以了。她煎蛋的手艺是跟着姆妈学的。小火慢慢融开一块黄油,将鸡蛋轻轻敲开个口子让蛋液缓缓流进锅里,关火焖上一分钟后出锅摆盘,再撒上些黑胡椒与盐。躺在盘子里的鸡蛋飘出油腻腻的香,轻轻一戳,溏心的蛋黄流淌出来。以前她还会学着姆妈那样煎几块培根,煎得焦焦脆脆的,蘸上蛋汁,馥郁的香气在口中经久不散。直到前两年体检查出了胆固醇高,她才不得不放弃了这点爱好。参加工作后的很长一段时间里,杨紫嫣为了跟上时代,也开始吃中式早餐,一吃就吃了二十多年,等到海派风情又开始流行了,才安安心心吃回西餐。毕竟这早已不再是当初的上海,在人家的天地里,她这个资本家的女儿处处都要赔着小心。好在还有后来。她吃着西式餐点长大,到老了能吃回来,有始有终的,也觉得蛮好。中间的二十多年仿佛都作不得数,朦朦胧胧的,她几乎一点都不记得了。

微波炉发出嗡嗡的响声,面包机上的面包也不遗余力地散发着香气。那是谷物特有的混合着暖意的清香,整个厨房都被填满了,心也不再惶惶然地没个着落。这个面包机是去年儿子媳妇回国时给杨紫嫣买的,不是什么了不起的东西,但总归是小辈们的一点心意。人老了,年轻时再多的雄心壮志这时也都没有了,也就是小辈们给的一点暖,像宝贝似的小心妥帖地藏着。

想到儿子,杨紫嫣就有了底气。虽然离得远,一年也就回来一趟,但自己终归是有人送终的。不像那个女人,机关算尽一辈子,老来却什么都没有,临终了还巴巴地要见自己这个恨了她一辈子的继女。

杨紫嫣恨她,从爹爹娶她过门的那一天就开始恨。姆妈尸骨还未寒呢,这个女人就进了门,让七大姑八大姨们不知在背后笑话了多少回。姆妈那么优雅的大家闺秀,生前谁提起来都得竖起大拇指赞美两句,死了不过三个月,就被那个女人泼了一脸粪。

那个女人来了后,杨紫嫣的日子就不太好过了。倒不是那个女人苛待她,只是她既要忙着恨那个女人,又要忙着恨爹爹,十几岁的年纪,实在是心力交瘁。好不容易长到能出去做工的年纪,她立刻搬去了纺织厂的职工宿舍。共和国已经成立了,现在是新人新天地,这样的大资本家家庭,她是一秒钟都不想多待。

搬出去的过程出乎意料地顺利。爹爹指派了那个女人过来劝她去读大学，结婚好几年了，这女人还是一副惺惺作态的扭捏样子，羊毛披肩上别着一枚蝴蝶胸针，提到爹爹时一双眼睛就湿漉漉地闪着光。一上来，她就摆出了一副语重心长的姿态，左一句"为了侬的前途"，右一句"我们都是为了侬好"，说到动情处，甚至伸出手握住了杨紫嫣的手腕。杨紫嫣最受不了她这副做派，不管她怎么说，都硬邦邦地顶回去。

"侬都这么大了，怎么还这么任性，侬爹爹现在每天这么辛苦，侬就不能让人省省心。"被顶撞得多了，她忍不住发火。蝴蝶胸针随着她吐出的每个字上下起伏，五颜六色的光笼住它银色的翅膀，像是想要展翅高飞，却又被迫禁锢在原地。

在杨紫嫣眼中，此刻的她就像一只趾高气扬的花毛孔雀，忙不迭地向所有人宣告她对爹爹的忠心以及主权。杨紫嫣在心底不住地冷笑。这个女人终于撕下令人作呕的虚伪客套，一开始冠冕堂皇说得那么好听，说来说去，还不就是嫌弃她是拖油瓶。"读了大学又怎么样？还不是要给别人做填房，还不是要替别人养孩子。"她带着复仇的快意看那个女人在这句话下迅速苍白了脸，只剩下眼底的一点红，衬在煞白的脸上，像是愈合不了的伤口。

这个女人是沪江大学国文系的毕业生，据说写得一手好字，在学校时是个有名的才女。杨紫嫣看过这个女人的字，写在爹爹与她结婚留影的背面，"天不绝人愿，故使侬见郎"。句子羞羞答答的，字也是羞羞答答的，放在她梳妆台抽屉的最下面，扭扭捏捏的见不得人。

话说到了这份儿上，那个女人也没脸再劝杨紫嫣，她顺利地入了纺织厂，没几年，就匆匆嫁给了厂子里的技术员王勇。

王勇是随着军队一路南下过来的，留在上海后被组织上送到大学里又读了几年书。人倒是老实，就是土里土气的，过日子也不讲究。杨紫嫣对他谈不上爱，但满意他的土气和不讲究，跟爹爹一点儿都不一样。她就是要嫁给一个和爹爹不一样的男人，要从头到脚都不一样，一根头发丝儿都不一样，就算是死后烧成一捧灰，也能一眼看出和爹爹的区别来。

在婚礼前不久，杨紫嫣因为那个女人与爹爹发生了一次激烈的争吵。她在爹爹面前说了几句那个女人的坏话，爹爹皱紧眉头，大声斥责她胡闹，"怎么说，侬也该叫伊一声姆妈。"

她受不了爹爹为了那个女人指责她，更受不了爹爹将那个女人与姆妈混为一谈。"什么姆妈？那个女人也配！"她浑身的刺统统张开，声音中的冰刃缓缓剖开空气，"我的姆妈永远只有一个，爹爹你还记得她的脸吗？"她用怨恨而又挑衅的目光瞪向爹爹，看着青灰色一点一点爬满他的脸。

"滚！滚出去！"爹爹将手里捧着的汝窑茶杯狠狠砸到墙上，上好的铁观音养出的开片纹瓷面飞溅开来，金色纹路衬在天青釉面上，一地碎片，不可收拾。杨紫嫣没再看气得发抖的爹爹一眼，转身走出房间，将门摔得震天响。

杨紫嫣第一次与爹爹争执就弄得如此剑拔弩张，她有心缓和，却又拉不下这个脸面。借着婚礼的由头，她托小弟告诉了爹爹自己结婚的具体地点和时间。她晓得爹爹很生气，但她没想到爹爹居然气到连自己的婚礼都没来参加。

婚礼是在和平饭店办的，杨紫嫣知道这是王勇为了讨好自己。

平日里再怎么做着一样的活计，自己和厂里别的女工终归是不同的，与生俱来的骄矜和优雅渗到了骨子里，王勇上半辈子哪里见过这样的女人。

娘家没有来人，杨紫嫣全靠自己提起的一口气撑下了婚礼的场子。同事、同学、战友，礼服、皮鞋、首饰、冷盘、热菜、酒水……所有物事涌入杨紫嫣的脑子，像是欢乐的嘉年华，又像激烈的古战场，红色里掺了蓝，黄色上又覆着紫。杨紫嫣觉得自己一直在旋转，不然就是大厅在转，整个和平饭店在转，人声、音乐声、杯盘碰撞声，牵引着她画出一个又一个圆。

可是，再豪华的排场，再多的热闹，也堵不住她心里生出的那个窟窿。这个窟窿是没有底的。黄浦江上的晚风呼啦啦地灌进来，她整个人就在这呼啸中慢慢地陷下去，陷下去。和平饭店柔和的橙色灯光也蓦地刺人眼睛，像是散场后的戏台子，剩下一个明晃晃孤零零的灯泡挂在那里，再温暖的光线也只照出满台的冷清。

杨紫嫣怨爹爹绝情，更恨那个女人，是她硬生生在自己的心上捅出了那个窟窿。自那天以后，杨紫嫣再也没回过那个家。

杨紫嫣再次见到爹爹，已经是他临终的时候。

这个时候，家里早已不复解放前的盛况，一栋花园小洋楼分给了好几家住，渺渺的《子夜歌》从楼下传过来，柔美的女声像是调了蜜，却冲得人鼻子微微发酸。那音乐是别人的，那声音也是别人的。别人都是新时代里的新人，风光无限，日子正长。

"芳是香所为，冶容不敢当……"

爹爹吃力地递给杨紫嫣一方手帕，里面小心地包着一对红宝石和一小块翡翠,这些东西杨紫嫣熟悉得很,都是姆妈陪嫁的那枚胸针上的。讲起来是一枚巧夺天工、价值不菲的胸针,少了这些东西,也不过就是个华丽的空壳。

"这些,是我当初去银楼让师傅取下来的,重新在那枚胸针上镶了些人造水晶。"爹爹房间的窗户开了一半,床对面墙上贴着的爹爹与姆妈的合影被风卷起了一个角。

"伊要那枚胸针,我也不好不给伊。但这毕竟是侬姆妈的陪嫁,我总要给侬留下点念想……"摇摇晃晃中,合影上爹爹与姆妈的笑容变得恍恍惚惚。微风送来白兰花清甜馥郁的香气,小腿、腰肢、手臂……香气仿若游蛇,在杨紫嫣的身上缠绵。

放在平时,这些话爹爹是绝对不会对她说的,就像他从来没有解释过迅速娶那个女人的原因。但现在,他已经快死了。人死之前,总希望取得全世界的体谅。

"伊……也不容易,尽心尽力养大侬弟弟……"爹爹看着她突然沉下的脸色,知趣地闭上了嘴巴。再怎么服软,爹爹到老也还是那个富家少爷,随心所欲了一辈子,永远不懂得什么话题是禁忌。

"天不绝人愿,"楼下的留声机依然不依不饶,"故使侬见郎……"

"我就要下去见侬姆妈了。"爹爹轻声开口,随即又陷入了长久的沉默。杨紫嫣盯着爹爹的脸发愣,白兰花的香气愈发浓郁,让她有些恍惚,仿佛陷入一场无法醒来的迷梦。

啪!风突然大了起来,那张合影落到地上,发出清脆的声音。这声音惊醒了杨紫嫣,爹爹气若游丝的最后一句话夹着风钻入她的耳朵:"侬记得,把我葬在侬姆妈旁边……"

爹爹眼中的光熄灭了,杨紫嫣的泪水不受控制地涌了出来,一滴一滴砸在他的手背上,烫出一个个透明的印子。

但最后,爹爹的这个遗愿杨紫嫣没能完成。

那个女人就像疯了一样,也不说缘由,只是一边呼喊着"不要",一边抱住爹爹的棺木不让往姆妈所在的陵园里送。她的脑袋在棺木角上磕破了好几回,血水和着泪水滴滴答答弄得到处都是,喊得嗓子都失了音,来来回回喘着粗气,像是一架破败的手风琴。来帮忙的亲戚看到她这不要命的架势,都劝杨紫嫣别再坚持。杨紫嫣能怎么办呢?哭也哭不过她,闹也闹不过她,总不能真让她在爹爹灵前闹出人命。最后只好艰难地点头,同意他们将爹爹葬到了旁的地方。

从头到尾,这个女人就是存了心要跟姆妈过不去。

早饭还没吃完,电话就又响了。昨天晚上之后杨紫嫣就有点心神不宁,听到电话铃声,手心居然冒了点薄汗。

"姑妈,我是小佳……"电话那头传来了一个清脆的声音。

"小佳啊……"杨紫嫣轻轻吐了口气,电话铃响后她就一直憋着,自己都没发现,"最近怎么样?工作忙不忙?"

"我已经放假啦,下午的飞机。姑妈,侬上午有没有空?我过来看看侬……"

杨紫嫣本想说上午要去医院,但话到嘴边又吞了下去:"我上午没事,侬过来吧,路上当心点。"杨紫嫣又嘱咐了两句便挂了电话,窗外的天仍然阴沉沉的,一阵紧过一阵的冬雨搅得人心烦意乱，想到有借口可以推迟见那个女人的时间，杨紫嫣的心口松快了些。

小佳是杨紫嫣弟弟的女儿。姆妈去得早，她又恨着爹爹，也就和这个弟弟亲近点，有一些同病相怜的味道。可惜弟弟长到十几岁就去了新疆支边，最后人也死在了那里。偌大的上海滩就像是她那年摆的婚宴，再怎么繁花似锦，终究是悢悢惶惶，身边连个知冷知热的贴心人都没有。

当年，小弟本来是不用去新疆的。

爹爹过世后，那个女人对小弟一日坏过一日，在金钱上尤其吝啬起来。杨紫嫣听小弟抱怨了几次，愤愤不平，气势汹汹地找上门去。那个女人从头到尾都没有正眼看她，任凭她怎么据理力争，那个女人都只是捧着个首饰匣子坐在窗边发愣，只在她每次抑制不住怒气拔高音调时，漫不经心地瞥上一眼。杨紫嫣多年积攒的怨怼在对方的沉默中终于爆发，她大步冲上去，夺过那个女人手中的首饰匣子狠狠往地上一掼。匣子是上好的海南黄花梨，砸到地上发出一声巨响，里面的胸针弹出来，一直滚到墙角才堪堪停下。银色蝴蝶孤零零地躺在暗红色的地板上，太阳光照上去，明晃晃得扎人眼睛。

女人猛地从椅子上站起来，有一瞬间杨紫嫣觉得她会扑上来掐死自己，但她什么也没做，只是止不住地发抖，出口的声音都是颤的。"我把侬弟弟从奶娃娃养到这么大，侬要是还不满意，那就滚出去。"午后的阳光打在她身上，她在那一刻面无表情，苍白的脸因为激动铺上一层嫣红，不知为什么，看起来有股惨烈的味道。

闹了这么一出，小弟的日子更加难过。高中都等不及毕业，急急忙忙辍了学出来找事做。那时候整个上海都萧条，连大学生都找不到工，何况小弟这个高中肄业生。恰好赶上政府招募有志青年去新疆支边，他便报了名，男子汉出去锻炼几年也是好的，等过几年回到上海，说不定萧条也就过去了。

没想到，过了一年又一年，还是没有让小弟他们这些支边青年回来的消息。忧心忡忡的家长们聚在一起开始想办法，杨紫嫣为小弟着急，也去参与了几次。意外地，她在聚会上遇见了那个女人，脱下常年穿着的旗袍，换上了蓝不拉叽的中山装。爹爹死后，那个女人的精神萎靡得厉害，像被抽掉了主心骨，什么时候都是有气无力的，再套上这灰蒙蒙的中山装，整个人都缩进了尘埃里。

讨论来讨论去都没有什么结果，很多家长闹得厉害，又是拦车子又是卧铁轨，最后政府给了安抚方法，但小弟他们，一时半会儿是回不来了。

杨紫嫣是在一个家长家里听到这个消息的，那个女人也在。所有在场的人听到消息后都抱在一起号啕大哭，只有那个女人一个人沉默地坐在角落里，脸上木木的，看不出情绪。杨紫嫣看着她，恨不得扯下她那张波澜不惊的脸皮，撕碎了，嚼烂了，狠命吞到肚子里去。她恨极了她，不再是少女时那带着些嗔怨的愤恨，这恨像是密密麻麻的针，扎在杨紫嫣体内的每一条毛细血管里，痛得让人动弹不得。

杨紫嫣当时觉得，这就是自己恨一个人的极限了。谁想到没过几年，小弟就死在了新疆。杨紫嫣这才发现，原来恨可以如此宽广，辽阔到无边无际。

小弟的骨灰是王勇去新疆接回来的。他临终前已经糊涂了，感情甚笃的妻子、刚满周岁的女儿，谁都认不出来，只记得要回上海去。也是，上海人谁愿意离开上海呢？解放前那么多人劝爹爹去香港，最后爹爹不还是留了下来。

葬好小弟后，那个女人还来问过小弟坟墓的位置。

"伊虽然不是我亲生的，也是我从一个奶娃娃一天天养大的，侬凭什么不告诉我伊埋在哪里？"

"要不是侬，伊怎么会客死他乡？人还没老就没了，只剩下一捧骨灰运回来。"那个女人张开嘴还想说些什么，杨紫嫣又迅速接了一句，"侬这样对小弟，爹爹在下面知道了一定不会原谅侬。"语气平平的，还不如上一句那样跌宕起伏，但女人的脸色在这样的轻描淡写中迅速变得惨白，像是纸糊的人，再吹一口气就会一片片碎开。

杨紫嫣恨了她这么多年，最是明白什么样的话才能真正伤到她。

那个女人从此以后再也没问过小弟坟墓的事情。一转眼，这都是三十年前的事情了。

三十年多么长。

门铃响了，杨紫嫣走过去开门，门外站着小佳和她的丈夫。

"姑妈好！"小佳对着杨紫嫣露出一个灿烂的笑容，从丈夫手中接过一袋水果，笑嘻嘻地递到杨紫嫣的手上。

杨紫嫣一边招呼他们坐下一边取出袋子里的水果摆果盘，袋子里装的都是蜜橘蜜瓜之类的水果，她嗜甜，这点跟姆妈一模一样。想到姆妈,杨紫嫣黯淡了一上午的心温柔起来。自己没有姆妈的好福气,因为那个女人,这么多年来自己过得是样样不顺心。女人是最经不得消磨的,不顺心久了,眉梢眼角都爬上了俗气。到老了还能有一点点像记忆里优雅端庄的姆妈,想想都觉得不容易。

"还是你这孩子有心。"杨紫嫣端着切好的果盘从厨房走出来,投向小佳的目光柔软得像一片羽毛。

"姑妈,侬上电视啦!"杨紫嫣刚坐定,小佳就激动地开了口,都是过了三十岁的人了,还像个十六七岁的小姑娘。这些在蜜水里泡大的年轻人可能都是这样,羡慕是羡慕不来了。

"上电视?"杨紫嫣愣了一会儿,才反应过来小佳说的是什么。

五年前,电视台心血来潮筹划拍一部关于老上海的纪录片,她的爹爹是当年上海响当当的味精大王,摄制组很快就找到了她。也没问什么了不得的问题,就是让她回忆回忆当年怎么开舞会,怎么吃咖啡。本来摄制组还想让她穿上过去的旗袍,但她早就与家里划清了界限,哪里还有这些东西,无奈之下也就作罢了。后来电视台给她送来了样片,原来他们还采访了那个女人。她倒是穿了件绣着暗花的旗袍,隔着屏幕都能看出好来。

刚开始杨紫嫣是觉得有些好笑的,两个被时代远远抛在身后的快要入土的女人,还对着镜头一本正经地回忆什么所谓的沪上繁华。上海什么时候不繁华了?只是,属于她们的黄金时代老早就过去了。

直到那个女人拿出那张照片前,杨紫嫣都抱着一种半嘲讽半自嘲的心情看着样片,嘴角淡淡地噙了一抹笑。

笑容是在那张照片出现的一瞬间碎掉的。杨紫嫣至死也不会忘记那张婚照，那张小里小气藏在抽屉最下面，背面还写着《子夜歌》句子的照片。"天不绝人愿，故使侬见郎"，那个女人轻轻哼了几句根据这首词谱的曲子，咿咿呀呀的浓情小女人情态，当年在上海滩很是流行了一阵子。

那个女人低低的哼唱像一把匕首，直直插入了杨紫嫣的胸口。冰冷尖利的刺痛沿着神经到处乱窜，冷汗一阵一阵地往外冒，她几乎咬碎了满嘴的牙，才抑制住自己砸烂电视的冲动。

杨太太，杨太太，做了这么多亏心事，她倒受得心安理得。

因为这层缘故，杨紫嫣连带着生了这部纪录片的气，刻意将它抛到脑后，要不是小佳提起，自己早就忘到九霄云外去了。

"怎么样？你喜欢那部片子吗？"杨紫嫣是不想再提这个的，但看着小佳激动得通红的脸蛋，终究不忍心转移话题。

"姑妈，里面那首《子夜歌》以前在上海是不是很红？真的好有风情。"

巨大的无力感轰然淹没了杨紫嫣，小佳这个丫头，真是哪壶不开提哪壶。暗暗叹了口气，她打起精神对着小佳笑了笑："也没有很红，姑妈以前没有听过。"

其实，她是听过的。在很小的时候，不到十岁的光景，姆妈就教她唱过。边教还边冲着她笑："囡囡，这首歌侬要好好学，以后碰到了喜欢的男孩子就唱给伊听。"之后的很多年，杨紫嫣都想不明白，姆妈为什么会那么早就教她唱这首歌呢？是不是预料到自己等不及她的长大？

但这一辈子，杨紫嫣也没机会对着谁唱这首歌。参加工作没几年她就匆匆结了婚,根本来不及考虑喜不喜欢这个问题。她那时候没有这个意识,也是没有考虑的机会。她一个娇生惯养的大小姐,离了家孤苦伶仃地讨生活,出身又不好,不知受了多少闲气,有一棵树能为自己遮风挡雨,哪里还顾得上别的。

虽然没有爱吧,杨紫嫣也和王勇和和气气地过了大半辈子。他大她八岁,走的时候刚过完七十三岁生日。王勇走时,杨紫嫣并没有太撕心裂肺,甚至比不上知道小弟没了的时候。可能年纪大了,情感远不如年轻时来得鲜活。那段时间,她就是觉得冷,从骨头缝里、从灵魂深处透出的那种冷,冻得她眼睫毛都瑟瑟发抖。所有人都走在了她前面,姆妈、爹爹、小弟、王勇,忙活这么多年,到头来,自己终究还是一个人。

追悼会那天那个女人也来了,杨紫嫣想她是来看自己笑话的,几十年的时光转瞬而过,自己和她一样变成了孤零零一个。但怎么能一样呢?杨紫嫣的心里充满了恶意。自己还有儿子,百年之后总归有人送终。她呢?她有什么?

杨紫嫣本想趁着这股恶意狠狠刺上那个女人一刺,谁知她跑到自己面前,眼神空空荡荡却带着几分温度。"侬……节哀,"她对着杨紫嫣愣了愣神,又别别扭扭地开口,"能有这么多年夫妻缘,是别人盼也盼不来的……"她的声音越来越小,不知是说给杨紫嫣听,还是自言自语。盯着她白了一大半的头发,杨紫嫣将冲到嘴边的恶语硬生生咽了回去。

这是杨紫嫣最后一次见到她。

居然也有十年了。十年原来这么短。

又聊了一会儿,小佳他们夫妻俩就起身告辞了,他们下午还要赶飞机，杨紫嫣也就没有留他们吃午饭。

外面还在下雨，没到中午天色就暗得厉害。杨紫嫣打开了日光灯，白晃晃的灯光照得屋子里边处处都走了形，褪了色，影影绰绰的，让她打不起精神。人一犯懒就什么都不想做，杨紫嫣从冰箱里取出上次包剩下的馄饨，用昨天熬好的龙骨汤做底，再下一把小青菜，总算是对付过去了午饭。

按照她的作息习惯，吃完午饭是要小睡片刻的。但今天杨紫嫣心里装着事，在床上翻来覆去都无法入睡。她知道拖不下去了，自己今天必须得去医院见那个女人。如果拖到明天……谁知道那个女人还有没有明天。

对着镜子梳了梳头，杨紫嫣就出门了。到了她这个岁数，出门已经不再需要打扮，更何况是去探望一位行将就木的故人，打扮得太光鲜难免有些寒碜人。杨紫嫣一向是乐于给那个女人找不痛快的，但今天不知怎么就体贴起来，可能因为知道是最后一次了吧。"故人"这两个字，从里到外都透着柔软。

到了医院，杨紫嫣在护士的指点下找到了那个女人的病房。推开门走进去的时候，那个女人正在沉睡，杨紫嫣看着躺在病床上的她，有点儿不敢相信自己的眼睛。她已经十年没见过这个女人了，她居然变得这么瘦，这么小，躺在床上，只剩下一把窄窄的骨头。

杨紫嫣看着这个自己恨了一辈子的女人，她就要死了，这是自己在过去的六十年中最期盼不过的事情，临到发生时，却不知怎么有了点心酸。可能自己等这一天等得太久，从十五岁的少女等成了白头老妪，愿望再成真，也都蒙上了风尘，带上了酸涩。

她在女人身边的椅子上坐下来，衣摆微微带起了一点风，那个女人就这样睁开了眼睛。初时她的目光是散的，杨紫嫣等了好久，她才将目光定到自己脸上。她认认真真地凝视着杨紫嫣，杨紫嫣也静静地回看着她。六十年过去了，这是她们俩第一次如此心平气和地看着对方，也是最后一次了。

忽然，这个女人扭过头，抬起手吃力地在枕头下摸索起来。她瘦得脱了形，一用力，细弱的青筋一条条浮出来，几乎要撑破了苍白的肌肤。杨紫嫣有些不忍心，扶住她的手柔声说："你要找什么？我来帮你。"

她摇摇头，轻轻挣开了杨紫嫣的手，从枕头下摸出一枚胸针。

"对不起，这个本来该是侬的，却被我拿了这么久。"她那干枯了三十多年的眸子忽然湿润起来，虽然仍旧空荡荡的像一口井，却又多了些说不出来的东西。

铂金的银色蝴蝶，两只触角上镶嵌着红色的水晶，还有一块绿色的压在蝴蝶腹部。胸针看起来有些年头了，但翅膀上的每一根银色细线依然闪着光，仿佛每天被人捧在手心里反复摩挲，倒是装饰的水晶，显出了斑驳的疲沓。

杨紫嫣愣了愣，随即认出了这一枚胸针。这是杨紫嫣姆妈的陪嫁，这个女人过门后，从爹爹那里将它要了过来。当年杨紫嫣结婚时，曾向这个女人讨过这枚胸针，没想到她说什么都不肯还给自己。她当时就翻了脸，狠狠骂了这个女人几句难听的话，还为此跟爹爹大吵了一架，气得爹爹都没来参加自己的婚礼。

没想到这么多年了，这个女人居然一直贴身带着这枚胸针，临了还惦记着交给自己。

杨紫嫣不禁有些可怜她。这胸针上原本的宝石、翡翠早就被替换了个干净，就这么一样破物件，她居然宝贝似的收藏了这么多年。

"我知道小俊的事情侬怨我，怨我不该在金钱上苛待伊，逼得伊去了新疆就没回来……我也没想到会这样的……"她不再盯着杨紫嫣的脸猛瞧，转而凝视手中的胸针，目光温柔得能掐出水来，与惝惶惶的声音不太搭调，"那个时候侬爹爹刚过世，世道又坏，我没儿没女的，总得抓些什么在手里才不至于慌得活不下去……"

小俊是杨紫嫣与这个女人的死结，但她已经说到了这个份儿上，那些重话杨紫嫣有些说不出口。她从十几岁的年纪就开始恨这个女人，可如今，六十年的风风雨雨，所有故人都去了。能对自己谈起爹爹、小弟，能和自己一起回忆沪上繁华，和自己同病相怜共同被时代洪流抛却的，也只剩下眼前的这个女人。

"侬能不能答应我一件事情？"她猛地仰起头，吓了杨紫嫣一跳，"我死后，侬可不可以把我葬在侬爹爹旁边？"

她的话音还没落，一股怒气就冲上了杨紫嫣的脑门，刚刚充斥在心中的带着些酸楚的柔情，全都被冲得无影无踪。当初这个女人是如何要死要活，如何抱住爹爹棺木，如何阻止爹爹葬到姆妈旁边，自己依然记得清清楚楚，现在她居然，她居然……她居然！杨紫嫣挺起身子就要走，却被这个女人死死揪住了衣角。

"我知道……侬怨我……"她的声音颤抖到连不成句子，但揪住杨紫嫣衣角的手却是稳当的，"可是侬姆妈跟了侬爹爹十几年，我也跟了侬爹爹十几年啊……伊还有侬和小俊这一双儿女，我呢？我什么都没有……"

"不管怎么说，我也为了侬爹爹守了几十年……埋在伊旁边，下去了还能跟伊做个伴……我这辈子什么都没有了，就只剩下这么点念想……"她的声音里带上了恳求，这一辈子，她从来没有对杨紫嫣说过这样的软话。

看着女人眼底浮起的深刻红痕，一把锤子重重敲上了杨紫嫣的心。

其实……自己家……终归有些对不住这个女人。

这个念头，平时的杨紫嫣连想都不会想的。但现在，这个女人就要死了，再了不得的怨恨、不满、委屈，放在生死面前称一称，都轻佻得像一个笑话。何况，自己也老了，提着一口气恨了她这么多年，现在也有些气力不济了。

罢了罢了，都二十一世纪了，谁和谁埋在一起，还用得着这么斤斤计较么？也就是这个傻女人才会把这件事看得那么重。爹爹替换了那枚胸针上所有值钱的物件，在房间里贴满了与姆妈的合影，连做母亲的机会都没有给她。杨紫嫣不相信她在漫长的时间里没有恨过爹爹，但她现在要死了，还是想和他埋在一起。

"好，我答应侬。"杨紫嫣终于还是松了口，她这么恨她，到最后还是不忍心。

听到杨紫嫣的话，她一直黯淡无光的眸子忽然亮了起来，整个人都变得容光焕发，依稀有了点六十年前那个沪江大学才女的风姿。她握住杨紫嫣的手，把那枚胸针放在她的掌心里，直到杨紫嫣将胸针放入口袋，她才松弛下来，嘴角边泄出一丝笑意。

这笑意冒犯了杨紫嫣。她紧紧攥着口袋里的胸针,那尖锐一点一点刺在她的手上,就像过去六十年里她的那些密密麻麻的日子。千疮百孔,如鲠在喉,没有一天过得顺心,没有一天无忧无虑,都是因为眼前这个躺在床上的女人!

"我走了,你好好休息。"杨紫嫣腾地一下站起来。房间里的空气湿得过了头,带着些腐败的味道,终是耗尽了杨紫嫣对她为数不多的不忍心。可能只要她还有一口气,杨紫嫣就没办法真正停止恨她。

走到门口时,背后传来了她有气无力的声音,杨紫嫣不耐烦地闭了闭眼睛,终究还是回过头来。

"我……"她盯着杨紫嫣,整个人亮得像是在燃烧,"不好意思,我活得太久了……"

一阵血气从杨紫嫣的身体深处翻涌上来。

她想起自己第一次见到这个女人。那是六十年前一个春末的傍晚,自己放学后跑入家门,一眼就看见了这个趴在客厅茶几上写字的女人。她写得很专注,没注意到客厅里多了一个人,只是埋着头握着钢笔一笔一画认真地写,一边写还一边轻轻哼着歌:"天不绝人愿,故使侬见郎。"《子夜歌》浓情的调子被她唱得旖旎,嘴边的笑容里带上点情窦初开的羞涩。

一阵晚风缓缓地扫过客厅,空气里飘浮着花瓣腐烂后甜腻腻的香气,杨紫嫣的心脏像是被蝴蝶的触角轻柔地抚摸过,充胀着不可思议的温情。

她就像自己逝去的姆妈,像自己想象中的长姐,像是一切温柔美好微凉洁净的物事。

六十年后，当初那个眉目流转的女人躺在病床上对着杨紫嫣说："不好意思，我活得太久了……"

七十五岁的杨紫嫣盯着躺在床上塌缩成一堆骨头的她，努力动了动唇，最终还是什么也没说，转身拉开门，走了出去。

下了一夜加一整个白天的冬雨终于停了，天边远远有水红色的霞光透过铅色的云层泛过来，像是嘉年华过后地上残留的红绸子，映衬着散场后的凄凉。

杨紫嫣又掏出那枚胸针，揣在口袋里久了，冰冷的金属也带上了一点点微弱的温度。但这温度就像是天边的那缕残红，盛不起，留不住，愈发显得不合时宜。

新千年的第一个春节就要来了，上一个千年，连同她们的故事，都已经是过去的事了。《子夜歌》的调子咿咿呀呀唱了这么多年，杨紫嫣没有想到，自己会是它最后的听众。

李洱 点评

万芳的《子夜歌》是她"春风街"系列中的一篇,从解放前记忆中的上海写到了新千年的上海,写出了时代洪流中个体命运的变幻莫测,以及与此相伴的复杂情感。在这篇小文中,我想浅谈一下这篇小说的修改过程,既对该小说做一个整体性回顾,也对小说创作进行一些初步探讨。

刚看到初稿时,这部小说的语言给我留下了深刻的印象,流畅细腻,融合了一点上海方言,让读者从阅读伊始就沉浸入了小说营造的氛围里。不过,在小说初稿中,很多需要通过细节描述来呈现的地方,都使用了概括性的陈述句。例如小说开头讲述女主角的父母感情很好,母亲去世对她们全家是一个重大打击。在初稿中,作者仅用寥寥几句话就带过了。修改后,小说增加了大量的细节,包括对母亲为父亲准备早餐的细致描述,以及母亲难产过世时女主角记忆深处阴冷的医院。

《子夜歌》第二个重要的修改在于增加了"子夜歌"以及母亲的蝴蝶胸针这两个贯穿小说的标志物。在初稿中,"子夜歌"仅仅作为标题以及女主角儿时上海滩的流行曲出现。修改后,除了标题,"子夜歌"在小说中的三处重要场景出现。第一次是女主角儿时母亲教她唱歌。第二次是女主角去探望快要过世的父亲时,楼下邻居家传出的音乐。最后一次是女主角晚年前往医院看望病重的继母之后,回忆起第一次见到继母的场景。"子夜歌"成为女主角漫长人生中始终萦绕的旋律。蝴蝶胸针在初稿中仅作为女主角与继母产生争执时摔坏的一件装饰物出现。修改后，蝴蝶胸针也在小说中发挥了穿针引线的重要作用。女主角耿耿于怀父亲将这件母亲的遗物赠送给了继母，埋下了女主角与家庭决裂的种子。父亲去世前告诉女主角，他换了胸针上镶嵌的宝石，想要留给女主角当个念想。继母并不清楚围绕这枚胸针发生的故事，将其当成女主角父亲珍爱自己的证明，一生小心珍藏，在病重时将其交给女主角，以期达成最后的和解。一枚蝴蝶胸针在两代人之间辗转几十年，既是人物之间种种冲突的助推器，也映射了两代人之间复杂幽深的情感。

2

于文舲

每当有人醒来

于文舲，1991年7月生，北京人，2014—2017年就读于北京师范大学文学院文学创作与批评方向，获文学硕士学位，作家导师欧阳江河，学术导师张柠。作品见《人民文学》《青年文学》《上海文学》《大家》《天涯》《山花》《星星》等，有作品被《小说选刊》转载，评论文章见《文艺报》《小说评论》《当代文坛》等。作品入选《2018中国最佳诗歌》、《2016青春文学》、《我听见了时间：崛起的中国90后诗人》等选本。现为《当代》杂志编辑。

《每当有人醒来》发表于《青年文学》2017年第5期

这个女人就在他眼前了,他却有些心不在焉。他怎么会站在这间陌生的客厅里?深更半夜,撬人家的锁吗?他不记得曾花费过这样的心力,也绝不承认自己竟会有这样的勇气——如果可以称之为勇气的话。

　　对于还差几个月才满十七岁的少年来说,她的的确确就是个女人了。白色软绸的裙子伏在她斜倚的腰身上,打着朵的花儿那样,低垂下来,线条波折的地方推出几道小月牙,白天亮晃晃的,有点刺眼,在这暗夜里倒格外温和起来,像是特别留心着,要为谁存下那一弯一弯的月色。他有点沮丧,想到她还没有见过他呢,紧接着又觉得自己连感到沮丧都是没有资格的。其实,他也没有见过她。

　　哪里来的白光,把她身上仅剩的一点色彩都吸干了。嘴唇变成青黑的,细瘦的下巴和脖子却近乎惨白。她仿佛想说点什么,或者走到他跟前,在他肩膀上留下一排淡淡发红的齿痕。那一定是有毒的。她的锁骨难道不是在上下浮动?不,不会。是透过玻璃窗的车灯在抖。要么就是他的眼皮刚好跳了一下。反正照片上的人是不会动的,绝对不会。

　　车灯灯光一寸一寸地瘪下去,直到消失。连声音也消失的时候,他才真的感到害怕了。刚才弄出什么声响没有?惊动什么人没有?回身望去,房门在半米开外的地方虚掩着,楼道是比屋里更深的黑。楼房老了,楼道里的声控灯也跟着老了,不刻意弄出什么大动静它是不会亮的。左手边支着方桌,水壶、玻璃杯、香蕉、手镯、报纸、药片、笔、碗、钥匙链都是单个的,胡乱堆在一块儿,桌角摊着些零钱。桌旁有张老式靠背椅,没有人。他往边上蹭了蹭,大腿抵着桌沿,手也背过去,抠在上面光溜溜的,很硬朗。鼻息里忽然卷进几缕绵软的香气,是那种似腻不腻的乳白色的香气。他看到碗里还剩着一点,指尖触碰碗壁,余温将尽。

院里野猫的叫声像幼童拖着尖峭的哭腔。里屋的人在睡梦中叹了口气。他闪身回到门边,紧贴墙壁,感觉胸腔里有什么东西正迅速地缩成一团。今天傍晚他还见过那野猫来着,纯白的毛早就滚成灰黑色,尾巴秃了一块,永远受惊似的倒竖着。猫的脸真像婴儿,只有眼睛很恐怖,黑眼珠和眼白搅在一起乱翻,像个老瞎子。

墙上的女人还是那样不浓不淡的笑。他只瞟过一眼就匆忙埋下头去,窘急得咬紧下嘴唇。要不是因为她,情形何至于荒唐到这个地步!他这时倒把什么都记起来了。

今天下午,他正揣着满心的烦乱,一个人冷不丁闯到大城市里来,随便找个活计,也是不容易的。经过一楼拐角这家门前时,他照旧透过门缝冲她点点头,翘了翘嘴角。这不过是种习惯。她家的门在白天总是敞开的,并不见谁进出,倒更惹人注目。有时门敞得含蓄,只露出对面墙上一弯嫣红的唇,或是一抹鼓着风的衣袖,偶尔敞得过分些,两点黑眼睛便直接投来明媚的柔波了。

他用目光把门缝里那条长辫子捋了个遍，直到拖在胸前的发梢，看不见了。小小的恶作剧牵动起一丝快意，他就这样跨着大步奔出楼门。

初春的阳光越发透亮。新漆过的铁栅栏，玻璃窗，叽喳的鸟雀，行人，都被罩进一重奇异的光辉里，渗出新色来了。花草树木带着各自鲜活的气息向上伸展，在人们头顶织出春天特有的暖香，再流溢下来，包裹人的周身。他做了个深呼吸，觉得筋骨缝里都有着什么东西在荡漾。

反正没有目的地，他就出了院门，沿小马路往广场走。说是广场，其实只是院与院之间的一小片空地，往常被小摊贩占据，今天却整齐地排了一溜方桌。音响敲着震耳的鼓点，人群在桌边钻来钻去，连嚷带比画，举手投足好像比冬天敏捷多了。他也凑过去，才知道是临街的超市在搞促销活动。方桌上铺着火红的大块绒布，堆成小山似的商品全都鲜艳夺目。他抬眼向四周张望。这时他很愿意碰上个熟人，随便扯两句闲话，或者仅仅点头招呼一声，也是快活的。然而没有。他好像费了很大劲才挤出人群回到马路边，衣兜里多了两张不知由哪只手塞过来的宣传单，还有一块作为赠品的果味夹心饼干。

在平时，他绝不会注意道旁这些树木。可能是柳枝抽芽以后更显低垂了，蹭着他的脸，怪痒的。他抬手一揪，柳条绕在指头上像哪个女孩的小辫子。指头松开，柳条也不生气，弹到老高的地方，随风飘扬。树脚下叫不出名的野花也像个女孩子，尖细的脖颈偏要顶那么大一团花瓣，粉嫩嫩的倒是好看，可就不嫌累吗？他忽然又有点低落，好在这份情绪并不顽固，没走几步就消散了。

接着他就遇上那只野猫了。它蹲在路边舔爪子，懒洋洋地眯缝着一只眼。他走过去，猫抬起脑袋，他猛一跺脚，猫才飞身蹿出几步，又站定了回头观望。猫的天性全在这一跃一停之间生动起来。蓄势待发的猫的身体也勾起了他身体里的某种天性。他打着口哨甩起两条细胳膊，撵着猫跑进院子，背后掀起一阵金色的轻尘。猫和他把犄角旮旯都钻个遍，一起咧开大嘴笑，拐弯时差点撞倒学步的小孩，孩子的母亲尖声骂了句什么，他没在意。他觉得脚步轻得像踩在风上，这时猫站住了。他才觉得这猫长了一张人的脸。

路灯已经打开，借着光，他在猫的脸上没有找到眼神。他感到额角的青筋突突直跳，就坐在石阶上喘粗气，身上脸上的燥热和嗓子眼里的焦渴顺势纠缠着他的心。他还是不愿回家，仿佛刚要忘掉的所有烦心事都埋伏在那间小屋里伺机重来。想着，他打了个寒战。是晚风刮起来了。毕竟还没到清明，大地凉着，白天阳光蒸腾起来的一股暖意，只两阵风就稀薄了。他落下汗，又觉得神清气爽。后来他跑到天桥上去看车流，红白的车灯粒粒分明，在两座立交桥相接的地方凹出几道弧线，像是刚从遥远的天边降落下来，转眼又飞旋着升上天际。他简直被那场景迷住了，那才是他想象中城市该有的样子。他记得自己直站到腿都僵硬起来，车流渐渐稀落了，才故意绕远路回家，挨个念出路边霓虹灯拼凑的店名，等再回到院门口，他就好像有许多朋友了。

是的，是的，所有这些都很清楚，可他唯独就是想不起走进楼门时曾对她有过什么企望了。能有什么企望呢？对一个陌生人。半夜里楼道格外清冷，一股他从没体验过的感觉兜头浇下来，他数着自己的步子，身体变得很沉重，也很安稳。他不是分明朝那门口看去了？看到关住的门，他不是分明感到失望来着？唉，要说没有企望，又是哪来的失望呢？人的心理往往就是这样，叫自己也猜不透。

他还是朝那扇门走去，趴下身仔细听，没有动静。他用左手倚着门，右手搭在门把手上，紧紧握着。心跳得太快了，他就像是头一回抓住了她的手，不能松。一定是在颤抖中，他失手压了下去，让他始料未及的咔嗒一声，门居然没有锁，甚至自动为他移开了一条缝……

没有动静，连一丝声息也没有。

她停在胸前抚着发梢的那只手，即使在暗夜中也透着白皙，白天他没看到这里，视线被门截住了。他觉得肚里有什么东西在生根发芽，一面疯长，一面把他往下坠。里屋门边斜立着穿衣镜，镜子后面露出衣柜的一角。刚才就是那边发出叹息来的，现在不知睡熟了没有。透过镜子隐约能看出那是张双人床，可只有单个的身影，因为纤细而格外显得孤零零。她的鼻息轻而薄，被子底下微微露出的一点肩膀，起伏如小鹿。她那么安静。他忽然从耳根到下巴胀起一阵热气，烧到脖子上，烧到胸膛上，直烧到心坎里去。怎么可能，面前的客厅都是影影绰绰的，窥探人家的卧室倒这样清晰？他真诚地感觉到自己的卑琐了。可他并没有坏念头呀，他又忍不住为自己辩驳。从小到大他都是男孩子里领头的人物，那些娇娇弱弱的女孩他连瞧都懒得瞧，现在又何至于没出息到这个地步？想着，他就好像已经做出了不洁的事，越发手足无措。

他确实不可能看得那样清晰,卧室里团团的昏暗把什么都包裹起来了。借着下意识的作祟,他猜对了,大床上只有一个身影,然而蒙着被子,纤细和干瘪是很难分辨的。那个被他想当然认作照片主人公的身影,其实是位老太太。

老太太正用余光透过镜子盯着他。他的身形是青年男人特有的,瘦而高,看上去紧实有力。老太太极缓慢地往被窝深处蹭了蹭,她必须让棉被在下巴上抵得更紧一些。床单汗涔涔的,屋里是那种从来没有过的空寂。老太太也从来没有把什么都看得这样清晰过,好像做着很长的梦,又像是从梦中惊醒,浑身凉过一阵,再发烫。她的呼吸变得没有规律,几乎带着叹息的声音。男人朝她这边张望过来了。她不敢直接看镜子,要是对视她就完蛋了,她也不敢闭上眼。胃又开始疼,打小就这样,她感到不确定的时候就会胃疼。

原来还是会害怕的。怕什么呢?当然不是怕死,这一点在她决定不锁门的时候就考虑过了。

临睡前,她像往常一样给自己热了碗牛奶。人家说牛奶是安神的,对睡眠好。她买的这种便宜货恐怕不行吧?倒进锅里清汤寡水,等在火上滚开了花,香味也快熬干了。她使劲吸吸鼻子,倒打出个喷嚏。趁这瞬间的畅快,她赶紧又深吸口气,就把对牛奶的抱怨抛到脑后了。反正她也没真的期望过能有什么功效。

等牛奶凉下来的工夫,老太太照例拎起抹布,朝女儿的照片走去。她从不试图对照片说话,手上动作也不怎么轻柔,有时抹布从指间滑落下去,她弯腰拾起来,抖一抖,又往女孩脸上乱抹,跟擦拭一张满是油腻的桌子或者其他任何东西没多少差别。自从女儿大三那年突然失踪，照片挂到客厅正对着门口的墙上，她就每天早晚各擦一回，好在清早和夜晚的时间里有点事情可做，后来就变成习惯了。旧抹布衬得女孩的脸格外嫩红。从小到大，她的眼睛总是发亮的，脸上身上也总有这么一副懒洋洋的笑模样，透着惹人疼惜的劲。是的，她整个身体都会笑，当老太太意识到这点的时候，就知道，女儿已经长成了。她用右手扯着发梢，左手随意搭在腰间，五指错落地跷着，跟小鸽子似的，要从照片里飞出来。她嘴角上有颗极小的痣，小到没人会去注意，可她嫌俗气，好些日子愁眉不展。她就是太爱美了，这多危险啊。

起初，老太太由丈夫看护着，那架势，就好像他但凡一错眼珠，她就会立马抛下他去寻短见似的。他们一起被带到小警察对面做笔录，一起上街贴寻人启事，一起拨通亲戚的电话哭得发不出声音，一起劝对方该吃口东西，一起盯着大门和天花板，一起掉头发。过了不到两年，他差不多完全秃了顶的时候，他对她说这样下去也不是办法，他要去外地重新找点事情做，边做事边找女儿。他让她继续在这里守着。

她说，好。

他出门前还抱她来着。结婚近三十年，他从没那么用力地握过她的手，她以为自己的手被捏碎了，但她没听到骨头咔嚓咔嚓的声音。倒是有种什么东西生生被从手心里挤出来了，她失神地盯着指尖。那可能就是痛吧。两双手像枯藤交缠在一起，他们过电流似的抖了一阵。后来她总是想，那时如果有人看到他们的样子，八成会以为他们是在比赛摔跤。他走之后他们每周通电话，后来变成每月，每半年。他会给家里寄钱，还回来过了两个春节。到现在，又是几年过去了？连音讯都没了以后，要等的人从一个变成两个，她突然就不再有等待的感觉了。

她开始和所有人保持距离，不让他们以为她崩溃了，也没有不合情理地显得高兴。只不过有点空，她得想办法填满。通常大脑醒得比身体早，特别是比眼皮早，顶多五点，轻飘飘的身体还不知所踪，脑子里就开始回想一夜的梦了。当她意识到自己是在回想的时候，不经意地翻了个身，意识又追上来，她再翻回去。后背和腰像每个早晨一样僵直而酸痛，她到底还是清醒了。床头柜上放着本子，有些梦特别清晰又特别怪异，她会记下来。更多的时候是混乱，瞪着天花板理不出头绪，她就重新闭上眼伴装睡意，好像那样就能蒙混过去，让梦对她放松警惕似的。

她穿整齐而颜色鲜亮的衣服，抹油性很大的护手霜，把所有头发在脑后绾成髻，一丝也不放过。擦拭完照片以后，整个上午她都坐在阳台上度过。她发现盆景里的叶子在翻卷之初总是从左边靠近尖部的第三条叶脉开始抽动。等午后阳光照得人睁不开眼，她就起身，从扫帚、拖把、抹布、喷水壶、刷子中随便抓起一件，像抓着自己的命。如果困倦连带起烦躁，她就使劲干，如果没有，就可以放任手脚慢慢地挪，她只要保证不会因为无聊而睡过去就行。中午没留神睡着的话，晚上就非得靠那些小白药片。她可不希望有一天来人叫她去认领尸体的时候，她已经因为吃了过多的安眠药而患上痴呆症了。她还是最常拿抹布，闭着眼都能抓到，大概是一天两回早就熟悉了那种质地。动手前她会朝衣柜望一会儿，一步一步，怕踩死蚂蚁似的踮着脚尖靠过去。她担心自己迟早会把那里的黑漆全部擦掉——如果不是抠掉的话。

她现在做什么都比看书有耐心，包括读报纸。她真的会读出声，有时连夹缝的广告都读，还在边角做些批注，就跟以前读哲学书似的。她不愿意翻抽屉，桌面上只有那么一截铅笔头，现在短得几乎握不住了，写出的字也哆哆嗦嗦。她写道，"妻子的不幸，就是丧失了做情妇的机会"。她写道，"脑子动得太多，人会变傻"。她写道，"忘记才是最大的仁慈"。当她看到有一天头版头条粗体字大标题报道国家严打拐卖人口犯罪的新法时，她写道，"嗯"，逗号。她悬着笔头想了一阵，重重地却又是小心翼翼地把逗号描成一个圈。

报纸会直接投递到家门口的信箱里，一个人吃的用的又不多，她平时很少出门。但她已经习惯了每天早晨把房门打开，到夜晚再关上，比上班打卡还要准时。这是那个男人留下来的唯一她没能改掉的习惯。女儿刚失踪那会儿，丈夫整天整宿地敞着门，反正那时白天和黑夜对他们来说也没多少区别。风和幻觉让家门口没有片刻消停，她一定得了神经衰弱，她的眼神越是模糊，门口的动静就越发地明显，有几次她央求丈夫把门关上，心里却暗暗感激他并不照办。他当时说了些什么话，她完全没听进去，只是配合着使劲点头，好像唯恐他会反悔。她还记得，他走之前嘱咐她独自在家要锁好门来着。她也没有照办。

碗里的牛奶温了，刚好喝，她端起来几口就全灌进肚里，然后关紧房门，立马转身走进卧室。之前她必须强迫自己这样做，现在已经自然多了。关闭的门是绝对不能回头看的，它就那么眼巴巴地盯着你，好像从门后透出来一双眼睛。你不能和它对视，更不能表现出哪怕一刻的犹疑，否则就会像磁铁一般被它牢牢吸住，那样的话，你就非得守着它坐到夜深人静。可哪里真会有夜深人静的时候呢？没有，从来就没有，直到天亮都没有。她吃过这个亏。连续好多个夜晚，门上猫眼的金属边框把她的眉毛都磨秃了，她依然不明白自己为什么要凑过去看。她也不明白，人的耳朵怎么能辨别出那么多而细碎的声音。有两次她就快要忍住了，身体陷在椅子里，软绵绵的，没有筋骨。就算坐着打个盹也好啊。可她刚挪动胳膊想让自己舒服一点，内心便被莫名的愧疚填满了。她只好强打起精神侧耳听，门背后悻悻离开的声音，是纸箱被拖着在水泥地上滑行。它曾离她那么近。

为减轻这份愧疚，她在下决心走进卧室的那天，把穿衣镜挪到屋门旁，斜对着客厅，保证她随时睁眼都能观察到家门口的动静。可是这么多年了，连贼都没有进来过一个。真要命，她躺在床上想，连贼都没有进来过一个！卧室窗下有片草坪，每到夜晚就会亮起几点圆滚滚的装饰灯，泛黄的光晕轻微闪烁，钻过窗帘的缝隙，像摇摇摆摆的小雏鸭。她总是故意把窗帘掀开一角，好让自己在入睡前漫长的时间里不至于被黑暗压得透不过气。

门锁咔嗒一声，比她这辈子听到的任何声音都更清脆。

牛奶在胃里发胀，有种毛茸茸的感觉，胃一紧，奶就跟着翻腾，让她一阵阵地直想吐。她还是想搞明白自己为什么害怕。这念头让她吃了一惊，可试图将纷乱的思绪收回来，又做不到。外面不知是什么发出窸窣的细响。男人依旧朝她这边望着，也许正要逼近过来，影子马上就会罩在床头上。她差点就像个傻孩子那样哭起来了。这时她用余光瞥见，男人在镜中剧烈地动了一下。很难说那是个什么动作，俯身，又弹起来。她来不及反应。

客厅里，有枚硬币啪嗒摔在桌面上。她的身体好像也随之坠落下去，沉进床的深处。大腿肌肉因为长时间紧绷而僵直，这时她才感觉到。她的眼睛又干又涩，根本流不出眼泪，何况她也没有力气。房门还有些微忽闪，远去的脚步声很快就听不见了。

其实少年自己也不明白为什么会去动桌角的钱。就是那一闪念的工夫。他可以对天发誓，在此以前他全部的注意力都放在羞愧上了。他越是跟自己赌气，视线就越不受控制。他把双手插进衣兜，随便触到什么就发狠似的捏住。夹心饼干的塑料包装袋发出一声脆响，两张宣传单滑落到地上。他握着饼干的手连同整条胳膊都发麻了，筋骨就像一束束随意捆扎的稻草。他似乎听到人从睡梦中清醒过来的声音。也许她正要起身，用不了两秒就会出现在卧室门口。她会用恐怖的眼光看他，还会大声呼喊。他没时间想了。

花花绿绿的钱币从指缝间支棱出来，他捏紧那只拳头，举在身前。他的右手还死死攥着衣兜里的果味夹心饼干。如果这时直接跑上楼回家，荒唐的一夜就可以收场了，反正老太太压根没有动过报警的念头，几十块钱的事，也立不了案。然而他好像是被大风吸附到了院中。道旁树梢嘘嘘地叫唤，似乎大风就是从那里冒出来的，自行车接二连三砸在一起，楼门口跟着呜呜低吟。不知哪里的铁皮板被风掀开一角，在黑暗中挥舞，落下去时发出砰的一声闷响。空中隐约还能听到女人和猫的惊叫，她们把自己藏起来了。风拉长所有的声音。有支歪歪扭扭的小调混在其中，嗓音嘶哑，口齿也不利索。这是他在白天从没听过的声音，叫人浑身发凉，又透着一种说不出来的自在。他忍不住想喊，可被迎面拍来的风噎得喘不过气。他像铁皮板那样挥手。他就是想看看这个声音。小路通往院子的另一边，在两座塔楼的夹缝里，路灯下面，的确有个身影，身影跟哼唱声一样的放肆，把小路塞得满满当当。

他追了上去。那真是个庞然大物，看上去得有四十岁了，浑身散发出热腾腾的味道，红眼睛跟兔子似的，倒显得天真。醉汉又唱了一遍："小哥啊，小哥来呀，谁活得比谁好，啥都没有啦……"他鼓胀的手指在空中乱画，像是打节拍，又像在冲谁指指点点。余音未落他就四脚朝天倒在地上。少年欠身去扶，可是醉汉太沉，他放任身体瘫软在人行道边，全部重量都压上了，似乎那就是他的人生筹码，谁也别想挪开一点。醉汉忽然咯咯地笑起来。他仰头看天，少年也跟着看。月亮怎么变成橘红的了？东边亮一点，还能看出橙黄色，西边一大半就沉浸在不可捉摸的红光里。这就是人们说的血月吗？在老家时他听爷爷提起过，血月一出现，就有什么可怕的事情要发生了。关于这些传言，他倒并不怎么在意。

好像有小虫咬了少年的手，他感到一丝锐利的疼痛。低头看去，醉汉正试图抽出一张斜插在他指缝里的零钱，扯得太急，边缘划破了他的手。五块钱只剩下一个角还捏在少年手里，醉汉舔舔下嘴唇，像游戏中胜券在握的小孩，眼睛闪闪发亮，整张脸都闪闪发亮。他又唱起来："小哥啊，小哥走吧，肚里空着难受，啥都算白搭……"他把尾音拖得很长，直发颤，听上去比先前还要苍凉，可那副嬉皮笑脸的模样越发地放荡了。经他这么一唱，少年才真觉得饥肠辘辘，午饭就是随便凑合的，直到现在，水米都没打过牙。醉汉冲他笑，脸上肥肉一耸一耸的，泛着油光，五官皱缩成一团，乱糟糟地堆起满脸笑纹。少年心里多少生出些厌恶。五块钱脱离手指的瞬间，他用另一只手夺了回来。这倒勾起了醉汉的兴致。大手又来纠缠少年的胳膊，不紧不慢地，像在拨弄手心里的一只虫。少年心里起急，他把手护在胸前，挥舞手肘乱撞，他看到醉汉突然捂住脑袋，笑容收敛了一下，很快又渗出来。醉汉仿佛一件脏兮兮的破衣服，箍在身上怎么也甩不掉。少年咬紧牙，把零钱往裤兜里塞，有两张不安分地冒出来，在风中打着滚飞走了。衣兜里的夹心饼干凑热闹似的掉出来。他迅速伸手去捡，没想到醉汉几乎与他同时按在上面。这个人分明没有醉！那双圆鼓鼓的眼睛，少年与他只对视了一秒便败下阵来。它太严厉了，还带着嘲讽。又是一抹意味深长的笑。少年突然意识到了什么。没有锁的门，卧室门边的镜子。谁家好端端的把穿衣镜摆在门边呢？而且是冲外的。

镜子里的眼睛，也是圆鼓鼓的，红彤彤的，笑眯眯的。

红月亮和醉汉的眼睛一样布满血丝，风撩拨起柳枝，在路灯周围飘来荡去，惊得小鸟从睡梦中飞起来。柳枝的影子像张大网。少年弓着腰，后背好像真让麻绳磨着，刺痛难忍，绳结压得他低下头去。

饼干袋在两人手里轻易地被撕裂了。这轮较量还没来得及开始就草草收场。捏碎的夹心饼干全撒出来，芒果和柠檬混合的味道像只轻柔的手，抚过少年的脸颊。他在眼睛上飞快地抹了一把。

这一切都被塔楼四层窗边的女人看在眼里。她回到家还没有多大工夫，只是恰巧站在那儿，恰巧想往窗外看看。风可真大，把夜都刮醒了。她纤细的手指在空气中摩挲两下，落在窗框上。

院里那个男孩又向大块头扑过去，一口咬住醉汉的手。这个动作让她更加确定，他还是个孩子呢。刚才她一眼就看出来了，他的身形和她上初中时同样干瘦，裤脚吊在脚踝上，脑袋显得又大又沉，可就算不是这样，她想，她也还是能看出来，在他身上有某种跟成年人迥然不同的东西。醉汉挥着另一只手，发狂般撕扯男孩的衣领，想甩掉他。他们扭打在一起。男孩突然松开嘴，一闪身，左脚朝醉汉的肚子猛蹬出去。醉汉顺势仰躺在地上，身体整个地摊开，男孩就跟一脚踩在烂泥上似的，重心不稳，捯了两下步子，摔在路灯的光晕里。他把双腿蜷起来抵在胸前，头埋在两膝之间，身体缩成一团。人行道边两个影子，大的大，小的小，都在上下起伏。大个子动得很快，幅度却很小，似乎在抖或者在笑；小不点动得夸张些，分不清是喘息，还是哭泣。

　　醉汉像是睡着了。女人把视线停留在男孩肩头，这个年纪惹是生非的野小子时常让她感到厌烦，可这会儿并不。他的肩背那么单薄，那么直愣愣、硬挺挺的。她能看出来，在他身体剧烈的起伏里面，有种东西是真的，是被焐热了的，伸手就能抓到的。成年人已经丢了这种东西，他们习惯用"莽撞"一类的词来指代它，可这是根本不同的，他们再也不明白。其实她也不明白。她毕竟已经三十多岁，是人们时常议论的那类剩女了。

　　唉，她还在指望什么呢？她好像看到了男孩咬紧下唇的两颗门牙。

　　已经是后半夜，刮着大风，她突然难以抑制地想走出去。她就是想到他们身边去。去做什么？等到了那里再说吧，也许什么都不做，也许……去跟他们打一架，这想法把她自己逗乐了。她弯腰够到桌角的钥匙，钥匙链上的小羊和她拖鞋上的小羊一样毛茸茸的。等等，她差点忘记了——她停下脚步，往自己身上打量——要是真的穿着这身女秘书套装出去打架，那可太搞笑了。还没来得及换上的绸子睡裙顺着床沿耷拉下来，柜子里最显眼的一排套装也是低眉顺眼的，她把它们挨个摘出来，扔在床上。她终于翻出那条灰底小白花的棉布连衣裙，它跟那些严丝合缝的衣服不一样。六七年前读研的时候她最偏爱这裙子，当初闺蜜总是因此开玩笑，说她整天穿着睡裙晃荡，干什么都跟梦游似的。她费了老大劲才把裙子从衣柜最底层拽出来，抖开，她迟疑了片刻，又铺展在床上，退后两步仔细看。她并不情愿承认，自己好像没有想象中那么喜欢它了。不是因为它被压得皱巴巴的，不是的。她心一沉，很快又浮了上来。反正眼下也只有它是合适的。

醉汉原来并没有睡，她跑过去的时候，他正用一只手撑起脑袋，闭着眼轻声哼唱："小哥啊，小哥算啦，走到哪里都一样……都一样呀，谁知道，可千万别回头，谁要是不回头，谁就能找到家……"她没来得及听完这首奇怪的小调。男孩已经起身，他向小路另一头的老楼走去，背影一蹿一蹿的，正在急速变小。她趿拉着拖鞋，险些被醉汉的胳膊绊倒。她笨拙的步子当然没能追上他，甚至没能靠近一点，让男孩足以察觉到她。那小身影往楼门口一闪，就不见了。

就在刚才，在年轻女人翻箱倒柜的空当，这位被她认作男孩的少年心里，发生了一系列不为人知的变化。他没想到，牙齿竟然那么轻易就终止了醉汉脸上叫人憎恶的笑容。他保证，他是到了无计可施的地步才不得不动用这种幼稚招数的,醉汉的笑在他身上催化了某种近乎狂野的反应。痛苦的表情果然比笑容清晰。他开始体会到残酷的快感了。接着,在扭打的过程中,他的身体前所未有地灵活起来,四肢每挥舞一下都是一阵锐利的疼痛。疼痛让他感觉神清气爽。衣领卡得他胸腔发紧,有几次他以为要完蛋了。先前的恐惧、羞愧、委屈现在都一股脑转变成了气愤。他坐在一米开外死死盯着醉汉,既为自己窝囊的寒酸相而气愤,也为这陷阱似的、远超出他的理解力的、在他看来充满了恶意的一夜感到气愤。

狂怒到不顾一切的情绪驾驭了他的心。他要回到那间客厅,把照片扯下来,不,这还不算完,他要走进去,一直走到卧室,她的床头。要是她吓得大叫,就用枕头堵她的嘴,要是她恳求他,低声下气地说她还从没做过那个事呢,他也许会露出微笑。真正的男人都会这么干。应该让她知道他是个真正的男人。他脚下步子飞快,头脑里反复闪现她六神无主的面孔,使他根本没机会停下来想想这样做的后果。

房门还是敞开的,看样子他走后并没有什么人来查看过。她大概是睡熟了,要么就是吓坏了。这很好。他没去碰客厅墙上的照片,径直转向里屋的穿衣镜。黑暗像雾气在房间里弥漫,他看不真切,心里便起了急。所幸,他就住在楼上,对房间的构造他心里有数。客厅一侧是厨房,另一侧摆着穿衣镜的是主卧,连通客厅和主卧的小走廊上并排有两扇门,都开着,左边是个小房间,床和柜子一应俱全,就是整洁得有些过分,好像没人住过,右边是厕所,这会儿也空着。主卧的双人床上果然只有她一个人。他已经站在穿衣镜跟前了。

他并没有真的急不可耐地扑过去，就是忽然想停几秒。几秒不知不觉变成了十几秒。全靠这十几秒，他才终于辨认出，躺在床上的是个老太太。

老太太也终于认出了他。她熟悉这个小伙子，说是熟悉，也不过就是知道他是本院本楼的邻居而已。他经常在外面晃荡，有时在院里，老太太往窗外一望就能看到。这可不就是熟悉了吗？今天下午她还瞧见他追野猫来着。他的身影在人群里很显眼，或者说，在他身上有和人群不同的东西，老太太一下就看出来了。他的个子原来这么高。她盯着墙壁，用余光打量这个小伙子。怪不得，她想，怪不得刚才把他当成个凶悍的男人了。这是她第二次面对他，至于第一次，也就是让她最初注意到他的那次，说起来还很有意思。

她好像放松了，甚至感到高兴。这很奇怪，她马上意识到了，就算是最熟悉的人，就算是大白天，这样冷不丁地闯进她家里，闯到卧室来，她也一定会觉得遭到了冒犯而生气的。眼下却没有。她试图说点什么。

或许可以告诉这个小伙子，正是他帮助她养成了朗读报纸的习惯。他可能感到好奇吧，毕竟没有几个人会独自坐在餐桌旁，出声去读那些精心编排出来的新闻。她自己都觉得滑稽，但她得练练。那就是她第一次面对这个小伙子，只不过是在镜子里。当时镜子刚摆到卧室门口两天，她正在旁边擦衣柜，他探头张望，她怎么可能注意不到。她和所有人保持距离已经有一段时间了。他看着客厅墙上的照片，她看着他。她就像现在这样忽然想说话。

她往客厅走去,他听到脚步声就溜了。她还是没想出有什么话可说,张开嘴,竟连声音都没能发出来。她永远记得那种恐惧。她随手抄起餐桌上的旧报纸,逮着哪句读哪句。还好,还有声音。她不断地读,为了多听一听自己的声音。那天她把整张报纸都读完了,后来就只挑有趣的读,有点像做游戏。有时她还会在边边角角写点什么。

对了,昨天的报纸上说,今夜月食,会有一颗红月亮。"天道要变了",她当时捏着铅笔头的手都出汗了,她就是这么写的。窗帘那故意掀开的一角,应该看不见月亮吧。

老太太转头望了望窗外。这个轻微的动作在她自己毫无意识的情况下,率先打破了僵局。

少年似乎已经陷于被动。一股无名火冲上他的喉咙,但很快,就被更大的惊异压了下去。一切都跟他预想的完全不同。他觉得必须得做点什么了,却又不能轻举妄动,何况要是掉头逃跑,未免太窝囊,可真扑过去,现在他也不知道要做什么。

那也不能坐以待毙呀!正当他竭力掩饰内心张皇的时候,从楼道里传来了咚咚咚的脚步声,起初几下很重,是有人在故意跺脚,后来就变得轻重交杂,忽而细密,忽又舒缓,忽而远忽而近,喊喊嚓嚓的,徘徊不去。当然,老太太和少年都听见了,脚步声在他们心中产生了完全不同的影响。

老太太这才找到一句得体的话。她说:"请给我倒杯水。"

他没动。

"我的腿不方便。"她说。

他还是没动。

"在客厅的桌上。"她又说,"有时我必须得吃安眠药。"

他照做了。他还把客厅桌上的一板药片也带过来。

"这种花花绿绿的是感冒药,你一点常识都没有。"老太太拿起床头柜上的小药瓶,往手心里倒。

他发现自己的手指没抖。他死死抠着玻璃杯,像是抠着谁的喉咙。抠着人家喉咙的手指竟然没抖。想到这儿,他感到手上猛地一晃。

水肯定洒在床单上了,他说对不起。他只能用这样的嗓音说话,就像拖鞋和地面相互摩擦,因为清嗓子的声音显然太过突兀,他不敢。

"对不起,小伙子。"

他不喜欢她说"对不起",但他一点也没有表示出来。

她接过水杯,仰头把药吞下去。"对不起,小伙子。"她又说,"我得睡一觉了。你走吧。"楼道里的脚步声比他的脚步声更响。不过无所谓了,老太太对自己说,过不了多久她准能摆脱它们。

楼道里的声控灯亮着,那一瞬间他还以为是早晨了。他回身关上老太太家的门,没发出什么声响。靠近楼门口的地方站着一个女人。她的头发好像精心编过,但被大风吹散了,弯弯卷卷地勾在胸前。她的小腿被厚实的长袜紧绷着,勾勒出清晰有致的线条,脸、脖子、手腕和手指,所有袒露的地方都非常光滑。怎么,她对他现出惊讶的神情来了?她为什么保持那么奇怪的姿势,突然一动也不动了?不,她并不像墙上照片里的女人。她们的嘴唇都很红,但是不一样,面前这个女人要更成熟些。她的女人味是显而易见的,即使她穿着那么一条稀松而布满褶子的灰底小白花睡裙，棉拖鞋上还画着大眼睛的卡通山羊。这让他有点想笑。可她又是为什么笑起来了呢？她的笑容湿漉漉的，带着含糊不清的羞涩，把整张脸都擦亮了。

这个女人在他面前显得手足无措。实际上，当她看着他闪进楼门的时候，就以为再也不会遇见他了。社区院子很大，她住东区，他住西区，中间有小路连通，但日常并没什么交集。她似乎松了口气。她可以在这座陌生的老楼门口站一会儿，什么都不做，也可以跟自己打一架。她的心里和脸颊发烫，四肢却冻得发麻，双层棉布的裙子还是被风一吹就透了，她宁肯抱着双臂跺脚取暖。她的影子真像在跟自己打架似的，脚步声在空旷的楼梯间兜兜转转，接着便逃散进她不知道的角落。

原来他已经不是孩子了。他现在就站在她面前，既不慷慨激昂，也不失魂落魄，脸上是那些不知在想什么的人常有的表情。她看到他下巴上冒出的胡茬。她的微笑肯定显得尴尬。声控灯在头顶啪嗒一声熄灭，黑暗挤压过来，把她惊醒。好像有把小刀，将他分明的轮廓一点点刮掉。她尽量若无其事地转身，面对这早春的大风的夜晚，走出楼门，走上小路，穿过路灯的光晕，她越走越快，磕磕绊绊地跑起来了。

欧阳江河 点评

于文舲不仅写小说,她的诗和文学评论也写得好,甚至还创作过话剧剧本。她对各个文体有准确的把握,可以自如地切换,仅此一点就让我相信,她的文学感觉是很好的,也是有才华的。

我曾在课堂上分析她的诗歌作品,我说,在于文舲的文字中常常出现这样一种感觉,或是一个主题:想发声而发不出来。这个主题也贯穿在《每当有人醒来》这篇小说中。小说要比诗更具体,更日常,在这里,人们"想发声而发不出来"的状态被具象化为"孤独"——一位失独后又失去丈夫的老太太、一个刚进城打拼的小伙子,还有所谓的"剩女"。各种原因下的孤独,在于文舲的叙述中被推向极致,险些造成一场犯罪。但我们看到,每个人心中又都是存着善意的,他们不过是渴望打破自己的界限,与他人、与世界建立某种联系,可就是在这个行动的过程中产生了隔膜。这是非常具有现代性和城市性的主题,也是一个重要的问题。发声与销声的博弈,整体性与个体的悖论,让于文舲在小说中左冲右突,试图帮助每一个"人"恢复发声的功能。应该说她做到了,当人物在结尾相遇,相互慰藉。

《每当有人醒来》这篇小说是于文舲学生时代的作品,写得有些稚嫩,有些着急和刻意,我想都是正常的。这体现着一个年轻人对生活的真诚,她还会流露出一些少年心气般的执拗和急切,也是可贵的印记。于文舲的诗歌写作透着某种不寻常的早熟气息，在这个短篇小说的字里行间，于文舲早慧的诗意笔法处处弥漫，在戏剧性与日常性、事件发生与心理发生、区隔与融汇之间，终得以形成张弛有度的叙事灵氛，且带出美国诗人史蒂文斯所说的"本地事物的抽象"那样一种超乎写法和方法之上的人生观的、世界观的东西。我高兴地看到，于文舲后来的作品已经有了更多的沉淀，更多的成熟，风格也更加多变，这说明她在不断积累，在开拓，在进步。如果一个人一出手写的就是他一辈子最好的作品，那才是可疑的。于文舲是我的第一个研究生，最让我欣慰的是，她属于那类可以一直写下去的真正的写作者。

3

崔君

炽风

崔君，1992年生，山东人，2015—2018年就读于北京师范大学文学院文学创作与批评方向，获文学硕士学位，作家导师李敬泽，学术导师张清华。小说刊发于《人民文学》《十月》《作家》《上海文学》《青年文学》《西湖》等。曾获"人民文学·紫金之星"中篇佳作奖、《山西文学》双年奖。现供职于鲁迅文学院。

《炽风》发表于《人民文学》2017年第9期

天已经慢慢黑下去，借来的车子在蜿蜒的山路上有些吃力。我打开车灯，成群的乌鸦在车将要开过时舒展身体，它们轻飘的翅膀在灯光里黑得发亮，每一只都像是从我的身体里起飞。我没有按响车喇叭，这些黑鸟知道在哪段时间飞离是最合适的。颠簸的山路好像并不会通向某个具体的地点，而真正要到的地方则在盘旋的乌鸦群里。

　　我赶到聚风山的时候是下午六点。路左侧又出现了那条河，它从聚风村的石桥流下来，与另两条河流汇合。河里结了冰，冰面宽广，近处有一堆烂苹果、酒瓶碴。一条野狗站在冰面充满敌意地看我，嘴里咀嚼着什么。

　　早上我接到电话，打电话的人叫陈察。他说："你是马宋吧，终于找到你了。"过了一会儿，他又说，"我妈快要死了，她想见你。"陈察的妈妈就是李彩虹，那时大家都叫她李寡妇。我开车出发，为了将要死去的李寡妇。十年前我离开聚风村，没有想到还会再回来，并且是为李寡妇回来。

　　这儿，一个世纪以前是片大坟场，后来聚风村在这里兴起，房顶统一是红色的瓦片。那场大火以后，树被烧得黢黑，墙壁坍塌。谁都不知道从何时乌鸦们开始习惯性迁徙，冬日，它们要在黄昏飞来这里，在高大的树木上过夜。现在，乌鸦的白色粪便就倾泻在不太纯净的黑夜里。

再往前开，拐一个弯，车灯直射到聚风村公墓。坟包被车灯扎漏，稀稀拉拉几个，干瘪地趴着。再过几年，恐怕都不能称之为坟了。我知道，我的母亲马来凤埋在里面，我的父亲王川北埋在里面，越来越多的人埋在里面，现在，李寡妇也要埋在里面了。

我已经远远地看见山顶的养老院，白色的房顶隐约在黄褐色的山间，几团橘子大小的灯光谨慎地跳动，房顶上空漂浮着衰颓气息。在聚风村坟场兴起以前，这个白房子就有了，据说是一个欧洲传教士设计建成的。很多年以后，那里成了肺痨病人集中居住的地方，他们在那里疗养，死后被就近埋到聚风村坟场。

我的母亲曾不止一次向乡村医生陈可宣布，父亲王川北已经染上了严重的肺痨病，必须马上转移到山顶的白房子。有一次王川北醉酒后差一点进去，他为了向医生陈可证明自己没有得肺痨，从聚风山山脚把一根粗壮的松木扛到了白房子门口。陈可对我母亲说："回家吧，他没病。"后来，那根松木被用来顶住白房子北向的变形墙壁。

陈察说，李寡妇住到养老院后，有时把那根松木当成她的丈夫陈可，有时把它当成我父亲王川北。她对着木头唱跑灯曲，但她的嗓音已经被时间侵蚀得只剩呜咽。

车子停在白房子门口，一个佝偻的妇人拉开了门口的灯，她像等了很久一样说："来了……"

时 间 与 神

那几年，每天太阳西沉时，我的父亲王川北已经喝下一斤劣质白酒。他靠在破旧的雕花大床上一遍又一遍地念叨："一寸观音一寸金，寸金难买寸观音。"在我的词语系统里，"观音"要比"光阴"入驻得早。

据说，那时王川北是聚风村唯一到县城读过高中的人。他那几年在聚风村上蹿下跳，吃饭的时候要系着围巾，早晨要站在田垄上背唐诗，每天还要用一种奇怪的盐巴刷牙。我英俊的父亲同时赢得了两个姑娘的青睐，一个叫马来凤，一个叫李彩虹。他系着围巾站在一棵高大的板栗树下，同时约会了两个姑娘。他清清嗓门说，你们倒是说说，看上我哪一点了？

马来凤想了好久说："你的牙又白又整齐。"李彩虹把钢鞭一样的两条辫子向后一甩，指着不远处的河流说："王川北你看那边。"我父亲眯起他的小眼睛看过去，长河在秋末的高空下弯弯曲曲，像在空旷里丢失了方向。马来凤也顺着李彩虹的手指头看过去，没有看见什么，她又回头看看李彩虹，看看王川北。她肯定心急得不得了，预感到将要输掉一个重要的比赛。王川北专注地看着李彩虹手指的方向，李彩虹说："我看上的就是你现在的样子。"

后来，我家底殷实的外祖父从外面买回来两匹白马，养在院子里，那两匹白马也是聚风村仅有的马。它们站在院子里吃干草，聚风村的人都围在围栏外观看，他们像看一幅画一样去观赏白马，马粪臭烘烘也阻挡不了他们议论的热情。

王川北也去了,他看见马的毛比他的牙齿还白,他还看见马站在院子里谁都不理,吃饱了就打响鼻、拉屎,用一侧眼睛看人。他想起了白马绕旌旗、饮马渡秋水、春风得意马蹄疾。马来凤还让王川北进到院子里摸了摸,王川北摸了白马就对那些诗句有了拥有感。

我的父亲王川北骑在高高的白马上迎娶了我的母亲马来凤,他们的迎亲队伍绕着聚凤村走了两圈才回到王川北的家门前。那时聚凤村的乡村医生陈可已经光棍多年,就在大家以为他会一直光棍下去的时候,他却娶了村子里最好看的姑娘李彩虹。

再后来,我的父亲没有考上大学,幼儿园教师的职位也被人挤掉。他好吃懒做,两匹白马瘦得像柴火,他的地里长满了野草,他好看的牙齿被烟草熏得焦黄,狗都不会舔一下。

等我长大,王川北还学会了更多的本领。他在衣橱底下的旧内衣夹层里找到二百三十块两毛钱,钱是马来凤卖粘糕赚来的,她在最后一次点数家里所有积蓄的时候被王川北看见了。他偷了我们所有的钱。

父亲让我用他偷来的钱去打酒。这次饮酒父亲邀请了住在山上的养蜂人。聚凤山被疯长的荆条占据,我对那些淡紫色的花没有一点儿好感,六月到七月,站在山下的河边仰望,聚凤山被那些魅惑的花包裹起来,像一个臃肿的妓女,火也没能烧死这些狡猾的植物。养蜂人在每年荆条花开时就载着他满车的蜂箱来到聚凤村,他的胖老婆一瘸一拐地跟着。

我也像父亲一样是个混蛋。我拿着王川北偷马来凤的钱打酒丝毫没有愧疚感,正相反,我在期待一些不一样的事情发生。王川北成天醉醺醺地躺在床上，马来凤每五天蒸一大锅粘糕，这些事情让我感到厌倦。

我时常期待一些具有仪式感的日子，把它们当作时间的刻度。我将许多个刻度放大成片刻的欢愉、忧伤，或者虚空，这样就可以与那些重复而庸碌的日子划清界限。

我打来了酒。养蜂人下山来到我家，他手里拿了一个啤酒瓶子，酒瓶里装着浓稠的蜂蜜。我家坛子里腌着长毛的辣菜，养蜂人和王川北就着辣菜喝起酒来。我举起养蜂人的荆花蜜，让阳光在蜂蜜里穿行，倒过来看蜂蜜滞拙地流动，再倒过来看它流回去。一直让我想不通的是，为什么那么丑的花可以产出这么美丽的液体。养蜂人醉醺醺地拍我的头："小鬼，想吃吗？很……甜的……"他说甜的时候闭着眼睛拖长了声调摇了好几下头，我说我想吃。

"想吃就把这碗酒喝了！"

"对，让这小婊子喝！"我的父亲王川北说。

我有名字，但是我的父亲从来不叫我的名字。村里的孩子说蜂蜜是绝好的东西，吃了之后长生不老，但我从来没有吃过。我端起酒来，咽下了半碗，一屁股坐在地上，身上的血被烧热，喉咙炸裂，我猛烈地咳嗽起来。这东西如此难喝，我搞不明白王川北为什么会喜欢喝这玩意儿。王川北把头塞进裤裆里笑，养蜂人用手拍打着桌子，剩下的半碗酒都被震了出来，他们一边笑，一边指着我说："这小婊子！哈哈哈！是个好婊子！"

养蜂人倒出了一瓶盖儿蜂蜜递给我，有一滴落在了他的手上，他立刻舔进了嘴里。呛出的眼泪让我看不清东西，我在接瓶盖儿的时候不慎将它打翻在地，蜂蜜像鼻涕一样摊在红砖上，我无比失落。养蜂人又笑起来:"哈……没有了……没有了怎么办呢?"

我琢磨不透这个从南方跑来的养蜂人,那种感觉不太好说。就比如,马来风是一如既往地溺爱我,王川北是不遗余力地厌恶我,但是,养蜂人就很难说了。他在路上见了我,有时会满脸微笑地招呼我过去。他会用温热的大手摸我的头发,摸我凸起的眼球,我感觉很舒服。但在我享受那种温暖的时候,他的手会慢慢滑向我的脖子,死死地卡住它,把我提起来,说是这样可以看到我姥姥家。然而,我连姥姥的毛都看不见。那时候的他面目狰狞,像只野兽。我双手不住地抓他的手,抓疼了他就会把我扔下来,猛拍一下我的后脑勺说,滚!他喜欢我不喜欢我全不挂在脸上,而是必须让人揣测,这是很费脑筋的一件事情。

乡村医生陈可不会像养蜂人那样让我看姥姥家,他让我产生他才是我父亲的错觉。我能得到陈可废弃的听诊器,给全村的孩子"看病",但是他的儿子陈察没有。

陈可说,聚风山上的黄荆是宝贝,荆叶可以采来做药,治疗咳嗽哮喘,花可以酿蜜,果实可以填枕头。秋末,人们经常看见陈可带着陈察,陈察扛着镐头,他们去聚风山刨黄荆根,挖荆疙瘩。陈可把各式各样的荆疙瘩做成根雕,然后去集市卖钱。

有一次,陈可刨出了一棵金黄色的荆疙瘩,他如获至宝,把枝枝丫丫修剪掉,坐在我的山羊旁边问我:"你想要个什么?我给你做。"

他这个问题太难回答,因为我想要的太多。

"我想要蜂蜜。"我说。

"你为啥想要蜂蜜啊?你想吃?"陈可问我。

我点头,然后又说:"我还想要个观音。"

"怎么又想要观音了?你想要的还真不少。"

"我听我爸说,一寸观音一寸金。"

"你爹还真把自己当秀才。"陈可抿嘴笑了。

后来,陈可真的送我一尊观音。观音慈眉善目,她手里的玉净瓶倾倒出波浪一样的东西。陈可告诉我说,观音正在为你倒蜂蜜,想要多少有多少。黄荆的颜色真的像蜂蜜一样褐黄,阳光下的金光让我感到无限满足。

我有了自己的神,我的神低眉顺目,俯视人间。

乡村医生陈可精通妇科病,我母亲刚结婚没多久就成了他的固定病号。他给我母亲马来凤开了不计其数的草药,除了父亲的酒气,我记得最深的味道就是马来凤的草药味儿。

我的母亲好像从来都不畏惧草药的苦,她总是很享受地喝下一碗又一碗。据我母亲马来凤说,她曾经跟陈可哭诉,要是怀不上孩子,她估计很快就会死掉了。

我还记得陈可长什么样子,虽然他在我和陈察八岁的时候就已经死掉了。陈可有络腮胡,头发自来卷,红斑斑的脸就藏匿在茂盛的毛发里,远远地看,像一颗卷心大白菜。

我痄腮发作的时候,陈可用捣蒜的石臼把仙人掌捣烂,调成药,给我贴在耳根下边,冰冰凉凉的,让我感觉自己一下就能好起来。我问陈可:"陈大夫,痄腮是因为我的腮坏掉了吗?鱼会不会长痄腮?"

"人有人的大夫,鱼有鱼的大夫,改天我帮你问问鱼大夫。"陈可说。

"陈大夫,他们说我不是我妈生的,我是别人生的,你儿子陈察也这么说,是真的吗?"我又问陈可。陈可大吃一惊说:"陈察放屁,这是什么疯话,我给你妈接生完,赶回来接生我们家陈察,没想到这小子很心急,自己就跑到世界上来了。你刚生出来很瘦,这么长,"他用手比画着,"像个刚出坑的萝卜。"

陈可骗了我,他从来都没有给我妈接生过。估计他从来都没有干过接生的活儿。陈可在麦地里捡到一个弃婴,他把弃婴当作一味药送给了马来凤,告诉她,有她你就能活下来。

王川北一定酒气醺醺地看着那个被冻成萝卜干一样的哇呀哇呀哭的小孩儿,他坚决不让孩子姓王,他要等待马来凤给他生出姓王的孩子。于是我就随我母亲马来凤的姓。

我叫马宋。

两 个 女 人

马来凤每五天要蒸一锅粘糕到集市上卖。她举起巨大的铝锅盖子像举起银白的月亮,瘦小的腰肢随时可能被折断。盖子被她立到地上,她往大锅里倒进一桶半井水,倒进淘好的大米、薏米、黑米、豇豆、红豆、绿豆、花生、大枣、桂圆等十八样原料,盖上盖子,在锅下烧起玉米秸。

锅沿儿开始冒热气的时候,马来凤打开锅盖,抄起大勺子,把它伸进满是气泡的锅里正转三圈,倒转三圈,舀出一口温吞吞的水浇在锅台凹陷处的一个鸡蛋上。每次如此。我那时就知道,那是马来凤在诅咒与我父亲通奸的女人。将沸的米汤可以让漂亮女人掉头发，最后变成尼姑那样的光头。女人没了头发，王川北就不会喜欢她们了。

那个鸡蛋就是李彩虹，乡村医生陈可死掉以后，李彩虹就成了李寡妇。李寡妇和王川北躺在了一张床上，这是尽人皆知的事情。

我们也不知道王川北和李彩虹具体是什么时候躺在一张床上的，也许是我最先在坟地发现了他们的奸情。他们欢乐的场地从坟地换到了李彩虹家里的床，又换到了我家的床，最后他们俩在夏季翻滚的炽风里交欢，在燃烧的荆花里交欢，以大地为床。

马来凤在一个有风的傍晚，换上了她最新的的确良裤子，还把头发梳得一丝不苟，我甚至还记得她戴上了她那顶从集市上捡来的花边帽子。她很认真地吩咐我把家里的猪喂饱，自己炒个鸡蛋吃，炒鸡蛋的时候可以放点醋，预防感冒。

马来凤跑到了聚风山的山顶，找了一块很干净的岩石，褐色的岩石上盛开着湖绿的石头花。她慢慢坐下来，眼球滞涩地转动，血丝已经像荆条的根一样占领了她的眼白，攀爬进瞳孔深处。迟钝的马来凤终于听说了我父亲的不忠，她的目光从疯长的荆丛里扫过。

荆花漂浮在墨绿的叶子里，马来凤一定想到了她蒸粘糕时紫米泛起的泡沫。在那妖冶的泡沫里，她看见了我的父亲王川北和一个黑头发的女人，他们在滚烫的阳光里隐没到了荆丛里。马来凤完成了一件事，她松了一口气，回家继续蒸粘糕去了。往后的日子里，她的灶台上多了一个生鸡蛋。

有一天，放学回家时，我看见李寡妇摇头晃脑地走出我家的栅栏。她像个疲惫的醉汉拿着啤酒瓶，瓶里装着棕黄的蜂蜜。蜂蜜最终都被李寡妇拿走了，那是我父亲对她"劳动"的奖赏。

李寡妇抽的香烟很好闻。我曾经捡拾她丢在地上的烟头来吸，学她倚在我们家的大床上逍遥地吐烟圈。她能一连吐出好多，烟圈在空气中犹豫着上升，排队等候被屋顶的蜘蛛网过滤。李寡妇还会写字，她家墙外的粪堆上零散地扔着很多白色的纸团，人们都在流传李寡妇会画咒符。我有一段时间对李寡妇着了迷，她那么妖艳，那么骄傲，她甚至都不看我一眼。李寡妇有好看的锁骨，我那时还不知道锁骨，我只是在心里暗暗地叫它们"那对漂亮的骨头"。李寡妇一定程度上暗合了我对仙女的想象。

我对李寡妇的纸团充满了兴趣，有一次我心惊胆战地偷回了她的纸团。当我打开那些纸团的时候，它们却是空白的。我又把纸团在马来风蒸粘糊的灶台上烤，期待它们会产生一些我想要的东西，可直到被点燃也还是丝毫没有痕迹。我还把李寡妇的烟盒收集起来存在抽屉里。烟盒上的大公鸡蜷缩着一条腿，梗着脖子向某个空洞的存在张望，像虚荣的李寡妇。烟盒上的公鸡被我剪下来贴在了算术本上。

我放羊，李寡妇放牛，有时能碰到李寡妇，碰到了我就远远地看她。聚风山的山坡上盛开着密集的野菊花，我的黑狗就在菊花丛里撒欢，它使劲往空中一跳就会咬掉三四朵花。有时它也会追逐自己的尾巴，从东跑到西，风仿佛是它带来的。栗树在花丛的掩映下显得笨重矮小，幸运的话我可以在石头底下捉到蝎子。我把羊绳末端的楔子拍进土里，羊抖动着胡子吃草，它们的肚子会撑得像石头一样坚硬。

有一次,我在山坡上躺着实在无聊,突发奇想要骑到羊身上,像多年前王川北骑马一样。这个想法让我激动不已,我在等待附近田里的人走掉,好让我骑在羊的背上威风一回,要是摔下来被他们看见,我会感觉很丢脸。但是他们并没有回家的打算,我有点不耐烦了。羊一边吃草,一边甩动它短小的尾巴驱赶苍蝇,羊皮也一动一动的,像是在挑逗我。

我从地上爬起来,拔出楔子,把羊牵到一个相对隐蔽的地方。四五头黄牛在不远的坡地上吃草,一头小牛犊把头塞到母牛的腿间喝奶。没有人,是的,没有人了。我提了提裤子,深吸了一口气,准备大展身手,我甚至用手量了一下,觉得应该坐在羊背上三分之二的地方。我家的羊是只半大公羊,叫声响亮,它只要饿了便一刻不停地吃草。我走到它的身边,它把屁股往一边转了转,好像是为了方便我骑上它。但当我抬起脚来坐在上面的时候,它突然抬起头,屁股紧急收缩下降,我家羊像王川北一样瘦骨嶙峋的背把我的屁股狠狠硌了一下,我能真切地感受到我的屁股是两瓣了。羊还往前猛跑了一下,把我掀翻在地。我懊恼地用羊绳抽打它的背,羊一蹿一蹿企图挣脱,狗围着羊团团转。我听见一个女人的笑声,不远处的牛背上坐着李寡妇。

"马宋,你过来!"她招呼我说。

我站在那头公牛面前,抬头仰望,它体型高大、健硕,目光阴沉,嘴巴一张一合咀嚼着青草,尾巴迟疑地摆动。李寡妇弯下腰来,我看见了她黝黑的一双乳头。

"愿不愿意骑到它身上去?"她问我。

我点了下头，她一使劲把我抱了上去。牛哞地叫了一声，我的屁股仿佛感受到了它声带的颤动。

"这头公牛叫声洪亮，所以给它起名叫雷。"李寡妇说。

给畜生起名字这件事马来凤也干过，我家那头又瘦又臭的猪，马来凤管它叫长白。她每次喂它的时候都要用勺子敲着铁桶喊长白，希望它长得又白又长，卖个好价钱。"长白"这个名字完全没有"雷"洋气，李寡妇放牛回家的时候都会拖长了音调呼唤："雷呦……雷……"

于是，我受到启发，给我的黑狗起名叫作电，因为它跑起来像闪电一样迅疾。

我坐在雷的背上感觉好极了，踏实可靠。李寡妇跳下牛背，抚摸了几下雷的左脸，雷开始慢慢走动起来，它小心翼翼，头也不回，我在它的背上感受地势的起伏。就在那时，我扭头看了一眼李寡妇，她疯长的头发胡乱地披在那对好看的锁骨上。我在雷的背上坐够了，跳下牛背，做了一个大胆的决定。我走到李寡妇面前站定，咽了一口唾液。

"你可知道，我妈妈马来凤每次蒸粘糕时都要把温米汤浇在生鸡蛋上，咒你掉光头发，像尼姑一样。"我听见自己说。

这件事没过多久，我就后悔了。马来凤才是我妈，我背叛了我妈。我又想起来，有次马来凤拉稀去茅房，我给她看火。我往炉灶里猛塞几把玉米秸，锅下升起橘黄的火焰。锅里逐渐有了窸窸窣窣沸腾的声音，我学着马来凤抄起大勺子舀了一勺沸腾的水，浇在鸡蛋上。马来凤从茅房出来，腰带都没有系好，一把将勺子夺过去。

"开水要把她浇死了!"她紧张地说。马来凤只想让那个女人掉头发,她没想让她死。

霸 王

陈察虽然是陈可的儿子,但是他一点也不像陈可。陈察经常挨揍,他妈妈李彩虹指着陈可说,你要是再打我儿子,你就快点去死吧。

陈察长得不胖也不高,但是大家就是怕他,所以,除了陈可敢揍他,没人愿意和他有半毛钱关系。有次,陈察在放学的路上把我拦住,他一脸赖皮地对我说,你知道大家为什么害怕我吗?因为我的眉毛是连起来的,也就是说,你们都长了两条眉毛,但是我长了一条眉毛,所以他们都不敢惹我。

陈察会把擦屁股的卫生纸放进讲台的抽屉,把唾液吐进同学的杯子里,和低年级的小孩儿要泡泡糖。他经常挨揍,只要看见他侧着屁股坐在凳子上,同学们就知道他又挨揍了。陈可死掉以后,就再也没有人可以揍陈察了。

陈察经常把李彩虹气得直哭。李彩虹用麦子去小卖部换来的馒头都得藏起来,馒头们一旦被陈察发现就遭殃了。陈察会把馒头咬进嘴里,咀嚼几下,从嘴里抠出来,把馒头攒成一个小球,再放进嘴里嚼几下,再拿出来捏,如此反复。

陈察在很小的时候就已经做了好多件惊天动地的大事。据说,他曾遭遇了一群鹅的围攻。陈察去邻居家的鱼塘里抓黄鳝,一群鹅夏日午后吃饱睡足在鱼塘里漂着，陈察拿蚯蚓逗它们，它们不理他，陈察就用石头丢它们。鹅被惹毛了，它们气势汹汹地去啄陈察。雄壮的鹅啄伤了陈察的胳膊和额头，把他扑进了鱼塘的淤泥里，差点把他的眼睛啄下来。陈察一路跑回家，鹅一路追到陈察家门口。陈察拿出了他割羊草的镰刀，狗狂叫，鹅也嘎嘎乱叫，叫得陈察脑子发热。

陈察坐在讲台的桌子上，挥舞着树枝说："我就是这样，你们看到了吧，这样斩鹅的。"陈察向我们绘声绘色地讲述了他的英勇事迹。他说："鹅被斩断脖子，血会喷上天，像燃烧的黄荆花，像红色的喷泉。它们的羽毛在河里洗得白白净净，血落回到它们雪白的羽毛上，又落到绿色的草地，而掉到地上的鹅头好像还在惊讶，还会咂几下嘴呢！"

陈察经常与我比谁的鼻孔大，他伸出刚弹完玻璃球的两根黑手指在我面前晃来晃去，像玩把戏的人一样，故弄玄虚地说："你看好了哈。"然后，陈察的食指和中指真的一起塞进了一个鼻孔里。"你看我厉害吧？"接着，他把那两根手指拿出来一起戳进另一个鼻孔里，自己解说道，"你看，这个鼻孔也可以的。"

陈察从来都不听课，老师点他起来回答问题，他就歪歪扭扭地站起来。老师问他陈察你是泥鳅吗，站直了！从此，同学们都叫他陈泥鳅。

陈察是捕鱼的高手，他和王京良、于小海他们一起下到河里，最先逮到鱼、逮到最多鱼的一定是陈察。陈察每次捕鱼前都要站在岸边闭着眼睛有模有样地念叨一番，说是召唤之术。

我的父亲王川北也爱逮鱼摸虾，他在水库有一条地龙，那是我落魄的外公除了白马留给王川北和马来风的另一件有用的东西。地龙是一种捕虾蟹的网，它伏在水库岸边的浅水下，像一条青色的龙。在贫穷的日子里，王川北的地龙是我家吃肉的唯一依靠。虾有大有小，螃蟹不多，有时还会有一两条银色的白条鱼。最肥的虾一定是王川北的，有几条大虾几条小虾，他比谁都清楚。在村里的小孩儿疯长长得膝盖骨疼的时候，我却安然无事，想来是小虾吃多了，钙足。

入秋以后的好一阵子，王川北在我们家的地龙里连片鱼鳞也没有见到。王京良告诉我，陈察偷收了我们家的地龙。我对王京良说："神经病！"我不知道是在骂王京良告密，还是痛斥陈察的恶行。仔细想想，陈察这样的人，干什么看起来都不会太过分。

南大河干涸的那年，陈察还在里面逮到三条金鲶鱼，而王京良他们则没有逮到。三条金鲶鱼绕着缸底摇头摆尾，把浅浅的水、碎碎的阳光搅得流动起来。于小海要出钱买他的鱼，陈察谁也不卖，他把它们养在李彩虹盛水的大缸里，缸沿儿上趴着被鱼腥味吸引来的苍蝇，陈察向来参观的人展示怎么徒手捉苍蝇。他的手迅疾地滑过缸沿儿，然后手一松，一只苍蝇就晕头转向地从他的手里飞走了。然而看他捉苍蝇的人不多，大家都是来看他的鱼的。

直到有一天，我在我的桌洞里发现了一份盒饭，是虾的味道，我打开盒盖儿，里面九只红彤彤的大虾，它们躺成一排待在狭窄的饭盒儿里，显得更大更饱满。我慷慨地吃了它们，虾壳很完整，它们依然气鼓鼓地躺在里面。

是陈察给我做的虾。他听说王川北在外面吹嘘他的地龙能网到很多虾，每次他都要吃掉最大的几只。陈察说，他偷收王川北的地龙，也想让我尝尝大虾的味道。我说，挺好，大虾确实比小虾好吃。

有一天，陈察还指着李彩虹的大缸说："马宋，我可以送你一条金鲶鱼，你想要哪条随便挑。"我只看见一些黄色的东西被包孕在闪耀的水光中，鱼的触须轻轻波动，像我奇幻的梦境。我看不清他们说的那些美丽的鱼，又不想趴在水缸边上看。于是我说："陈察，你的鱼真是丑死了，我哪条都不想要。"我看见陈察脸上肌肉抽搐，他圆睁的眼睛变小，翕动的鼻孔在变大，仿佛可以放进三个手指头。他的自豪从微张的嘴巴溜到下巴、脖子，然后钻进领子里不见了。我说："我要最大的那条，你给我捞出来吧。"我的话刚说完，他的自豪又像只老鼠一样从领子里出来了，最后让他的眼睛睁得溜圆。

有一段时间，陈察的位子就在我的后面。我在课上给大家读我写的作文《我爱火》：我爱红色的火，我爱上升的火，我爱奔跑的火。陈察在我读完作文坐下后，把我的胸罩扣带隔着衣服揪起来然后突然放开，扣带弹在我后背上啪的一声。清脆声响每隔几秒钟一次，有的同学回过头来看我，有的幸灾乐祸地等着看笑话。有一天下午，我去学校外的河边倒垃圾，陈察尾随了我，趁我不备时紧紧抱住我，他身上散发着一股公羊的味道，那味道让人反胃，我一把推开他说，去搞你妈！

那时候，我恨透了陈察，拒绝和他说话，我觉得这样的人渣就应该早点关进监狱里。

一年打麦的季节，王川北和马来凤好不容易在打麦场排到位置，他们要连夜把已经晒干的麦子打出来，不然几天之后的阴雨就会让我家的麦子在地里生芽。我坐在屋门口垒起的空酒瓶上，那些瓶子都是王川北日复一日"工作"的成果，但是马来凤擅长把那些空酒瓶垒得一丝不苟，屋檐上滴下来的水正好可以把酒瓶淋洗得干干净净。等到收废品的人来到村子里，马来凤就可以把干净的酒瓶出售，换来的钱继续买米蒸粘糕。

我坐在那些酒瓶上等马来凤回家，屋子里太黑，我甚至不敢看一眼。蚊子在我的腿上咬了一个又一个包。过了很久，我能感觉到湿热的风稍微变换了方向，马来凤还是没回来，那时候，我觉得我还是需要马来凤的。后来，我等得不耐烦了，就把酒瓶里装上水，用一根小铁棒敲击它们，酒瓶在如水的月光下叮叮当当。

突然，一个黑影走进了我家的院子，我心里一颤，黑影说话了："马宋，你敲得还挺好听的。"黑影还嘿嘿地笑了几声。

我知道那是陈察，虽然我极其讨厌他，但在那一刻能有人陪我还是很高兴。

陈察走到我跟前："马宋你知道吗，我把我妈的猫拴在了南大河那里，过几天就可以去收尸了，哈哈。"

我手里拿着那根不长不短的小铁棍，蹲在地上看着他。他的鼻孔在院子的灯光里显得愈发空洞，我一度怀疑，他的鼻孔之所以那么大，是他自己活活用手指撑开的。他说这话后，我又开始厌恶起他来，甚至想让他赶紧离开我家。我在思考他鼻孔问题的时候，陈察突然叫我的名字。

"马宋……"

我的眼光从他的鼻子移动到他的眼睛，他的眼睛也随着他的鼻子扩大了很多，他的身体突然变得很高很壮。

"马宋……你是不是很讨厌我?"

我还是没有说话。

"马宋,你为什么不和我说话?"陈察向前移动了一步,他想要蹲下来。

我突然紧张起来,感觉这个黑色的陈察比屋子里任何黑暗的未知都要可怕,我猛地站起来,手里的细铁棒朝陈察使劲一挥。我蹲的时间太长用力过猛,一下跌倒在酒瓶堆上,玻璃发出混乱的脆响。我透过黑一阵白一阵的眼睛看陈察,他站在那里一动不动,几只蚊子围着他快速翕动的鼻翼,一股黑乎乎的液体在他的下巴上涌动起来,昏黄的灯光在上面反射着零星的光。我不安地看了一眼手里的铁棒。

陈察声音颤抖:"马宋……"

陈察转过身猛跑了几步后走了,他走的时候没有像泥鳅一样一摇三摆,而是一本正经地走了,我还没有见过那样的陈察。

后来,马来凤和王川北在清晨才满身疲惫地回来。在此之前,我竟然毫不犹豫地进到了漆黑的屋子里,拉开灯,准备睡觉,我甚至还一丝不苟地刷了个牙。我躺在床上,熄灭了灯,我一点也不害怕夜晚了,我那时就悟出了一个道理,你感到害怕,是因为你没有面对更汹涌的恐惧。

我没有闭上眼睛,因为只要我的眼皮合在一起,陈察下巴上的血就朝我铺天盖地流下来。天快亮的时候,我迷迷糊糊地睡着了,我梦见了陈可张牙舞爪的根雕变成庞大的章鱼,把我紧紧地困住。李彩虹和她的瘦猫站在一片野菊花的尽头,她满脸微笑地向我招手,我犹疑地向她靠近,没有想到菊花全部变成李彩虹的缝衣针，扎烂了我的脚底。最后，陈察也出现了，他拿了一把崭新的砍刀，大手一挥，我的下巴吧唧砸在我的脚面上。

边 界 消 亡

在王川北整日喝酒的时日里，我们全家备受贫穷的折磨。我家地里的粮食干瘪得可怜，长白也被卖掉。马来凤每隔五天掀开的大锅里，粘糕的体积越来越小，有些日子她为了省坐班车的钱，只能在村里叫卖她竹篮里的粘糕。马来凤的叫卖声中带着哭腔，她走过聚风村的石桥，站在那里弯腰去看河水，仿佛被飘摇的水草迷住。接着，她朝水里擤鼻涕，然后回头看着我，她脸上倒是没有半点凄苦之色。快点走！我听见她说。

风从四面八方吹过来，我走过石桥的时候，她浓黄色的鼻涕还在水里打转，想到我的衣服就是在这样的水里被她反复搓洗，我又开始讨厌她。

每次马来凤和王川北吵架都离不开钱的事。马来凤喜欢哭，她每次哭都没有声音，只是大口大口地喘息，好像有什么东西扎住了她的声带，但是眼泪很轻易地就布满她扭曲的脸。

但是王川北哭不这样。他喝醉后，刚开始是无休止地诉说，背唐诗，念那句有关光阴的真理，屁大一点事儿都能安放到人生的重大苦闷里。慢慢他就会哭起来，哭声会越来越大，像突降的暴雨砸在铁皮上。每当这时我都觉得心里有一把锯子，一来一回尽是恐惧和担心，生怕会发生什么事情。但他也有哭累的时候，当声音小了，无止境的相同音节又会让我感到无聊烦闷。我真是厌恶透了这种郑重其事又虚无缥缈的发泄。

我第一次见到马来凤放声大哭是在一个夏天。空气里没有一丝风，太阳被聚风山吞吃以后，温度还是没有降下去。放学后，陈察第一次说我不是从马来凤的肚子里出来的。我推开门回到家的时候，马来凤坐在院子里，她穿着晚上睡觉时的无袖汗衫，汗衫已经湿透一半。她在无声地哭泣，肩膀一抽一抽的，看她通红的眼睛我就知道她起码哭了有半个钟头了。

我走过去想问她你怎么了，但是我说的却是你又哭什么。马来凤透过哭肿的眼皮看见我了，我没想到的是她紧紧地抱住了我，像一头母牛一样哞哞地哭起来。我还从没有见过人这样哭。我还想问我是不是她生的，但是那个问题无论如何都显得不合时宜。也许是她的哭声把我吓了一跳，在这样巨大的轰鸣里我的眼睛发酸，也开始往外滴水，眼泪滴落到她的头发里，沾在了她的头皮上，她每一次用力哭泣都让我觉得她的头发向外生长了一次。

我低下头去看我的眼泪的时候，这才看见马来凤参差不齐的发尾。

马来凤在地瓜地里拔了一中午的野草，她睡午觉的时候，喝醉的王川北又想喝酒了，但是他没有钱，小卖部的瘦女人绝对不会再给他赊账了。王川北那被酒精麻醉的大脑灵机一动，他看见了马来凤耷拉在床头的头发。

勇敢的男人王川北一刀剪断了我的母亲马来凤的辫子。

王川北拿着那截又细又黄的头发肯定会哭笑不得吧，因为收头发的老头只给了他二十块钱。我的母亲马来凤因为她的男人剪了她的头发号啕大哭了。

晚上我给王川北盛粥的时候朝他的碗里吐了一大口口水。

马来风稀疏的头发已经不可拯救，自从王川北剪了她的辫子，她的头发就像停止生长一样，到了冬天还是那样子。我觉得她应该有一样工具来打理一下头发。有了这个想法以后，马上就有了为她做一根发簪的想法，就像小卖部的瘦女人一样，把头发随便一挽，插上发簪，也不难看。

带着那把已经不锋利的短刀，我走向聚风山的荆丛，风从其间穿过，梳理杂乱的荆条。聚风村的土壤如此贫瘠，野风永远不会停下来，长了石头花的岩石深深地扎进山体，没人知道它们从什么时候开始存在。这样的土地只能生长黄荆，它们的根与岩石比起来，不知道哪个更深远。

临近公墓的时候，我听到了声音。风把那种声音传送得很远，我本能地捡起一根树枝，树枝一端被烧焦，那是上坟的人烧纸后丢下的。我绕过了一座坟，看见了一条棉裤，是王川北的棉裤，因为马来风往布片里塞进过多的棉花，它跟我的棉裤一样，能直挺挺地立在地上，像墓碑一样纹丝不动。我看见了王川北白皙的屁股，我还看见了那个黝黑的女人。这两个人痛苦而又欢乐的声音传遍了整个公墓，地下的骨殖和我的牙齿被声音震得咯咯响。

好像是突然之间的事，我的眼睛看不清楚了，万物丢失了清晰的边缘。我深一脚浅一脚地跑开去，找到一个带檐的墓碑藏了起来。

盘旋的鸟、觅食的野狗和寒风里摇摆的狗尾巴草都模糊起来，天渐渐黑下去，无限高的夜空里星星变得硕大饱满。我眯一眯眼睛，仿佛看见了风。墓碑上的乌鸦很黑，我能看见它来回转动的头和不时伸展的翅膀，又过了一会儿，它还是没有飞走，像站在月亮里。风逐渐大起来，把星星的光吹得都变形了。远处的树梢上有一片肥厚的叶子，它随着风飘摇，后来它就被风吹掉了，飘落的时候让我想到灵魂之类的东西。树叶掉落的时候，墓碑上空了，我才知道乌鸦已经飞走。

直到公墓里一点声音都没有了，我才回到家里，马来凤正蹲在院子里垒我父亲喝光的酒瓶。暗淡的灯光里马来凤臃肿不堪，她笨拙地在干着一件卑微至极的事情，而我的父亲王川北却在干一件快乐到发疯的事情。我那时一定是觉得这个我叫了多年妈妈的女人蠢笨得厉害，这让我突然有点生气，走上前去，故意用脚把一只酒瓶踢得团团转，不料酒瓶却突然调转方向滚到台阶下摔碎了。马来凤瞪大了眼睛，用食指狠狠地戳了我的头一下，我哇的一声哭出来，双手环抱住她细细的腰。

我一边哭，一边告诉马来凤我把她的短刀弄丢了，还有，我的眼睛要瞎了。我说我突然看不清东西了，她以为我又要像父亲一样通过说谎来谋求她的东西。直到我下台阶的时候摔倒，她才相信我说的是真话。

马来凤带我去医院。医生冰凉的手触到我的眼皮，我觉得我没有希望再变好了。医生最后的结论是近视，七百度，需要佩戴眼镜。

马来凤问最便宜的眼镜多少钱，医生说两百。我们走出医院的时候，雨夹雪迎面扑来，马来凤问我，看不看得清对面有几个卖肉火烧的，我说三个，两个胖子，一个瘦子。马来凤说好，她带我去瘦子那里，瘦子笑呵呵地说："这个姑娘一看福气高，吃了咱家火烧，病痛全消。"马来凤给我买了一个冒热气的肉火烧，裹在棕色纸里的火烧像王川北站立在坟地里的棉裤。马来凤说："别光看啊，吃吧，医生说不戴眼镜不会瞎，说不定明年就好了。"

医生的话让我突然想起我为什么找不到知了的翅膀了。那年夏天，王川北教我粘树上的知了。

"你真是个傻子，养你这么多年，你还是一点儿也不随我，知了的背光溜溜的，你去粘它的背怎么能粘住？你得粘它们的翅膀，能让它们逃走的是翅膀，你粘住翅膀它还有跑儿？你怎么那么笨！"他说。

上过几天学的王川北还教我，要用辩证法，无论什么问题都要用辩证法。为此，他还专门举了例子："就像你的眼睛，一方面你看不清东西了这不太好，但是另一方面你觉得所有人都变朦胧了，分不清好坏了，有些事儿你就不用看透，看不透就不用郁闷了。"

我说："我学会了，就像你喝酒，一方面你喝酒的时候很开心，但是另一方面，你喝酒花光了咱家的钱，我就没有眼镜可以戴了。"

那件事情以后，我经常会想一些奇奇怪怪的事情。我不是很明白，李寡妇为什么会看上王川北。王川北惨白的皮肤至今难以从我记忆中抠除，那种白像泔水上漂的油脂，大小不均的麻子掺在里面，让我想起长白粘着粪渣的耳朵。我的肤色出卖了王川北，无论是谁，一眼就可断定，黑皮肤的我不会是王川北的女儿。

我那时花了很长时间来思考一个问题，一个男人一个女人赤身裸体躺在一起会是一件多么尴尬的事情，哪里会有乐趣可言。如果非要有这么一个人，陈察肯定不行，王京良也不行……最后我倒很愿意和陈察死去的父亲陈可躺在一起。那时我还能想起他粗壮的手臂，他说起话来很缓慢，声音传到我耳朵里，像湖水一样没有缝隙地接触我的耳膜，我竟然感到了些许满足和温暖。

我近视的眼睛看见荆花白茫茫地融在一起，叶子绿油油的，无数枫叶状如无数的手掌轻轻相触，盛开的淡紫色荆花就漂在表面，沉浮、游动，像滚来滚去的珍珠，像马来凤蒸出来的粘糕，绿豆、紫米、白色的蒸汽全部在一个锅里，彼此拥抱、进入、撕扯。我在黄荆丛里穿来穿去，浓郁的香气让我晕眩，我那时就想，风每吹一次，花就变换了位置，风那么轻易地就修改了这片花的海洋。不远处石桥下的水漂浮着一层油油的光泽，风一吹，水好像在变多。

夏天没有持续很久，黄荆的花凋落后，几场寒风就把叶子吹没了，整个聚风山每到下午又栖满了乌鸦。肃杀的萧条景象一直持续到初雪，北风攀爬到半山腰后，冷湿气流化为雪花。在我混乱的童年里，聚风山真的好高，每年的初雪只会降落在聚风山的北面，聚风村在肆虐的风雪中瑟缩在漫山的黄荆枯条里，乌鸦也开始盘旋。我站在我家的院子里，院子零落破旧，好像整座山上只有我一个人。

雪刚开始落下时，我看见山顶的白房子，它穿过我的晶状体，还没到达视网膜便提前成像。很多年后，马来凤住到了白房子里。我看见白房子在冬日的灰黑色中像个突兀的乳房，但是不消半日，山顶的白房子便遁逃了，住着马来凤的白房子找不到了。住着我母亲的白房子就那样消失在人间，让我无比努力的寻找变得徒劳而又鲁莽。

我开始想起那个建造白房子的传教士，他一定是见到了聚风山的初雪，在山顶修了一座会逃跑的建筑。每到那时，我的眼睛都会莫名其妙地像神一样飘到半空里，俯视荒凉的人间。从那时开始，我就有一种不祥的预感，这里的一切能留下的只有黑色的鸟。

长大以后，我曾经搜肠刮肚地想，在我和马来凤相处的短短几年里，有那么几个瞬间我差点就相信了她是我的妈妈。在我出卖马来凤的那年夏天过去后，秋天来得很迟，蚂蚱和螳螂在花生地里巡视，我和马来凤提着竹筐去采摘绿豆荚。阳光像一剂毒药把我弄得昏昏沉沉，在将近中午的时候，我已经喝光了马来凤带来的水。但不久，我就发现了好玩的事情，我满地里寻找饱满干燥的绿豆荚，因为它们已经熟透了，所以用手指轻轻一碰，啪，豆荚就炸裂开来，饱满的绿豆从里面蹦出来，钻进干裂的土层里。这个事情我起码干了四五十次。

后来，这件事情也让我烦躁起来，于是我就坐在一棵杏树下凉快。我看见马来凤把一颗一颗的绿豆捡起来放在铺了报纸的竹筐里，她小声地说："摘晚了，今年怎么炸这么多。"最后，她可能是累了，竟然双腿跪在地上用干裂的手捡拾落在土缝里的绿豆粒儿。她抬头看见了我，有气无力地说："别站在太阳里，你傻呀！"我提着裤腰快速地走进杨树荫里。

我裤子的松紧带已经气数将尽，所以一到饭点，我都得提着裤子走路。马来凤最后用卖绿豆的钱去集市买了很长的一根松紧带,她从上面截下来一段,让我脱了裤子站在凉席上。她给缝衣针穿进一根白线,让我过去,我在转凉的阳光里走向那个眼窝深陷的女人。她弯起身,用松紧带从前到后围了围我的腰,那时候她的头发扎着我的脖子,坚挺的乳房堵在我脸上,像把我抱住了一样,的确良裙子下就是她温热的皮肤,她手里的白线飘在我的大腿上很痒。她问我勒不勒,我摇了摇头。我破烂的裤子在她的针里来回翻转,她把松紧带穿进去,打了一个结。最后,她拿着剩下的松紧带说:"你去跳皮筋吧,你不是一直想要来着。陈察他们都有,这回你也有了,你还想跳吗?"

忧郁动物

再见到陈察是两个星期以后,他在同学们做课间操的时候悄悄回到我们的教室,把自己的书桌翻了个底儿朝天。同学们都回到教室的时候他还在找,他的课本、铅笔、鼻涕纸散落一地。陈察下巴上的痂已经脱落了,只有红红的、亮亮的一道疤痕从左嘴角向右下方延伸三厘米,像另一个嘴巴。他找得很认真,一点也不顾及同学们在看他。后来,他把最后一本课本扔在地上,叹口气就走出了教室。

我知道他来是在找什么东西的,他在找那颗白色玻璃球。玻璃球是王京良的爸爸从泰国打工回来送给王京良的礼物,但他输给了陈察。

就在那没多久,陈可就死掉了。

大家都说，医术不精的乡村医生陈可还是治好了几个病人的，所以把自己的寿限缩短了。

陈可每次要揍陈察的时候，都要花大力气逮住他，而陈察又是学校的短跑冠军，所以每次的追逐都是聚风村的一大看点。人们指指点点地说，这次儿子逃脱了屁股开花，这次儿子没能躲过屁股开花，这次老子用了诡计跑了一半倚在墙上不动，儿子回来搀扶结果没能躲过屁股开花。

就是那次，陈察偷了陈可的根雕，拿去卖了换钱花，陈可在追过了石桥之后就躺在了地上。陈察说又要骗老子了，你在那里趴着凉快吧。陈察说完就跑了。

醉醺醺的王川北去卖马回来的路上发现了躺在路边的陈可，王川北踢了一下陈可说："你狗儿子早走了，你快起来吧。"他把陈可翻过来，看见了陈可沾满泥土的脸。王川北吐了几口唾沫，把陈可的脸擦干净，才发现陈可的眼睛里也沾满了沙子。他觉得陈可好像已经死掉了。王川北先是吓了一跳，然后笑嘻嘻地说："你个狗大夫！兽医！真把自己当大夫了！你的眼瞪得可真大！"

陈可死于心脏病，他死后就埋在聚风村村外的公墓里。他的坟堆很高大，挡住了一大片阳光。聚风村的人就近刨来很多荆疙瘩，在陈可的坟前烧了，让他在阴间好摆弄他的根雕。李彩虹把陈察的头发剃成了三寸，烟雾缭绕里，我看见陈察紧皱的眉头，李彩虹的脸像被熏得更黑了。

而我呢，我在所有人都走了以后，抱着我的观音，在陈可的坟前坐到了天黑。除此之外，我有什么办法呢？

陈察不来学校以后，我偶然看见王京良爬我们班的窗户，从陈察桌洞里偷回了那颗玻璃球。我跟踪了他，发现他把玻璃球藏在了学校外那棵杨树上的鸟窝里。我不会爬树，但我回家扛来了王川北粘知了的竹竿，把鸟窝捣烂了。干这一切的时候，我的心突突地跳个没完。

随着草屑坠落的不仅有那颗美丽的玻璃球，还有两颗斑鸠蛋，它们摔在草上，两只已经成形的小鸟的头搭在蛋壳上，我的心像被它们柔软的嘴啄了一下。

期末考试的时候，陈察出现在校门口，他头发长出来了，嘴里叼着烟，和于小海他们围着一个低头的男孩儿。我走过去拉过陈察问他："陈察，老师问你，你为什么不来上学。"陈察认真地看着我说："以后都不来了。"说完他转身就要走，我喊了他一声，王京良、于小海他们都回过头来，我把口袋里的那颗玻璃球放在他手里，陈察和王京良都露出一副吃惊的表情，王京良还指着我大声说："是你这个小偷！"

然而，我什么都不想解释，我说："我去考试了。"

后来有好长一段时间我没有见到陈察。王京良突然问我："你给陈察的玻璃球是哪儿来的？"我说我捡的。王京良又问："你从哪里捡的？"我说学校外边的大树底下，王京良意味深长地哦了一声。陈察不来上学了，我突然觉得很空荡。王京良送了我满满一酒瓶从养蜂人那里买来的蜂蜜，还给我很多彩色的扎头绳。

王京良比我小两岁，还有个哥哥。王京良的妈妈怀他时希望他是个女孩，所以王京良一出生，他的妈妈就失望地坐在床头上哇哇大哭。王川北从他们家门前经过，得知王京良妈妈大哭的原因后，幽幽地说："菜汤泡馍不愿吃偏去舔屎——狗贱料。"床尾的王京良跟着妈妈哇哇大哭,全聚风村的人都能听见母子俩的哭声。据说,王京良的妈妈哭完对王京良爸爸说:"看我厉害吧,又给你生了个儿子!"

王京良对我很好,他给我抄作业、擦桌子,帮我做了不少事儿。胖胖的王京良白白嫩嫩,气鼓鼓的,他朝我轻盈地奔跑而来的时候,我担心他随时会被风刮起来。可是没过多久,有一天王京良青着眼来上课了。他站在我的课桌前,用他的很软很翘的手指指着陈察之前的桌子说:"马宋,他打了我,他还说我从此以后再也不能跟你说话了,陈察这个瘪三!"他好像要我主持公道一样,我一时间不知道该怎么回应他,不过我看他一脸认真,眼睛突出像蜻蜓一样,我竟然捂着嘴咻咻地笑起来。

一个月后,听说陈察去他海边表姨家了,他走之前什么都没有对我说。我时常感到自己像丢失了什么。

过年后很快,上元节就来了。上元节时,人们在黑暗里点灯,向神灵下跪。我喜欢上元节,陈可把我从麦地里捡回的那天正好是上元节。马来风说:"马宋,我就是在上元节那天生了你,所以上元节就是你的生日。"每年上元节在院子里磕完头,我还要回到自己的小屋给我流蜜的观音磕头,不知道该祈祷什么,只愿这尊属于我的神保佑我安好,保佑我不断被捡拾,在生死边缘重新闯入繁华的世间。

马来风还没有去白房子之前,上元节那天她准备好了钱,想请跑灯队来家里串堂。跑灯队经过聚风村的每户人家门前,哪家要是大门大开就表明他们要给跑灯队捐钱,跑灯队就会徐徐而入。"财神爷"先念一段吉祥词,主人再点一个戏剧小片段简单表演。

李彩虹是他们的角儿，她一开口众人就闭口，伸长耳朵瞪大眼。

跑灯队每年到我家门前，我都希望马来凤从人群当中站出来，把我家的木头大门全部敞开，邀请跑灯队进门唱曲儿。

然而，当跑灯队经过我家门口时，我看见马来凤的脸色突变，她准备做一件大事的钱又突然不见了。那年是我家最落魄的时候，我、王川北、马来凤，谁都不敢预料在新年里我们这个艰难的家将出现什么新的变故。

果然，不久马来凤在大庭广众下暴露了自己的疾病。自从我母亲马来凤证实了我父亲与另一个女人的奸情，她就性情大变，粘糕又蒸了半年就停下来了，灶台坑里的鸡蛋也没有了米汤的灌溉，她连诅咒都放弃了。王川北回家的次数越来越少，马来凤变得慵懒，有时候我中午放学回家她还没有起床，有什么吃什么，没有就不吃。她迅速消瘦，脸颊开始烧起红色的晕。终于在那年夏天，大家都在看露天电影时，她吐了一口东西，坐在旁边的王京良妈妈用手电筒一照，黑红的血在惨白的灯光里流动。

那天我放羊回家的时候，正好碰见马来凤跟着几个人出来，马来凤轻轻笑着，头发很乱，她招呼我过去。我松开了手里的羊绳，陌生人把狗吓得乱叫，几只瘦羊也在院子里来回蹦。她说："你自己炒个鸡蛋吧，放点醋，我走了。"

我们家的栅栏实在太不像样子，马来凤这么隆重的离去却要打开这么零落的栅栏，一根凸出的荆条甚至还刮破了她的裤子。

我的母亲马来凤因为痨病自愿去了白房子"休养"。马来凤去白房子后的第二年上元节，我没在村子里看跑灯。我在喧天锣鼓中走出村子，在冰冷的黑夜中一直往前走，我的眼睛只能看清近处的公墓，却看不清远处的灯火。站在漫山的荆丛边猛然回头，跑灯队的锣鼓声沉淀在山下，我看见一条模糊的火龙正在贯穿聚风村。世界在发酵放大，光、声音、风在自然流泻，亲密拥抱，优美的轮廓虚幻地飘动，颜色甚是明丽。

我家的狗跑在前面，我们径直穿越公墓，坟堆像巨大的青蛙，我的狗还在某块破落的墓碑上撒了泡尿。

我照例来到白房子的后墙外，马来凤不让我进白房子探望她，我也没有坚持，我是个怕死的人，我害怕被他们传染。我和我的狗站在金银花丛旁，狗又开始刨干裂的土层。我看见墙内四个人围坐在一堆火旁，他们架起大锅煮着什么，庆祝上元节。

远远地我就看到了马来凤，她笨拙地把荆条折断添在火堆里。天气湿冷，她们呼出的白气上升汇入锅里飘出的热气。热气很香，像是肉汤，我的狗狂吠起来。马来凤听见了狗叫，艰难地站起来，朝我走来，她说："你来了！"马来凤看上去很高兴，一直喋喋不休。她说这些痨病病人晚上发烧盗汗睡不着觉，就起床逮黄鼠狼；她说他们夹子夹住了一只特别肥的黄鼠狼，他们把黄鼠狼的皮剥掉，炖了，肉质鲜美。停了一会儿，她突然想到什么似的说："你等我一下。"然后急匆匆地绕过火堆在一个拐角消失了。天气很冷，我期待马来凤拿副干净的碗筷给我盛一碗热乎乎的肉汤。锅边那些煮肉的人不时地回头看我，还彼此说着什么，像议论一个贼一样。我盯着那堆燃起的火，看得久了，仿佛要被吸进去。

马来凤回来了，她跑得气喘吁吁，趴在墙上招呼我过去，把一根长长细细的东西递给我。

"给你的，毛笔，杆是荆条，毫是这只黄鼠狼尾巴尖上的毛。"

她激动地说。

马来凤还说:"卖长白的那笔钱有这么多,"她伸出三个手指头,"在咱家门前堆起的酒瓶里,最下边那层,靠东的第五个瓶子,你拿去,去配眼镜,剩下的想怎么花都行,别被你爸偷走了。"

那笔钱我藏了两年也没被别人发现。两年后的一天夜里,王川北捂着脸哎哟哎哟回来了,进门第一句话就说:"陈可的王八儿子陈察回来了,他竟然敢打我!把头套起来我也认得他,那么大的鼻孔,聚风村不会有第二个。"我对他的遭遇感到窃喜,终于有人惩罚一下王川北明目张胆的偷情了,还有,陈察回来了。

陈察与于小海他们在水库里游完泳走下坡来,头抵着头点烟。陈察不一样了,头发长长的,逐渐盖过他看我的忧郁的眼睛,下巴上毛茸茸的胡须把那道伤疤掩藏起来了。

我站在路边看见陈察,看见他裸露的胸膛,干巴巴的乳头像他躲闪的眼睛,肋骨搓衣板一样,他的腰突然变得很长,凸出的血管攀爬在他的手臂上,我很想摸一下。他的头发还没有干,滴落的水顺着他光滑的脊背往下流。于小海他们开始打呼哨,把可乐瓶子踢得嘎啦嘎啦响。陈察很安静,他把吸了一半的烟从嘴里拿出来扔在路边,舌头快速地舔了一下干白的嘴唇,走过去了。

陈察的半截烟在青草间幽幽地燃烧着。

晚上,王川北睡着了,窗子里传来他乱七八糟的梦话。月亮很大,照着我流蜜的观音,风吹杨树叶子的声音升腾起来。我划了一根火柴,温暖的光把我破旧的房间充满却把房子弄得空荡,橘黄到处流动,纱窗外的蚊子飞进来几只,围着我的火柴打转,墙上它们的影子挥舞巨大的翅膀。火柴很快燃尽了,我又点着了一根。

我身上随时会装着火柴，我养成了划火柴的习惯，黑夜中燃烧的火像谜一样吸引我，火柴的味道让我想到过年。

我拿出了陈察的烟，他抽了一半扔在草里的烟。我捡起陈察的烟，就像很多年前捡起他妈妈的烟一样。我把潮湿的烟嘴放进嘴里慢慢地抽起来，忽明忽灭的烟头把夜晚拉得很长。

陈察回来后没多久，李彩虹和王川北的女儿陈安出生了。从李彩虹家传出的陈安的哭声成了聚风村人的谈资。陈安姓陈，没有姓王，也没有姓李。陈安皮肤白皙，头发茂密，戴着陈可给陈察雕的银手镯。她慢慢长大，从踏出家门的那一刻，没有一个人不夸她好看。

小小的陈安喜欢去别人家串门，有小孩的她去找小孩子玩，老头老太太家她也会去，聚风村有了人人都爱陈安的日子。

没过多久，大家发现陈安不那么可爱了。有一天，大家看见王京良的妈妈抱着她第三个儿子，拉着哇哇哭的陈安往村子最西头的李彩虹家走去。王京良的妈妈不仅会哭，讲起理来也是一套一套的，她对李彩虹说："小小年纪就学会干这种勾当，长大了还了得？大家伙看看！"

从几个月前的那件事后，我就担心陈安总有一天会被别人发现她的秘密。我早就知道陈安干了什么事。

有次我在石桥的麦垛边看见了陈安。她从麦垛里钻出来，明晃晃的银手镯戴在她又白又胖的手腕上格外好看，她的头发上粘了一根麦秸，很窘迫地看着我说："姐姐。"我说不准叫我姐。我问她："你在干吗？"她下意识地把一个粉色的东西藏在了身后。

那是一支假花，聚风村小卖部有卖。当我绕到她身后，看见麦垛被陈安撕出一个洞，露出麦垛里层金黄的麦秸。洞里乱七八糟什么都有，碎瓷片、灯罩、小镜子、玻璃瓶、钥匙扣、半截铅笔……我还看见一个坏掉的指甲剪。

陈安偷拿了王京良妈妈的一只高跟鞋，泄露了秘密。李彩虹因为陈安的事情，被摔坏的头肿胀起来，像个大头娃娃，陈察则在半夜悄悄把王京良家的玻璃砸碎了。

王京良虽然没有看见是谁砸了他们家的玻璃，但他一口咬定，就是陈察干的，所以他送我咖啡豆的时候，贴在我的耳朵上说："你看，他们一家都是黄鼠狼，净干些见不得人的事儿，陈察这个王八蛋不知道安什么坏心呢！"王京良总这样，说话的时候很小声，喊喊喳喳，越说离人越近。看到他这副样子，我把咖啡豆推给他说："我也不是什么好鸟！你别找我了。"

有一天，陈安竟然跑到了我家。王川北在院子里修自行车的车闸，他看见漂亮的陈安手插在衣兜里，大摇大摆从我家大门走到我房间门口。王川北喊陈安的名字，并让她到他跟前，陈安看了他一眼，冬日明亮的阳光让她的眼睛眯缝着，然后，她理都没理他就站到我的门口。王川北气愤地说："小婊子，连你老子都不认！"陈安站在我门口说："姐姐，你在家吗？"

我本不想理她，但我从窗子里看她从我家院子穿过，还是打开了门。她站在那里向屋子里张望，并没有打算离开，我猜她看见我的观音根雕，我甚至觉得被她再多看一眼就会进了她的麦秸洞。我用身子堵住门口，我问她，谁是你姐？

她从口袋里掏出一张纸条，说："这是我哥给你的。"

火 的 胜 利

  我十五岁那年的记忆时常如洪水一样冲进我的梦里，它们繁杂汹涌，经过多遍演绎，故事好像被熨烫过，我甚至有点搞不清哪些是真的发生过，哪些是我黑夜里运转如飞的大脑增补的细节。

  梦里的印象总是不甚明晰，为此，我也曾多次戴着眼镜睡去，为了能看得清晰些，然而，一切都是徒劳，我想起他们的脸所用的时间越来越长。梦里面，我一直装着火柴，没有火柴我就觉得手足无措。梦里他们吵吵嚷嚷，还像活在世间一样，他们叫我的名字，忧愁又漫长，让我难忘。夏日里有紫色的风，冬日里有红色的风，吹来吹去，吹来雨雪，吹得荆条呜咽。

  养蜂人坐在他卡车上的蜂箱上，飞机喷洒的农药把他的蜜蜂杀得所剩无几了，他要走了。

  大家都慢慢知道，我也要走了。快来点转机吧！我向观音祈祷。

  我是在星期一的早晨得知自己被领养的消息的。那天早晨，我在上数学课，一个胖胖的男人把我叫出去。这个男人戴了一副眼镜，他的老婆也戴了一副眼镜，她递给我一大包我没见过的零食。女人问我，你就是马宋吧，真好！

  他们还开着小车，带我去县城配了一副眼镜。我戴上它，远处事物立即像镶了一道边儿一样。男人说，看吧老婆，马宋更像我们的孩子了。他老婆生气了，什么像啊，马宋就是我们的孩子了。

他们问我，马宋，你要走了吗？我搜肠刮肚，实在找不到继续留下的理由，混乱的生活让我心生厌恶。我坐在屋顶上，看着我的伙伴们在我养父的红色小汽车前热烈地讨论，我觉得我跟他们已经不一样了，不知何处滋生了优越感，新生活让我的牙齿咯咯打战。

我十五岁那年的上元节终于有钱请到了跑灯队，之前在酒瓶里找到了马来凤的钱，加上养父给我过年的钱，我瞬间有种富足的感觉，这种感觉让我着迷。

晚上七点，跑灯队随着震天锣一声响，从聚风村西南边的陈察家开始穿街走巷。跑灯队人扮相粗俗又夸张，他们的衣服大红大绿，里面串着小彩灯。有八仙过海，有岳飞秦琼，皇帝龙袍加身，嫦娥衣带飘飘，有骑驴的，有乘轿的，红脸的吹唢呐，花脸的打镲。跑灯队已经更换了唱戏的主力，新女角儿身段好，嗓音娇媚，妆也艳丽。李彩虹依然热衷跑灯队的活动，她画着大仙女的妆走在队伍后面，怯怯地站在院子里的一块石头上。

那时马来凤已经死掉了，我敲开我家的大门，就像多少次马来凤敲开我家的大门一样。王川北正站在院子里往水壶里接水，屋门开着，灯光昏黄，屋顶的烟囱向外冒着青烟。王川北错愕地看着我，我从裤袋里掏出两张一百的钱，郑重地交到领队手里。跑灯队徐徐走进我家，李天王手托宝塔，猪八戒背着耙子，蝴蝶精正忙着安装她掉下来的右翅膀……

"财神爷"拎着两串元宝边走边唱起来：

小灯泡，挂中央，开门主家一片光。流水声，响起来，白雪归去春满堂。左鼓三下增富贵，右锣三声添吉祥。大狮子，跳起来，舞金龙，飞凤凰，主家人财两兴旺，世代都有粮满仓。

　　"财神爷"吉祥话一套又一套，唱到我家时他的嗓子已经哑了，听上去凄凉又忧郁，他把这么好的祝福送给我家，我感动得想放声大哭。

　　就在那时，我把那件重要的事情遗忘了。

　　随后，他们热闹地表演了一段小戏，围看的人把我们家的水壶都给踢倒了。王川北蹲在台阶上痴痴地看着，不知谁给了他一截烟，他正吧嗒吧嗒地抽着。

　　我又拿出钱，央告"财神爷"说，你再唱一次吧。人群中出现短暂的沉寂后，不明所以地有人鼓掌叫好。惊讶的"财神爷"右手一抬，向前一步又唱了起来：

　　鱼儿游，花儿娇，小姑娘人美志气高。桥好走，路儿宽，小姑娘生来当大官……

　　啪！啪啪！北边开始放烟花了，大家被闪耀的烟花吸引了，王京良在人群中大声说："我们家放的，今年比去年买的多，有新品种！"大家伸长脖子望着村于北面的天空，丁小海因为李彩虹踩了他的脚大声叫骂，王川北的烟烧到了手指头，几个小孩儿蹲在地上研究荷花仙子裙子上的小彩灯，另一拨小孩儿则爬到我家的屋顶上去了。"财神爷"站在我的身边，他的一身行头让他出了大汗，汗水顺着脸颊流下来，把白粉冲出一道印痕。

五颜六色的烟花在黑暗的空中炸开，院子里的积雪踩起来咯吱咯吱响，房顶上的雪吸收了烟花的光，像倒过来的夜空。星星已经看不见了，我呼出的热气上升、散开，我仿佛看见了乡村医生陈可拿着刀在荆丛里蹒跚，马来凤和白房子里的人在天上煮肉，我还看见我的观音从窗子里飞出来，朝人群撒着蜜……

　　烟花没有停下来的势头，北边的天上赤红一片，渐渐地，赤红向南蔓延开来，烧到了我们的头顶。有几个瞬间，我家院子里的人像一群根雕，一动不动地肃立着。红色越来越多，我仿佛闻到了烟花的气味，和烧着的柴一样，烟花也不过是人间的烟火啊，我想。空气中有一丝丝的热气飘来，是天空里马来凤他们的柴太好烧了，是烟花绽放得太久了，是我的心里太长时间不曾这么热烈过了。寒冬的夜晚，赤色的天空，人与诸神同在，人与亡灵相见，我与一切即将分别……我的身体太过燥热，终于冰凉的眼泪来了。

　　炽风被红色的天空带来了，所有人都感觉到了。着火了！着火了！人群惊呼。院子里的人躁动起来，潮水一样涌出我家的院子。李彩虹尖叫着扔掉了大仙女的帽子跑出去，因为她的家就在着火的方向。

　　我转头望向西南边的天，红色已经沉淀，浓烟在把云彩燃烧。我猛然醒悟过来，想起那件重要的事情。我已经迟到。

　　陈察给我的纸条上写着：八点十分来吧，石桥。

　　这是回来后的陈察跟我说的第一句话。然而我已经迟到了。

　　初春的雪薄薄一层，我跑得太快，路边的树枝上几只鸟惊飞。越靠近石桥，风越热，我脱掉了上衣，口中干渴，灰色的烟让我流泪不止，我的眼镜上也沾满了泪水、草叶和灰尘，但我无比坚定地认为我正在朝着石桥方向奔去。火舌贪婪地舔舐天空，四方奔突，火势越来越大，南边的荆丛也开始染上火，聚风山没有辜负它的名字，干燥的荆丛在风的鼓吹下不断飙升着燃烧速度。我清楚地记得，我看见了风的颜色和形状，又热又红的风，从我的耳边像轻浮的女人一样走过。头顶乌鸦嘎嘎乱叫，天空透过我的眼镜镜片盖住了我，它红肿着，很痛苦的样子，它逐渐地上升，好像要朝着更高的方向远去。脚下的雪已经融化，黑色的土地潮湿又松软，地平线已经消失，我看不见石桥的影子。

炽风终于让我不敢再向前迈出脚步，我停下来了。一个人影瑟缩在电线杆底下，头埋在小腿之间，双肩一直在打战。

"陈察……"我轻声地喊他。

他抬起头声音细小地说："马宋……马宋你在这里啊……"陈察的眼里蓄满了泪水，泪水里是燃烧的天空。

是的，那场大火是我离开聚风村的礼物，一个过于盛大的礼物。

许多年后，我的梦终于给这场火灾一个完满的解答。

陈察想要送我一场烟火。七点刚过，风就起来了，陈察应该担心了，担心我不会来，担心风会扰乱他的表演。

八点刚过，陈察就在岭上看见了石桥边的微光，没错，就是火柴光。陈察以为是爱划火柴的我来了。我都来了他怎么能不表演，他要开始他的表演了，表演他要送我的礼物了。他早在黑夜降临前就收集了石桥岭地里残存的玉米秸秆，那些秸秆在冬日的暗夜站了太久，被乌鸦拉满了屎。陈察把它们从冰冻的土里连根拔起，堆在空地上，在八点的时候点燃了它们。

秸秆快要燃烧完的时候，陈察满意地笑了，他在期待石桥边我的回应。陈察等不及了，他从岭上冲下来，他要等我说，这火真美。陈察的大鼻孔喘着粗气冲下来，他跑到一半的时候，却听见了陈安的声音。

划火柴的不是我，而是陈察的妹妹陈安。陈安不愿意李彩虹出去跑灯，她要她陪她玩，李彩虹给陈安画了一个鲤鱼精的戏脸，陈安那么娟，简直不像这个世界的人。红色的眼睛，额头上鱼鳞闪闪，头发上还贴了流苏。陈安自己玩了会儿，觉得无聊至极，她突然想起了陈察给我写的纸条。这个小偷在给我送纸条的时候偷看了它。而且，她给我送纸条的时候还神不知鬼不觉地偷走了我口袋里的火柴。陈安来到了石桥，她对一切充满好奇。起风的夜晚让她瑟缩起来，她把手伸进温热的口袋，她的手触到了那盒火柴，她将它们掏出来，一根一根地点燃了。接着，她就看到了石桥岭上巨大的火球，火球越来越小后，她看见她的哥哥冲下岭来，她还看见旁边的荆丛燃烧起更大的不规则的火光。最后的火乘风把附近的荆丛也点燃了。

"哥，快看！快看啊！"陈安着急地喊道。

陈察傻掉了。

愚蠢的陈察跑回去救火了，用他裂了纹的夹克衫抽打不听话的火苗，像多年以前他的爸爸陈可打他一样。但是火越被打越高兴，开始舔舐陈察的脸，开始放纵地朝更高的黄荆扑去。

他朝陈安大喊："快回家！"

陈安跑起来，朝着不远处她的家里跑去。但她突然站住了，她看见了石桥边的麦秸垛,她想起了麦秸里她的宝贝们,它们不能被火烧掉。她的宝贝太多了,只好一次一次拿回家里,也许是火,也许是烟,也许陈安是在最后一次运送她的宝贝的时候再也没有出来。

风 野 岩 荒

我早已记不清聚风村的人怎么样生,我只记住他们就那样死。

冬天来临以后,王川北依然在喝酒,李寡妇不知从什么时候不再光临我家,我也逐渐对她失掉了兴趣。我有时去白房子的后墙,站在土坡上看望马来风。王京良送了我一副手套,里面还有两颗泰国糖果。陈察去理发店剪了寸头,看上去很冷。

我没有想到疾病很快就夺走了马来风的命。她提前一个星期预知了自己的死亡,她让人给我捎话说她快要死了,我把她接到家里。马来风没有躺在她的床上死去,那张床沾上了别的女人后她就再也不在上面睡觉了。她躺在蒸粘糕的大锅里,头枕在一堆旧衣服上,脚悬在半空里。她没有戴胸罩,乳房干瘪,高烧让她浑身发烫,脸上挂着红晕,像锅下有烧着的干燥秸秆在熬煎她。那几天我除了规劝她去我床上躺着外,还仔细观察了她,这个女人其实很漂亮,只是深陷的眼窝让她看起来有点阴森。她吃了药,高烧退下去的一个下午,我回家的时候马来风没有在床上,她又回到了她的锅里,死在了里面。锅台凹槽里的鸡蛋被拍碎,四处飞溅，蛋黄蛋清干结在水泥上。

我母亲马来凤死去的那天，村子里发生了很多事情。李彩虹那头叫雷的牛过马路时，被一辆大卡车撞死，雷头朝北横躺在马路中央。李寡妇从雷背上摔下去，脑袋磕了一个大窟窿，呼呼地流血。她在医院里醒来，才知道我的母亲、王川北的老婆已经死掉了。

马来凤的突然离去让我沮丧了好一阵子。我干什么都会想到她，我的凉鞋磨脚，把它脱下来放在地上，马来凤就出来，趁我睡午觉的时候打开我房间的门，从地上拿起凉鞋把磨脚的地方补一块布片；我晚上睡觉的时候，马来凤总在我半睡半醒时从窗户里进来，把她温热的手放在我的眼皮上，缓解我眼珠的疲劳；我喝粥的时候看到大米会想到绿豆，想到绿豆就想起绿豆荚，我就看见马来凤跪在地上捡绿豆。

马来凤无处不在，她站在我的课桌旁边看我上美术课，把我搞得很烦，我说马来凤你快走吧。全班同学停下画画的笔一起看着我。就在这时候马来凤突然消失了，而且后来她再也没有找过我。

我的母亲走了，而我的父亲醉着。我能想起的关于王川北美好的事情，就是他可以用手掌劈开核桃。他不爱吃核桃，只爱劈核桃，劈开之后他把核桃仁塞到我的嘴里，有好几次我咽下核桃仁之后还要吐出其中的砂粒。还有就是，他和李寡妇苟合时欢快的叫声，唯有此，让我感觉他作为人还活在世上。但是那种声音渐渐地没了，王川北失去了性能力。

王川北好像也得知了我被领养的消息，他经常在我做饭的时候惶恐地看我。他还是会偷偷地喝酒,但是一看见我,他就立即藏起来。他喝醉了就去马来凤蒸粘糕的大锅里躺着,胡子上粘着干草叶和蚂蚱翅膀,半夜里醒来哇哇大哭。我对他说,你再喝我马上就走!这句话好像很管用,他没再当着我的面喝酒。

我的父亲总是很有能耐,他在村里刚盛行赌博的时候就加入了他们。王京良的爸爸把我家找了个底朝天,带走了几样可以抵王川北赌债的东西,这几样东西里,就有我那尊流蜜的观音。我冲到屋里,王川北正在摆弄他的录音机,里面咿咿呀呀地唱着什么。我把收音机摔烂了,它们分成了四块,电池在地上滴溜溜打转。我对王川北说,你去给我要回来!王川北瞪着大大的眼睛,酒精肝让他瘦得只剩眼睛了。

王川北是带着马来凤码好的酒瓶堆里的一只去了王京良他们家的。我在他身后悻悻地跟着,聚风村的人都停下来看着雄赳赳的王川北和我。"看他还拿着酒瓶子呢,不可冲动啊,马宋快拉住你爸爸!"他们说。我觉得他们说得挺对,但我什么都阻止不了。王川北那时的气势很像一个英雄,我突然很受感动,是否要回流蜜的观音,我在那一瞬间产生过动摇。

还没等我想得太明白,王川北已经踢开了王京良家的大门。王京良正躺在树下睡午觉,凉席把他的腮帮子硌出三道红印儿,他的眼睛和嘴巴都变成了圆形。王川北径直去了屋里,王京良一骨碌爬起来嘴里哇哇地叫。王京良的妈妈和爸爸正在吃午饭,他们最小的儿子正坐在地上啃我的观音玩,小孩儿的口水顺着观音的脑袋垂到地下。王川北指着观音问我:"是那个吗?"我点点头。王京良的爸爸和妈妈早就惊慌地站了起来,王川北走上前去,站在高他半头、胖他一圈的王京良爸爸身边。

"那个根雕,我来拿回去。"他说。

"欠债还钱,天经地义,你没有钱,我拿你块破木头你还追到家里来了!"王京良爸爸的脸上还沾着两颗米粒,他一说话,一颗米粒就掉到了王川北的酒瓶上。

"你拿我的东西行,那个是她的。"他用酒瓶指了指我说,"拿她的不行!"王川北拿酒瓶的手轻轻地抖动了几下。

"想要木头,拿钱来换!"王京良爸爸用食指点了王川北的头。

我看见王川北举起了酒瓶,绿色的酒瓶被举到空中显得更加明亮,上面那粒米饭白花花的,像个镇静的观众。王京良爸爸下意识地用手臂挡住了头。

嘭的一声闷响。

王京良的妈妈大叫一声,跑过去摸王京良爸爸的头,他们的小儿子丢掉手里的玩具,大哭起来。我的观音一嘴栽在地上,粘了满脸的土。

酒瓶碴散落在地上,有血游动。不是王京良的爸爸,是王川北的头上有血游动。王京良跑过去扶住他的爸爸,指着我和王川北说:"你们……你们神经病吧?"

我的父亲王川北把啤酒瓶砸在了自己的头上,天气炎热,我透过眼镜的镜片竟感觉他的血是冒着气的,热气盘旋上升,马上要把他带起来一样。那时候我觉得他什么都干得出来。

"给不给?"王川北还在挥舞着只剩一半的酒瓶问。

王京良的爸爸想要站起来,他呼呼地喘粗气,没来得及说话。

王川北又将剩下的瓶子砸在了头上,他摇摇晃晃地站着,头上的血已经流到了汗衫里。

"给……给不给？"

我的父亲王川北是个无赖，他要回了我流蜜的观音，但我最终还是到了养父养母家里。后来得知，王川北死在村北的麦秸垛边。一场暴雨过后，人们发现了他。他伸直了双腿倚在麦秸垛上，头上的伤疤因为雨水的浸泡发白翻卷，像一个嘴唇粘在上面，或许还有几只苍蝇在上面产了卵。他面带微笑，抱着他的酒瓶，没有瓶盖。他喝几口就醉了，瓶盖肯定不知丢在了哪里。

如今，十年过去，这里除了坟墓早已找不到我父亲母亲的痕迹。我来到了白房子，看到了李寡妇、满脸胡子的陈察和他的老婆。

陈察的老婆絮絮叨叨地说："我婆婆有一次看见了电线里的火花，她就坚决不再用电了，还不让养老院的护工用洗衣机，到后来连电视也让他们看不成。电灯也不行，只要她看见谁在用电，就破口大骂。院长说，她近一个月已经彻底疯了。她在第三次用剪刀剪断洗衣机的插线时触电把右手烧黑了。"

李寡妇躺在养老院角落里的一个空房间里，里面只有一张床和几把崭新的扫把。房间里的窗户破了个角，冷风呼呼吹进来。她被裹在肥大的黑色羽绒服里，眉毛高挑，紧张地张着嘴，要托付什么似的。我又看见了那对精致的锁骨，它显得突兀干瘪，我摘掉手套摸了摸，黢黑的纹路像被烧过一样。我看见灰色毛线帽子下她的皮肤细嫩滑腻，与她黝黑的脸形成了鲜明的对比。我微微站起身，慢慢摘掉了她的帽子。李寡妇没有一根头发，白嫩光滑的头皮扣在头顶上，像一个正在生长的白蘑菇。我吃了一惊，想起马来凤不太坚决的诅咒、我毫不迟疑的告密，瞬间脊背发凉。

临走的时候，我问陈察："你妈妈的头发是掉光的吗？"

陈察的喉结上下动了动："她快死的时候，让我老婆给她刮的。"

我想起来在她右耳朵上方有一个不易察觉的伤口，一丝黑血已经干结在白亮的头皮上。陈察接着说，"我老婆没有刮干净，她又让我给她刮，照完镜子，她满意了，这才咽气。"

陈察一抽鼻子，清了清嗓子，把一口痰吐出来："我妈还说，你来了，一看就懂了。"

李敬泽 点评

崔君写这篇小说大概在六七年前。我记起那时在北师大，给他们那届文学创作方向的学生讲课的情景。立志在未来写出大作的青年们，专注地想寻求一些快速提升写作能力的方法。实际上，几十分钟能讲什么呢？拉拉杂杂，无非是一些基础的文学观念，如何煞有介事、栩栩如生地把一个小说写圆了。

当时，崔君就坐在这群青年里面。也许她意会到了，写作是一个累砖的过程，要把基础工作做好，考虑人物的生计和境遇问题，虚也好，实也好，心里装着。现在，我很欣慰地看到她小说里的一股劲儿，不论落笔城市还是乡村，她的写作不显稚嫩，反而生长出冷静与野性的底色，让故事和人物在容纳了琐碎繁杂的生活启示后，呈现出一片生机。并且，她善于在庸凡中点燃焰火，提供周详、具体的前因后果和行为依据，既可靠又舒展。

带着乡土题材各种各样的心理预设，来读崔君的《炽风》，好奇这个年轻人处理此类经验会不会有点新东西。果然，我看到了一些不同。它更像一个寓言，有蓬勃的精力，有青春和火气的冒犯。她用第一人称精密编织，自我审视，不急着说事儿，转而耐心打开了人与世界层层叠叠的平行面。

当然，这篇小说还有习作痕迹，但它呈现的细节和情绪却是丰盛有力的。一个作家，几乎可以在任何人、任何事中找到一篇小说的入口。不着急，她还在持续练习小说的技艺。

4

陈小手

仙女镇

陈小手，1992年生，陕西人，2015—2018年就读于北京师范大学文学院文学创作与批评方向，获文学硕士学位，作家导师苏童，学术导师梁振华。中短篇小说见《人民文学》《花城》《作家》《天涯》《长江文艺》《大益文学》《青年作家》《西湖》《大家》《中华文学选刊》《小说月报·大字版》《雨花》《青春》等刊。曾获"第四届陕西青年文学奖中短篇小说奖首奖"。小说集《离开动物园》获中国作协2020年度"21世纪文学之星"扶持出版。代表作《光明团》《眼》《应许之地》。现为鲁迅文学院青年教师。

《仙女镇》发表于《延河》2018年第5期

U 型 锁

我们仙女镇的梁小武没有赶上破晓的火车,最后是偷偷混进班车离开的。

上车前,他眼神忧郁,想到自此就要踏上亡命天涯的穷途,心里氤氲着壮士断腕的豪情和伤感。本来,他还想效仿电视剧中的桥段,在十字路口朝着仙女镇磕三个响头,可如织的车流和杂沓的众人让他悻悻作罢。他发了两分钟呆,让体内那个情绪汹涌的灵魂出窍,飘飘然在十字路口完成所有仪式后,没来得及流泪就匆匆拖着还未附体的灵魂,攀上了车。

没有担架,小眼珠是被大家用手抬到卫生所的。面对慌不择路的众人,老中医悠悠喝掉杯底的粘茶,把塞在门牙的茶梗咬了咬吐出很远,才戴上手套,把小眼珠的眼皮左边翻翻,右边翻翻,左边再翻翻。

"直接转省城吧,转县城的话估计就死在去省城的路上了。"

小眼珠爸爸的哭声像一头瞎眼的老黄树懒在哞叫,他瘫在地上,骨头软成了水。

"你他妈个男人,哭个啥,再哭就真死了。赶紧转。"

小眼珠的妈妈眼皮一跳一跳，话里面却藏着一个小镇妇女难得的大气和沉稳。慌神的众人在这句话里找到了准心，再次有条不紊地忙乱起来。

这事真不怪梁小武，也不怪小眼珠，若非要怪小赖子也有点勉强，如果要怪，那就只能怪仙女镇的仙女孟心怡，准确地说是怪孟心怡的口红。

外面的人，一听仙女镇，总以为仙女镇的特产是仙女，可仙女镇不仅没有仙女，连女人都少有。每家每户都有一两个带把的小子，只有零星几家在二胎、三胎的时候能收获一个女孩，那也是费了好大力气辛勤耕种的结果，且那些女孩从刚出生的第一眼就能被看穿，将来也没有出落成仙女的命。

仙女镇若论特产，只能是成堆成堆的男人，外人总以为，既然叫仙女镇，是男人，也总该是带着仙女气的男人吧。所以说，外人就是外人，外人不认识梁小武、梁小斌兄弟，不认识小赖子、小眼珠，认识了他们，外人对仙女镇的所有美好幻想就会被针扎破，落到实处了。

仙女镇还真有仙女，不过只有一个，那就是养蜂人孟志远的女儿，孟心怡。仙女镇的人每每谈到孟心怡都是一副洞晓天机的口气"孟志远是谁，那可是玩蜂弄蝶，爱花如命，以采百花精华为生的人，也就只有孟志远能在头胎生出女儿，那怎么可能不是仙女。"当然，孟志远的二胎孟奇奇也是女孩，目前来看，孟奇奇除了爱吃和可爱，还没有仙女的明显特征，不过大家对她能不能成为仙女并不感兴趣，在他们看来，仙女镇能有一个孟心怡这样的仙女就已经够让仙女镇翻天覆地了，如果这姐妹俩都是仙女,那这就不是仙女了,是核弹。这不,一个孟心怡就已经把小眼珠送到去省城的路上了,至于小眼珠能不能喘着气回来,谁也拿不准。

那天,晚自习的铃声还没响透,小赖子已经带着小眼珠、小钢珠、小菜头等一众小字辈兄弟围住了校门。他们每个人的嘴里都叼一根牙签,不停地在嘴角换着方向,像是搅拌着身上的气势。小赖子皮肤黝黑,却极为秀朗、硬朗的肌肉,白到闪光的牙齿,诡谲的冷笑都让他魅力十足,所以,女人见了他晕眩,男人见了他,只有顺从和臣服。小赖子的牙签,是大号,可能是穿烤肠的竹签。

他们七八个人梳齿一般,把从校门出来的人一一筢了过去,眼睛在那些低年级男孩脸上摁来摁去,传递着别样的暗示。那些男孩一被摁,脸上立马失去血色,唯唯诺诺,加快脚步。在有几分姿色的女同学脸上,他们的眼神会柔和很多,像递名片一样谄媚地递上微笑。被撩拨的女同学,赶紧收紧目光,收紧脸上的嬉笑快乐,把所有的活泼劲都用足在脚上。

"嗨,别跑。"小赖子一高喊,所有人都把插在裤兜的手抽了出来,可并没有追上去。

梁小武手藏在背后,不动声色地走了出来,他后面跟着的那个人已经折身跑回去了。

"走吧,那边墙角说话。"小赖子把大号牙签抽了出来,在手指尖翻转。

来到墙角,小赖子还未说话,小眼珠冲上前来。"赖哥,你先抽根烟,这次我来。"

小赖子瞥了小眼珠一眼,把签子又塞进嘴中,往后退了步。

梁小武靠着墙，左手在身后的皮带上鼓捣了下，然后交换着手挽起白衬衫的袖子。

小眼珠一按弹簧，咔哒一声，冰冷的刀刃从手中吐出舌头来。"你就是梁小……"

梁小武抓起后背的东西，眼睛不眨，手起落下，一声闷响，再一声闷响，再一声，梁小武一记飞腿。小眼珠闷声倒在地上，血像受惊的蛇在头上四处逃窜，他没有半句哼哼。

"我去。"小赖子丢掉签子，"我去，我他妈去，我去，还等什么。"

所有的弹簧刀都吐出了舌头，像钢铁做的狗。

梁小武嘴里啊啊地长喊，抡圆了手中的大号U型锁，两个人的弹簧刀被打掉了，小菜头掉了三颗牙，小钢球被抡到了裆。还是小赖子有经验，众人在前面鏖战，他趁乱从背后给了梁小武一砖头，砖头没砸在头上，砖角在梁小武肩头狠狠咬了一口。

梁小武疼得龇牙咧嘴，嘴里呜呜哇哇，一锁子就往小赖子头上伺候，没打住头，小赖子的脸被挂了个口子。血像大号的眼泪委屈地在小赖子脸上涕泗横流。

"我去，我他妈是真去了，我去。"小赖子抓起地上的弹簧刀不管不顾地往梁小武身上刺去。梁小武疲于应付众人，屁股被扎了进去。梁小武大喊大叫，U型锁抡成了过山车。

小赖子手腕被打折了。

梁小武的白衬衫变成了花衬衫，热血浸染，血色洇漫。

其他的小字辈战斗力越发高涨，几轮下来，有人已经放聪明找来了钢棍。就在他们拿着钢棍抵向梁小武的时候，一群人从校园冲了出来,人更多,手里的武器也各色不等,桌腿、椅腿算是低配,实用的砍刀闪闪烁烁。那些人看见梁小武一身的伤口,脸上摩拳擦掌着野性,心里的血都被点燃了。

小赖子推着几个小字辈赶紧就跑。有人嘀咕"赖哥,完了,小眼珠起不来了。"

小菜头补了一句,"没反应了。"

小赖子,"先走再说,那群人会收拾的。"

那群人的确会收拾。

他们扶起了还能自己站起来的梁小武,椅子腿在小眼珠的身上又招呼了几下。几双脚在小眼珠的身上又招呼了几下,小眼珠的身体像是塞满稻草一样在地上弹跳起伏。

气息微弱的小眼珠,脑子已经记不住那些疼痛,只是含混着意识闭了自己的鼻息,装死,心里一味的着急。"我快憋不住了,这些人怎么还不探我的鼻息。"

他终于听到了那句,"小武哥,人可能不行了。"

小眼珠用尽剩下的力气憋住了呼吸。

"小武哥,真死了。都没气了。"

脚步乱了阵,不到一瞬,现场就失去了动静。

小眼珠岔住了气,吐着血咳嗽了一声,放心地昏了过去。

口 红

我们仙女镇四面环山,仙女峰温婉挺拔,逝川绕山环流,因为海拔偏高，我们仙女镇四季也与山外不同，仿佛挣脱于现实时空之外的另一个时空。每到春天，四围的山上开满桃花，仿佛世外桃源，若落点薄雨，桃花在云蒸雾绕的逝川顺水而去，就更有点桃源仙境的感觉。

这样美丽的仙女镇，免不了闭塞，闭塞的仙女镇就只有一座高中，它不像临镇陈庄的高中，人家叫陈庄镇中，我们的校长是个性情中人，非要将我们的高中叫做仙女高中，为此引来了各镇校长同行的一致嘲笑。可是他大手一挥，眼角含笑，"我打的就是反差牌，煞煞我们学校这些男生的威风，仙女高中，仙女高中，叫着叫着那群男生就不再武莽了。"

的确，仙女高中这个名字给校园内部带来了一定的稳定，占整个校园近乎九成人口的男生因为这个名字异常团结起来。"煞威风？那咱一定要把仙女高中的品牌打出来，犯不着窝里斗。"这是梁小武的原话，因此，仙女高中的男生们，横扫周边一十三所乡镇高中，让校长再一次成为了各镇同行的笑柄和问责对象。后来，校长请示镇长打破以镇名命名高中的惯例，将学校改名成"明德中学"，为此，学校举行了盛大的更名大典。不管更名大典多么盛大，最后这个名字每每只出现在学校的各类文件中。外面的人，学校的人，所有人，叫这所学校，还是仙女高中。

说实话，仙女高中的内部稳定是从把小赖子开除后开始的，因为接手仙女高中的梁小武是个比小赖子更有魅力的人物。且不说他那挺拔的、像个傲娇小白杨的身板，标志性的白衬衫，总是干净如新的回力牌球鞋，就光拿他那长得"仙男"一样的容貌，就足以让整个学校仅有一成的女生心里向着他，不管他打谁，和谁打，都向着他。还有他那浑身盘根错节的肌肉，能动手就绝不动口，若动口则是主动承担责任的行事风格，就能让除他之外的八点九九成男生成为他的死忠。

也正因为此，大家一致认为，整个仙女镇，只有梁小武有资格和孟心怡往来。当然，自带仙气的孟心怡，孤傲、精致，整个容颜氤氲着冷气，似乎什么都不能引起她的兴趣，用小赖子的话说，"这妞天生长着一副只有仙女才有的性冷淡面孔"。她总是一个人独往独来，即使是主动向她示好的女生，她也只是礼貌性地说完该说的话，随后转身离开。而男生向她搭讪的任何言谈举动，她都会空气一般熟视无睹。而她和梁小武的往来，是因为一支口红而起的。小眼珠被送去省城，也是因为这支口红开始的。

仙女镇虽然闭塞，但是任何和娱乐有关的音像制品总能在仙女镇四处流播，仙女镇的所有居民关于外界的想象都是靠这些音像制品打开的。他们能说出周星驰所有的绯闻女友，并为几个模棱两可不能确定的对象吵得不可开交。他们最爱做的事是为那些美丽的港姐排资论辈，今天林青霞最美，明天刘嘉玲第一，后天可能是朱茵冠绝芳群。其实他们不知道这三个人都不是港姐，在他们看来港姐就是一切美丽女人的代称。孟心怡和梁小武之所以能产生交集，归功于一幅贴在音像店的王祖贤海报，王祖贤在海报上眼含秋水，云鬟光洁，最惹人心动的是那气若幽兰的含情芳唇，一抹朱砂色口红着色于上，微启欲闭的双唇仿佛藏着甜蜜的千言万语。孟心怡驻足在海报前，用手摸了下王祖贤的脸，又用指尖轻轻摩挲着王祖贤的唇，就像摩挲着自己的唇那样入情。

这一幕恰好被梁小武看见，半个月后，只要不在校内，孟心怡唇上就总会有一抹朱砂红，那红配上孟心怡的冷让孟心怡更加光芒闪闪。那支唇彩便是梁小武花了大价钱托人在城里买的，为此，他足足有两星期没有买烟。当他把口红递到孟心怡面前时，什么都没说，孟心怡眼睛波动了下就什么都明白了。

她嗤之以鼻地继续往前走，梁小武跨上他的自行车追了上去，拦在孟心怡面前，一脸人畜无害的笑。孟心怡往左边走，梁小武拦在左边，孟心怡往右，梁小武侧右，孟心怡转身，梁小武一脚撑地，一个漂亮的回环，又拢住孟心怡。车轮在梁小武手下像一只饶有兴致左颠右仆的小狗。

"收下吧，没别的意思。"梁小武脸上的笑更加单纯，鼻尖的细汗洋洋得意。

孟心怡伸出手去拿，拔了两下，梁小武攥紧没丢。两人就一支口红挑起了悦动的气氛。

孟心怡难得而又莫衷一是地对梁小武一笑，梁小武那一瞬间骨头里升腾着细小的气泡，手自然地松开了。孟心怡把口红拿在手中转了转，顺手抛到了学校围墙里，转身离开，用手拢了拢长发，回头又给梁小武一笑。

梁小武脸色泛红，耳朵着火一般嘶嘶乱叫，他高兴地撕扯着自行车折回学校找到口红又撕扯着自行车朝孟心怡追去。

看到孟心怡的背影时，梁小武和自行车一起屏着呼吸，他轻手轻脚把口红塞进孟心怡的背包，然后骑着自行车加速，笑眼回望孟心怡，像一颗年轻的星星。

就这样，孟心怡的嘴上涂上了梁小武的口红，就这样，孟心怡和梁小武有了第一次邂逅。此后，梁小武也没有其他动作，只是大家口耳相传着,梁小武把口红送给了女朋友,大家口耳相传着,仙男梁小武和仙女孟心怡这两个天上的金童玉女在地上终于重逢了,虽然他们打小就认识。

那天,晚自习的铃声还没有响透,梁小武就带着一群人跨着自行车往校外冲。我知道,他们是去赶场子,这种场子我以前也赶过,一般都是兄弟院校干架,向素有威名的仙女高中求援。他们会派人提前一天隆重地送来鸡毛信,一根毽子上的彩色鸡毛,黏在信封上,信的内容已不能再言简意赅、铿锵有力。"后天子夜,大战,还望仙女兄弟来援。"对方总喜欢把高中二字省去,更有过分者,有时将兄弟两字都隐去了,偌大的纸上只写"仙女来援"四字,连时间和地点都舍不得告知。

他们一众人猫着腰,努着劲,往前蹬着自行车,一瞬,梁小武突然急刹车,定睛一看,才发现,路心站着孟心怡。

"小武哥,嫂子,快看,嫂子。"一个人就像见到他妈一样兴奋地傻不唧唧喊着。

"嫂子这是怕你危险,不让你去哈。"另一个人在人群中也冒了个响亮的泡。

梁小武羞红了脸,手不知往哪放,不停摸着自己白衬衫胸前的纽扣,他把他的大号U形锁交给身边一人,让众人先去。

随后他扭扭捏捏地滑向孟心怡。"你等我?"

孟心怡从口袋掏出钱,拉开梁小武背包,塞进去。"不欠你,别让他们造谣。"

梁小武脸更红了,"那都是他们自己传的,我绝没让他们那样说过。"口气里像住了个委屈的孩子。

"我就说嘛，孟心怡怎么会看上你梁小武。"小眼珠带着三个人从暗处走了出来，地上的影子由长及短，来到灯下，一脸嘲讽，手上甩着弹簧刀。U形锁不在，梁小武一时没有说话。孟心怡看见刀子并未露出惊恐之色，只是颇不耐烦地看着这几个人。

小赖子从左边口袋掏出一个口红，右边口袋掏出一个，两个汇合，递给孟心怡。"听说你喜欢这个，专门托人给你买的。两个。"小菜头嘴里安了个喇叭，仿佛想要所有人听见。

孟心怡没接，梁小武接了，顺手一甩胳膊扔了出去，口红连落地的声音都没有。三把弹簧刀也不多废话，纷纷露出了尖齿利牙，嘶叫着向梁小武扑去，梁小武无力招架，于是把自行车在手上甩出了板斧的威风，三个人无法近身，有一个还被车轮挑倒了。梁小武对着孟心怡喊，"快走啊。"

之前眉头气瀜的孟心怡此时倒来了几分兴致，她立在原地，看着这几个男孩耍猴一般的互相追逐、跳跃、呐喊、闹腾。甚至有一刻，她笑出了声，小眼珠看她笑了，酣战中，也不由自主地应和上孟心怡的眼神笑了笑。

梁小武心里骂着："你这缺心眼的姑娘。"一手托起自行车砸向小眼珠，拉着孟心怡就跑。没跑几步，孟心怡就挣脱开他的手停了下来。

梁小武歪着头一脸忧郁地望着孟心怡，再望了望狼狈的小眼珠和自己心爱的自行车，拨开夜色，跑远了。

小眼珠挂了彩，向小赖子诉苦。"赖哥，梁小武那狗逼玩意，把兄弟的口红直接扔了，赖哥，明儿个咱就把那小子堵在学校门口,给他一卡车颜色瞧瞧。"

断　发

　　如果抛开长相不谈,梁小斌才是仙女镇真正的仙男,他的哥哥梁小武过于闹腾、直接,简单地就像他身上常穿的那件白色衬衫,底色纯粹,一眼就能看到尽头。相比之下,梁小斌就有那种不食人间烟火的忧郁气质和书卷气息,加上他无时不刻在手上挽着一本书,那种感觉无法言说,那就是气场,一种说不清、道不明,更让人捉摸不透的气场。此外,梁小斌身上也有能不动手则绝不动手的隐忍克制,可是如若一旦动手,那下场可就谁也说不准了。至少,现在为止,梁小斌还从未真正亮相过。不过他眼神里的刀刃和削砖如泥的本事和爱好似乎能说明一切问题。

　　最后,再让我给大家总结一下,梁小斌虽然没有梁小武那样自带光芒的容貌,但是他斧凿刀刻般的身体流线和比肩孟心怡式的冰冷性格让他更像是传说中的仙男。虽然,并没有人知道真正的仙男长什么样。

　　且不论梁小斌是不是仙男,梁小武蒸发后,所有人都开始为梁小斌捏把汗,因为空气中瘟疫一般四处流播着小赖子要找梁小斌报仇的消息。你可能会笑,这是什么逻辑,兄债弟偿?诶,没逻辑就对了,要是有逻辑,当初小赖子出道时就不叫小赖子了,到现在,小赖子他妈吃饭时都是"赖子,赖子"地叫着,我不知道还有谁记得他的真名。

仙女镇多雨，雨多则流言容易发霉，滋生细菌，而那些常年无所事事的妇女则是流言最好的受主。她们关心完各家之间的里短家长后，对于这些孩子之间的爱恨情仇也相当上心，如同浸淫在现实版的古惑仔港剧中，她们时常为自己能置身其中而谈兴澎湃，义务承担着新闻工作者该有的心忧天下、舌远心长的职责。

她们说小眼珠现在在ICU每天烧一斤钱续命，活不过今年桃花盛开了。等桃花谢了，小眼珠家的人还不把梁小斌也送进ICU烧钱去？这是什么逻辑，兄债弟偿？唉，还不是因为梁小武蒸发了，要想送，他们总能把梁小斌送进去。她们还说，小眼珠他爸因为心焦苦痛、过度难过，一夜掉了几颗牙，与此同时，梁小武他爸还没把钱拿到位。

她们说别看小赖子现在手腕打了石膏，再过半个月，小赖子就康复了。小赖子是什么主，当年就因为一个男生骑自行车把泥溅在他鞋上，就把人家打了，最后自己被学校开除。这件事我清楚，多年后，小赖子在酒桌上怀里死死抱着三个空酒瓶子，就跟抱着他最爱的女儿一个姿势，一边吐一边给我推心置腹，"我也只能这样，那么多人看着，你说我不打，我这面子往哪搁，你们的面子往哪搁？说实话，我当时是真不想打，不就是鞋脏了吗？我擦擦不就行了。大不了，我买双新的，打人，我也手疼啊。可就是不行嘛，这不一堆人围着我看嘛。"他这话说的是真没毛病，即使他不打，别人也会替他打，别人掌握不好分寸，为了安全起见，他还是自己来吧。

她们说，她们说来说去，她们说去说来，她们呢，最后得出结论：这个事都是孟心怡惹的祸，自古以来，只要是女人，就没有不惹祸的。要不然，老祖宗怎么会把女人说成是祸水呢。这时，小菜头他妈以少有的严谨和睿智说了句，"咋能说女人是祸水嘛，你们这，你们不是女人？"众人都瞪大了眼睛，空气紧紧收缩阒然无声。她把针头在头发上篦了篦，咬着唇，努着眼，往厚厚的鞋底上纳进去。

"那你说，是什么？"众人期待着。

"漂亮女人，才是祸水嘛。你们还当不上祸水勒。哈哈……"她自己笑得停不下来。

仙女高中因为这场械斗已经乱成阳光里的尘埃，校长为了让学校能有所改观可以说是燃尽了所有的热情和心血，但是他热情用得越多，学校越乱。在被仙女峰环绕的仙女高中读书的他们永远保持着一种原始的野性冲动和对自然主义的崇尚。他们从不用穿校服，也从不用在课间做眼保健操，男生想在课堂打牌只要窝在角落，"炸了"时别大喊尖叫就好。女生想在课堂聊天就尽量用手括住对方耳朵，别让其他人听见就行。仙女高中的课堂，一切好商量。

仙女高中建校以来，从来就没考过一个重本线，零星的几个二本线就足以让一些人宴请四方，镇长组织乡民锣鼓相迎到处庆访。高中读完，大多数人的仙女镇生活就算开始了，这里的年轻人很少有走出仙女镇的，因为他们发现出了仙女镇，就像到了另一个世界，他们没法适应，没法生存。他们适应了这个镇子的无序和自由，一种任由心性的自由，一种无所背负的舒坦，他们离开学校后的生活无非娶妻生子，生老病死，摸着时间的暗河了无生机地走完这一生。

面对整个仙女镇的混沌和无序，孟心怡和众人的态度都不同，当然这得益于他父亲孟志远的传奇经历和理想追求，这都是后话，暂不表述。我们的仙女孟心怡永远不会跟风和盲从，她之所以是仙女，就因为她永远都是高高在上，冷眼旁观着一切，也正因为这份冷眼旁观和事不关己给她带来了一连串的麻烦。

那天中午，放学的铃声还没响透。一群女生搂着孟心怡的肩膀把她拥在操场残圮的暗墙之下。那群女生虽然生在长在仙女镇，但是上帝在造她们的时候没有动半点恻隐之心，连仙女的边角料都不舍得用在她们身上。这就愈加衬托了孟心怡的光芒也更加惹怒了这群女生。

为首的女生，我们私下叫她黄头发，她大手一探，攥着孟心怡的脸，拇指在她唇上一抹，往上一旋，唇彩在孟心怡的脸上留下一抹桃红的飞白。

"害走了小武哥？这又勾引谁啊？"那女生攥着孟心怡的头发往墙上轻轻磕着，就像按着自己的节奏玩弄着轻微落脚的鼓点。

孟心怡嘴角一勾，一笑。

这一笑点燃了另一个女生的神经，一个带着火焰的耳光，陨石入侵，迅雷不及掩耳，落在孟心怡脸上，清脆，干巴，洇着血红。孟心怡短促地叫了一声，脸上惨白洇涌又瞬间被血红反扑。一颗泪温柔地下滑。

"不笑了？要不再加点料？"黄头发托起孟心怡的下巴，大拇指指尖毒牙一般啮着孟心怡素洁的下颌。没有任何铺垫，黄头发猛然抬手，孟心怡身后的墙铿然一声，那年老的墙被突然吓到般发出老迈闷叫。又一声，墙微微颤着。黄头发揪着孟心怡的头发，扭向墙壁，再一声，墙毫不情愿地撞到孟心怡的头，殷红的血从她头上流出。

"你咋不哭呢？我他妈就看不惯你这种高高在上的样子。"黄头发揪着孟心怡的头发，"撞了头，不破相，要不，咱把这头发剪掉？"那群女生嘻嘻哈哈地应和着。

"剪掉，谁让她头发比我们好看。"

"剪掉，反正她爸妈也不在家，咱们把她剪了也就白剪了。"

"可是没剪刀啊？"

"这倒出了个难题？"

"剪掉，我这有指甲剪。"

"那怎么行？等你用指甲剪剪完，她的头发又都长好了。"

"哎，你们等等，我钥匙扣上有折叠水果刀。"

两人抓住孟心怡的肩，一人抓住头发，还有两人踩着孟心怡跪在地上的腿，孟心怡拼命挣扎，难得喊了出来，却被人用衣服塞住了嘴。一刀下去，一绺云织雾造的秀发从黄头发手上滑落。

第二刀还没下去，一只篮球从天上飞来，砸在那女生头上，也砸开了一片空缺。

梁小斌走了过来，那群女生围住梁小斌，黄头发唷道，"你这白眼狼，还要跟我们动手？"

梁小斌没多说什么,放下手中的书,又捡起了球。"你刚才把她怎么了?"

那女生退了一步"不是她,你哥能杀人?"

梁小斌没多说什么,把球再次举了起来。

后面的女生拉着黄头发,怨气未消、恨犹未尽地走远了。

诗 集

孟奇奇的青春期是从那个百无聊赖的炎热午后开始的,当时,夏蝉的叫声脱了水,所有人的眼皮都粘了胶,孟奇奇近乎亢奋地拢了拢自己终于得手的喜悦,用姐姐的那只口红在嘴上均匀抹过后,听见一声钥匙转动门锁的咔哒跳动,青春期的大门就那样打开了。上过妆,她模仿着姐姐孟心怡的样子,右手擎着口红,下巴微抬,眼神左边侧睨一下,右边侧睨一下,她小小的心脏终于明白为什么梁小武会用 U 形锁把自己打蒸发,也终于明白小赖子为什么一定要那么兴师动众地教训梁小斌了。

孟奇奇把那只口红藏在巧克力铁盒中,盒子上有一只米老鼠瞪着眼睛咧着嘴角望着她,像是分享了她那份不可言说的幽微开心。她抱起另一个巧克力铁盒轻轻摇晃,里面有硬币碰撞,硬币千军万马,硬币争先恐后,硬币像沉睡的孩子突然受惊,随后,硬币被她搂在怀里像照顾婴儿一样摇来摇去。这是妈妈专门留给奇奇的零花钱,妈妈知道对于奇奇来说,能把奇奇从睡梦中叫醒的只有两件物什,一个是她的吻,另一个就是零食的香味。妈妈知道跟孟志远踏上寻花采蜜的远路就很少能见到心爱的奇奇，所以，妈妈给奇奇留了足够的硬币，"想妈妈的时候，摇一摇，就当是妈妈跟你说话。"奇奇太小，体会不了那么温馨的想象，在她看来，硬币的响声更像是各种好吃的在空中挥舞着可爱的小手，张着稚嫩的小口咿咿呀呀地喊着奇奇的名字"孟奇奇孟奇奇奇奇孟奇奇……"。

丢了一缕头发的孟心怡很久都没再碰过口红，此后，只要有孟心怡的地方，梁小斌总是悄悄地藏匿在不远处，孟心怡知道这一点，还要归因于那群女生的再次挑事。她们一群人在昏暗的街灯下勾肩搭背造型各异地等着孟心怡，孟心怡熟视无睹地继续行进，果然被黄头发揪住了衣领，那混杂嫉妒和愠怒的耳光还没落下，梁小斌就从暗处走了出来，悄无声息，默不作声。当他停下脚步时，那女生松开孟心怡的衣领，孟心怡纸鸢一样跟跄了好几步。

还有一次，她们已经将孟心怡拖到了小树林，梁小斌踩着绵软的落叶从树后走了出来，手里依然挽着一本书。

"你哥没了，你要接盘这个狐狸？"黄头发伸出粗壮的食指，点了点孟心怡的鼻子。

棱角分明的梁小斌不置一词，他的脸上挂着和孟心怡如出一辙的神气，冰冷，傲慢，不屑一顾。

"不是狐狸，是骚狐狸。"

"狐狸精。"

"死狐狸。"

还有一个女孩，声如蝇呐地咬着舌尖，"丑狐狸。"

梁小斌往前迈了几步，对黄头发说，"这个不关你事，以后你们别再挑事就好。"

黄头发说,"你要接盘也行,就看你能不能接得住。"

"等梁小武回来了收拾你。"

"等小赖子好了收拾你。"

"等你不在了我们再收拾孟心怡。"

……

她们就这样一步一回头地"等""等"说着走远了。

孟心怡没说什么,梁小斌更不知该说什么。孟心怡前面走,梁小斌定在原地没再跟着。等孟心怡快到家时,梁小斌气喘吁吁地站在她面前,把手中的书递给了孟心怡。孟心怡眼神清澈,倒映着梁小斌的紧张和局促,她没有接。她眼睛扫过,瞥见"你看我时很远,看云时很近"的封面,这两句诗伸出了手拉着她的袖子仿佛给她撒起娇般让她莫名其妙地接过了书,愣了半天才说了句,"谢谢"。

送过书,他们再很少见面。

仙女镇炸锅了。

只要是有人的地方大家都在议论。"梁小斌,接力棒,把他嫂子孟心怡从梁小武手上接过来啦。"

"梁小斌,接力棒,这个家,没救了,哥哥命,在弦上,弟弟就,补上了。"

有更不堪入目的,"等梁小斌也跑了,估计就轮到老梁接棒了。"

还有让人哭笑不得的,"听说孟心怡已经怀了梁小武的种,接力棒，亏大了。"

"不碍事，接力棒梁小斌一接手就能生双胞胎了。"

可能你觉得这些流言蜚语的伤害对一个少女来说近乎不可思议，可这些也只是明面上的流言蜚语。校长也无计可施，事情本就捕风捉影。孟心怡和梁小斌这对金童玉女也因此成为仙女镇街谈巷议的谈资和笑料。

孟心怡依然事不关己，冷眼旁观。

梁小斌冷眼旁观，亦事不关己。有几次，他突然跳脱到孟心怡面前，将手上的书塞给孟心怡就转身离开，没有交流，只是偶尔回头用眼神轻轻触碰几下孟心怡的眼神，轻轻、敏感、青涩、带着转瞬即逝的火花。

有一次，孟心怡的眼睛反常地对梁小斌一笑。说了句，"小屁孩。"

这三个字在梁小斌心中掀起了无比巨大的波澜，实际上，他只比孟心怡小两岁，小屁孩意味着什么，意味着距离，意味着姐弟，意味着从上至下的俯视，也意味着成熟对幼稚的挑衅。梁小斌委屈，心酸，脸上时常浮现着戚容以及更为忧伤的冰冷，在他看来，唯有以冰冷这种最简单易学的成熟来对抗孟心怡莫衷一是的挑衅。

孟奇奇听到整个仙女镇中伤姐姐的流言后，心里很不是滋味。她已经很少出门，也不再参与小伙伴们的任何活动。一方面她为姐姐感到难为情，另一方面她的心里又泛起一种于她来说难以名状的快意，只是那流言一指向梁小斌又让她徒添几分委屈，这委屈原本是梁小斌的，现在却赶也赶不走地落在自己身上，像个甜蜜而又粘人的乌鸦，让她不能自已。只有十岁的孟奇奇，对心里这些混杂而又莫名的情绪感到惶恐，每每这个时候她就会吃几粒巧克力平息平息，她那嘟着的瓣芽一样的小嘴因为过于投入而沾满巧克力泥，她用舌尖舔呀舔，却总是力所不及。

她瞪着鼓楞楞的眼睛观察着姐姐在家的一举一动。姐姐毫不避讳地在她面前脱下饱满而又素洁的胸衣，换上另一件时，她的胸颤颤巍巍。奇奇盯着姐姐，渐渐屏住呼吸，停止砸吧嘴，那短暂的视觉停留让她足够对每一个细节都铭记清楚，那对胸白皙、挺拔、圆润、蕴含着活力和青春，蕴含着所有她所畅往的有关长大后的想象和青春期的隐秘。看到这对胸，她似乎也站到了仙女镇这边的立场，怀疑姐姐是不是真如流言所映证。

"姐，外面的话你都听了吗。"

"小屁孩，别听他们的，堵上耳朵就行。"

"姐，他们欺负你了吗。"

"没有。"

"姐，你咋不生气，他们那样说你和梁小斌。"

孟心怡听到后，愣了会，低下头，莞尔笑了。"心疼姐啊？"

孟奇奇用舌头继续舔着巧克力，也笑了。姐妹俩的情感连于一线，而孟奇奇也开始对梁小斌充满好奇。随着她对梁小斌的深入观察和想象，她觉得姐姐能和梁小斌传流言也挺好的。随着她对梁小斌的深入观察和想象，她在心里更加羡慕起姐姐来，有时甚或想能代替姐姐去接受这些流言也蛮好。

没想到，小赖子的手腕提前一周好了。正如大家所料，小赖子准备纠集旧部，向梁小斌发起致命打击。

仙女镇舌远心长的她们再一次活跃起来，她们说，"这一次，小赖子不带一个小弟，自己亲自上阵。小赖子还纠集了一十三镇每所高中的扛把子，跟着他一起去现场见证观礼。"

她们说，"小赖子这次吸取了经验，给每个扛把子送了把砍刀，专门对付 U 形锁。"

她们还说，"孟心怡本来就是小赖子的，只是梁小武王八蛋非要送那小妮子口红。"

她们还说，"收拾梁小斌不是因为梁小武，收拾梁小斌是因为梁小斌对孟心怡动了心思，想做下一个梁小武。"

她们说，他们也说，这一群他们和她们说的越来越玄乎，我就只记住了上面关键的几条。

老梁怕出事，把梁小斌锁在家中，并亲自登门拜访，向小赖子他爸求情。对于小赖子受伤于梁小武一事，小赖子他爸丝毫没有问责老梁的意思，甚至对老梁有一丝感激。"早该让这瞎种吃吃拳头了，咋没一锁子要了他的命。"听到这，老梁便明白小赖子他爸已经活成小赖子的孙子了，并心有戚戚焉地安慰了泪流不止的赖爸一番，忧心忡忡地往家急赶。打开家门，家里只剩空气，梁小斌已经隔空消失了，老梁当即急得腿打起了摆子，"老大看来是已经保不住了，老二再没了，香火就真他妈断球了。"

仙女镇风声鹤唳，落叶纷飞，烟火弥漫，街市萧条，酿足了所有酣战需要的氛围。所有人也很早就准备好胃口，高高吊起来，期待着小赖子会如何为小眼珠和自己报仇，可是这场料应盛况空前的激战并未在小镇上演。梁小斌在镇上来来去去依然是以前的那个冰山仙男，而小赖子看见梁小斌也只是哂然一笑，率着众小弟目不斜视地从梁小斌面前擦身过去，连零星的口角都不给众人看。

流言渐渐平息，酣战成了一场空梦后，整个仙女镇又陷入死水般的运转中，正在大家苦闷寂寞之时，孟奇奇的离奇出走让小镇再一次活泛起来。

孟 奇 奇

花期渐进，一场雨凌空而来，秦岭山石嶙峋，雨落后云飞山也飞，白云苍狗，如万马在天上碰撞、奔腾。孟志远满眼血丝，指上夹着的香烟烟灰寸余，地上斑斑点点尽是僵死的蜜蜂。"出了仙女镇，还是一场空。"孟志远想落泪，可怎么也挤不出来。妻子嗑着瓜子从搭着的简易棚走出来，"雨停了，花就开了，这不，咱们的蜂不都还在蜂箱里待着吗？""知道就不跑这么远了。"孟志远把烟头扔进雨中，那点微弱的火光在雨阵中横冲直撞，怒焰金刚，可甫一落地，就被打灭了。

"也不知道两个娃怎么样。"孟志远说，"心怡在，家里能撑起来。"妻子把手中的瓜子壳扔了出去，调笑道，"后悔当初真不该信你的话，我问你干啥职业，你说'养蜂人'，我问怎么养，你说这是世上最好耍最浪漫的差事，全国各地四处旅游，哪有鲜花，往哪走，骑马，采花，吹风，采蜜，世上哪有这么滋润的日子。我当时也是年龄小，就信了，跟你走。"

"仙女镇那么好的地方，让那一群人糟蹋了。"孟志远的牙齿愤恨地咬着嘴唇，"我不走出来，看着仙女镇那个样子，我心疼。"

"不说这些，就说眼前，真后悔给你生了个女儿，没留个男孩，把奇奇这个小仙女留在镇上，要是生个儿子我也不会这么想她。唉，我的小可爱奇奇，这会儿肯定在摇她的硬币罐，不然我这心怎么这么慌。孟远，你说她咋那么可爱，在家总是满嘴巧克力泥，蹭着我，小妈妈叫个不停。"妻子总喜欢叫丈夫孟远，她觉得这个名字更符合他当年所勾勒的养蜂人的气质。

"楚，要不，你先回家？"孟志远心涩眼酸。

"回啥，我回去了，你和咱们的蜂估计都回不去了。"

秦岭斧凿刀削，二人极目远望，雨落的小了，所有的山都戴上了絮帽。

小妈妈的预感没错，孟奇奇的确在摇她的硬币罐，可是摇了一下，什么声音都没有，奇奇以为自己聋了，再一下，奇奇心里发慌了，第三下，她就哇地哭了。打开盖子，里面只躺了一只手忙脚乱的西瓜虫，奇奇的哭声拐着弯，在屋子里横冲直撞。她手抓罐沿，四处找孟心怡，眼睛东倒西歪几个来回，这才回过味来，好几天都没怎么见到孟心怡了。

仙女镇的"她们"语气里满是幸灾乐祸，"你们知道吗？孟心怡又被小赖子接管了。"

一阵嘀嘀咕咕后，她们瞥着眼，咬着牙，"像这种女人活该被不停接管。"

"像这种女人就应该一直被接管下去。"

"看样子，孟家老二迟早也要被接管。"

孟心怡从她们身边走过时，她们又都噤了声。

孟心怡的新发已经长了出来，更加秀泽漂亮，她再也没涂过口红。口红找不到了。孟心怡走过很久，她们才看见梁小斌也缓缓经过，她们动情地感慨，"啧啧，这梁家老二还没捂热，就被小赖子夺走了。"梁小斌用眼神瞥了眼鬼鬼祟祟的她们，她们赶忙顾左右而言他。

等她们再次把眼神落向街上时，发现梁小斌还站在原地，所不同的是，孟心怡从远处一步一步地往回退，退得离梁小斌越来越近，而孟心怡前方则是小钢珠、小菜头簇拥着的小赖子。她们停下了手中的活计，她们屏住呼吸，她们心里的好奇瞬间真空，空出来留给小赖子、孟心怡和梁小斌。

孟心怡退到无路可退，小赖子腆着笑，伸出手，一把搂住了孟心怡的腰，贴紧自己。孟心怡像一张紧绷的弓，弦在身上万箭待发，可是待发的万箭被小赖子强行按住了，小赖子把夹在耳廓的烟取下来搁在嘴角，小菜头递火点上，他猛吸了口，贴着孟心怡的耳朵吐着柔软的烟圈咕哝着带刺的言语，孟心怡身上的箭头纷纷落地，弦也萎顿了。

"梁二啊，巧，你哥回来了吗？"小赖子眯着眼望着梁小斌。

梁小斌的身上正在经历一场地震，他的体内骨石碰撞，血流荡荡，万马齐暗，地裂天殇。

梁小斌面无表情，手里的那本书扉页上写着"只要想起一生中后悔的事，梅花便落满了南山。"

"梁二，忘了给你介绍了，孟心怡，咱仙女镇的仙女。这不，你看，啊，哈哈。"

孟心怡用胳膊肘抵着小赖子，小赖子咬着劲，搂得更紧了。

"梁二啊，之前听说你哥认识我们孟心怡，我们孟心怡给我说瞎扯淡嘛,她怎么会认识你哥那样的傻缺。"小赖子把声量掀高,将自己的喇叭对准看呆了的"她们"。

她们松了口气咬着耳朵,"这么说,梁小斌不算接了梁小武的盘啊。"

"梁二啊,你认识我们孟心怡吗?"

梁小斌看了眼,小菜头、小钢珠身上砍刀闪闪。

梁二把书包取了下来,拉开拉链,手伸了进去。

孟心怡此时开口了,"你有意思吗,谁认识梁小斌?"她对着小赖子又补了句,"他妈的。"

远处的她们又恍然大悟般,松了口气,"这么说,小赖子也不算接梁小斌的盘啊。"

这一骂,小赖子笑了。后面的人也笑了。"听见没,孟心怡骂我他妈的。果然是仙女,他妈的都妈的骂那么好听。"后面的人也纷纷把耳上的烟取下来,在嘴上放起了烟囱。

小赖子还准备说什么,一串脆甜的哭声由远而近踏声而来。孟奇奇手里拖着那个硬币罐,一脚深一脚浅地向孟心怡走近。孟心怡看见这一把把长刀,心里着急,她想跑向孟奇奇,可小赖子笑着来了劲,死活不松手。孟心怡急声问她怎么了。

"小妈妈给的硬币不见了。"

这个时候,就为这事来搅局,孟心怡心里的火山一瞬窜到了天上。

"不许哭,赶紧滚回去。"

孟奇奇哭得更开了,打开了胸腔,打开了口腔,也打开了心腔,一齐卯足了劲哭出了气势,哭出了风范。嘴里哇哇着,"还没吃饭呢。"

孟心怡彻底火了，"就知道吃，赶紧滚回去。""他妈的。"

远处的她们看笑了，"孟家老二这小丫头，就知道吃。"

孟奇奇一憋气，心里肯定委屈到了宇宙边缘。一扭身，丢了只鞋子就往家走去，一边抹着泪，一边抖着肩，整个成了个透明的小泪人。

梁小斌静静地离开了，小赖子早已松开孟心怡，他们一众人嬉笑了一番也散开了，走之前，小赖子在孟心怡脸上摸了一把，夸了句，"仙女就是仙女，可惜，可惜，我咋就对你提不起兴致呢？"他转身笑问菜头、钢珠兄弟，"你们说，我他妈是不是喜欢男人？哈哈。"小菜头和小钢珠以更大的笑声掩盖了小赖子的笑声。

等到孟心怡火急火燎地赶回家时，孟奇奇已经不见了，一起消失的还有孟奇奇床上的那只毛绒狗。孟心怡的钱，也丢了63块。

"坏事了，这丫头拿钱干啥去。"找遍仙女镇，只找到了孟奇奇丢在街上的那只鞋。车站的老张头告诉孟心怡，"孟二上车了，拦都拦不住，谁拦咬谁。"说着把自己的袖子撸起来，上面全是稚嫩的牙印。

孟心怡没有多问，眼皮一跳一跳冲上了车。老张头隔老远喊了句，"丫头，学校还有课呢？"孟心怡心里狠狠地骂着，"去他妈的课，去他妈的这群王八蛋。王八蛋梁小武，王八蛋小赖子，梁小斌也是王八蛋。"心里骂完，孟心怡的泪好看地从眼眶滑出。

孟奇奇从没进过城，仙女镇的人不兴进城，在他们看来仙女镇是世上最好的地方，外面的水是脏的，哪里有逝川鱼翔浅底，縠纹漾漾。外面更没有仙女峰上的三秋桂子，十里桃花，没有逝川的小舢板，没有醉虾，没有满川的夜灯笼，也没有好住的弄楼，没有甘甜至醉的清新空气，没有季季热闹，人潮涌动的社戏夜演，没有好吃的水仙豆腐，孟婆鸡，火焰糕团，等等等等。离开仙女镇，什么都变了，离开仙女镇，什么也都没有了，仙女镇的他们和她们，最大的愿望就在这山清水秀犹如域外之天的仙女镇享受着人间烟火，直到生老和病死。

所以说，毋庸置疑，这是孟奇奇第一次进城，也不用说，她一进城就把自己弄丢了。

孟奇奇和她怀里的小狗都鼓不起勇气问小妈妈在哪？孟志远在哪？于是她只能在街上游荡。游荡的脚步让心里的委屈又涨潮过来。"孟心怡，坏东西，偷我钱，还不管我吃东西，要让小妈妈知道，让孟心怡做我妹妹，我来管她，我也不给她吃东西。孟心怡，坏东西，还跟小赖子这些人混，孟志远知道了，不扒了她的皮。小赖子刀那么长，姐姐会不会吓坏了？"想到这里，孟奇奇心里又翻起汹涌泪意。"我想小妈妈，我想姐姐。"刚咧开嘴哭，孟奇奇瞥见旁边的一家小店"柳州螺蛳粉"。孟奇奇暂且把眼泪往回拢了拢，走了进去。孟奇奇听妈妈说过，柳州最好吃的就是螺蛳粉，她尝了一口，刚才拢回体内的眼泪一瞬间又倾泻出来。"太好吃了。"孟奇奇一边哭一边把螺蛳粉吃完，吃完后眼泪也就停了。店老板看出了孟奇奇遇到了问题，可是问了半天，我们的奇奇也说不出个所以然，只是零零碎碎地提到小妈妈和姐姐。

奇奇不知道去哪找小妈妈只能又往车站走，上了车才发现身上的钱不够了，她可是严格计算了找妈妈的来回车费，可是吃了螺蛳粉就回不去了。孟奇奇没给售票员说，就自觉地下了车，刚一下车，她的眼泪又来了。"孟心怡骂得对，就知道吃，姐姐骂得对，就知道吃。呜呜呜。"我们的奇奇越哭越伤心，越伤心越哭，在街上游荡，在街上伤心，像一只海里找不到家的悲伤小鱼。突然眼前出现了一个青壮汉子，蹲下身来，揩了把奇奇的眼泪，白衬衫已经被他穿成了灰衬衫，头发凌乱，满眼血丝，他盯着我们的奇奇看了很久，哭了，最后牵住了奇奇的手，带着奇奇走。

孟心怡也是第一次进城，城里连孟奇奇的鞋都没有，更别说孟奇奇的人了，报了警，她就往回走，回来的车上，孟心怡一直哭，车上的人看着这个漂亮的跟仙女一样的姑娘哭个不停，不知该怎么安慰，问什么她都不答应。车上的人心疼了一路，可是车上的人也只能干心疼看着她哭。

孟心怡美丽的眼睛就这样肿了，但是说实话，肿了竟更好看。

第二天傍晚，梁小武出现在了仙女镇，一同出现的还有孟奇奇，他牵着孟奇奇的手，孟奇奇的毛绒狗已经不见了，可是手里多了一根七彩棒棒糖。就在梁小武落魄归故之时，小赖子又走了，去哪了呢？在去省城医院的路上。

棒 球 棒

仙女镇的仙女孟心怡丢了魂，仙女镇的她们说，"这丫头思春了。"

"跟了小赖子，以后就没人敢欺负她了。"

还是小菜头他妈有远见,"这才哪跟哪?我看啊,梁二更不是个善茬。"

梁小斌这几天有事没事就在院子里狠狠地挥着棒球棒,棒球棒是去年买的。他知道仙女镇没人玩棒球,甚至没人知道棒球,可是他喜欢这个运动,这个运动新潮、陌生,带着外面世界的气息,尤其投手抬腿,握球后伸的那一瞬,球子弹般飞出,他的心也火箭般点火,燃起一堆热烈的炽焰。他攒了好久的钱才买了棒球棒,整天挥舞着,一个人在想象中组建了一只"仙女镇棒球队",想象中,棒球队的九名成员都是他的分身,为了便于区分,各司其职,他给每个分身的胳膊上都缠上颜色各异的方巾。此时,比赛开始,他心里想着,小赖子就是棒球,一棒挥出去,正中球心,将这一球打出球场,连球他妈也找不到。

梁小斌的愤怒就像阿喀琉斯的愤怒一样,是有原因的,梁小斌原本并不想惹事,可是小赖子对孟心怡近乎无耻的纠缠,让梁小斌筹谋起来。在孟奇奇离奇走丢,孟心怡失魂落魄地守在镇口等候孟志远和警察时,小赖子还不识时务地专门去调笑她,作为跟着小赖子厮混的一员,我都看不下去了,也就是在那一瞬,我心里莫名其妙地生发出一种虚空的感觉,这种感觉无处着落,让我对自己之前虚度的生命感到无尽的厌恶和悔恨,一切都是那么无聊。

孟心怡在镇口望断了秋水,眼泪也流成了秋水,头发凌乱,鼻尖泪红。昨天,她已经给孟志远通过电话,秦岭的雨已然让孟志远绝望,而孟心怡的电话,让他的绝望变重,膨胀,决定立马收拾蜂箱，赶回仙女镇。夜雨在山谷里飘零低唱，山洪漫泻，小妈妈的心抖动着，整夜失眠，恨不得立马长出翅膀，或者求所有的蜂儿把翅膀借给她。

小赖子的调笑很低级，从孟心怡的背后一把俯冲过去抱住孟心怡。孟心怡一看是小赖子，几天来累积的厚重情绪瞬间电闪雷鸣，哭声直破乌云，耳光反手，电光火石般出鞘，落在小赖子脸上，清脆一声，小赖子捂住脸，愣了，顺手推了孟心怡一把，孟心怡崴脚摔倒，孟心怡的哭声一时失去方向，四面围攻着小赖子的耳膜，小赖子也觉得自己作为大男人失态了，赶忙扶起孟心怡，被孟心怡一个扇空的耳光打开。

小赖子赔笑道，"不带你下手这么重的，知道你难受，这样吧，今晚有个饭局，临镇有头有脸的兄弟都来，你陪哥去，蹭个好吃的，给哥长长脸。"小赖子想了想又补充道，"不对，你陪哥去，哥给你改善伙食。"话还没落地，他开始把孟心怡往起架，孟心怡上口就咬，脱鞋就扔，鞋没扔住，又抓起手边的石块，砸中小赖子脑门，孟心怡已经完全失去了仙女固有的冷傲，倒有了小镇姑娘该有的泼辣风采。

小赖子脑门红肿，心里起了怒气，叫我们几个人强行把孟心怡架起来，大家从来没碰过女生，都没上去，小赖子对我们拳打脚踢，我心里也怒火中烧，对小赖子前所未有的厌恶，怀里的钢棍为他铮铮作响。小菜头、小钢珠听话地迎了上去，加上小赖子，三人拉扯着孟心怡，孟心怡完全扔掉形象，手脚挥舞，大喊大叫，镇口已经有几个老人在围观，有人喊了一声，小赖子完全无视。围观的人，越来越多，小赖子心里也起了慌，但也拿定了一定要把孟心怡架去的主意，撂了狠话，"信不信，今晚就让梁小斌死。"孟心怡喊着，"现在就去，谁他妈拦你了，关我屁事。"

小赖子看这招没用，远处有几个大人已经赶了过来，他一巴掌扇在孟心怡头上，匆匆离开，回头留了句，"你老子不在，老子迟早让你变破鞋。"

一切已经结束时，梁小斌才路过，在人群中了解了大致，梁小斌的骨头里注满了沸腾的岩浆。他走到孟心怡面前，还没开口，孟心怡抬起头，乱发遮着脸。"你也滚。"

警察没有来，而梁小武和孟奇奇就是在这个时候恰如其分地回来的，孟奇奇再不回来，真不知道孟心怡会怎样。梁小武把孟奇奇交到了孟心怡手中，什么都没说就转身回家了。孟奇奇手里拿着那个七彩棒棒糖，仔细地舔，嘴上还涂上了口红，孟心怡的口红在她稚嫩的脸上展现出滑稽的效果。当时临出门前，孟奇奇除了带上心爱的毛绒狗，还听从体内的声音，不由自主的把口红揣在身上。口红是证物，她好给小妈妈告状，孟心怡偷了她的钱去买口红。看到孟奇奇的孟心怡终于浑身松了下来，"就知道吃。"说完这句，她就开始捂着脸哭，嘤嘤地哭，又找回了自己仙女的感觉。哭声会传染，孟奇奇也哭，一边哭一边说，"棒棒糖给你，我不吃还不行吗？姐，我不吃了。"孟心怡哭了会儿，手指给眼睛漏了个缝，眼神探出来，破涕为笑。孟奇奇把口红已经吃得不成样子了。

梁小武回到家倒头就睡，身上的白衬衫已经变成了黑衬衫，老梁问他什么，他都是神游一边，眯着眼打着马虎，他实在太累了。亡命天涯一个半月，在餐馆干了一星期黑工，因为老板一天只让睡五个小时，吃得还都是客人的剩饭，就这还不管够，他没了力气就颠蹶子跑了。街头游荡着，饿得连吸气的劲儿都没有，就找了个土疙瘩，在地上写了个"求六元车费回家"，想了想是不是多了点，就用手把六抹掉，改成了四。他高立挺拔，巴巴望着路人，心想，"乞讨哪有这么理直气壮的"，于是就跪了下来，又想，"为四块钱跪下，不值"，于是把四又改成三，蹲了下来，攒着剩下的劲儿对每个路人使劲微笑。

梁小武一分钱都没要到，坏事在他那张脸上，那么帅的小伙子哪像乞讨的。没有活路，他又不能给家里打电话，生怕警察蹲守在那边，摸着电话线爬过来抓到他。他已经做好一辈子流亡的准备，谁让小眼珠那么得瑟呢？为这种人蹲大狱不值当。最后水泥厂收留了他，吃喝住三位一体，碗大的馒头管够，工作任务就是扛水泥。一袋水泥50公斤，刚开始，吃饱睡够的梁小武觉得背着水泥自己都能飞起来，一身悦然，可一小时后，他的脸就绿了，他咬着牙，为了馒头，他咬着牙，慢慢地，人失去了知觉，只知道水泥扛在了肩头，栖身移动，水泥落地，腾起一地乌秧的尘云，转身重复。汗水淋漓，蒙在脸上的泥灰结浆，他没资格抱怨，谁让他是吃枪子儿的人呢。他总是这样想，"我现在是借命活着，多活一分钟都是赚的。"

可是谁也没法联系他，给他个信。其实，他走后十天，小眼珠就生龙活虎地被推出了ICU，现在每天好吃好喝地伺候着（当然，这得益于老梁四处凑的钱），要是有什么不顺意的，连他妈那样的角色，他都敢给脸色。仙女镇每天都有各种版本关于梁小武的传闻，有入城加入黑社会版，有逃亡朝鲜版，有横尸铁轨版，有潜藏仙女峰版，最近比较火的传言是梁小武哪都没去，一直藏在家中，大家的依据是，梁小武消失后，老梁该怎样还怎样，完全没事人。唉，这只能说这些人太不了解老梁了，老梁可是典型的仙女镇人，面子比命重要，心里即使快要炸了，在外人面前也不漏半分颜色。

梁小武以为这一辈子都不会服软，可一次冒雨搬水泥的经历就击垮了他。那天，突降大雨，梁小武肩上的水泥立马被浇湿，变成石块，把他压趴。可工头说，工期紧张，不准停下，每人发了个雨披，遮住水泥继续背。满身横肉的工头手上拿了个警棍，有个人实在撑不住，说不要当天工钱了，工头一棍下去，不要也行，是所有的工钱都没门。那人擦了擦脸上的血，闷头背着。梁小武看着那人背着水泥，脸上的血自顾不暇，心头怒火中烧，可他知道，这里不是仙女镇，就是给他两把U型锁，他也不敢抡。

天气闷热，空气就像被抽空了一般，稀薄，粘稠，混杂着纯粹的热在四处涌动。梁小武感觉自己已经浑身通红，腾着火焰的灵魂出窍，巴巴地转过身在他前面望着他，一脸忧郁，灵魂身上也背着水泥，梁小斌感觉灵魂身上的水泥更重。背完最后一袋水泥，快要燃成灰烬的梁小武冲进漫天倾泻的雨阵，他的身上呲一声淬出一团白气，他张口接着雨水，可死活也接不满，就是在那时他决定要回家的，"外面看来也沽不下去，死就死在家里吧，魂归故里，对，魂归故里。"

送完孟奇奇，回到家里的梁小武知道的第一件事就是：再过半个月，小眼珠就要出院了。付出代价的不仅是梁小武，老梁也损失惨重，欠了一卡车的债，但是最让他难以接受的是舍了财，还成为了仙女镇的千夫所指之人,"瞧瞧,生的这两个种,一个比一个出息。"

就在梁小武回来的那个晚上,小赖子第一次离开仙女镇,躺在去省城的救护车上,他的左眼血流如注,死鱼一样的眼球挂在脸上,像个弹簧玩具,此外,他身上还凌乱着几处刀伤。随车护士说,"多可怜的孩子,以后就看不见了。"这时,小赖子他爸妈才从哭声中仔细打量着小赖子。"是啊,我们都忘了,他还是个孩子。"

在去找小赖子的路上,梁小斌脑海中构想着各种各样激烈血腥的械斗场面,可是,从他碰到小赖子一伙人到小赖子负伤倒地连三分钟都不到,结果惊人的出乎意料。

梁小斌压低棒球帽,背藏棒球棒,快步急行,一言不语,走到小赖子跟前时,抽出棒子,对着小赖子就抡,照准小赖子一行人拿砍刀的手和硬不过棒球棒的头,抡出风来。

开打没多久,大家就已经没了开始时的花架子和章法,在家练过千百次的梁小斌以为会一招制敌,可没想到自己胳膊和腿上都受了刀伤,其间一次,小赖子一刀捅向他,幸亏他身高一米八,腿短身长,一缩腰,刀尖连纽扣都没碰到。

梁小斌拿着棒球棒胡乱地抡,小赖子一行人拿着砍刀胡乱地砍,反正大家谁也没法近身。这时,小钢珠自作聪明,从书包里取出三节棍,朝梁小斌头上照顾去,别说,还真把梁小斌打懵了,头上开了花,脸上破了相,身上被三节棍的毒牙咬了好几口。

小赖子停下来直夸小钢珠有一手,小钢珠来了劲三节棍甩得更欢了,胡乱甩去,龙飞蛇舞,突然间,谁也没看清发生了什么,一声刺破天际的尖叫，众人一愣，才发现，三节棍的钢头直中小赖子左眼。一群人围上来忙问小赖子怎么了，连梁小斌也扔下棒球棒对众人喊，"快送医院，快叫救护车。"谁知道那阵疼劲过后的小赖子发起狠来，抓起砍刀见人就抡。"我的眼睛，他妈的赔我的眼睛，赔我的眼睛。"

众人散开，拿刀忙挡，但还是有几个人受了伤。

这架打得没了纲领，大家就立地鸟兽散，只留下梁小斌和小赖子，梁小斌懒得纠缠，握紧棒球棒跑去打120去了。

不 是 钢 珠

命运的手绝对精巧，细腻，纹路藏满秘密，翻云覆雨，阴晴难定。现在让我回想起来，大家的人生在那时都已铺好了轨迹，一切阒然无声，亦无迹可寻。命运的机器在地下严丝合缝地孤独运转，我们在仙女镇依然无所忌怛地野蛮生长着。

小钢珠吓坏了，整天担心着自己的眼睛，他清醒地吓着自己，"等小赖子回来，他的两个眼睛都保不住。"他每天深夜的梦魇都是小赖子带着海盗眼罩来找他，小赖子领着小菜头一众把他堵在墙角，生生用三节棍往他眼睛里戳，一边戳一边笑，一边笑一边继续戳。他们把他的眼球摘了下来，他们用力握住他的眼球噗嗤一拽，他感觉弹簧断了般疼得尾骨抽搐，小赖子扔掉小钢珠的眼睛，然后摊开掌心，左手一颗眼睛，右手一颗眼睛，像是有心跳的玻璃珠。"你看我对你多好，亲自给你换上好眼睛，让你下次看清楚，别他妈把老子另一只眼睛也废了。"那两只眼睛在暗夜里闪闪发光，铮亮的眼珠隐约漾出狗叫的声音。换上新眼珠的小钢珠眼睛变成了探照灯，射出长长的激光，可以目视千里，他转悲为喜，可是大家都笑话他安上了狗眼睛，他又转喜为悲。折磨醒来，小钢珠下定决心先下手为强，一定要在小赖子回来之前把梁二的眼珠拿下，冤有头债有主，给小赖子表了忠心，就能保住自己的眼珠，剩下顶多是被小赖子打一顿。

小赖子进了医院后就没了消息，仙女镇的她们又议论开了。"小赖子这种人，眼睛是不锈钢做的，别看打出血了，进了医院医生给安进去，自动就长上了。"

"我就说梁二是狠角色吧，这不，以一敌三还废了小赖子一个眼睛，那要是一对一，梁二还不把小赖子分尸了。"

"等着吧，小赖子回来，是要找梁家算总账的，梁大梁二加起来，估计会死人。"她们这议论让老梁心里急出了血，他把梁二吊在树上，用带刺的荆条抽了个遍，梁二知道自己闯了祸，没吭半句声。抽完，老梁才知道小赖子的眼睛是小钢珠废的，他把梁二放下来，抱头而哭。

老梁能怎么办，刚料理完梁小武的摊子，又摊上了梁小斌，当年他给二子取名时，特意想让长子阳刚一点，于是取名梁小武，老二就应该文气一点，一文一武才好光耀门楣，于是取名梁小斌。谁知道"一武"是有了，没想到"一文"变成了"更武"。他在心里恨恨地骂着自己，"早知道老子当年就把你们两个射在墙上。"他只是个种桃子的农民，仙女峰上的桃树这几年也不见好长，只见桃花开的天真烂漫，却不见结的桃子屁股滚圆。

梁小武嘴里叼着狗尾巴草，蹲在门口，瞥眼说了句公道话，"别打了，再打今年就不用考大学了，咱家老二可是校长钦定的仙女镇状元，您这搁古代，把状元打成这样，是要蹲大牢的。再说，小赖子再没人收拾就要上天了，就当老二替我收拾了，老二，谢你替大哥受了罚哈。"外面有人高呼梁小斌去打台球，梁小武高声应了句，衣服披在肩上出去了。梁小武知道自己是什么料，眼下家里缺钱，他就辍学回家为老梁省点，每天打台球。

没错，梁小武说得对，梁小斌可是仙女镇公认的最有可能考上大学的人选，人送外号：状元。除了梁小斌，孟心怡也有可能考上，可孟心怡心思不在学习上，当然谁也不知道这姑娘的心思在哪，除了喜欢花花草草，美妆海报，她便再没其他爱好，不对，其实总结起来，她喜欢一切美的事物。这姑娘头脑极为聪明，学习于她来说就是消遣，只要她想，她随时可以让成绩高到令人咋舌，如果她饶无兴致，也可以随时让成绩低到尘埃。后来，这对最有希望考上名牌大学的金童玉女，竟都没考上，倒是我这种一直籍籍无名的边缘角色考上了北京的一所大学，当然，我考了四次，算是高中重读了一次，这里面发生的事，连命运本身也会叹服自己的吊诡。

说起来，正是小赖子事件让孟心怡彻底厌烦了仙女镇，确切地说是厌烦了仙女镇的人。她想不明白，当初不就是因为自己在明星海报前看了一眼，觉得王祖贤的口红好看，怎么能招来这么多事端。仙女镇的她们都嚼着舌头，"这丫头美得像个仙女，仙女哪有不遭罪的。"这点更让她不能理解，仙女不仙女跟自己有屁关系，跟这群人更是有屁关系，整天纠扯来纠扯去，真让她心累。她的理想生活就是，一个人生活在仙女镇，谁都别打扰，当然，如果可以的话，为了排遣寂寞，孟奇奇可以在仙女镇的辖区偶尔出入，孟志远和孟奇奇的小妈妈，如果可以，也别来打扰。为了彻底解决这个苦恼她的问题，她准备离开这里，而离开这里的方式只有考上大学。为此，她找来所有的学校资料进行研究，那个年头仙女镇还没有电脑，大家只能在故纸堆中找到自己想要的一切。筛选了半个月，她确定自己要去北京，在她的想象中，北京有她想要的所有东西。确定了目标，这丫头就开始抓住高考前的小半年一心一意地准备起来。

孟心怡实在是聪明，没用三个月就把所有知识复习了个底朝天，胸有成竹。老师鼓励她说，"你这成绩，现在都能去北大了。"高考结束，孟心怡信心满满，已经提前准备好了放榜时的雀跃心情。可结果出来时，还是没能如愿，虽然考了仙女镇高中的第一名，破天荒地刷破仙女镇高中建校以来的所有纪录，但还是离重本线差了三分。一切让人大跌眼镜，她的其他成绩高出天际，可英语才得了二十分，我们的仙女孟心怡素来不喜欢英语，一听听力就犯困，听力放完后，她就睡了会儿，等醒来时，发现已经没时间了，但她还是碾压般地做完所有题目，最后匆匆交了卷。

成绩出来后，她反思道，"我可能涂卡时信息填错了。"她也不以为意，大不了再来一次。孟心怡这次虽未实现她离开仙女镇的宏愿，但经此一试，她信心更炽，觉得就是玩到明年高考也能顺利拿下。经此一战，仙女镇所有人对这个姑娘更是奉为传奇。

你问我考得怎么样？嗨，别提了，我，完全就是陪跑，近乎全校垫底的成绩，连小菜头都比我考得高出一分。那一瞬间，我的自尊心史无前例地受到刺激，说实话，我才不想离开仙女镇，可是我想证明我自己，证明我再差，也不能比小菜头差。

而我们的状元梁小斌说来更是遗憾，他根本就没有参加高考，如果能顺利考试，谁也说不好他能去哪所学校，说不定仙女镇现在的骄傲就不是我了，而是梁小斌。我深有自知之明，和梁小斌比起来，我近乎一无是处。只是后来，我们两个竟然奇迹般地成了同行，都走上了写作这条路，当然，这也是后话。

在我看来，梁小斌的命运就是由小钢珠扭改的，当然，小赖子的命运拐点也是小钢珠所为，这个只会跟在小赖子屁股后面耀武扬威的小角色，竟有上帝之手的本领，将仙女镇这两个人物的命运都推向了不可回转的境地。当然，他自己的命运也好不到哪去，几年之后，作为仙女镇第一批进城务工的青壮劳力，在一次宵夜时死于械斗。说来可笑，小钢珠那么胆小的人当时根本就没敢参与最初的冲突，只是对方叫的人带着砍刀再度追来时，他的同伙都跑了，只有他因为自恃没有参与，依然在小摊上进食。对方来人扑了空，见还留了个继续吃喝的，心想你们的人都跑了就你他妈还敢待在这，以看不起他们为由，当然也有出于找个替罪之羊的考虑，一伙人对小钢珠群起而攻之。架这种东西，只要一开打，就很难停下来，架这种东西，很容易因为施暴的得意心理吸引更多人参与，等停下来时，小钢珠已经翻了眼，浑身稀软，停了气。小钢珠没有小眼珠装死的机智，直接死了。

出于自保，小钢珠想着一定要在小赖子回来之前摘掉梁小斌的眼球。本来，他想马上行动的，可是当全镇人都在期待着梁状元在高考中一鸣惊人时，他决定在高考前一晚动手，小赖子可能会更满意。这个蠢东西，没做任何准备，揣着他那个蠢三节棍就出门了。也是梁小斌运气不好，小钢珠刚一出门就看到梁小斌上晚自习回来，正往家赶。他随手在垃圾桶边捡了个黑色塑料袋，蹑手蹑脚踮到梁小斌身后，一把蒙上去，梁小斌死命挣扎，小钢珠却发现无处下手，因为套上塑料袋就找不到眼睛了。梁小斌没带自己的棒球棒，小钢珠自知得抓住机会，摘不了眼珠，要个半条命也行，于是抡起三节棍使劲往梁小斌头上招呼，没几下，梁小斌就站不稳了。小钢珠一时心虚，心想，小赖子不好惹，梁小斌更不好惹，这要被梁小斌以后报复，他也撑不住，于是放弃摘梁小斌的眼球，只想着不让梁小斌明天考试。于是抡起三节棍就往梁小斌脚踝上砸去，小钢珠仿佛看见火星四射，仿佛听见钢铁碰撞钢铁，没几下，血就洇了出来。为了保险，小钢珠又在脚踝上踩了几脚，听到咔嚓一丝断裂声，他才停了下来。小钢珠把梁小斌的书包腾空，套在梁小斌头上，一切妥当，他这才放心地摸着黑暗的墙壁，失神跑了。

建 筑 队

打了半个月台球，梁小武就腻烦了，仙女镇上的青年现在都围着他，这种带头大哥的荣耀让他一时还不习惯。看见破产老梁的愁眉苦脸，梁小武心里一时也烦扰起来，决定停止游手好闲，找个营生干干，而组建筑队这件事，就是他在给那些哥们吹城里扛水泥的经历时一拍脑门想出来的。

临近高考前，为了让学校本就难堪的高考成绩看上去不那么惨不忍睹，仙女高中会清理一批学生，劝退弃考。梁小武的兄弟们没等学校的劝退名单出来就纷纷回撤，在他们看来，上不上学无所谓，面子不能丢了。他们用胳肢窝夹着几本书回家，上了几年学，胳肢窝就是书包，夹着书去，又夹着书回来。哥几个整天围着台球桌狂欢，听梁小武讲镇外奇闻，球桌上台球电打了一般飞驰，大家电打了般嬉笑怒骂，场面其乐融融，让小眼珠、小菜头这些小赖子的死忠也忍不住加入进来，都是孩子，大家谁也躲不了贪玩的天性，还不是哪热闹凑哪玩。

梁小武也不记仇，在小眼珠胸前擂了一拳，"你他妈吓死哥们了，幸亏没死在医院，不然这会儿我都不能给你们吹树懒逼了。"小眼珠也笑了"嘿，别说，你他妈下手真黑。""去你的，回去怪你妈去，给你生的头不经抡。"两个人在台球场上打了三场台球，完事醉了场酒，相拥哭了会儿，就成了好朋友。小菜头更没原则，梁小武给他点了根烟，他就赶忙改口叫梁小武"大哥"，梁小武抬脚轻踢在小菜头小腿上，"啥大哥，我才不兴这个，叫小武哥。"小菜头啄木鸟一样点头直叫"小武哥，小武哥。"眯着眼，狠狠咂了口烟，又叫，"小武哥，小武哥，小武哥。"

"人小武哥就是人中龙凤。"这是小眼珠和小菜头后来私下里说的最多的话。

小钢珠呢？梁小斌被他收拾后，还没等梁小武查出是谁，那家伙就不打自招地背着行李去广州打工去了。小眼珠给梁小武说，"小武哥，要知道咱家梁二是小钢珠办的，不用你动手，你那U型锁交给我，我抡死他。"小菜头补充道"对，也算我一个，眼珠哥抢前，我菜头抢后。"

这群人听说要组建施工队，就像小孩抢糖一样纷纷响应加入，在他们看来，盖房子，多好玩的事啊。小赖子就是踩着施工队组建大礼的鞭炮声回来的，他在人群中停了下来，眼睛里混杂着复杂的情绪，恐惧、愤恨、不甘、失落。他的左眼焕然一新，可是眼珠在眼眶里变成一条死鱼，透露出一股僵化的绝望。他死死盯着那群人，死死盯着小菜头、小钢珠。梁小武笑着招呼了声，"赖子，回来了啊，晚上来吃酒啊。"小赖子面无表情，也不答话，也不离开，钉在原地，盯着他们，仿佛想要用眼神掐死他们。小菜头、小钢珠埋身在人群深处，脸上的笑不自然，萎着眼神，尽量避开小赖子的追目。

梁小斌在小赖子回来之前就已经离开了仙女镇，参军去了。错失高考的他一度陷入绝望之中，原本可以来年再战，可破产的父亲让他明白自己闯的祸，责任得自己承担。当兵虽然辛苦，可每个月部队会给家里一些补贴，纵使杯水车薪，总也聊胜于无。而大哥梁小武在台球室的整天厮混也让他彻底下定决心，这个家大哥靠不住，看来只能靠他了。他是心里满含着感激踏上征兵车的，感激在征兵体检前他的腿伤恢复如初，感激自己能去北京当兵，首都的军队肯定吃喝不愁，听说还能学习文化知识。感激父亲，感激仙女镇，也感激遥远而又陌生的孟心怡。

梁小斌在军队表现十分突出，因为颇有些文化功底，没多久他就当上了班长，后来，因为样样训练优秀，成功晋升为士官，他喜欢军营，也喜欢北京，他想留在这里，他不想再回仙女镇，可就在去留北京的关键时期，他在一次训练中，用力过猛，脚踝受伤，被诊断为脚踝骨坏死，旧伤所致，左脚失能，成了残废。这样，他被调到了图书馆，等待服役期满复员回家。在图书馆，他愤恨着一切，尤为恨小钢珠，也尤为恨仙女镇，对小钢珠的恨可以理解，对仙女镇的恨却不可捉摸，但尤为强烈。待了一年，梁小斌每天除了看书，就是看书，把自己看成了一本书，一本只属于梁小斌的书，他在书中没找到黄金，也没找到颜如玉，但是找到了平静。他勘破自己命运轨迹的注脚，深知这一切都是他的宿命，既无可替代，也无可逃避。在书中，他也找回年少时对文学的热爱，用简单的文字勾勒着饱含情感的诗歌，有几首竟还发在了北京的《诗刊》上，就在他快要离开军营之时，命运之光终于从乌云中挤出嫩芽，照在他清癯孤怨的身上，因为发表的作品，他被借调到解放军艺术学院继续深造，从另一条路，圆了他的留京之梦，而他也找到了一个新梦，那就是写作。

梁小武也不知自己竟做了这么一个高屋建瓴的决策，可以说是他日后不断壮大兴盛的建筑事业真正打开了仙女镇腐旧的大门，将仙女镇带出山坳，将山外的文明和财富带进仙女镇。他的建筑队成了仙女镇这座沉睡千年的"天外之城"在现代社会加速飞行的不竭动力。

九十年代的中国，四处大兴土木，而仙女镇还延续着几百年来田园村野的建筑风貌，即使仙女峰已经吃掉了大多数大风，但窝居山坳的仙女镇建筑还是经常被风摧枯拉朽地推倒，伤亡时常有之，更别说雨季山洪了，就像女性生理期一样，每年夏季，仙女镇都会面临一次阵痛。梁小武的建筑队帮大家解决了这个问题，各种新式的民居建筑拔地而起，而互相攀比的心理习性让镇上居民一改之前的散漫慵懒习性，大家努力挣钱，挣钱盖屋，盖屋之后，继续挣钱，继续盖屋，抢占着仙女镇的风景资源，在自家地里私盖别墅，待价而沽。就这样，死气沉沉的仙女镇被建筑队和金钱推向了狂热的兴盛和发展，仙女镇的"她们"也再没有时间咬舌扯淡，而是忙着各种投资置产。梁小武也因此一跃成为仙女镇首富，成为后来远近闻名的富商。

看着梁小武的建筑队日益壮大，小赖子心中愈加愤恨，可是他的愤恨没有小菜头、小眼珠、小钢珠等一众兄弟的支撑，就只能是泄了气的皮球，蔫巴褶皱，砸在地上也弹不起来。梁小武的第一单生意干完后，收益不错，所有哥们也都挣到了人生的第一桶金，虽然都是栉风沐雨、披星戴月挣来的，可是第一次挥霍着自己挣来的钱，让他们感到美妙、微妙、奥妙、曼妙，总之就是不可言说的各种妙。

梁小武宴请四方，兄弟们情绪高涨，仙女镇的年轻人不管是不是建筑队的都被请来，连孟心怡都去了，当然，吃，少不了孟奇奇。我们的孟奇奇现在已经上了初中，出落成一个乖巧、可爱、漂亮的小姑娘了。仙女镇的她们说，"孟奇奇这小妮子不得了，将来一定出落地比孟心怡还漂亮。"当然，小赖子也被邀请，梁小武亲自登门，先是寒暄，再是赔罪，小眼珠、小菜头也来了，欢欢喜喜地簇拥着，应和着，"赖哥，走吧，喝酒呐，就差你了，咱哥几个好久都没聊过了。"小赖子脸上似笑非笑地笑着，张开手一个送客的姿势，说道，"你们先去，我换个衣服就来。"就在梁小武一行人出门时，小钢珠打开电筒照路，往前没走几步，又把目光和灯光一起动情地落在小赖子脸上，"赖哥，都等你呢，快来哈。"小赖子的左眼球闪烁着夜光，虽一闪而过，但众人都僵住了，空气凝固，大家一脸的尴尬。小赖子从门后抄起铁锹追了出去，"滚，都他妈滚。"小赖子追出好远，梁小武跑得有点走神。

小菜头道，"看来我妈说的是真的，赖哥还真安了个狗眼睛。"

穿着西装的梁小武在小菜头屁股上踢了一脚，踢出了火星的味道。"说啥呢？我他妈就看不惯你这种嘴脸。"

狗 的 眼 珠

逝川绕着仙女峰前行、流转，像一个电台开关的旋钮，将仙女峰的季节调到了春天，旋钮再来回微调，气温经过一阵上下起伏，稳了下来，桃花就开了，漫山遍野的桃花，煦风拂来，花雨纷飞，落在逝川，变成一群粉色的小鱼，静静随着时间向远方游去。

仙女孟心怡正是被此景吸引，恋上了桃花，往年也有此般景致，可往年却没有她今年此般年龄，捉摸难定，她就是今年尤爱桃花。从山上折了几枝，桃花花蕊带羞，还含着几滴新落的春露，孟心怡小心翼翼，满面春风，稳着脚步，悉心呵护，像邀请一群晶莹剔透的精灵，想着尽量把这些露也能带回家。窗台上摆了一排汽水瓶，注入泉水，水位高低不同，孟心怡将长短不一的桃花逐个插入，用筷子敲在瓶身上，音调起伏，赏心悦目，闭着眼细嗅，那音调仿佛带上了桃花的味道。

花季即临，养蜂人孟志远将再一次出远门，临出门前他犯错般忸怩地向孟心怡叮嘱着，"心怡，今年爸挑个好地方放蜂，多挣点钱回来，给你攒够去城里念大学的学费。"孟心怡侍弄着窗台上的桃花，精致的鼻尖轻轻靠近，闭着眼睛，嗅了好久才回了养蜂人孟志远一个"嗯。"小妈妈走过来，拉着孟心怡的手，"出落得我都不敢跟你出门了，出去了，一准被别人说咱俩是姐妹。"孟心怡呛了句，"你这不是也比我大不了几岁。"小妈妈一层一层地萎了脸上的笑，空摩挲着双手，帮着孟志远收拾东西。好几只蜂落在孟心怡的桃花上，孟心怡甩甩手，把蜂赶开了。

孟志远也不知还应说些什么，只是把一浅叠票子搁在桌上，给孟心怡再嘱咐了句，"家里，就麻烦你费心了。"小妈妈在孟奇奇左脸亲了一口，右脸亲了一口，临走，在脸上又亲一遍。"想妈妈了，就摇你的硬币罐。"孟奇奇哭得梨花带雨，但也不粘人，抱着孟心怡的胳膊，注视着小妈妈和孟志远消失在仙女峰深处。

只有孟心怡和孟奇奇两人的家里，显得自由、疏落，像是仙女镇中的仙女镇。孟心怡由着性子做自己喜欢的事情，孟奇奇也跟着姐姐的性子，缠着姐姐玩。孟心怡现在才没时间跟她玩，桃花谢后，第二年的高考马上就来了，孟心怡吸取了上次的经验教训，这次严肃认真多了，早一个月前就把所有书堆在桌上，这些知识虽然心中虽已烂熟，但还是忍不住又翻了一遍。在翻这遍书时，时间仿佛加快了，书还没翻完，高考就要在明天开始了。

这天，为了超常发挥，孟心怡特意涂上了口红，就是他从梁小武那买来的那只，也就是被孟奇奇偷走的那只。孟心怡轻装上阵，飒爽英姿，浑身散发着自信和轻松。第一天考试刚结束，她难得跳着小步、唱着轻歌往家赶，唇齿翕合，歌声被口红染上淡红的快乐。楼道转角，孟心怡和黄头发撞了个满怀，黄头发停下，盯着孟心怡看，怒而不说，撇开孟心怡就走远了。孟心怡一愣，这可不像黄头发争强好胜的风格。黄头发在远处停住，转身对孟心怡一笑，"小仙女，有你哭的时候。"这句话搅了孟心怡的好心情，可她对着小镜子补了补妆，心情又恢复如初。

  第二天，孟心怡的好状态继续延续，以千军难当之势在试卷上狂轰滥炸，到了下午，最后一门进展得也异常顺利，孟心怡紧了紧酣畅的心情，叮嘱自己务必不可松懈大意，为此，她将试卷检查了三遍。抬眼一看，离考试结束还有二十分钟，孟心怡提前释放了心中的金丝雀，无声地四处高歌。突然，老师停在她身旁，一动不动地盯着她，孟心怡一脸诧异，不明所以，手在椅子上却触到了一个东西，低头一看，是一本翻开的知识点速查小手册，巴掌大小，躺在椅上，她惊诧地望着手册，手册也仿佛一脸委屈眼巴巴地盯着她。手册的确是她的，上面还写着她的名字，可早上复习完她明明放在了教室外的窗台上。这个从校外调来的监考老师，无声地抽走了孟心怡的试卷，将小册子也揣进口袋，板着的眼神像刀子一样锋利地在孟心怡身上割来割去。孟心怡想要吵，想要闹，想要大喊大叫，想要辩解，还想要打人，可是她只是站在座位上，静静地颤抖，她在座位上四处转身，想要找人替她证明，可教室已经空了，只有坐在她后面的黄头发歪着嘴角盯着她。她上手就撕就扯，可从没打过架的孟心怡一把就被黄头发推翻在地，腰磕到桌子，身子直不起来。"怕什么，明年再来呗，反正我只考这一次，明年，你就碰不到我了。"

  那年头，没有摄像头，我们的仙女孟心怡只能落榜。这次落榜，还伴随着风言风语，"这丫头想考上想疯了吧，听坐在她后面的黄头发说'门门抄',怪不得去年能刷纪录,原来是没被逮住。"孟心怡身上固有的冷傲和淡定因为这件事而逐渐消解,她并不在意这些闲言碎语,流言一贯于她来说都只是雨后轻雾,你不予理睬,太阳自会带走它们,让孟心怡没法接受的是黄头发这种没有来由的玩笑和报复,纵使前面有过龃龉,但也不至于在高考这件事上给她使绊。如此出格的报复让孟心怡只想手抄一把刀去找黄头发,她找来一把刀,握在手上,铮铮作响,在空中一团挥舞,把空气割成破碎而透明的条絮,在阳光下无声浮沉追逐。孟心怡用力过猛,刀脱了手,刀刃的毒牙分不清敌我一口下去把孟心怡的手背啃了一条缝,疼痛在伤口上慢慢流淌,这流淌是红色的,这流淌的红色一时泄了她的愤怒,让她心中只有瘪了气的悲伤。"我这是什么命,谁能给我说清楚。"

不到半年时间,梁小武的建筑队已经壮大了一倍,不仅囊括了仙女镇的一众青年,还吸引了外镇有头有脸的青年一同加入。建筑队管理粗放,俨然成了一个大帮派,而梁小武就是所谓的"总舵主",大家有酒同喝,有肉同吃,有钱呢,那就同花,这些人在仙女镇最早实现了"共产主义",梁小武和小菜头、小眼珠一同买了仙女镇的第一批摩托车,三个人买的车一模一样,都是本田,也不分你我,拉杂着骑,等于一个人拥有了三辆车。没买车的都蹭着骑,最后,这三辆车变成了仙女镇的共享摩托。

建筑队日渐兴盛,只有小赖子整天形单影只地四处闲逛,因为安了一只狗眼,已没人愿意和他往来,就连小孩子看见他都往他身上扔石子。一次,气愤不过,他教训了一个孩子,最后被那孩子的哥哥带了一伙人教训了一顿,腿打了半折,出门一瘸一拐。

在大家看来，他此前身上的阴鸷，狠谲已被脸上的狗眼屠戮一尽，现在，加上又瘸了一条腿，仙女镇更是没有人再把他当人物看待，小赖子从一个小恶霸变成了人见人欺的软面瓜。连小菜头现在见了小赖子都不叫赖哥了，直接坐在摩托车上，露着被烟熏黑的板牙，脸上的墨镜对小赖子颐指气使，"赖子，有火吗？"小赖子没有搭理，小菜头就飞起摩托，从小赖子身后一脚横踹，加大油门，远远跑开，回头对着躺在地上的小赖子，"咦，你追不上我。"

小眼珠对小赖子还算恭敬，毕竟小赖子当初待小眼珠也相当不薄，自己是一把手，小眼珠就是二当家。细算起来，而今，小眼珠成了小赖子在仙女镇还算是朋友的唯一朋友。一次，小眼珠在路上看见小赖子跛着脚，便想捎小赖子一程，小赖子死命反抗，小眼珠就死命赔着笑把小赖子往车上拖。

他们在崎岖的仙女峰上盘山而行，摩托车在路上留下一掬掬墨黑的顿号，小眼珠说，"赖哥，梁小武也想叫你去建筑队，说咱整个仙女镇就差你了，你不去，别人还以为他嫌弃你，影响咱仙女镇乡风建设。"小赖子急了眼，"你他妈这是当说客来了。"小眼珠缩了脖子消了声，小赖子这一刻又找回了那个小赖子的感觉，他继续道，"他梁小武别能，我的建筑队马上也就起来，珠儿，到时候你还来给咱当二当家。"小眼珠没说什么，小赖子看见后视镜里的小眼珠抿着嘴笑了。

"你他妈不信。"

"我信，可是我当不了二当家，小武哥那边离不开我。"

"这么说，连你也不给我面子。"

"我给，我尽量说服小武哥给你当二当家啊。"小眼珠憋着的笑还是破了口，"你坐稳了啊，我踩油门了。"小赖子抓紧小眼珠的衣服，瞥着脚下的悬崖，满脸紧张。

到了镇上，下了车，小赖子憋了一路的气没忍住还是炸了起来，他一脚踹倒小眼珠的摩托，自己也歪身倒了。

"我他妈不服，凭什么。"

小眼珠从压着自己的摩托车下钻了出来，捡起地上断了的后视镜，骑在小赖子身上，一通招呼。

"你他妈几斤几两，你给我倒说说，你不服什么。"

小赖子没想到小眼珠也会有一天骑在自己身上，一时搜肠刮肚，竟找不出小眼珠质问的答案。

"你还想组建筑队，行，你组啊，你要是能组起来，我整天给你擦屁股都行。"小眼珠把后视镜的镜面在小赖子脸上扇了几下，啪啪啪，停下，把镜子拉开一些距离，对着小赖子，"看看，看看，就你这怂样，你还想怎样。"

小眼珠站了起来，将后视镜摔在小赖子身上，掸下身上的土。

"真他妈晦气，你说我理你干什么，你个穷鬼，连我的摩托都修不起，还得我自己掏钱。"

小眼珠踩了几下摩托车，都没发着。气愤地在小赖子身上又踩了几脚。"他妈晦气到姥姥家了。"

小赖子跛着脚，无力还手，用眼神一口一口地咬着小眼珠。

小眼珠推着摩托车在大雾里走了两步，回过头，"看什么看，狗眼。"

小赖子一腔的压抑和怨恨在天空和胸膛爆炸，他砸碎后视镜，捏着碎玻璃渣子就往小眼珠身上扑，小眼珠乱声嘻哈，笑着推着摩托车在大雾中提步快奔，一边奔还一边停下来等，雾气里传着小眼珠的欢声笑语，"来啊，来啊，我在这等你。"那笑声像闪电，兴奋中透着扭曲。

玻璃碴在小赖子手里子弹一样混着新鲜的血肉旋扭、碰撞，小赖子眼睛充血，无处发泄，他感谢他的手愿意给他这种凛冽清澈的痛。

暮春残碎，大雾纷飞，人总免不了在这个时令感时伤怀，小赖子形只影单地四处环视，雾气紧紧裹着他，让他透不过气。有脚步靠近，小赖子定睛，是孟心怡。低头前行的孟心怡猛然撞见小赖子，一惊，顿了步，但没喊，幽怨地看了眼小赖子的手，一言不发继续前行，消失在雾中，朝镇子尽头的小庙走去。小赖子浑身抖得更厉害了，他扔掉手中的玻璃碴，往家的方向挪去，走了几步，充血的眼睛仿佛回过味来，猛然折身，朝小庙的方向压身刺去，弥散不开的大雾被他消瘦的身子割开缝，*丝丝缕缕流着血*。

风车，尾声兼鸟声

我们仙女镇的孟心怡死了，死于难产。

这个消息核弹般落在仙女镇，仙女镇的她们张大嘴，嘴里藏着一个个小小的黑洞和锥心的疼惜。

"咱们咋就一个都没看出来，咋能怀上了？"

"算起来，我都有大半年没见过这丫头了。"

"听说孩子抢救了过来，是个女孩。"

"这下，孟志远估计心塌了。别说孟志远了，你能受的了？你能？那可是咱整个仙女镇的仙女啊。"

"孟奇奇这傻姑娘，咋跟个傻狍子似的，啥也没看出来。"

"她个生瓜蛋子懂个啥，就是孟心怡也是个生瓜蛋子。"

"孩子爸是谁呢？"

"没爹没娘的孩子，谁照管呢？这孩子，孟志远肯定不会留下，他就是个野人，连现在都还吃奶的孟奇奇他都不管（孟奇奇直到现在还有喝羊奶的习惯），更别说这个小奶包了。"

孟心怡被发现时，已经快没气了，人虚浮在血泊上，手护着腹部，痉挛、抽搐。孟奇奇一进门，尖叫声刺破了天，愣了好久，才想起喊人。大家手脚乱了位置把孟心怡往担架上抬，没人清楚这是怎么回事，都是大半年没见这丫头了。卫生院的老中医接了人，拉开被单，他匆匆瞥了眼，就戴起手套，指挥众人先出去。他以半百的年龄，老花的眼睛重新抄起几近生锈的手术刀，剪刀刺入，从一个小口咬住，下伸，顺着肚皮急急行过，血流如注，那张皱皱的小脸露出来时，早被折磨地一脸忧郁和疲惫，连哭都舍不得用劲。老中医嘴上颤抖着，脸上蒙着心疼，"这孩子还是个少女，这哪个杂种造的孽。这可让老孟怎么活。"还没等老中医缝上伤口，孟心怡的手已经垂了下去，她始终未哭也未叫，心如死灰。

后来，大家从孟奇奇嘴里零星了解到一些真相。她说姐姐孟心怡四个月前，开始绝食，整天上蹿下跳，疯狂跳绳，又经常从高处一跃而下，如此反复，此外，她的饭量极小，却发福得不像样子。她也曾问姐姐这是怎么了，姐姐摸着她的脸，一脸忧伤，"姐，在减肥。别给外人说出去，更不许说给孟志远，姐不想让外人看见姐这个样子。"孟奇奇知道美对孟心怡的意义，她使劲地点着头。再后来，孟心怡发福得更厉害了，孟奇奇曾看见孟心怡拿着一根木棍气急败坏地往肚子上抡，孟奇奇一脸心疼地劝"姐，你这是怎么了？"孟心怡抱着孟奇奇哭，不住地说，"我是不是做错了什么，我到底错在了哪里？"孟奇奇抱着孟心怡，抚弄着孟心怡秀美的长发，"姐姐，你做错什么，都是我最好的姐姐。"高考前夕，孟心怡使劲往肚子上缠布条，缠到呼吸不了，孟心怡就这样挪着沉重的步子，披着头发，遮着眼睛，参加完高考。成绩出来时，她已几乎不愿活动，卧床不起，这次，她的分数是真的高出了天际，孟心怡托孟奇奇代自己去学校找老师填了志愿，志愿填完的第二天，惨剧就发生了。

　　再后来，我在第四年高考备考时，把孟心怡的参考书借来用，在一本书中，发现了一张夹着的纸，纸上写了几行字，字迹清秀忧郁，有几处字迹褶皱变糊，我想了想，应该是为孟心怡的眼泪所打湿。那些话前言不搭后语，大多是关乎对身后的思索，对未来的畅想，让人读后，遽然心痛，慨叹命运无常，亦可惜为什么上帝之手一定要带走孟心怡，而不是别人。"我体内的你，我有时恨你，我有时恨我自己。""人生无常，去来无迹。"　这张纸，后来我一直珍藏着，夹在厚重的《辞海》里面，将《辞海》归置在书架的顶层，仿佛这样，孟心怡就住在了我的书中。这件事，我没给任何人说，那是我和孟心怡之间的秘密，我凭借着这几句零散的字句时时刻刻吊念着她，她通过这种方式，久居于我的心中，成为我心中时常盘桓捉摸难定的痛，这痛是我和孟心怡唯一的交集。

孟心怡的葬礼，仙女镇所有人都去了，梁小武带领所有的仙女镇青年，抬着孟心怡的棺木，表情凝重，有好几个小青年泪眼婆娑，可能，孟心怡一直都是他们梦中的那个人。其他人跟在棺木后面，队伍蜿蜒而静穆，像是献祭仙女回归天堂。天空阴云蔽日，野风四起，每个人的脸都被风揉得异常憔悴。

孟志远是在孟心怡出事之后才回来的，新生的婴儿在床上翻来覆去地哭，孟志远瘫在地上，一脸蜡黄，浑身颤抖，他对床上的女婴充满怒火，恨恨的眼神不住抽打着女婴稚嫩的皮肤。他不忍心看女儿入土，待日落时，他才提着一盏接魂回家的红灯笼往坟田走去，一路上，孟志远浑身的零件叮叮当当，摇摇晃晃，提着的灯笼，如暮色血红，泣血般伤感，他手里还抱着一捧在来的路上采的野花。靠近坟堆时，孟志远猫着眼神，好像看见坟前跪着一个人影，疾步靠近，却空寂无物，地上有残碎的白酒瓶子和滴滴粘稠的血滴。

一直忍着的孟志远这才把憋在体内的哭声一股脑释放出来，"心呀，爸来接你了，咱回家吧。"

"你为啥不给爸说。"一个凌厉的耳光落在孟志远脸上，再一个，又一个，凌厉成倍增长，"我这蠢东西，跑得天南海北，让你怎么跟我说。"孟志远头磕在玻璃碴上，泣至无声。

"心呀，你要怪爸，晚上就到爸梦里来，爸随你打，有啥苦衷都朝爸发泄，可别带到那边去。"

"心呀，给天上那边说说，下辈子，别来仙女镇了，就好好待在天上。这辈子，爸没照顾好你，我何德何能，让你这个仙女，当初落在我家。"

"心呀，回家吧，跟爸回去再看看你妹妹，再看看那个女娃娃，回去看看，这辈子的事也好在孟婆那都勾销了，就回天上好好当仙女吧。"

孟志远提着灯笼，几只火红色的流萤绕着灯笼在空中追逐，跟着孟志远的脚步一上一下往家的方向蹦跶而去，像孟心怡难得的微笑的眼神。

孟志远报了警，警察备了案后，这件事便再也没有后续。至于这个女婴该怎么处置，的确让孟志远犯了难，他打心底恨这个女婴，这女婴于他来说就是凶手对他的嘲讽，有形嘲讽："我的种就在你面前，你却不能拿我怎样。"所以，他无论如何也不会照养这个婴儿，虽然，某一时刻，他也心疼，心疼这女婴不就是心怡的缩影，可是这心疼是短暂的、表层的，压制不住他心底那股擘天劈地的愤恨。一直再未生育的小妈妈倒乐得一起照料孟奇奇和小婴儿，孟志远拔掉小婴儿的奶嘴，对小妈妈恨了句，"你想啥呢？"

最后，小婴儿落在了小赖子手里，谁也没想到小赖子这个已经近乎被大家遗忘的角色会收养这个小婴儿。他的理由无可挑剔，"孟叔，如果您信得过我，我愿意奶这个小婴儿，您看，我这瞎了的眼，瘸了的腿，这辈子也不好再娶别家姑娘祸害人家了，有了咱家这小婴儿给我做个伴，我这一生也就有个依靠了。"言毕，小赖子双手递给孟志远一张卡。"这是我家所有的积蓄，本来娶媳妇用的，现在用不到了，就全部孝敬您吧。"孟志远狐疑地看了眼小赖子,问了句,"你手腕上的伤口怎么回事。"小赖子慌了神,好久才接上话头,"这不是,前几年觉得活不下去了吗,现在这小婴儿要跟了我,也就成了我活下去的理由。"孟志远从床上抱起小婴儿放在小赖子怀里,小赖子满足、小心、受宠若惊,接过小婴儿,眼泪倏地滑了下来,满嘴回着感谢,满脸回着笑容,满心回着感激。"你个大男人怎么养活这小婴儿?"孟志远问。"叔,您放心,我保证让她是咱仙女镇最幸福的小仙女。"孟志远不愿多说,把卡塞还给小赖子。"你能奶好她,就成了,我也算对我家心怡一个交代。"

"叔,我还有个不情之请,咱这小婴儿能不能跟着您姓,我这瞎眼瘸子的赖姓不配搭上咱这小婴儿的名。"

"姓不姓孟,随你,仙女镇又不止我孟志远一人姓孟。"

"哎,我懂您意思。"小赖子搓着双手,心中的激动已溢于言表,浑身颤抖着,把小婴儿先搁在桌上,伏倒在地,给孟志远连连磕头,磕罢,小心呵护着婴儿,倒退着出了孟家大门。

回去的路上,小家伙瞪着金丝雀一样俏皮的眼睛,对着小赖子吹着奶泡。小赖子的罪感越发深重,她对着小家伙掏着心窝,"小仙女,我不是你爸爸,我该去那边以死谢罪,可是我死了,孟心怡的名声就彻底毁在我身上了。"

"小仙女,你放心,我不会赖在世上太久,等把你抚养成人了,我就去那边谢罪。小仙女,你是无辜的,孟心怡也是无辜的,只有我一个人该死。"

"小仙女,你快快长大吧,我的罪太重,苟活一天就重一倍。"小赖子已经蜕掉了小赖子,蜕壳之后的小赖子成了原初的他,赖秉忠。

　　时间的齿轮继续严丝合缝地往前咬去，孟心怡很快就在大家的记忆里淡淡消隐。大家心里此时只有发财、置产、买地、享受和攀比。第四年高考，我终于考上了我想去的那所大学，上了大学，我才意识到仙女镇犹如海上孤岛，而外面，才是真正的人间。在大学，我把时间一份掰成九份用在学习我之前所未接触的世界和知识上，最后，像我这种高考考了四年的人竟然能以全级最优的成绩留校做了辅导员，留在了曾经让孟心怡魂牵梦绕的北京。而我也是在多年之后整理学院的学生档案时才知道，如果不发生那些意外，孟心怡就成了我的学姐，我们来自同一个地方，仙女镇，而我们也将会在同一所大学学习，可时空在那里分岔，我们也就此别过了。那个时候，即将生产的孟心怡不知道自己的前路将会走到哪里，可还是让孟奇奇替自己报了志愿，实现了自己的梦，证明了自己的清白，她根本不是抄袭，她也根本不需要抄袭，她有能力改变自己的命运，只是命运不愿听从她的安排，在最后希望降临之际，把她推下了暗无天日的深渊。

　　几年之后，我们当初那些懵懂而混沌的少年都已成家立业。梁小武成了仙女镇首屈一指的地产大亨，小菜头、小眼珠也都鸡犬升天成了股东，手上大哥大，脚下桑塔纳，派头比县长还大。梁小斌成了军区诗人，成了以鞭挞仙女镇而赫赫有名的作家。我在大学，继续做着辅导员。

　　就在今年过年，一个细雪纷沓的早上，我们几个人相遇在了小赖子的早餐摊上，起初大家都没注意，还是小菜头一咋呼，我们才把桌子拼在一起。如今，大家早已褪去当年的青涩和亲密，多年的距离让大家的寒暄透着一种人工制造的人情味。小赖子忙前忙后招呼着大家，他女儿跟在后面，嘴呵着白气，戴着兔儿帽，像个小精灵，玩闹着捣乱。小赖子腿瘸得更厉害了，背也已被生活压成了弯弓，虽然，他年龄并不大。

小菜头鼓着腮帮，用筷尖指着小赖子，"赖子，再来一碗胡辣汤。"小赖子应了声手脚麻利贴耳躬背地端了上来。小菜头顺着碗沿猛吸一口，笑着对小眼珠说，"珠子，你说小赖子这狗日的给这胡辣汤里是不是放了大麻，他妈的咋能这么香。"小眼珠端着碗离开小菜头的桌子，凑到我和梁小斌、梁小武这边。"梁总，年终奖啥时候发呢，我这等着换车呢？"梁小武擦了擦嘴，"你不是刚换了吗？"小眼珠一脸自得，"这不是送给前女友了嘛。""你他妈给我省着点，咱融资正缺钱呢。"说着朝小眼珠踢了脚，说了句，"别吃了，都赶紧跟我办公去吧，菜头，跟上。"

梁小斌话还是那么少，他盯着小仙女看了很久，"哎，那小女孩长得可真俊，你知道她叫啥？"

"小仙女。"我说。

"小赖子的女儿？"

"领养的。"

"谁家父母，也是坏了良心了，把出落得这么美的女儿送给小赖子。"

"你别说，赖哥这几年变化挺大的。"我狐疑地补充了句，"你不知道？"

"知道什么？"

"你不知道这小姑娘从哪来的？"

"你算算我有多少年没回来过了。哥们问你个事,咱镇上的孟心怡去哪了?"

这个问题让我猝不及防,我一时语塞不知该怎么回答,最后回了句,"不清楚,我也好多年没见过她了。"

小女孩在我们之间跑来跑去,手里拿着拨浪鼓和风车,笑声像镀金的小铃铛,手脚翻飞,模样实在可人。她毫不怯生地依偎在梁小斌腿上,大方地把风车递给梁小斌,梁小斌鼓着腮帮朝风车一吹,童心泛滥了,小女孩笑得特别开心。我也拿过风车,在空中扫了一圈,风车拨楞楞快速转动又快速转停,来回几圈,就玩腻了,小女孩鼓着腮帮吹风,吹到我脸上,我心里融融,把风车又交给小女孩。小女孩把风车放在嘴边,嘟着嘴唇,我抢在她前面对风车吹风,风像挠到了她的痒痒,她笑得像风中刚绽放的稚嫩格桑。

小女孩的眼睛像蝴蝶的翅膀眨巴着盯着梁小斌的上衣口袋,"叔叔,那里面装着什么啊?"原来她看上了梁小斌的派克笔,梁小斌取下来说,"这叫钢笔。"

"钢笔是不是里面装满了字?"

"是啊,这些字得写在纸上。"

"是不是你拿着钢笔放在纸上,说,钢笔钢笔我爱你,那些小字就全出来了。"小女孩掌控不好咬字的节奏和说话的顿挫,说一句,吸口气,抬头挺腰,眼睛卜灵灵。

梁小斌被逗笑了,说,"这姑娘真聪明。来,这钢笔叔叔送给你了,拿去写字画画。"

小赖子忙从后面走了过来,"把笔还给叔叔。你现在用不到。"

小女孩努着嘴唇，皱着鼻子，小手紧紧握着钢笔。

"小赖子，笔就送她了。真可爱。你女儿啊？"梁小斌说。

小赖子扭扭捏捏，迟疑了好久才回了句，"啊。"

"赖哥，这些年过得还不错吧？"我递了根烟，问了句。

我一问，小赖子更是脸红害羞了，这已经完全不是当年的小赖子。只见他把烟夹在耳朵上，涩涩一笑，"早戒了。我们家仙女闻不惯。过得还凑合。"

"赖子，你过得好就好。"梁小斌心思挖了半天，说了这么一句。

小赖子赔笑回着话，"哈，好着呢，好着呢，你也好着呢。"

"大家都好着呢。"梁小斌努力让自己笑能配合上小赖子的笑。

小赖子一脸由衷，"对对，咱兄弟几个多年没见了。今天，都别抢啊，这顿饭，我请。"

大家都于心不忍，又不好拂了小赖子的意，总之，心里都异常感动。

梁小斌把小仙女搂在怀里，对着小仙女手中的风车吹，吹一下逗一下她，小仙女拔开笔帽，在手背上画起了手表。

我凑过身子，迎着风车也吹着，风车一会正转，一会反转，我心里融融地开心。

小赖子杵着身子，手插进围裙口袋，朝我们笑，来了兴致，他用手指也拨弄了下风车的风翅，我们三个人围着小仙女玩着风车，没发现细雪和冬风早已停了，到处都是鸟声。

苏 童 点评

  陈小手在校期间就发表了很多小说，这无疑是他痴迷写作的回报。《仙女镇》中的仙女镇，是他构想中的"一张邮票大的地方"，他从写作之初就开始用心画这张邮票，是"野心"也是"决心"，他是要在仙女镇建立他的小说城郭的。《仙女镇》写一群少男少女，他们在世界的边缘野蛮生长，在躁动而无助的青春中互相攫取、互相伤害、互相慰藉，演绎的生活规则与逻辑仍然是"战争与和平"，从这个意义上说，仙女镇虽然偏远，但因为这些少男少女的生活通向远方，仙女镇的路标也必将改变：此地通往世界。

5

陈各

爱丽丝柏林

陈各，1993年1月生，浙江金华人，2015—2018年就读于北京师范大学文学院文学创作与批评方向，获文学硕士学位，作家导师苏童，学术导师张柠。已有短篇小说《蓝山》发表于《上海文学》，《爱丽丝柏林》发表于《作家》，《纯粹爱情批判》发表于《人民文学》，《狗窝》发表于《收获》。目前在北师大文学院继续攻读博士学位。

《爱丽丝柏林》发表于《作家》2017年第11期

爱丽丝柏林（Alice Springs）是位于澳大利亚地理中心的一个城市，四周为广达数百公里的维多利亚大沙漠所包围。

两分钟之前，闹钟响了第一下，我就睁开了眼。什么也看不见。我打开手机上的电筒，找我的鞋。原来都在脚边。我走到床尾，脱下睡衣，变成赤裸裸的一条。手电的强光营造出舞台剧的意味：影子打在墙上，乳房和屁股变得硕大无比。我撑开内裤，——这也映在墙上，踩进右脚，然后左脚，然后拉到尽头，继续穿胸罩。真他妈冷，我打了个喷嚏。当我正使劲把我的头从毛衣高领里挤出来的时候，床头灯亮了。白色的毛衣向我的眼球发出扎人的金光。我抓着领口向下奋力一拽，蹦出我的头！

"好早……"安迪把手机放回床头柜上，抓了抓头发。他的身体是躺着的，只是后肩抵在床头，使他的头立了起来。我继续穿我的毛衣。这毛衣居然有点紧。我花了大工夫才把它完全拉下来。"我是不是胖了？"我看了一会儿肚子，抬头看向安迪。他紧紧皱着眉，思索；我知道他在思索我刚刚说了什么。

我走到他跟前去，撩起毛衣："我是不是胖了，啊？"他笑嘻嘻地瞟了我一眼，坐起来，张开双手："哪儿胖了，我看看？"我就上前一步，一只膝盖跪到床板上。他把手放在我的屁股两侧，大拇指勾住我的内裤边，轻轻往下拉："我看看……"

"嗳，嗳，嗳！"我拍开他的手，往后退，瞪了他一眼。他哈哈大笑。

我站到体重秤上。倒是没胖。我这会儿还穿着毛衣呢。我从体重秤上下来，等数据归零，再站了上去。一样。我才穿上袜子、牛仔裤，还有大衣。安迪已经睡着了。

我帮他关了灯，然后走出房间。行李箱就放在一楼的楼梯口。我走了下去。客厅里发出"哗啦啦"的帘子声。杨从他的"门"里走出来。

"我煮了咖啡。"

他打开厨房的灯。

然后把两只马克杯放到吧台上，往里面倒咖啡。我坐上高脚椅。台上还有超市里买的巧克力玛芬和圆面包。杨问："加牛奶吗？"我摇摇头。他就只往自己的杯子里倒了一点鲜奶。"给。"他把另一只杯子推向我。我滑开手机，打开 Instagram 先拍照。

杨站在吧台的另一侧，喝他的咖啡："我忘了你是要去哪儿？"我在选滤镜，没有抬头。"爱丽丝柏林。"他想了起来："哦，对。但是他怎么不送你去机场？"

"四十刀。"

"上次他只收我三十五呀。"

"特殊时间，特殊加价。"

杨哈哈笑了，走到我身边来，呷了一口咖啡，看着我的手机。"怎么不发？"

"在定位。"

澳大利亚，悉尼，安迪的家。

这还是我创建的位置。一座二层排屋、一块草坪、一条车道、三个分类垃圾箱，——"安迪的家"，——四个娃娃字写在门口的木牌上，周围还装饰着一圈吹喇叭的小天使。

"叫我安迪就好了。"

他先向我展示客厅：一张床垫，一套桌椅，一个带镜子的衣柜。"一百三/周。你可以在这里挂一个帘子，如果你需要的话。"

"这里是厨房。微波炉，多士炉，烤箱，咖啡机，电水壶。都是公用的。"

"双人间一百五/人。"

"厕所在这儿。"

不久之后，我们上楼。两个单人间各一百七/周，一个大床房（带卫浴）三百五/周。他拉开大床房的窗帘，露出一扇三面的观景凸窗。"视野很好。"他邀请我过去看。

我从玻璃里看了一会儿他的脸，转过头去："所以，你并不住在这儿？"他笑了一下："我不住。我有自己的房子。""但这里才是'安迪的家'？"我歪着脑袋看他。他笑起来，带我继续去看露台。

我指着不远的一座医院问道:"那是什么?""医院。""以后去那儿看病?""不是很严重的话,我们一般去华人诊所。"我又指向一座教堂:"那是什么?""教堂。""什么教的?""基督教。""你信教吗?""不信。""我听说在国外信教会方便很多,教会会无偿地帮你,是不是真的?""是真的。""可惜我不信教。我什么也不信——"我挑起眼睛看他,背靠向栏杆,伸脚用鞋头轻踢他的鞋头,他装不察觉。我笑了一声,收回我的脚,立身往屋子里走。他跟在我后面。

我走进大床房,四肢展开倒在大床上。"这可以睡两个人。"

安迪手抄在裤袋里,站在一步之外:"你想要这间吗?"

我一直躺着,用脚把鞋跟脱了,任鞋子在脚尖上晃悠悠地挂着:"你想要哪间?"

"什么意思?"

"如果你是我,你想要哪间?"

他说:"这间肯定最好,但是——"

"没有'但是'。"我把手给他,让他拉我起来。我甩开鞋子,赤脚踩到他的脚上,仰头望着他笑:"你想要这间,那就这间。"

他对着我的眼睛说:"一年起租,押金一千四。今天是四号,以后就都四号交租。"

"今天是几号?"我抬头问杨。他正在看台面上白色大理石的纹路,此时抬起头,看着我,想一想道:"七号。怎么了?"

"没有。"我摇摇头,自己管自己笑。又忘交房租。这是第一二三四五六⋯⋯十,这是第十个月忘了。也就是说,我和安迪第一个月就上了床。我还一直以为是第二个月的事。

"到底什么?"杨皱眉笑着追问。

我瞅他一眼,偏偏低头刷朋友圈。

他伸手到我的腰上哈痒:"你说不说,说不说?"

我咯咯笑着扭来扭去,叫道:"手机,手机,手机!"

他用舌头把我的嘴巴堵起来。我只好把手机先放下。他拉开我牛仔裤的拉链,手从前面伸进去。我抬了抬屁股。

不久前,住在一楼双人间的两个女生曾悄悄对我说,杨那个人很恶心。我问怎么了。她们相互看了一眼,凑近我的耳旁说:"他昨晚带了一个女的回来。"我惊诧道:"不会吧?"两人瞪大了眼睛叫道:"怎么不会?我们四只耳朵都听见了!""听见什么了?""他们在那个。""哪个?""就是那个。""在客厅?""和厨房!"我忍不住,笑出了声:"那也太过分了。"

"就是!"她们同仇敌忾,"艾琳姐,你能不能和安迪反应一下?"我说:"当然。"

那天晚上,我怂恿杨和我情景重现了一遍。我让杨大声喊我的名字。但我们都做到她们房门口了,她们也不肯出来反对一下,使我十分受挫。直到第二天她们见我像见到鬼一样地溜走,我才重新振奋了回来。

三天之后她们就无理由地搬走了。每人扣了一百二十刀的押金。我搂着安迪的脖子:"我帮你赚了一千四,折合人民币有七千多呢,你怎么谢我?"他捏了捏我的脸,在我嘴上亲了一口:"这个月事情特别多,我就不过来了。"

从那以后,我就不让杨进我的房间了。我们只在这儿做。

虽然双人间后来住进了别人，但我总想象里面还是那两个女生。一墙之隔，两个处子之身躺在床上，感到不安，憎恨，蠢蠢欲动，好像黑暗果核里，两颗赤裸的种子。一想到这，我就浑身战栗。

杨说："你也太快了。"
我说："怎么，你觉得我太贱了？"
他说："我不是这个意思。"
我笑了，像一个圣女望着他的眼睛："时间不多了，脱裤子吧。"

* * *

趁着这段空闲里，我说说我和杨是怎么回事吧。你们不就爱看这些吗？而且我也想不出别的事情来打发这十分钟。放心，不会超过十分钟。

那是半年前，澳大利亚的夏天。

我和安迪一起去机场接杨。他神情疲惫，在接客点站着。我没有下车，只是安迪下车帮他搬行李。安迪回到驾驶座，他也上了车。我从后视镜里第一次打量他，他向我点点头。"你好。""你好。"

安迪带他参观房间。"住在这里的都是中国留学生，有本科，有硕士，有博士。现在放假他们都出去玩了……"

我在厨房把从超市买来的东西放进冰箱和橱柜。接杨之前，我们先去购了物。

他们从楼梯上走下来，在吧台上签合同。自从我和安迪上床以后，所有房间的租金都涨了三十刀/周。空空如也的客厅现在要一百六。但这还是不能抵消我造成的亏空。安迪一直在想新的办法，比如租车。用他的车要按出租车的计价收费。我去超市要给他六刀。接机要三十五。

我抓出柜子里的土豆，不知道还能不能吃。

"忘了替你们介绍，"安迪笑着说，"这是艾琳，这是杨，你们是同一个学校的，艾琳是艺术系，杨是计算机。"

我们相互点了点头，我继续掂量我的土豆。杨理他的行李。

安迪在我们之间的过道上站了一会儿，看了看表："时间不早了，我先走了。艾琳，再见。杨，再见。"

杨问我："他不住在这里的吗？"

我将土豆扔进垃圾桶："不住。他有自己的房子，这里是他用来赚钱的。"我提起一只只桌上的空塑料袋，蜷成一团塞进柜子里，从柜子里拿出一盒黄油饼干。

"吃饼干吗？"我走到他衣柜的旁边，把盒子递过去，让他自己拿。他正在往衣柜里放衣服，手上不便沾油，犹豫的片刻，我把饼干喂到他的嘴边上。他愣了一会儿，说："我现在不想吃东西。"我笑了笑，塞进自己嘴里。

我转了个身，靠在他的衣柜上："你是计算机什么专业的？计算机分专业吗？"

"分，"杨从箱子里拿床单被罩，抬头看着我，"我学的是数据库系统。你呢？艺术系？画画的？""我可不会画画。""那你是什么艺术？""我是行为艺术。""做什么事都要裸体的那个？""怎么？"我从试衣镜里瞧着他的眼睛，"你不赞成裸体吗？""哈，这有什么赞成不赞成，个人自由呗。"我仰头大笑起来："个人自由！"

杨说："我只是不知道行为艺术原来还是一个专业。"

我笑着呸了一声："哪有这种专业？我是学艺术史的，澳洲土著艺术史。""澳洲土著？""怎么了？""看不出你是会喜欢土著的人。""那你看出我是会喜欢什么的人？""裸体？"我再次大笑起来："你还挺会聊天！"

"嘿，你叫什么名字？"

"艾琳。"

"我问中文。我叫周答清，你呢？"

"我？"我说好像下雨了，我得去看一下衣服。

凌晨一点，我叫安迪来。他说别闹，我说你是不是不爱我。

我叫得声嘶力竭。每一声都传到楼底。安迪很满足，但也很不好意思。我说："怕什么，他又不是小孩子。"安迪觉得有道理。

我说："你行吗？行就再来一次。"

第二天，安迪睡到十点还没醒。我睁着眼睛，分辨楼下的声响。我听见开门声，然后是关门声。天花板空空荡荡，我推了推安迪，他渐渐睁开眼睛。我说："好起床了。"

我们一起进了厕所，洗漱。他刷牙的时候，另一只手放在我内裤里:"今晚我还有时间。""有时间就来呗。"他捏了一把我的屁股,然后抽出来开始洗脸。

杨直到中午才回来。安迪已经走了。我正在给客厅吸尘。他手里拿着一包折叠起来的浴帘,向我打了一声招呼。

我说:"你午饭想吃什么?"他说:"啊?"我说:"你午饭想吃什么?"他说:"不用麻烦。"我说:"麻烦什么!一个人是做,两个人也是做,我不嫌麻烦,你嫌弃什么?"

"我已经吃过了。"

"吃过了?"我沉默了一会儿,扔下还在工作的吸尘器走进厨房。

杨站在原地,先关掉了吸尘器,再开始组装他的"门"。我则在厨房做午饭,做完午饭吃午饭。不说一句话,也不看一眼。

晚上,安迪来了。还带来一些新产品。

两周之后,学校开学,杨买了一台二手打印机。他把打印机放在书桌旁边的地上。他去上课而我没课的时候,我就坐在他的床垫上研究他的打印机。因为我能从中看出他的脸。就像看一朵云,从中看出一个悉尼歌剧院。这引起了我的好奇。

我趁他一天满课的时候,把他的打印机偷到楼上去。连上我的电脑,打印白字玩——就是在 word 里写满我的名字(当然不是"艾琳"),然后把字体颜色设置成白色,打印出来。我把那些打印出来的白纸重新装回纸盒,等他用的时候,其实都是我用过的了。他毫无察觉。我乐此不疲。

有一天下午,一楼电话响了,我跑下去接,是地产公司找安迪的。杨突然回来了。我仓促间挂不上电话。他已经发现他的打印机"失窃"了，而打印机工作的声音正在屋子上空回环。

"我用一下你的打印机。"我说。

杨反倒不好意思起来，不晓得作答。

"我去拿下来。"我指了指楼上。

"我自己来吧。"

这是杨第一次走进我的房间。地上的、床上的、椅子上的东西使他有些脸红。我也脸红了。我赶紧到电脑上终止打印请求。

杨看着出纸口一沓白纸，抬头看着我。"你在打印什么？"

我说："雪山白凤凰。"

"雪山白凤凰？"

"南海十三郎疯了之后画了一幅画，他说是雪山白凤凰。"

"南海十三郎？"

"一部香港电影。"

"噢！！"杨笑了，"你在搞行为艺术！"

我迟钝了一下，才反应过来，笑道："对，但是没有裸体。"

杨哈哈笑了："怎么没有？这还不是裸体？"他举起白纸："这么多裸体！"

"那你赞不赞成再多两个？"

之后，杨就住进了我的房间。但他并不介意看到安迪的东西，也不介意在安迪来的时候让出他的床位。

"周答清。"我摸着他的眉毛，缓缓念出他的名字。

"你怎么知道我的名字？"

"我怎么知道你的名字?"

"噢,是我来的那天?"

"那天你问了我什么?"

"我问了你什么?"

"你问了我什么?"

"我问你叫什么名字?"

"你现在还问吗?"

"你说吗?"

"你问吗?"

"你说,我就问。"

"我不说呢?"

"不问。"

"为什么?"

"个人自由呗。"

"个人自由?"

说实话,那天夜里我掉了几滴眼泪。这说出来也没什么,我也不是只掉过这一次。如果一切可以重来,我或许会对那两个女生说对不起。如果一切可以重来。

我忽然想起我和杨第一次做爱的那个下午,仿佛是很久远的事。阳光明媚,世界出奇地安静。我问杨:"你爱我么?"杨摇了头。我问他是不爱,还是不知道。他说不爱。"你呢?"他问我,"你爱我么?"我说那是当然。他笑出了声。

最近,他和他们班上的一个日本留学生谈恋爱,还租了安迪的车带她去黄金海岸。而安迪正在筹划新的"安迪的家"。我太无聊。

用来交房租的钱也是闲着。我说我要去爱丽丝柏林。两个人都和我约好临行一别。

杨使劲推着我的毛衣,始终推不过胸。这打乱了我们的节奏,也突然惊醒了我。胖,并不是重量问题,而是体积问题。"你有没有皮尺?"我问道。

"什么?"

"皮尺。量三围的那个。"

"干什么?"

"我胖了,以前穿这件毛衣没有这么紧。"

"哪儿胖了,我看看?"

"看你妈个X!"我推开他。去找皮尺。

苏 童 点评

《爱丽丝柏林》可以算是陈各的处女作小说。从一开始她流露的桀骜不羁的写作气质就给我以惊喜,她有一种难得的宁少毋滥的文字直觉,懂得精兵简政,因此她的叙事呈现出一种锋利洁净的线条,自带光源。另外一方面,她从不在故事营造上花太多力气,而是专注于以情绪、心理的流动架构小说,因此她的小说有真实的个性风格,有点酷,有点放肆,有点热烈,余韵又带点苦涩,甚至感伤。这是一种真实的能量,是有冲撞力的,也是赋予阅读者以记忆的。在一个读完故事便忘了小说的时代,陈各以她粗壮有力的感性输出填充了易被遗忘的虚构空间,有一个叛逆的嘶喊的女孩的声音会在你耳边回荡。从几年前的《爱丽丝柏林》到她最近的《狗窝》都是这样。唯一可惜的是《狗窝》不能在这个集子里呈现,我们也无法见证这几年她的飞跃与进步,那就等下一个机会吧。

6

刘秀林

海的女儿

刘秀林，1994年12月生，山东青岛人，2016—2019年就读于北京师范大学文学院文学创作与批评方向，获文学硕士学位，作家导师李敬泽，学术导师李怡。有小说发表于《人民文学》《青年作家》，评论发表于《长江文艺》《文艺报》等。

《海的女儿》发表于《人民文学》2019年第6期

我爸爸是在军舰上的，每次我去看他，他都站在码头上某个铁桩子旁等我，一只脚蹬在上面。这些铁桩子比我高不了多少，上面缠着粗壮的麻绳，绳子另一头系在军舰上。我一直相信我爸爸是踩着绳子上军舰的，像杂技演员那样，而他带着我走舷梯，只是因为我还没长大。在舷梯上他从来不牵我的手，不像我妈妈，死死地抓着我的胳膊，倒像要把我拽下去。我透过梯子上巨大的缝隙，能看见脚下黑色的海水像蛇一样蠕动，这让我既兴奋又害怕，强忍着浑身的战栗不让爸爸发现。

从甲板到爸爸宿舍，要向下爬三道梯子、钻五个门洞，拐十一个弯。我妈妈又胖又胆小，还迷路，我从来都不等她。爸爸的宿舍还住着另一个叔叔，是个秃头，一笑起来就拿手去摸头顶。我也摸过一次，然后被我妈狠狠在屁股上掐了一把，我哭了，他竟然还笑嘻嘻的。所以我一进门就爬到爸爸的床上去，秃头跟我说话，我假装没听见。爸爸的床是一块吊在墙壁上的板子，又硬又窄，我能爬上去但爬不下来。反正宿舍里也没什么别的好玩了，唯一一个圆形小窗能看到外面，永远是浑浊的深绿色海水，从没有鱼群或海龟经过。我爸爸经常把我一个人丢下，工作好久都不回来，我就躺在床上盯着灯泡玩"不眨眼"，心里数着看多久会流出眼泪，或者把手伸到头顶的小风扇里，弄得它像受惊一样停下来。

我妈妈生病之前，我只有过一次机会到甲板上玩，可我没好好珍惜它。我把脑袋伸进了某个炮孔里，想看看里面有什么，接着听见我妈妈像被击中一样尖叫起来，吓得我怎么也拔不出脑袋了。最后还是秃头救了我，因此我更恨他了。我妈妈走了之后，我姥姥还在从老家赶来的路上，那几天我整日在军舰上游荡。有一次路过电视房，里面传出砰砰开枪的声音，我从半掩的铁门里探进头去，一群叔叔哄然大笑，我立刻逃走了。跑出去几步，我意识到秃头也在那群人里，也许他们不是笑电视，而是笑我。于是我又返回去，悄悄把电视房的门锁了，钥匙就在那把大锁上插着。我想他们待会儿出不来，就会呼喊，其他人就能把他们放出来了。可等我玩了一会儿再跑回来看时，门竟然还是原样锁着，这下我真的生气了——为他们的愚蠢，为他们根本对我造成的威胁视而不见。我拔下那串钥匙，带着它稀里哗啦地飞奔起来，在军舰肚子里爬上爬下，最后把它丢进了大海。

那是我爸爸唯一一次要打我，但他最后只是对我晃了晃手。连我都知道他怕我姥姥，我姥姥说："孩子孩子嘛。"她总说这个，像念咒语一样，无论是我摔碎了碗，还是弄脏了衣服，她都说。其实我不太喜欢她，她太老了，老到变形，脖子上的皮可以扯到下巴。而且她会用唾沫给我梳头发，还从来不冲厕所。但我需要她，尤其是晚上。她老是给我讲恐怖故事，其中一个是这样的：一只狼吃了三个小孩的妈妈，还冒充她揽着他们睡觉，结果半夜从被子里耷拉下一条狼尾巴来，被小孩识破了。这时我赶紧掀开姥姥的被子，看她有没有一条狼尾巴，她就笑得直打嗝。她还经常讲着讲着故事就睡着了，我只好一次次把她晃醒，装作很想知道后面发生什么，其实我只是太害怕了。

我从没问过妈妈去了哪里。我爸爸曾试图给我解释一下，但他刚张开嘴，我就跑了。他那种奇异的庄重神情实在让我难为情。几次之后他就放弃了，我都能感到他如释重负。我姥姥反而动不动就问我："你怎么不问你妈去哪儿了？"——这是个陷阱，就算我问，她也不会告诉我，我才不上她的当。后来她一提这事儿，我就故意打翻什么东西，让她扶着膝盖一个个去捡。我姥姥总是叹着气跟我说，你妈妈是我最小的女儿，可她嫁到这么远。接着又说，就因为你妈妈从小拿筷子抓得远，管也管不过来。之后我拿筷子都故意抓着最远处，为了气我姥姥，但我又怕自己真会嫁到远处，于是我就在心里默念"孩子孩子嘛"，表示这件事不算数。

偶尔我也会想到我妈妈，她也许死了吧？那天她带我去赶集，我们买了一网兜的螃蟹和虾爬子，她还说回家要给我擀面条吃。路上经过炸馃子的小摊，我说想吃一根，并且保证会吃完，吃不完也不会扔到床底下。结果她的脸突然很痛苦，她让我站着别动，自己走到路边的草丛里，用力咳嗽之后吐出一口血。接着她立刻用脚把那丛草给驱散开，什么也看不见了。我还是问她："那是什么？"她说："什么呀？"连我都不知道自己在问什么了。其实我认得血，只是我妈妈经常流血，她还说我长大后也会这样，所以我没再问下去，不然显得我迫不及待一样。后来她买下了馃子摊上所有的炸馃子，我被突如其来的幸福冲昏了头脑，更忘了有这一回事。

等她走了,我才明白自己犯了一个巨大的错误——我忘了大人都是骗子,而我妈妈是其中最大的一个。我都数不清她说过多少谎,比如她说你再说一遍我保证不打你,其实并不;比如她说吃了耳屎会变成哑巴,但她吃了我动过手脚的米饭还能继续扯着嗓子骂我;比如她竟然说我爸爸是个大骗子,我看她自己才是,所以她的鼻子会那么长,她伸长舌头能舔到鼻尖,还嘲笑我随我爸爸的蒜头鼻。她一定是早就得了绝症,然后编出流血那套鬼话来吓唬我。我姥姥就从不流血,她什么凉东西都敢吃,掉在地上的米粒她都吃,也从来没肚子疼。但我姥姥也是个骗子,有时候她会说:"等你妈回来,你可别这样了。"

我妈妈不会回来的。我早就感到了她在密谋什么,而且跟我有关。她常常会用一种焦急的、忧心忡忡的眼神看着我,即使我背过身去,也能感到她的目光钉在我后背上。她会突然问我:"要是妈妈不在,你可怎么办?"有时候我不耐烦了,就说我还有爸爸,她便不说话了。也许我伤了她的心,但我不想撒谎,我的确更喜欢我爸爸一些,他半天都不说一句话,从不会一发现什么就大声嚷嚷出来,更不会一遍遍地讲给别人听。更何况,在面对我妈妈这件事上,他跟我是一伙的。他每月有几天休假在家,这期间只要我妈妈一发脾气,他就带着我躲出门。我们沿着马路一直走,从家属楼走到海边,路上他会给我买一根五毛钱的冰棍。我们站在防波堤巨大而凌乱的岩石上,海浪拍过来洒下漫天的水星,而他一言不发。成群的海蟑螂趁着海浪的间隙从岩石缝里爬出来,我一跺脚,它们就吓得四散逃窜。那时我总像个大人一样快活。

不过有时是我妈妈带我出门，她既不给我买冰棍，也不去海边，她带我躲到家属楼后面一个小山上，大家称作后山的地方。她每次都说，咱们永远都不回家了好不好？等我说了好，她又说，不回家去哪儿呢？我就答不上来了。她总是这样让我无能为力，我不知道做什么才能让她快乐起来。也许她只是不喜欢我吧。她常常对别人笑，对单位里的其他阿姨、军舰上那些叔叔伯伯、我幼儿园的老师和小朋友，甚至对我爸爸，但从来不会对我。只有那么一两次，在我刚学会游泳后仰着脸浮在海面上，或者啃完一扇西瓜忍不住打饱嗝时，她脸上浮现出了转瞬即逝的笑意。其他时候，她总会皱着眉头对我说，你可让妈省省心吧。

我的确不是个乖小孩，但她也不是一个好大人。她有太多让我捉摸不透的地方，不像其他大人那样，要么贪吃，要么愚蠢。我爸爸也不属于以上两种，但这是因为他对我太好了，不然我很愿意把他归到愚蠢那一类去。他的愚蠢就在于娶了我妈妈。她总是说他的坏话，比如他胆小怕事啦，死要面子啦，比驴还倔啦，还在他好不容易放假回家时跟他高声争吵，说她"恨透他了"。可等他出海航行去了，她又好像变了一个人，经常沉默寡言而又心不在焉，飞快地织着手头的毛线又飞快地拆开来。有时我喊她好几遍，她才会回一句："嗯？"或者干脆什么也听不见。这时候我真情愿她像平常那样跳着脚骂我。那时她还会开一整天电视机看新闻，一直看到深夜没了信号，屏幕上只有个蜘蛛网一样花花绿绿的圆形，而她已经张着嘴睡着了。我去叫醒她，她一睁眼就会说，你爸爸今天还没消息，隔了一会儿又自言自语道，没消息就是好消息。

有一次我故意说："爸爸死了。"谁知她立刻拧了一下我的嘴，快到我都没觉得疼。但我还是没出息地哭了，因为我一直以为相较于我爸爸，她更喜欢我。我声嘶力竭地描述了爸爸的军舰如何在我梦里被一个大浪吞没，这是我这辈子说过的唯一一个谎言，我越说越委屈，越哭越厉害，以至于我后来常常怀疑自己并没有说谎。但无论如何我说的都是梦，只有我妈妈这样的人才会相信梦胜过相信现实，相信坏事永远多于好事。她有时候一睡醒就心神不宁，抚着胸口念叨着"梦都是反的"，但当我梦到自己长得像幼儿园旗杆那样高时，她又说我要长个儿了。在我看来，她就像个梦一样，一会儿反着，一会儿正着，一会儿这样，一会儿又那样。有时候她什么都不怕，她敢用鞋底拍壁虎，敢踩着两层板凳换灯泡，敢跟卖海鲜的小贩讨价还价，还用手指去戳鱼的脑袋看它们是否还活着；但她却会怕一些根本不值一提的事，比如她怕突然下雨，怕上班迟到，还怕死。她怕死怕到不能听这个字眼，所以我从来没机会问她到底怕死的什么。有一段时间我以为死是很疼的，直到后来我摸了高压线——我妈妈说过这就是找死。当时我的手一下子弹开了，我还以为没摸到，又摸了一次，手臂就开始发麻了，但一点儿也不疼。

我姥姥就不怕死，我问她什么时候死，她说快了，我说死是什么样，她说死就是享福了，我说那你怎么还不去享福，她说天爷爷让享福才能享，要不就得活着受罪。我有点糊涂了，就问，那你干吗还把我妈妈也生下来受罪？我姥姥立刻就不理我了，她眯起眼睛来假装睡着，我都能看见她的眼珠在眼皮底下一转一转的，像只老狐狸一样。她的话可不能相信，我就不觉得活着受罪，我想要活到一百岁。虽然我妈妈生我的时候没经过我同意，但我大体上赞成她这个做法。只是我妈妈说她生我时可受罪了，甚至一看到我是个女孩她就哭了，因为联想到我以后也要受罪。

我有时也觉得她挺受罪的，想为她做点什么，但她从来也不知道感恩。她在军队食品供应站里的蔬菜车间工作，每天要把许许多多的蔬菜切成小块，一年四季没个完。停靠码头的军舰一多，她就要加班，我有时在车间里等着，有时去院子里玩一整天。晚上回家，她都要喊我帮她脱衣服，因为她的胳膊举不起来了。虽然她说这一切都要怪我爸爸，但我还是讨厌他们的车间主任李华。李华什么菜也不切，就知道咧着嘴掏耳朵，还扣我妈妈工资。一到切辣椒的时候，我妈妈就会剧烈地咳嗽，我在车间里根本睁不开眼睛，她就让我去李华的办公室里坐着。李华咬着他的舌头尖，噼里啪啦地打计算器，把食指伸到一个海绵盒子里使劲一戳，再去翻一张张半透明的发票纸。他看我盯着他，就拉开抽屉拿出一盒图钉，让我摁在墙上玩。趁他出去的时候，我把一枚图钉埋进了他蘸手指的海绵盒子里，针头朝上。之后我立刻跑去告诉我妈妈，全车间的阿姨都笑了，只有她被辣椒呛得说不出话来，一双大眼睛红红的，充满了泪水和愤怒。

我的确不该在她肚子里吃太胖，还把这事给忘了，但我只能对这一件事负责，其他的实在跟我一点儿关系也没有。我妈妈还说过做女人真受罪，随军离开老家真受罪，白天黑夜地咳嗽真受罪……可这都不是我造成的，她没理由不喜欢我。幼儿园里的小崔老师也不喜欢我，那是因为我也不喜欢她，她经常把我和笤帚关进同一间小黑屋里，还扯我的耳朵。冬天我的耳朵长着亮晶晶的冻疮，她一扯，就哗啦哗啦流出血来。我妈妈像疯了一样去找她，吓得她带着晓宇躲到园长办公室里。晓宇是我们班上最矮的女生，她是小崔老师的孩子，她爸爸是在陆地上工作的，但他管着一艘军舰。园长这时候拦在办公室门口，她也是个家属，她儿子是个爱哭鬼，平常园长都管我妈妈叫"那谁的妈"，但那次她不停地说"刘嫂子你消消气"。

　　我妈妈很久都不能消气。我们回到家，她还一边哭一边说："这种人怎么配当老师？"接着她又要絮絮叨叨讲她那个故事了，故事里她就是一个老师。每次她教我识字，我都不能喊她妈妈，要喊"刘老师"。但她怎么可能是一个老师呢？老师才不会提着两把菜刀在车间切菜，不会穿那种散发着腐烂气味的橡胶靴，更不会佝偻着腰咳嗽然后把痰吐出去老远。她只是我的妈妈而已。她穿着我爸爸的旧衣服蹲在地上杀鱼，用喇叭一样的声音喊我回家吃饭，她赶集时把零钱塞在袜子筒里，她在小小的洗衣盆里搓巨大的床单，她趴到地上去扫床底的垃圾并盼着能扫出钱……她是我的妈妈所以她不可能再是别的什么了，一点儿也不可能。只是她太会讲故事了，我好几次差点相信她。她说她曾同时给两个年级上课，既教语文，也教数学，还教唱歌。她会穿着长到脚踝的裙子和塑料襻带凉鞋，走起路来呱唧呱唧响，所有的学生都怕她。她还拿出一张黄色的相片，说背景里的土房子就是她的教室，还问我第一排梳麻花辫的那个人好不好看，我说可真是个丑八怪。

　　我讨厌她从前的一切。后来我甚至没忍住，悄悄把那张照片上她的脸挖掉了一块，为此挨了一顿狠揍。我看得出那时她是快乐的，但这快乐跟我无关，而且好像我一出现，她的快乐就结束了。按照她的说法，是嫁给我爸爸导致了现在的局面，但我又不瞎，我分明看到照片上他们俩手牵着手站在沙滩上，笑得那样开心，我妈妈说那时候还没有我。果然没有我。

趁我姥姥没注意，我从衣柜里翻出了我妈妈的相册，带着它去了海边。但不是我爸爸的海边，是我妈妈的海边。她的海边没有防波堤、码头和军舰，那只是一片长长的海滩，浅绿的海水有碎玻璃一样的花纹，海藻缠绕着黑色的贝壳漂浮在上面。一到傍晚退潮，大大小小的渔船搁浅在岸上，我妈妈就带我去挖蛤蜊，用一种三个指头的小耙子，照着沙子上的小孔挖下去，里面一定藏着一只。有时候她把蛤蜊放在手心里掂一掂，就扔一边去了，我捡来抠开一看，果然只有一壳子沙。我还能挖到各种各样的海螺，小的只有指头肚那么大，里面常常住着一只害羞的寄居蟹，趁我不注意就偷偷拖着它的家溜走，而大的海螺只剩下壳，我能把整只耳朵都伸进去，听里面呜呜呜像海风一样的声音——我妈妈说，海螺里也有一片海洋。有时候我什么都不挖，就追着海浪来回跑，或者猛地跳到渔船里去，把海鸥惊得扑棱棱飞起来。当海水变成橘子一样的颜色，太阳马上要落下去了，我妈妈就会对着大海喊："大海你好吗——"我也喊："大海你好吗——"她又喊："我很好——"我也喊："我很好——"

可是我妈妈一点儿都不好，她骗了大海也骗了我。我翻开她的相册，把那些黑白照片一张张抽出来，撕成碎片，往大海最深处撒去。我希望它们像海鸥一样，远远地飞到我看不见的地方。然而这些碎片只是落在我的脚下，又被海浪卷上了沙滩，我怎么也高兴不起来。

　　也许我需要一个新妈妈。我问爸爸我会不会有一个新妈妈，他说了句"胡说八道"，就赶紧把脸扭一边去了。我知道他是不好意思，但我开始有点烦他了。他什么游戏都不会做，只会背着手在家里一圈圈转悠，敲敲这里补补那里，实在没什么可修的了，才会问我一句"饿不饿"。我才不要吃他做的饭，他炒的青菜里永远都有虫子，还拦着我姥姥不让她帮忙。我听够了姥姥的故事，让他给我讲，他竟然一个也不会，我找出妈妈的语文课本让他照着讲，他看着看着就睡着了。我只好自己看图说话，把课本上的图片剪下来贴到墙上去，或者用铅笔把一个个字涂成黑色的方块。这样的语文课本我妈妈有一摞，一年级到六年级，一共十二本，从老家带来的，每次我洗了手才能碰它们。我妈妈老是说她曾以为能继续教书，哪怕进幼儿园也行，而我爸爸一听到这个就会沉下脸来，连我也不带就出门了。我装作关心他跟着跑出来，可他不往海边走，也不给我买冰棍，他又要去杨伯伯家打麻将了。杨伯伯跟我爸爸是同年兵，我妈妈说他比我爸爸"会来事儿"，所以他们家比较有钱。我也发现了这一点，杨伯伯说话特别爱眨巴眼，有时候还连着眨两下，因此他们家就有那种绿桌面、小抽屉的方桌子。我就坐在我爸爸的腿上看他们打麻将，他这时候罕见地多话，偶尔还会逗我笑，杨阿姨也会给我抓一大把糖，我就含着满嘴的糖睡着，甜蜜的口水一直流到胸脯上。睡梦中我听到哗啦一声响，马上就睁开眼睛看爸爸赢钱没有，赢了钱我就抽走一张，他也不管。不过多数时候是他输钱，输到我们面前的小抽屉里空空荡荡，他就会给我一张更大的钱，让我不要告诉我妈妈。我都不知道该盼着他赢还是盼着他输。

可是我妈妈什么都能知道。有时我爸爸一回到家,她在空气里嗅一嗅,就知道他打牌去了。我说爸爸赢了钱,她反而更生气,说着说着又开始讲她那个故事了。这时我爸爸一声都不吭。除了打麻将,我妈妈还不喜欢杨阿姨,她们俩都在食品加工间工作,但我妈妈是在车间切菜的,杨阿姨是坐在办公室抽烟、打扑克的。到了休息时间,婷婷的妈妈、海宁的妈妈、王辉的妈妈、娇娇的妈妈全都跑到办公室去打牌,只有我妈妈不去,因为她一闻到烟味就咳嗽。晴天时她就带着我去院子里爬树、摘无花果、采金银花给她泡水喝,下雨时她就找个桌子和我一起画画,她有一个大大的硬壳笔记本,上面画满她的钢笔画,都是茅屋啊竹子啊小桥啊什么的,她说这是她老了之后想住的地方。我问那我呢?她说以后你会有自己的家,于是我就画了一个尖尖的城堡,挨着她的茅草屋。有一次我们正画着,杨阿姨抱着胳膊路过,她抽出一只手来翻我妈妈的笔记本,另一只手仍然抱着,啧啧地夸我们"真高雅"。我妈妈听了却不太高兴,她的脸立刻就红起来,之后再也没带我在单位画过画了。她说杨阿姨根本瞧不起我们家。

我不知道为什么杨阿姨瞧不起我们家,还老和我爸爸一起玩。反正我不会选她当我妈妈,她只读到小学五年级,六年级的事情她就不知道了。杨阿姨也会喊婷婷的爸爸打牌,但我妈妈说婷婷的妈妈"厉害",所以婷婷的爸爸就不敢去。婷婷比我大一岁,已经上一年级了,每次我去她家,她都在写作业,有时候还边哭边写,婷婷的妈妈在旁边像打鼓一样捶她后背。可婷婷的妈妈从来不打我,她管我叫"宝儿来",还会炖好吃的猪蹄,她长得也像猪那样又粉又胖，要不是婷婷太烦人了，我真愿意她当我妈妈。婷婷写不出题来就哭，写错了题也哭，橡皮擦不干净又哭，橡皮擦破了纸还哭，等她妈妈一转身，她立刻不哭了，只是斜着眼睛瞪我。我妈妈说婷婷长大以后会和她妈妈一样"厉害"，她妈妈也在车间切菜，但有些菜她不切，她用黑塑料袋裹起来带回家去。我妈妈怕李华扣工资，婷婷的妈妈就不怕，她还敢一边切菜一边骂李华，菜板上的绿叶子被她剁得飞起来。但是一到了休息时间，她就立刻忘了这回事，笑呵呵地和李华打牌去。

　　海宁的妈妈也喜欢一边切菜一边骂人，但她不骂李华，她骂李华的妈妈，嗓门儿可比婷婷的妈妈高多了，可我妈妈却不说她"厉害"，只说她"傻"。海宁的妈妈长得比婷婷的妈妈还高半头，能一只手拎起一整个鱼鳞袋装的白菜，李华见了她就绕道走。她还爱讲笑话，每次她一讲，其他阿姨都捂着嘴咻咻地笑，我也跟着笑，她就追着我问她讲的是什么意思。我答不上来，她就让我去问李华，李华的脸从耳朵尖一直红到脖子根。我妈妈不让我跟海宁的妈妈说话，她让我带着海宁去别处玩。海宁是新来的，从前她在老家跟奶奶一起住，她居然从没见过大海，也没见过她爸爸的军舰。海宁她爸爸在炊事班工作，会用巨大的铁锹炒菜，还生吃大蒜，我每次溜进厨房里玩，他都要从围裙口袋里摸一颗大蒜给我，又扔一颗到空中再用嘴接住，嘎吱嘎吱嚼起来。我一度以为他吃的大蒜不是我吃过的大蒜，但我咬了一口就被辣出了眼泪。海宁还跟我说，她妈妈不会做饭，只会煮面条，她爸爸出海前就从炊事班盛一桶挂面放到家里，她和她妈妈能吃一个月，吃到她拉出羊屎蛋那样的球球。她说她很想她奶奶，想回老家，但她妈妈说她必须在她爸爸身边，不然她爸爸就不要她们了。

我问过我妈妈，我妈妈说海宁的爸爸不会不要她们。可有一天海宁带着两块钱来幼儿园，还带着脸上三个紫色的指头印，她说她不要她爸爸了，她要买一张车票回老家去。我想如果我是她，我也这么干，我可不想吃大蒜和面条，更不想拉羊屎蛋。可她最后只买了一个"大大卷"泡泡糖，我们蹲在幼儿园的滑梯下面，她告诉我她奶奶不喜欢她妈妈，老是叫她爸爸离婚。我努力想了半天，只好告诉她王辉吃过羊屎蛋，她果然笑了，还把"大大卷"分了我一块。

我背叛了王辉这么一次，但我们的感情一直很好。我第一次见羊屎蛋就是和他一起，在后山上，还有他妈妈和我妈妈。王辉的妈妈是车间里除了我妈妈，另一个提不动蔬菜袋子的人，所以她们俩老是分到一个小组切菜，冬天的早上一起到后山上锻炼身体。她们俩跑起来比走起来还慢一点，我和王辉就在前面赛跑，偷偷把花生地里的塑料膜扯破，还一人掐一根草茎衔在嘴里，哈出白气假装抽烟。王辉的妈妈说我长大之后要给她做儿媳妇，所以王辉什么都听我的。我们在小路中间发现了一大堆黑色的豆子，我说我们尝尝吧，他就吃了一个，立刻又吐了出来，于是我就只是舔了舔，什么味道也没有。我们俩谁都没把这事说出去，我和他还有很多秘密。每次我和爸爸妈妈去王辉家做客，他就带我躲到房间里，偷偷用他妈妈的化妆品。圆铁盒里的抹脸，塑料瓶子里的抹脖子，还有一种黏糊糊半透明的油块，王辉说他妈妈管这个叫"嘎啦油"，我们一致同意把它涂到头发上。化完妆我们就走出房间，装作什么也没发生，他们大人只顾着说话，根本不看我们，我们憋笑憋到肚子疼。

我妈妈说王辉的爸爸和我爸爸来自相邻的村庄，还上过同一所小学。他们曾用玉米棒子堵住学校的烟囱，冬天教室里点上炉子，烟就从炉子嘴咕咕地往外冒，熏得老师没法上课，他们就跑去看赶马车。我从来没见过赶马车，连真的马我都没见过，一回到老家我就叫姥姥带我去骑马，结果我姥姥说只有驴。驴很大很臭，还会掀起嘴唇来打喷嚏，我姥姥每天都喂它喝好几桶脏水。有一次它还生了只驴宝宝，我让姥姥把驴宝宝抱到炕上和我玩，我爸爸就嘿嘿地笑起来，我就学我妈妈骂他"你这个倔驴"。我姥姥听了，努力憋着不笑出声，却在胸膛里发出一种咯咯吱吱要散架的声音，像她家所有的桌子板凳一样。每年我们回去，她都要问"乌眼青"好不好，"乌眼青"就是王辉的爸爸，他的左眼上有一大圈青色的胎记，我看了他总是有点害怕。他是一个卡车司机，老是不穿上衣，还把脚搁在方向盘上睡觉，我妈妈说"纠察"都拿他没办法。有时候他会带着我和王辉去医疗所打预防针，我和王辉都非常羡慕那些打吊瓶的人，那晶莹的玻璃瓶和细长的管子看起来复杂而高贵，可我们只能扎屁股针。我一哭，王辉的爸爸就龇一下牙齿，还说"小女孩就是不行"，结果王辉也哭了，他就踢王辉的屁股，王辉就哭得更响。

台风来临的那些天，一艘艘军舰载着我们的爸爸离开码头，汽笛声能呜呜地响很久。我妈妈站在阳台上一直看，胳膊撑在生满铁锈的栏杆上，一只脚从拖鞋里拿出来踩在另一只脚上。王辉的妈妈也在他们家阳台上，两人有一句没一句地说话。有时候对门的马司令阿姨也会参与进来，她们每年都会说"今年的浪头格外大"。几天后就会下起大雨,我闷在家里哪儿也不能去,脚趾缝里都要长出蘑菇来了,唯一的盼望就是去马司令阿姨家吃饭。我妈妈也盼着,她早早地计划好做什么菜带过去,但她却不让我问马司令阿姨,终于等到马司令阿姨开口,她还要来一句"这次算了吧,怪麻烦的",这时我已经跑到马司令阿姨家了,我妈妈就说"你看看这个孩子"。王辉的妈妈也会带一盘菜来,但我和王辉只抢着吃马司令阿姨做的。其实马司令阿姨不是个司令,我妈妈说她叫"四领",她的三个姐姐叫大领、二领、三领,可领来领去也没领一个弟弟到她们家。可我还是叫她马司令阿姨,因为她和司令一样厉害。她是食品加工间的糕点师傅,她的头发像狮子一样干燥蓬松,散发着面包烤焦的香味。她会做红色的面条和透明的水饺,用青翠的芦苇叶包雪白的糯米粽子,中间还藏着一颗蜜枣。等我们吃饱了,马司令阿姨就会讲她从前不是住在海边的,而是住在水上的,那里人人都会划船,连小卖部都是一艘船,她从窗口把拴着线的篮子放下去买菜。

我妈妈的老家就没有船,人们喝的水比海水还咸,我很早就希望马司令阿姨是我妈妈,恰好她也没小孩。我妈妈说她从前是有的,那个十七岁的哥哥去海边的礁石上玩,涨潮切断了他回去的路,他跳进海里想游回来却失败了。那一次我听得很清楚,我妈妈、王辉的妈妈、婷婷的妈妈、娇娇的妈妈都劝马司令阿姨再领养一个,她却说她"承受不了"。我想她肯定也受不了我吧。而且她说等她"老头"退伍,他们就回南方生活,去永远也看不到海的地方。娇娇的妈妈也这么说,她和娇娇都长着一个红鼻子,有时候连眼睛也会发红,她说这都是海风给吹的。

怪不得过年会餐的时候，她们就一起唱："大海啊大海，就像妈妈一样。"她们希望像离开妈妈那样离开大海。唱完之后军舰上的叔叔伯伯们就使劲鼓掌，接着他们也唱："咱当兵的人，有啥不一样？"唱得我把耳朵都捂起来了，海宁的妈妈咬着一根牙签嘲笑他们："一值班就捞不着回家过年，你说有啥不一样？"最后我们小朋友还要合唱："小螺号嘀嘀嘀吹，海鸥听了展翅飞。"我妈妈给我穿上了一件厚厚的纱裙子，只有新娘子才穿的那种，还用口红在我眉毛中间点个红点儿。我从这个圆桌吃到那个圆桌，肚子像蜜蜂一样鼓起来，所有的叔叔都夸我漂亮。晚上我就留在爸爸的宿舍，我在一张吊床上睡，我妈妈在另一张吊床上睡，我爸爸在椅子上睡。我真高兴秃头不在，我妈妈说他还没见过他家刚出生的小宝宝，所以我爸爸今年替他值班。我让纱裙子和我一起躺在床上，我们几乎要睡着了，我妈妈又叫我去给我姥姥拜年，我就使劲闭着眼睛，直到她挠我痒痒。我们在值班室等了很久，我妈妈说我姥姥要走到小卖部才能接电话，还说她今年一个人过年。我只跟姥姥说了句"新年好"就跑了，因为我听见码头上放起了烟花。不知哪个叔叔把我举得高高的，那些五彩的火星冲着我的脸落下来，我伸出手却什么也没接到。它们就像飘进大海里的雪花一样消失不见了。

那天下午我正开了门在台阶上玩，一听到我妈妈的声音，我不知怎么就躲起来了。他们谁都没有发现我，就这样走进家里然后关上了门。我把耳朵贴在门上，听见我姥姥问了句什么，接着我就像触电一样转身飞奔起来。我从未跑得这样快过，一只脚还未落地另一只脚就抬了起来,风呼啦啦地拽着我的耳朵,还未看清脚下的路就已经把它甩到了身后。我跑过了家属楼和后山,跑过了幼儿园和码头,跑过烫脚的沙滩和丛林般的渔船。我要像跳舞的鱼那样高高跃起,再扭头潜入海中,向着大海最深、最深、最深的地方游去。

李敬泽 点评

《海的女儿》采用拟儿童体，元气淋漓，处理得很自然。秀林是青岛人，在海边长大，她自己也是个海的女儿，她笔下弥散着海风气息，有童年往事的透明质地。小说作者的起点往往是自身，终其一生向外耕耘，终究不离原点。不妨将这篇小说视为一个作者的原点，愿她的创作保有童心、山高海阔。

7

郝文玲

十字街永远消失

郝文玲，1993年生，2016—2019年就读于北京师范大学文学院文学创作与批评方向，获文学硕士学位，作家导师苏童，学术导师李正荣。短篇小说作品发表于《青年作家》《少年文艺》《西湖》。

《十字街永远消失》发表于《青年作家》2017年第4期

他鼓足了勇气进入她的空气，小心翼翼地问："你想看一下我手臂上的汗毛吗？"

　　她大吃一惊，两条荡着的腿停了下来。"我为什么要看你的汗毛，恶心死了。"她露出厌恶的表情。

　　灼热的空气烫红了他冷白无血的脸，他强作镇定地回答："呃，哦，我……我以为你会觉得好玩，因为它们很好玩，它们会跳舞。"

　　她突然变得有兴趣了，说："那让我看看，有什么奇怪的。"

　　他伸出右臂，悬在灼热的空气里，屏住呼吸，死盯着那些汗毛。它们稀疏分布着，柔弱无助。薄薄的汗液铺满胳膊，形成一片海。这片海的深度比一般的海浅得太多，盐度和热度却比一般的海更高。那些汗毛一头扎在这海中，似乎溺死了。

　　随着她的目光，他觉察心里一阵冷雨突降，而这些汗毛则一根根起死回生般地弹跳起来。

　　看到那些直立的汗毛，他又不可抑制地感到害怕，她会感到恶心吗？她会嘲笑我吗？

　　她笑了，露出两颗虎牙。

　　他很喜欢她的虎牙，但她和班级里其他女生聚在一起时，总是声称她要拔掉那两颗虎牙，请牙医为她矫正一口完美无缺的牙。当其他女生被淡黄色的塑胶手套、电钻和手术刀吓成一团颤抖的小鸽子时，她便得意地笑了，露出那两颗虎牙。它们肆无忌惮，光滑洁白。

他很喜欢那两颗勇敢的虎牙。

"真的好奇怪，它们为什么会自己跳起来呢？"她一说话，那两颗虎牙就看不清了。

"我，我不知道，我想，是因为，可能……"他说话磕磕巴巴的，脑子里的神经也打了结。

好在一段上课铃声拯救了他，他不必绞尽脑汁去想这个他永远也不会知道的答案，或者费心去编造一个让她惊奇又满意的答案。

英文老师抱着试卷一脚踏入教室时，最后一声铃声终止。

她本坐在桌子上无聊地荡着双腿，这样她的新裙子就会惹人注目地摇晃起来。现在，她审时度势，像小松鼠一样悄无声息地滑落进土穴——课桌和椅子之间。

他将自己的眼睛小心地移开，不敢长时间盯着她看。因为他有点胆小的小毛病。他的家里有很多东西，都是给他吃的，用来治疗他的"胆小"。他的爸爸妈妈很早就发现了他的"胆小"不对劲儿，怀疑他体内缺乏某种物质，便带他看了医生，然而各项检测结果看起来正常极了，医生也没有良方。于是他们在街边大吵了一架，在一个小药房里买了维生素片和营养口服液。

白色，黄色，绿色和蓝色。酸的，甜的，苦的和涩的。X，Y，Z 和 β。

直到现在,他还要每天按时吃这些营养品,因为尽管十三岁了,他爸爸仍然认为他和五岁的时候一样——懦弱的、天真到愚笨的小孩儿。对付小孩儿,他有他的一套方法。

时钟的针,指向两点一刻。

英文老师在刻板无趣地宣读纪律。同学们安静地坐着,她也一样,只不过不自觉地用手压住自己的新裙子,盯着课桌猛瞧,似乎要瞧出个洞来。

木桌上留着一年一年的学生刻下的痕迹,有当时流行的歌词,有数学公式,也有简单天真的诅咒和怕被人猜透的告白——"滚他妈的"和"我喜欢你"。字迹的主人并不懂这些魔咒的含义。深一些的字迹是用小刀刻出来的,浅一些的是用圆珠笔一遍遍画出来的。圆珠笔迹被一年一年的学生的校服袖子磨去了颜色,只留下木头凹下去的花样。

她不动的时候简直像一尊雕塑,可这漂亮的雕塑却抓住老师发试卷的间隙,扭过头来,悄悄地对他说:"你会帮我吧?"

"嗯,可是,但是,我……老师会发现的。"

"老师不会发现的。"这是她惯用的语气,引诱、说服同龄人按照她说的来,"只要很小心,我和他们都这么干过。"她说的他们也是一群十三四岁的学生。一下课,他们就从各班出发,汇聚在一起,谁也插不进去。

他们那一群人跟他很不一样,他们喜欢打破学校的规章制度,偷偷买酒喝,在学校厕所里抽烟,把烟头扔在地上,好让大家能看到。但哪个老师都抓不到他们违纪的尾巴。当教导老师闻着他们已经被风吹散了烟味的校服,他们就背过身来,挤眉弄眼,无声地嘻嘻哈哈。

他们总是让老师和父母恼火,但是对他却有很大的吸引力。他想成为他们那样的人,酷而勇敢,天天高兴得像一瓶冒泡的酒。

他有点犹豫,呆愣地看着她,张着嘴,说不出半个字。

"你害怕什么呢?胆小鬼。""我,我没有,我没有害怕。"

"如果你不怕,那你就要给我看你的答案。"她笑着,那两颗虎牙重新出现。

他确实有点怕她,确切地说,是不好意思和害怕混合着,他不能直视这笑容。突然,她的笑让他意识到他正面临一个机会——一个加入他们团伙的机会。你总得跟他们干一样的事,你才有可能成为他们其中的一个。

他打结的神经发着光,他看到自己点了点头。

她满意地转过头去。

这回换成英文老师变成了雕像。考试已经开始了,她一动不动地站在讲台上,巡视着学生。他忍不住总是偷偷抬眼看老师,在老师木然的脸上看不到一点表情,审视的目光已经牢牢地冻住了。他有点害怕,但激动占了上风,他相信只要完成这次特殊的仪式,他就会真正成为她的朋友,成为她那一伙儿的人。他很久没有这么激动了,甚至因此发起了烧,有点晕乎乎的,笔下一时轻一时重,在试卷上划出许多洞来。一团一团的字迹像火,烧着他的眼球。

可是挨到考试结束后,这令人发烧的美梦就破灭了。考试结束后,他连一个同她一起走出校门的机会都没得到。她像甩掉尾巴一样,从许多件校服和黑色脑袋中间快速钻出去,灵巧如同某种滑腻生物。追她的时候，他差点把自己绊倒，等他在拥挤的学生里找到合适的位置顺应人流时，她已经消失了。

不过，他在校门外又看到了她。这时，她已经和她那一伙儿朋友待在一起。这一伙人都是一群十三四岁的学生，却高高瘦瘦，张牙舞爪，他们出了校门就迫不及待地把校服外套脱掉，露出那些流行、活泼的衣服。他们总是结伴回家，校园的后围墙就是他们的聚集地。他们也结伴上学，在一个十字街口约定，像一群鸟飞到那里集合，一起飞完一段短路程后到达学校，叽叽喳喳的，再各自飞进教室里去。他曾想跟踪他们，看看他们约定的是哪个十字街口，但他害怕被他们发现，只能放弃。

他的步子迈得比平时要小而迟疑，但还是向他们的方向走去，他想和这帮即将成为朋友的人打一个招呼——他相信他通过了他们的测验。他们当然也看见了他。可是他看到她指着他，对她的朋友说了什么，然后他们发出嘲笑的哄声。

那哄声冲他而去，是一剂猛烈的退烧药。他烧红的脸迅速回白，从燥热感到寒冷，他立刻转身，向相反的方向快走。

快点，走快点。他心里默默地想着。

他们在说我什么？我全都知道！我不想知道！

他只想快点回家，把自己关进不到十平方米的卧室，将窗与门紧闭，拉上窗帘，不让一丝光透进来。要逃离此刻，将那个噙着眼泪、仿佛赤身裸体一般跑在众目睽睽的街道上的男孩儿，装进时间溯回的暗淡里。

每穿过一个十字街口，他就跑得更快，循着每天的上学和回家的那一条路，绝不迟疑。因为在一刻钟前，他才明白路只有一条，他不该妄想只供别人行走的通道。

这一路上，有鸟在叽叽地叫着，也许是一只，也许是三四只。天很蓝，树很绿，看不到一片飞鸟的羽毛，只有茸茸的云朵。无论路人谁在流泪，这个小城看起来都像明信片一般明快、美好。

半个小时的回家之路，缩成两片云朵飘移相遇的时间。他笨拙却小心地将钥匙转了三圈，打开家门，走了进去。

"啊，啊啊！"

他尖叫起来。

一盆泥鳅摆在客厅里。他最怕泥鳅！

它们在水里游来游去，光溜溜，赤条条，密密麻麻，头尾相接，挤在一个塑料盆里。他怕这样的东西，因为它们好像滑腻得能够滑进任何裂隙，找到他，用它们冰冷的皮肤贴上他的皮肤。现在，这一盆灵活的生物赫然出现在他的眼里，距离他几米之内的地方，足以击退他勉强的冷静，或者家为他本就少得可怜的勇敢卸重，加剧了他的软弱，他理所当然地发出惊叫。

一，二，三，四。

"叫什么叫。"一个男人从厨房出来，到客厅点燃一支烟，"怕什么吃什么，补补胆子。男子汉要胆大才行，胆小像什么话。"

他的表情有点不耐烦和疑惑，这可能是因为几分钟前高压锅没有缘由地爆炸了。

"你已经不是一个小孩儿了，你是一个大人了。"

男孩儿站在门口，倒吸着冷气，脚上的泥土和泪水让他看起来狼狈极了。他本来想偷偷地溜进卧室，不让他的爸爸看到他，他知道他爸爸最讨厌他这个样子。想到这里，他突然感到悲哀。

男人呼出一口烟气，看儿子顺眼了一些。"你明天下课后去找你妈吧，要点零花钱。免得她一再婚，就把你忘了。"

男孩儿呜咽地说了什么，男人没有听清，他还在想那只高压锅，但他咳了下嗓子，让男孩儿重说一遍。

"我不去！"男孩儿难得发出低吼。脚狠狠地踩在地板上，手不自觉地握紧，因为愤怒到极点，一滴眼泪都哭不出来。"我不要钱。"

"我现在不能去找她，你是她亲儿子，她嫁给谁都得管你。"

"我不去！我不去！我不去！"他突然大声起来，一句比一句声嘶力竭，然而都遵循着某一种节奏，那是来自他心里的节奏。

旧家庭，欢笑，争吵，妈妈，爸爸，和她再婚的高大的丈夫，以及教室、同学，那个她与她的小团体，阳光与泥土，云朵与鸟鸣，一瞬间，成为洪流向他卷来。所有的字节都是从 A 到 Z，所有的声调顺滑得张嘴就能弹出去，但他捕捉不到一个，除了这干瘪的三个字，他说不出其他什么话。

这难得的勇气没有让这位父亲感到高兴，儿子像突然爆炸的高压锅，让他有点烦躁。他把烟按灭在花盆的泥土里。

"让你去！"父亲喝了一声，用跟儿子同样大的声音。

儿子断断续续地问："为什么？"声音弱了下来。

"我说你得去。"这句话循着非常威严的调子攀升，最后也落到松软的泥土里去。

几秒钟后，男人把那盆泥鳅搬进厨房。客厅里只留下男孩儿低低的抽泣。

男人是故意把吓人的泥鳅放在客厅来迎接儿子的，因此搬回去的时候忍不住想自己做得太对了。

儿子一个人站了一会儿,直到他知道没有人会给他安慰,才去拿毛巾擦了擦脸,回到自己的卧室。他的肌肉全部僵硬,通过一点点活动才找到知觉。他拿出自己的作业来写。

因为无论如何,明天都逃脱不掉。

到了该睡觉的时候,他脱掉衣服,上床,把柔软的被子盖在了自己身上。

这一刻,他突然觉醒了睁着眼睛睡觉的能力。身体已经追求厚重疲惫的睡意而去,他的眼睛仍然睁着,不看刻着花纹的天花板,也不看穿过窗帘缝隙的月光,而是垂着,黏在一面暗淡无光的墙上。墙上有一个黑点。

那是什么,他为什么在那里呢?他在想。

而许多个为什么堆积成风,把许多个答案吹了出去。

夜里起了风。

当他站在矮个子低年级学生前的时候,还在想为什么。

英文试卷里有一道题他本来会选A,但却选了C。圆珠笔莫名其妙地转了一个弯,一个顺滑的大弯。

交完卷的时候,他喊了她的名字,可是她没有听到。她的名字在空气中停留了一会儿,就不知道跑到哪里去了。

爆炸的高压锅弄得厨房一片狼藉,如果因为它误了晚饭的时间会更加糟糕,所以他的爸爸带他去外面的小饭馆吃了一顿。走出门的时候,两个人都平静极了。

早上起来才发现,突然天一下子凉了,还有点潮湿,他找出一件长袖单衣套在校服里面。他的校服非常干净，没有用马克笔写着歌词、偶像的名字或者其他奇奇怪怪的话。

早餐是超市里最常见的大包装切片面包和牛奶，和过去的许许多多个早晨一样。

天真的有点冷，他裸露在外面的手有些发青。他要上学，就必须穿过一条街道。因为那条街道太狭窄，两边的居民楼很高，共同簇拥着这条街道，风也变得狭长起来，贴着地面跑。

在吹风的街道，他遇到了她和那一伙小团体，他知道他们是约好在某一个十字街口相聚，然后一起上学。他原来很好奇，他们约定的路口是哪一个，他偷偷去找过，但是没找到。为什么找不到那个路口呢？他想。昨晚他也想了这个问题。

今早出发得早，他又去找了一通，找那个神秘的带着答案的路口。

前方是一条还没修好的小道，在起风的天气里，沙土飞扬。小道的后半段贴着学校操场，抄这条近路，再拐个弯就能到达学校大门了。

现在，他在这条沙土飞扬的小道上，站在一个低年级学生面前。他把这个低年级学生拦在围墙前，她和她的那一伙儿在七八米远的后面说着话，不往前走，也不往后退，好奇地看着他要干什么。他做了什么，他们也看得清清楚楚。实际上，他也不确定他要做什么，他又由于什么原因，和这个从未见过的低年级学生这样站在这里，他说了几句话。

这个低年级学生是他仔细挑选的，矮、瘦，球鞋磨损得厉害，走路慢悠悠，步子迈得很小。独生子，他看得出来。重要的是，他一个人落单,有点孤独。

这点很重要。

这个低年级学生说话也是磕磕巴巴,他能看到他脑子里的神经也打着许多的结,像一团被猫扰乱的毛线球,却发着淡蓝色的微光。

他昨晚思考了很多,也很久,最后那些为什么被夜风吹走了。早上起来的时候,他脑子里空空如也。

低年级学生从口袋里掏出零钱,有五块,有十块,混在一起,不知道具体有多少钱,犹豫了一下,然后把钱递给了他。他把钱塞到自己的口袋里,侧开身,让出一条通路,低年级学生马上就跑开了。

他继续往学校的方向走,她那一伙儿走得快了些,赶上了他。这么冷的天,她还穿着昨天的裙子,裸露着两条细瘦的腿,她和他打招呼,这可是她第一次主动大声地向他打招呼。她好奇地用大眼睛盯着他。

他也打量着她,用一种以前从来没有过的目光,没有丝毫的懦弱和闪躲。她皮肤很白,身上的汗毛少得几乎看不见。但他发现,此刻它们在风中都立了起来,轻微地颤抖着。他又看了看其他人,发现他们都失去了往日的光彩。

在这许多双眼睛短暂相接的一瞬间,他突然明白了什么。也在那一瞬间,关于他们所有的好奇和猜测,都消失不见了。空气有些干燥。

他和他们一起向学校走去,他们叽叽喳喳地同他说话,而他一语不发。

风连绵不断,吹走身上的热气,每个小孩都不自觉地将自己绷紧,他们的脆弱皮肤此刻都坚硬如铁。落叶,被遗弃的传单,同五颜六色的冰淇淋包装纸,都在空中短暂交错地飘着。

他突然意识到,他对那个神秘的十字街口已经永远地失去了兴趣。

苏 童 点评

郝文玲一直在创作中关注儿童与青少年题材。她的叙事语言自然、敦厚，而且精准。我一直觉得她写的孩子是"真孩子"，与很多少儿文学作品里的"假孩子"不同。他们都是有一点心事的孩子，那心事来自家庭或者环境，似乎是一种乌云，笼罩他们的生活，说好的幸福童年，对于他们其实只是个空白契约。因此他们看起来不那么天真烂漫，甚至不那么单纯，也可以说，那是一群惊恐的孩子，他们在那张幸福童年的空白契约上涂鸦，画上了一些自由的符咒。在《十字街永远消失》中，男孩子画下的符咒令人担忧，但它并不是"恶"的宣泄，而是一种慌乱的抗议，一种来自童年的抗议，因为紊乱尖利而令人心痛。

8

苏怡欣

捉影

苏怡欣，1994年9月生，福建厦门人，2017—2020年就读于北京师范大学文学院文学创作与批评方向，获文学硕士学位，作家导师苏童，学术导师刘勇。作品发表于《花城》《青春》，现就职于厦门市同安区教育局。

《捉影》发表于《花城》2019年第5期

第 一 折

三更鼓响过，柳生才堪堪赶到客栈。他原想在城隍庙凑合一晚，急雨却叫他失了方向，只好缀在一伙胡商后面进城。客栈檐下红灯高挂，将匾上"凌云楼"的墨迹晕开。门扉半掩，昏暗的大堂里歪斜摆着四张方桌和十数张条凳，仅一豆油灯立在柜台上绰绰地燃，搭着白毛巾的店小二正倚着柜台假寐。

小二招待过胡商，刚发现柳生似的笑迎："公子，打尖还是住店？"

柳生伸手在行囊里拨了两遍剩下的铜板，摸出几枚推到灯下，低眉道："来一壶热茶。不知可否借间下房一眠？"小二斟过茶，把铜板拢到掌心掂了掂。"刚够茶钱，"他将铜板掖进怀里，"算我自作主张留你，改日爷高中了可别忘了小的。"柳生忙作揖称谢。

此时雨势已歇，风倒是紧了，绵绵的雨舌直往大堂里送。胡商喊小二关门，小二不肯，说掌柜的盼咐要多招呼几个夜来客。柳生一会儿用茶碗焐手，一会儿拧身上的湿衣，听胡商吃酒闲谈，直到一段小调由远及近飘进大堂——那是男人的嗓音，被夜雨浸染出几分旖旎，古怪的声腔里不知淬进了多少乡音。胡商见闻广，当即辨出唱的是"此地风光好，青狮吐八宝。吐在吉祥地，富贵直到老"四句。小二闻言三步并作两步，抢在那位来者进门前闩了门。"你小子，这会儿倒是机灵了！"一位胡商取笑。来者敲不开客栈大门，到窗边骂起了店家。小二亦不示弱，叉腰抻脖秽语不休。通过窗纸上的投影，柳生隐约看出屋外是一名浑身湿透的中年男子。吵了两句后男子砰地坐在自带的木箱上吹起了唢呐，惊起客栈内一阵骂声。小二气不过，到后厨舀了一瓢刷锅水开窗一浇，男子被淋得呛咳连连，终于骂骂咧咧地提箱走开。

见柳生和胡商脸上颇有几分不忍之色，小二赔笑解释："各位莫怪，小的并非铁石心肠，实在是掌柜的吩咐过了，这'影祸'晦气，不可不避！"

"什么影祸，越说越离谱了。"一位胡商轻嗤。

小二指指屋梁："天家事体，小的也不敢多说。"胡商自然不依，起哄要小二快说。小二得了胡商的赏钱，这才嬉笑地开了口："前日贵妃之父严相谋逆作乱，牵连满门。今上与贵妃鹣鲽情深，有心饶她，谁想严氏羞于苟活，三尺白绫自绝了性命，让今上感怀不已。内侍庄公公遂重金召影师入宫，叫影师演贵妃影戏为今上献舞，以慰圣心。可这伙不要脑袋的影师却偏叫那贵妃影人在帘后端坐垂泪，辩称该影人不受签手所驱，引得今上大怒咯血。"

"那伙影师呢？"胡商好奇。小二呵呵一笑，龇牙做了个抹脖子的动作："连那内侍庄公公也一并折了进去。"

酒过三巡，胡商们被醉意蒸红了脸，以箸敲酒杯，哼起胡地旋舞曲。小二起了谈兴，喋喋不休地侃起天子和贵妃于宫墙内纸鸢传情的艳事，又说贵妃尤擅歌舞，身姿轻盈若飞天仙子，天子命宫人在贵妃起舞时放起纸鸢，贵妃舞步能踏纸鸢而不落。小二被灌了两圈酒，说起的就是更幽深的香艳秘辛了——譬如贵妃胸前那串落梅——小二言之凿凿，前丞相夫人有孕时曾梦见一玉面男子以花掷她，她闪躲不及，任花枝枝刺伤前胸，故而严氏女坠地时胸前便有一道血痕。幸而天子擅丹青，将此血痕点染成一株落梅，以丹砂刺之，这才令贵妃娘娘不再为胸前微瑕自伤。这样香艳的秘闻让胡商吹起了口哨，口中淫词艳曲不绝，还说起了行商路上听闻的风月奇事：一伙歹人在山路遇上了一名孤身上路的女子，女子护着行囊不放，歹人大怒，夺过行囊将女子扔下了山崖，再打开一看，行囊里不过三两张与情郎的往来书信罢了。众人自是唏嘘不已，议论声越来越高，吵得其他住客下楼破口大骂，大堂里这才消停些。

小二又给胡商温了一壶酒，肘了肘静坐一旁的柳生："公子有何高见？"

柳生似是困倦已极，驴唇不对马嘴道："乱社稷者、妄言怪力乱神者合该伏诛，今上圣明！贵妃节烈知大义，可惜！"

小二和胡商笑倒了一片，小二笑够了说道："小的带公子歇下吧，可别污了公子清名。"柳生谢过，跟在小二身后到了柴房。

柴房没有灯火，小二再三叮嘱柳生不得生火，好在屋外风停雨收，柴房不至阴冷得过分。柳生阖上门窗，大堂里的浮浪声听来已十分邈远了，他靠在行囊堆成的枕上默诵《论语》，却难以成诵。他推想是今夜被胡商和小二的孟浪之言勾得意动，火气憋得烧心，遂将手伸进裹裤之中，努力回想屈子对山鬼的形容，一反常态地起不了兴。他索性摸出竹笛，胡乱吹了两声，恍然看见窗纸上多了一道缓缓起舞的倩影。那道影子舞得生涩，一把纤腰在耸胸宽袖的映衬下掐得分明。柳生笛声扬起时影子将水袖送出，笛声落下时影子又以袖遮面，还不时踉跄地停下，似在思忖着下一步该是跳步或旋步。柳生不敢推开门窗，更不敢将笛声停下，怕惊扰了院中独舞的小娘子。他浑身燥热，眼睛贪婪地锁住那道影子，气渐渐喘得浊了，笛声也越发刺耳起来，将破未破。柳生暗忖着这口气该断了，笛音一破当即推门而出，大喊"留步"，正撞上被扰了清梦的胖厨子的猪肝脸色。

柳生被厨子抓着领子提了起来，正好能借着这高度看看院内景象。院中空无一人，连积水也平静无澜，耳边是厨子喷射出的要将他大卸八块的狂言，那好似花枝刺破美人胸的残破的笛音已经消散。夜风顺着他悬空的下摆钻进来，他才察觉裤内已是一片湿黏。

翌日天刚亮，小二就来撵柳生，叫他投宿在附近的永安寺。柳生还惦念昨天夜里的艳遇，问小二客栈里可是住了哪家的优伶舞姬。小二先是困惑，然后恍然大悟，促狭一笑，挤眉弄眼地给柳生指点了城内几处实惠的娼馆戏楼。柳生还想再问什么，小二已在掌柜的呵斥声中猫着腰开始打扫了。

正是雨后料峭时候，柳生的白色长袍被湿气浸出了浅淡的灰蓝色，只好加紧了脚程取暖，无意流连长街上次第摆出的稀罕玩意和春衫单薄的卖花少女。

第 二 折

　　永安寺建在山腰上，山门由白玉雕凿。山势陡峻，石阶上布满小水坑，又经湿腻的青苔点染，走得柳生胆战心惊。柳生一路不见香客行踪，只有山岚沿寓意妙法的十八级、三十六级、五十四级三段台阶袅袅而上。

　　天王殿虽漏着雨，法相庄严的韦陀降魔杵却是朝上的，示意留宿有门。柳生暗喜。院中央立着一尊墨黑的香炉，炉子里密密斜插着淡红色的香根，湮去朱色的不知是经久的日晒还是昨夜的急雨。院落两侧是钟鼓楼，正殿坐北，正中三尊金坐佛，一一对着三张朱红的方桌。桌上是烛台、签筒和覆着薄灰的空的供品碟。殿两旁分列九尊罗汉，似被善男信女摸过太多次，罗汉像上所镀的金粉从头顶开始剥落，斑斑点点地露出黝黑的铁芯，如戒疤蔓延。佛像后挂一副木刻联，左右各有一字朽得厉害，左边是"智□长满烛人间"，右边是"心境朗悬空□相"，柳生沉吟片刻，认定左边缺了"灯"字，右边缺的是"色"字。

　　正殿后原有的法堂、经堂和禅房已被战火焚毁，遗迹上春草丛生。柳生里里外外转了几圈，才确认永安寺现下仅住着一老一少两个和尚。老和尚消瘦，背靠檐柱打着火石，空空的袖管随他的动作一荡一荡。柳生向其道明来意，老和尚不理，只低头打着火石。柳生提高了声量，从鼓楼上噔噔噔跑出个小沙弥，双手合十默念佛号，指指老和尚的耳朵，又指指自己的喉咙，柳生方才大悟。"不知可否借宿于贵宝寺？"柳生问小和尚。小和尚扯扯老和尚衣袍，急急地打了几个手势，老和尚恍然惊醒般向柳生合掌示礼，引柳生走进正殿："鄙寺苦寒，若施主不弃，可于此殿歇脚，阿弥陀佛！"像其他难以控制嗓音大小的失聪者一样，老和尚的声音又粗又大，道称佛号时却有春风之柔，让柳生大为意外。

殿中散落一层除湿的茅草，三面神佛庄严垂目，柳生好不容易才在坐佛后找到了一方角落可免于歇在众佛眼下。走近一看，一只木箱敞着，昨夜客栈外的灰衫影师正蹲在地上将箱中的皮影人一个个拿出来晾干，贴着墙根密密地摆了一排。柳生平素遵奉圣人"不语怪力乱神"之训，听了小二一夜"影祸"之论后也无意避讳影师，只觉新奇。影师看来已过不惑之年，脸上沟壑纵横，面色灰黄，嘴唇泛白，想是昨夜淋雨染了病气，鼻息粗浊得很。柳生与影师打招呼，影师不理他，鸭步挪动身子朝外摆开影人，柳生只好讪讪在一旁清出今夜歇息的空地。

柳生用茅草堆出一层薄毡，半躺下欲温书，歪头便瞥见了斜对着的一个七寸余高的皮影人。影人仅是被粗粗刻出了轮廓，依稀能看出成品该是一名身姿曼妙的女子，本该分布衣裙纹饰和五官之处还是一片皮革的蜜黄色，四肢也未被刻刀分离，头身之交处突兀地沾了一颗不大不小的墨点。

"多半正是因为这笔落错，你才被弃置了吧。"因着那颗墨点，柳生突然对这个皮影人生出了几分怜意，想象将那颗墨点染作女子胸前的梅花，并沿着昨夜舞女飘动的裙裾挥笔填就影人空白的头身。如此想着，柳生身上便多了几分热意，忍不住吟道："酒半酣，更漏分，银烛照黄昏。枕上恩，兰麝温，灯下看美人。[1]"

---

[1] 改自《斗鹌鹑·元宵》。

言罢方醒悟自己佛前失仪，喃喃几句"色不异空，空不异色，色即是空，空即是色"权作补偿，仍对影人爱不释手。

一声喷嚏过后，影师提着木箱走近，坐在一垛茅草堆上清喉吊嗓，带着晨起的哑意和柳生搭话："老头还记得你，你是昨天那客栈的那位公子，窗边那个。"柳生想起昨天自己作壁上观，面上不由得泛起了几分赧色。影师见柳生手里还拿着那个影人，嘴角微微勾起："你倒是好眼光，挑中了这个不寻常的。"

"师傅说的不寻常可是这影人落错了一笔？"

"非也，"影师道，"笔墨敷彩不过粉饰皮相，用何皮料、如何雕琢才能决定影人的根骨。说这个影人不一般可不是因为它上面画了什么，而在它皮质卓绝且未经雕镂，依旧保留它原先皮料的秉性。"

"江山易改，禀性难移？"柳生道。

"正是，生取兽皮，以皮留影，弄影取乐，本就是天下至阴邪的把戏。取皮时生灵的怨魂缠附在皮上，不经雕刀驯服则易作乱妨主。"影师的声线突然庄严起来，"制一张影人有八道工门，最要紧的一道是镂刻，用三千六百刀将皮驯服，其余七门择其五影人便可成——唯镂刻一门万不可缺。一张皮子不经过这大不韪的三千六百刀，便不甘受人驱使。驯好了的皮影乖服得三岁孩童都能耍弄，没驯好的皮，还保留着皮主人先前的脾气——驴温厚，驴皮影便温厚，没驯好时指尖稍用些巧劲便驱得顺溜；牛老实，没驯好的牛皮影也老实，鼻间穿根绳，你叫它往东便不敢往西。所以，皮影选皮最优是驴皮，次之用牛皮。"影师从箱中挑出两个影人递给柳生，过手时失神在柳生手背上捏了一把，"而这两种皮中，干了五六年农活的公驴和刚产过牛犊的母牛最好。此时的公驴年富力强又性子稳重，而母牛血气最旺、性子哀柔，皆是制影上品。这两种皮做成的皮影，皮质韧，不粘刀，驯得快；没驯好也不过是操纵起来迟钝了些，也翻不过天去，终究是人驯皮，总不至叫皮驯了人去。"

"若叫皮驯了人去，则又当如何？"柳生问。

"皮上残魂不能被刀口紧紧缚住，演出便多舛。"影师静了一瞬，然后笑得有些奇怪，"你听过影祸吧？"不等柳生回答，他自顾自从箱中又掏出了几个影人，挺直了腰杆，张口又是"此地风光好"四句——他不奏乐，只是唱，双手操纵木签。众影人短则七寸，长有八寸余，尽在影师手中舞动，场面热闹得很。明黄的龙袍、深蓝的内侍服、灰色的影师袍皆雕镂晕染得恰到好处，随影师的动作滚着皮材独有的柔光。柳生朝外张望，此时香客未进山，老和尚在院中生起了火，从米袋里攥出一把米一粒粒往锅里泄，每一粒入水小和尚圆圆的脑袋就跟着轻轻点一下——两人显然没空管殿内事宜。

柳生先前也看过一两次皮影戏，看不设帐的影戏可是头一回。没了白纱帐的遮拦和乐器的伴奏，影戏更显朴拙，也更骇人。皮影上的碍眼的皮绳和木签都在赤裸地彰示这是一场假戏，影师一把活灵活现的好嗓却将戏里的生死歌哭从百会穴直直拍进观者脑中，震得观者不敢怀疑其真假，只情不自禁随影人的喜怒哀乐哭哭笑笑。影师似乎是存了心要逗弄柳生，操纵影人凑到柳生跟前上下舞动，尤其是内侍影人手中的那把小拂尘，更是频频飞快地擦过柳生的耳垂、眼皮、两颊、颈后，带出令人发毛的痒意，蹭得柳生露出顾此失彼的狼狈之态，直到影师演罢方才松了口气。

"制皮人偷懒省了镂刻一门，竟叫一班人马在御前枉送了性命。"柳生叹道，"是哪种兽皮如此顽劣难驯，叫诸位行中好手都拗不过？"影师乜了柳生一眼，这时两位香众走进了大殿，柳生亡羊补牢般压低声音，"佛门清净地，恐怕不是师傅唱影戏的好地方。"

"你这突然又犯的是什么呆劲？"影师理直气壮地嚷，"影戏有佛缘，昔时观音菩萨现世，以竹片映影清谈佛经，老头如今在佛门唱影戏，又有何不可？"柳生无言以对，低头看书。影师走出大殿，在身后留下问谁的一句：

"不可圬也，可雕乎？"

晚膳过后，骤雨又落下来了。小和尚原在院内踢石子玩，顷刻间被浇了个透，"啊啊"叫着用僧袍遮脑袋回鼓楼去了。影师出寺去了，柳生阖上殿门隔绝了风雨，便得一室清净。借殿内的桌案誊抄了几句诗文，柳生察觉到殿中光线变亮了，似乎有谁在廊下加了一盏灯，一道袅娜人影投在大殿的窗纸上。人影立定甩袖，似在恼火泼天的雨水湿了她的衣衫。是她！柳生屏住呼吸，认出窗上的影子正是昨夜客栈独舞的女子。女子甩袖还不够，把灯放在地上，腾挪起步子起舞，飞袖折腰，窗上影绰约生姿。

柳生怕自己的孟浪冲撞了佳人，努力克制自己声音的颤抖："姑娘跳得极好！"

女子被吓了一跳，窄肩一缩，收了舞步。

"姑娘舞步优美，轻似纸鸢，赠小生一室光辉！"柳生搜刮肚肠，只挤出了这一句赞叹。

"纸鸢断了线便飞不起来了,这是笑我跳得呆,离了线就不成了。"女子嗔道,声音清甜,句尾像苍耳一样粘在柳生耳后。

"昨夜在客栈中缘悭一面,不知今日可有幸得见小姐真容?"

女子不响,吹灭了灯。柳生叹口气推开殿门,果然廊下空空,挂着一帘雨水而已。

第 三 折

柳生在殿中温书度了一日。日间不见影师行踪,倒也免了相顾无言的尴尬。永安寺原是前朝皇家寺院,殿堂台阁气势恢宏,香火不绝,如今只余二殿,香火也是寥寥。柳生这一天里只见三五个香客来此,皆是附近的农户,也不管什么添油进香的礼数,径自拿出半口袋米粮给老和尚,然后跪在蒲团上合掌说着心愿,拜了又拜。柳生也乘隙向金佛发愿,说自己今日虽无余财进香,来日春闱登科后必定翻修永安寺还愿。三叩九拜之后,柳生再看满堂神佛,烛火摇曳中竟都有了低眉含悲之态。他上前取了一支灵签,朱色的"凶"字晃眼,他又取了一支,依旧是朱红的"凶"。不甘心地再摇出一支,依旧是"大凶"。柳生道声"阿弥陀佛",将签筒中的签倒出一一查验,果然全是"凶"。想来是小和尚贪玩,把吉、凶两种签分开了,只是不知"吉"签被他藏在哪儿了。柳生把签收好,到院中狠狠搓了一把小和尚的圆脑袋,小和尚不明所以地对他呵呵笑。

暮色起时,小和尚乐颠颠地上鼓楼撞鼓,咚咚的鼓声将素粥的清香撞碎。不多时，老和尚熬好了粥，小和尚端到殿内招呼柳生来用，配上附近猎户送的咸菜，这便是永安寺的斋饭。清粥虽稀，老和尚熬煮的手法足够高明，倒也煮得粒粒晶莹剔透，甚慰饥肠。吃过斋饭，老和尚回钟楼休息，小和尚则歇在鼓楼。

这晚亥时，影师才回大殿。夜风凉，柳生早早地关上殿门御寒，歪在殿中誊写他行卷用的诗赋文章。影师眯着眼推开后门进来，寒风带着腥气和酒气扑了柳生满脸。

"师傅这是去了哪儿？"柳生问。

"老头子去皮市采买皮料去了，"影师指指横在殿后的那一扇黑影，"嚯，既然到了皮市，蔡小娘子卖的酒便不可不尝……"影师的声音弱下去，柳生以为他就要睡过去了，谁想影师拉扯着柳生又开口，"这一扇皮，我给城东张家唱了半天影戏才换来的，上好驴皮！"

"你醉了，早些歇下吧。"柳生想把影师的双手从身上摘下来，谁想影师不知怎么发了巧劲甩脱不得，柳生反被前前后后挑熟瓜般噼里啪啦拍出了脆响。

"我给张家唱的是《来无影》，你听过吗？"影师趔趔一步到箱前拿乐器。柳生知道"醉汉胜金刚"的道理，索性遂了影师的意坐下。影师起了兴，摇头跺脚又以"此地风光好"的谣儿开场，而后是月琴、唢呐、大鼓等乐器轮番演奏，唱的是：

　　官家村，有吴娘，貌若天女织布忙。贤吴娘，命凄凉，如花年纪丧夫郎。丧夫郎，喜还降，儿郎遗腹正春桑。田间临盆不及唤稳娘，呜呼见了夫郎！乡党葬吴娘，禄槐第三行。

槐精念吴娘，纵根探取判官册，偷改儿郎命数好还阳。槐树根下棺生子，官槐生树下啼哭忙。

敏槐生，有才名，五音六律，曲水千行，一朝知晓命数尽窃得，不敢安枕终日惶惶。科场回头见影随，疑是地府遣鬼祟，呜呼哀哉逃如脱兔！天南海北，东逃西窜，终是锄不断、斫不下、解不开、顿不脱[1]身后一条索命影，急忙忙以火灼尽影，癫狂狂槐生投了火场！

一曲唱罢，影师清醒不少，又将乐器一件件收拢进箱子里。柳生道："这槐生也是迂愚，殊不知灯下必有影，要摆脱影子，唯有躲到暗处去。"影师长久没有应答，柳生听见轻轻的呼声响起，醉眼迷离的影师已昏睡过去了。

这一夜对柳生而言并不安稳：影师睡相极差，鼾声震天，酒嗝腥臭，衣裤上还沾着湿冷的泥水。影师入了梦，湿腻的手来来回回从柳生的手掌捋到腋下，又自腋窝捋下来，数着"七、八、九、九、九"，最后捻着狂喜拧了柳生的鼻子，"九万——九莲宝灯，天衣无缝，和了！蔡当家，香一个！"柳生吃痛"哎哟"一声，这才明白影师梦见的是和酒垆蔡娘子呷酒玩雀牌的情景。柳生不堪其扰地直往正门方向挪，到子时索性拼起三块蒲团到正门那头睡去了。许是受影师影响，当夜柳生也做了梦。梦境纷乱，柳生只记得自己胸戴红绣球，骑一匹高头骏马停驻在修葺一新的永安寺山门前，穿大红嫁衣的女子以旋步的舞姿向他奔来，女子越转

---

[1] 此句改自《一枝花·不伏老》。

越快,他张开双臂,与一朵血云撞个满怀。

清早,被醉酒的影师扰得不得安生的柳生将醒未醒,看得窗边朦朦胧胧是两颗圆脑袋,听得一老一少两道声音响起。长者的声音柳生好像在哪儿听过,嘈嘈切切每个字都像鱼一样滑不溜手,说不尽的阴柔油腻。

长者说的是:"那老匹夫,没甚见识,酒西施姿色不过尔尔,他见了便以为是西施再世,垂涎三千尺,若是让我年轻时常点的酒娘杏小仙陪他喝一口交杯酒,他怕是当场便能知道'腰间仗剑斩愚夫'的绝妙滋味。"长者说着,不胜回味一般地咂嘴。

"师父,我想吃肉。"另外一道声音很年轻,带着不谙世事的天真,"天天喝粥,我都梦见米仙人敲我的牙了。"

"那老匹夫倒是带回了个好东西,师父带你打打牙祭去——成日吃素吃素,嘴里都淡出个鸟来了。"

"师父,你是说那张驴皮吗?"

"买来的皮料本该用清水浸泡,再刮净肉末。老匹夫喝醉了,竟拿烧酒烫了皮,皮上附着的驴肉也没刮干净,两大条就这样大刺刺挂着,正好便宜了我们,走,师父带你吃酒酿驴肉丸去!"

两道影子远了,接着便传来小刀刮擦皮料的切切声响、搓肉团的声响、打火石热油锅的声响、热油在锅里咕咕翻滚的声响、肉团在油锅里嘶嘶浮沉的声响……三两口吃完,两人意犹未尽地闲聊:"师父,昨夜那影师唱的《来无影》,你听见了吗?"

长者道:"那匹夫嗓门提得这么大,震得我差点真成了聋子,又怎么能听不见?"

那人嘿嘿笑:"师父你说,槐生除了往火场去,哪还有别的生路呢?"

　　长者敲敲他的脑袋:"痴儿,官槐生还能逃进画里呀,你看佛本生经的插画里,哪一幅又画了影子呢?"

　　……

　　再后来的动静,柳生就听不见了,他努力想睁开眼睛,疲惫的眼皮却过分亲昵,他的五官因意识与身体的缠斗皱在一起,直到巳时他才彻底转醒。

　　柳生清醒后便收拾好行囊往侍郎府去。今天是侍郎大人的休沐日,是春闱前行卷的最好时机,再迟几日就不方便了。柳生原打算卯时从永安寺出发往城中赶,辰时正好能到侍郎府上。谁想一觉睡到巳时,实在大事不妙。他绷着脸闷头赶路,先是滑了一跤,又撞翻了菜农的摊子,还被挑夫指鼻子骂"赶着投胎的"。到达侍郎府时,管家告知柳生侍郎大人正在用午膳,柳生被安排在偏厅等待。一个时辰后再问,管家又说侍郎大人此时正在午睡。柳生支着脑袋小憩了片刻,被三五个从会客厅走出的轻裘缓带的公子吵醒,听他们口中说着春试云云,柳生才知自己被侍郎大人拒之门外了。见柳生颇有不忿之意,管家好心提点:"柳公子,侍郎大人事忙,无暇应对碌碌之辈。只要你有好'文章',侍郎大人定会青眼相加。书中自有'千钟粟'、书中自有'黄金屋'的道理你可不能不懂哇!"柳生听出这是索贿的曲词,煞白着脸告辞了。

　　回到永安寺时,柳生被正殿的门槛狠狠绊了一跤,折回去狠狠踢正殿门槛泄愤。小和尚听见动静跑来抱住柳生,要柳生向佛祖请罪。柳生自然是不肯的,一口火气正找到了出口,想起清早的动静夹枪带棒狠狠数落了和尚一番，骂他是假和尚真老饕，屡犯清规，就是剃了头发混饭吃，长大后也是他师父那样的酒鬼、淫贼……凡此种种。小和尚被骂得眼睛发红，挥拳打了柳生几下，跺脚抹着泪跑开了。柳生心里有快意，不知怎的又有后悔。

走进殿里，心烦意乱的柳生又开始找影师的麻烦。后门半开着，影师正在殿后磨他的雕刀，他兀自翻起了影师的唱本，看了几页唱词就忍不住对门外的影师道："即便佛门可容影戏，普天之下莫非王土，影戏中也容不得此等忤逆之词！"柳生一一数着，"这出戏的'赤日火烧莫扇摇，延请大羿一逸劳'有不臣之意，'正月繁霜，此夜哀凉'、'君为无信潮，妾是不韧丝'或有讽意，今上字'琢'，你这'不琢不成器'的'琢'字不可写点，否则便是冲撞了圣上……"

"吃火药了？"柳生越说越多，影师不耐烦了，"那你说该怎么唱？"柳生拿纸笔将犯了避讳的唱词列在纸上，反复勾画圈点试图刊正，可落笔写下的字句不是文义不通就是拗口得过分，偶然想起几字能点石成金，再一思忖犯的便是更大的避讳，越是心急越想不出，恍惚见各个讳字上下翻飞，晃得柳生眼晕。

"你小子自己倒霉，别想把火气往我身上撒，我不比小和尚是个好搓磨的软面团！"影师扯过纸笔拍在一边，拿雕刀在磨刀石上愤愤磨了两下，"宿在佛门，好歹也装装扫相破执的样子。你说的那些都是人间的避讳，世人被色、权、命所役，影人就没有这些烦恼，行事无忌，可不管你那些门道。"他拿出一对影人，拆了一只影人的头换到另一个的身上，"影人的头颅可是取之不尽，操心他作甚？"

影师不再理会柳生，在石上将一套共十三把雕刀一一磨得发亮，柳生在一边把书页翻得哗啦作响，像发面馒头一样膨着脸，好一会儿才冷静下来，后悔自己失言，想同小和尚和影师告罪又拉不下脸。用晚斋时，柳生不见小和尚，斋粥还是影师好心端来的。

"那小沙弥呢？"柳生问。

影师从鼻子里挤出一声冷哼："被你气得下山化缘去了。既然背了'假修行'的骂名，少不得要见识一番花花世界。"影师顶得柳生脸上烧得很，待要反驳，又觉词穷，只怪清早没能抓个人赃并获，过后再发作无凭无据，倒显得理亏气短。一碗热粥下肚，柳生心气渐平，只觉得为食色性也，寺院清苦，师徒俩偶尔破戒一回也情有可原，连带看影师也显得通情达理了起来。

他迫切想同人说几句话，就见影师正用手指蘸了碗底的残粥，点在被砖块压实的一张皮影上，他在殿后用砖块筑了个人形小灶，灶下塞了点燃的茅草。

"你在干什么？"柳生好奇。

"这叫弹指点水。"影师解释道，"敷彩后脱水发汗，吃色才深，日久了才不会变形褪色。弹水滴在影人上，看溅出的水沫大小、形状和消失速度便能知道烤灶火候适宜与否、还需发汗多久。"

影师不知从哪儿捡来一块大小相宜的木板，搁在膝上开始雕影人。他右手持雕刀，以刀尖稳稳咬住木板，左手推着一块蜜色的皮走刀运转，还时不时用一方木块"哒哒"击打右手刀柄尾部，拉出一道道流利纤长的线条。雕得了趣，影师还像个初出茅庐的制皮学徒一样哼起了雕皮要诀："卍字先把四方画，四边咬茬转着扎，六棂丢出齿，挑成雪花花。樱花平刀扎，万字平刀刮，袖头袄边刀上凿，花朵刀挑最逍遥！"烛火一摇，屋内的"哒哒"声密了起来，狂风骤雨一般落下。"空心桃儿落落梅，人字三角扎，先刻头帽后刻脸，眼眉刻完鼻子尖……"口诀梵音一样荡开，一盏茶过后殿内静了下来。成了。柳生紧盯着影师手中的皮影，皮影的刀口上沾有不知从何而来的血迹，影师含了一口水喷在影人上，皮上血迹尽被涤尽，只有几颗血珠滚进凹痕，汇成了一株落梅的形状，沾了水色更显鲜艳欲滴。影师刀法圆熟，皮影虚实错落，繁简得宜，周身纹样都雕得有韵有势，衣裙更是富丽而蕴藉巧思，灿然若牡丹将开，为影人平添三分雍容之态。柳生凝视着低头摆弄影人的影师，看影师的脖颈在灯火下折出一个夸张的弧度，影人脑袋不偏不倚，恰好接上影师脖下的阴影，好像从影师身子另长出的一朵魂魄正歪着脑袋觑着柳生。"好看吧？"没有得到柳生的回应，影师抬头，颊上两坨颧骨高耸，被烛火投出两团暗影，竟同影人一般深刻。

柳生突然察觉颈后一凉。他抬头看看屋檐，上面水色深深，明日会放晴或依旧是料峭春雨呢？柳生擦去水迹，不合时宜地想起静夜里更漏声是如何恼人地回荡。

第 四 折

一间金碧辉煌的屋子，上首一名穿明黄袍子的男子歪坐。柳生身后是一班乐师，缓乐飘飘而起，影师背对着柳生正操纵影人。

影师单手舞着签子，在他面前的糊了鱼油的透亮纱幕上投射一道舞动的倩影，正合诗中所言的"袖如素霓，体似游龙，来如雷霆，罢如江海"。

"好，好，好！"一曲舞罢，座上男子大悦。斜刺里躬身穿出一名男子，向座上男子作礼："这是臣在坊间觅得的影戏好手，他新近觅得了两张好皮制成影人，排了影戏要献给陛下。"

影师恭敬跪下见礼，向上首男子道："草民夜里梦见白兔仙人，隔日就偶得兔皮两张。白兔仙人听闻陛下治下人间河清海晏、时和年丰，特遣座下文、舞两位爱徒附身皮上为陛下弄影以酬陛下之功。方才为陛下献舞的便是舞童子。"

柳生靠近这只影人，影人胸口肌肤胜雪，那串落梅血色嫣然，一如当日。他想起了他留宿在永安寺的第四天，那天一睁眼，他便觉得眼前模糊不清。柳本以为是晨起气血不足头晕，阖目等了好一会儿，目之所及还是隔了一层纱帐似的，朦胧又邈远。他想出去走走却一头栽下，四肢灌了铁汁一样不听使唤。

那天影师眉舒眼笑，一边为影人敷彩一边同僵直了身子的柳生搭话："你看过这个影人跳舞吧，她惯爱跳舞，有一刻得闲就要跳。皮主人原本就爱跳舞，跳舞便是这张皮的野性。除了在仇人面前，她随时随地都可以起舞，真是个做影人的好料子。只可惜她的仇人富有天下，爱看她跳舞，我便只好驯得她服帖些。"

逐渐吃进颜色的皮影轮廓与窗外跳舞的影子叠合，再远些，还有街巷谈笑里那个曾在宫墙内踏着纸鸢巧笑、最后下场凄凉的女人。眼前这张皮影便是"影祸"的主角，真相如被顽童拼命往水面下压的木瓜瓢一般，不期然就汩汩地浮上了柳生的心头，一股腥气击破了客店的淫邪调笑留给他的旖旎梦影，寒意攫住了他，他感到胃里翻涌了，影师还在喋喋不休："以人皮制皮影，本来是古未有之的创举，可惜他贪心不足，白天要看他的女人给他跳舞，晚上还要他的女人给他暖枕头。你算算，那严氏身段窈窕，身上总共能有几两肉？又能有几尺皮？一通牢狱折磨下来，全身上下还完好的只有胸前这方寸好皮——倒是触手生温。影人与枕头不可得兼，你那讳字很多的天子突发奇想玩起拆东墙补西墙的把戏，一皮两用，白天作影人演戏，夜里覆在龙枕上助眠，而那庄阉公禁绝影师驯皮，怕影人的纹路硌坏了龙体，皮不经驯，出了岔子又怨得了谁……"影师逆光举起了影人，端详穿过影人纹样的光，"这举世无双的一张皮，竟叫不识货的宫人同班社、阉人的尸身一同抛在了乱葬岗，还好被我捡了，才不至暴殄天物！现在，贵妃娘娘总算不用再素着脸寒酸着身子了。"

柳生尝试爬出去寺去，费了半天工夫才挪了三尺，又被影师一脚踢回了佛像后。影师这天话格外多："兽皮贵在坚韧、焙后透明如镜，人皮之可贵就在将被驯服时残留的那一点灵性——这种皮影既有人的灵智又有皮影的不拘，妙极！富养长大又受了情伤的女人皮是女子皮中的上上品，此时表皮经过几番大悲大喜的抻拉，可稍补足女子皮生来的娇软无力。"

"'皮影憎命达'倒是我新近摸索出的心得。读书人经年寒暑伏案苦读，皮被经义抻拉生长，而血肉反倒萎缩了去，这样内外二力撕扯，皮就筋道耐磨，这是其一。其二是生长的皮与血肉在撕扯间留有孔隙，取皮时就趁手得多了……"

冷汗浸透了柳生的衣服，他余光看见老和尚从殿前走过，嘶声向老和尚呼救，院内却毫无应答。柳生忍不住痛骂："死秃驴，这时候知道装聋了！菩萨当前见死不救，竟不怕轮回果报吗?!"

"不必怪他，他是真聋。"那日清晨听到的声音自影师肚中升起，先是长者圆滑的腔调，再是少年清亮的嗓音，还有此前女子娇软的声线。"你放心，我会给她留一分清明，三千五百九十九刀，一刀都不会多。你爱看她跳舞，今后便能天天看，叫你们天南海北，双双对对。我会领你遍游花柳繁华地，结交达官贵人，叫你见识什么是书中自有的泼天富贵……"柳生不说话了，他明白这寥落寺院中已无人来救，他呆望着影师缀结影人的灵活手指和那颗举世无双的大好头颅。

影师操纵签子拉着皮线，"文童子"柳生便随乐班的拍子动起了肢节，这便是"骨眼"的用处——影师闲暇时说过，每个影人关节处的圆雕花叫"空花"。连接空花的点是"骨眼"，骨眼之择取最考验影师的功底深浅，骨眼选得好影人便抖擞，选得不好便佝偻。柳生是影师做的第一张人皮影，最得影师垂青，影师便赏了他一身绝妙骨眼，于是柳生动起来很灵活，远比原先当人的时候松快。影师说得没错，当影人果真比当人自由多了。

影师以柳生的声线唱起了一首颂圣曲，曲词柳生再熟悉不过，那是他当日没能给侍郎一阅的行卷诗文。座上发出朗笑声，柳生不必看纱帐上的影子便知道自己动得滑稽。刚下了场的女影人在木箱里落下一行水迹，皮不留水，很快就不知滚到哪里去了，只在眼下划过一行窄小的亮光。柳生最后看一眼那行湿迹，便被影师牵引着在纱幕上题字了。影师引他蘸饱墨汁，在纱幕上挥毫题写。他自己作的诗文，斟酌百遍，再熟悉不过，他知道哪里曾埋伏着一个讳字，又被他谨慎地改去，并为此后怕地叹气。此刻他用尽所有力气，违逆牵制他筋骨的那十根皮线，拽着皮线颤抖落下了一笔——一个正确的"琢"字，带着伏尸百万的杀机的一"点"。

室内静了，然后是纱幕被撞倒的闷响，卫兵沉沉的步子踏进来，将半屋子人堵着嘴拖了出去，少顷，屋外传来什么球体骨碌碌滚落在地上的声音。

只剩下上首的男子还端坐在明黄的坐垫上。没有皮绳牵引，柳生站不住，压在一个沙弥影人上看男子，只见他脸色灰白，腰杆却挺得很直，蓄着力引而不发，不知是牵动着万万根线，还是有万万根线正牵着他。

苏 童 点评

"短篇小说的隐喻与象征不宜复杂,所取之物也并非作者自己所想,一定是要读者所见。小说里皮影师是个极好的想法,写了很多,只是因为与柳生这个人物貌合神离,隐喻与象征的效率也就不够,我刚才突然有个'恐怖'想法,仅供参考。若以皮影作故事主轴,驴皮牛皮为影,那么癫狂的影师是否会恐怖创新?柳生若是一场'人皮'狩猎的受害者呢?若这样黑色的细节会自然滋生,比如影师对柳生皮肤的兴趣,干脆是柳生最后成为世上第一个人皮皮影。这个有点惊悚小说类型了,你若用轻盈跳跃的节奏避开所有暴力与血腥描写,这个小说应该比现在更好。"——记得苏怡欣当时写《捉影》的时候,我给了她这个具体的建议。很高兴的是,她后来的修改效果超过了我的预期,《捉影》的唯美、诗意与惊悚有效地融合在一起,构成了一个独特的漂亮的文本。

9

叶昕昀

孔雀

叶昕昀，1992年1月生，云南曲靖人，2018—2021年就读于北京师范大学文学院文学创作与批评方向，获文学硕士学位，作家导师余华，学术导师梁振华。小说发表于《收获》《作家》《安徽文学》等，短篇小说《孔雀》入选2021年收获文学榜短篇小说榜榜单。现为北京师范大学文学院文学创作2021级博士在读，导师余华。

《孔雀》发表于《收获》2021年第4期

她约张凡到大觉寺看孔雀那天是六月十九。到寺庙上香的人很多，流通处厢房买香烛和文疏的人几乎没有间断。她那天脑子昏得很，人家说要一把香，她递两把，说要三道文疏，她递五道，昏头昏脑地到下午三四点，几乎忘了看孔雀的事。四点寺庙关门，人渐渐散去，她一样一样清点货品，发现柜台里的绿松石手串少了一个，不算贵，二十来块钱，买去图个吉利的，但少了要她补上，多少觉得亏损，只能怪自己不留神，再一想，又怪老刘今天没来，她一个人应付不过来。

大概就是埋怨到老刘头上的时候，张凡到了。他们此前没有见过面，是经常来寺里做事的周孃从中牵线，说让两人见个面，算是没有明说的相亲。她没有拒绝。

他从外面探头进来，大热天还穿一个皮夹克，个子挺高，皮肤是云贵高原紫外线塑造的黝黑。他问，杨非在吗？她点点头，说，在呢，你面前。他一下子就笑了。她看他，你是张凡吧。他说，是，我是张凡。

她注意到他挺拔的身躯和稳重的步伐，然后低下头去，说，你在旁边的椅子上坐一会儿，我还有事没做完。她习惯点两遍货品，算是某种强迫症，现在还差一遍。张凡问，这里忙吗？她低着头，说，看日子，香客多的时候一刻也不得闲，你待会儿再跟我讲话，我现在忙不过来。

张凡便不说话，坐在椅子上看院子里的三角梅，他的右眼视力好，看得清相隔二十米对面佛殿牌匾上不大的字，是地藏殿，他想问地藏殿供的是哪个菩萨，话到嘴边又咽了回去。他往地藏殿旁边看，佛殿的匾额被一棵贝叶棕遮住了，他将目光收回来，看厢房门口浮着睡莲的青褐色石缸，里面有几尾金鱼，天气太热，一直往外吐气泡。他盯了很久，听到杨非说话，你定力挺好。他回过头去，杨非又说，走吧，去看孔雀。

她把柜台的隔板抬起来，张凡过去扶住，让她出来。她解下身上的墨蓝色罩衫，把身后那条长长的黑发拨到胸前，平视的视线只能达到他的腰际。他系着一条黑色皮革的腰带，印着老虎头的金属闪着光。她说，要劳烦你。张凡就走过来，站在她的身后，微微蹲下，两只手托起她轮椅两侧的把手，缓慢地抬起来。她比他预想中轻很多，即使加上轮椅的重量也还是很轻，跟他儿子的重量差不多。他感觉到她的双手紧握，后背往下靠，他尽量使自己的步子平稳。他抬着她的轮椅跨过厢房的门槛，到了台阶，那里有专门的木板搭成的小坡，可以让轮椅下去，他没有放下，直接将她抬下台阶，然后安稳、缓慢地让她落地。

杨非对他说谢谢，声音很轻。张凡假装没有听见，预备推着她往前走，杨非用手卡住轮子，说，不用，我自己来。张凡就撒开手。

寺庙的路都是石子铺成，她划动得有些吃力，张凡放慢步子，跟在她后面。她在石子路最里面的禅房门前停下，说，里面的木桶里有玉米粒,你用碗装一点,碗在木桶旁边。他走进去,禅房的案桌上立着一幅观音送子的画像,香已经燃尽。他绕过案桌,在角落里看到木桶,旁边放着一个不锈钢碗,他从桶里舀起一碗玉米。

她看见他走出来,说,把门带上。他回过身去关门,转头时她已经往前走了。他跟着杨非,绕过大雄宝殿,来到寺庙的后院,远远就望见那只被一片铁丝网围起来的孔雀。

孔雀站在罗汉松旁一动不动,杨非滑着轮椅过去,将扣住铁丝网的钩子移开,然后回头看张凡,说,放里面吧。

食物就在面前,孔雀仍站在原地不动。张凡蹲下,将碗往里面推了推,孔雀警惕地扬起脑袋,头上的冠羽轻轻地晃动。张凡这才注意到孔雀蜷缩着一条腿,准确来说不是蜷缩,而是萎缩,它只凭一条腿立在那里。张凡突然想知道它怎么走路,于是又往前走一点。孔雀意识到入侵,往后退,它萎缩的右腿落在地上,右半边身子大幅倾斜,左腿立即向后迈一步,将身子稳住。

张凡觉察到这样有些残忍,他于是向后退去,直到走出它的领地,关上那片铁丝网,与它保持最初的距离。

张凡到杨非身旁,孔雀还是待在退后的位置,没再往前。张凡说,它挺怕生。杨非说,分人。张凡点头,我确实吓人,别人都这么说。杨非说,这挺好,没人敢欺负。张凡笑,它怎么不吃。杨非滑着轮椅退后,说,人走了它才吃。张凡说,还挺有个性,养了多少年了。杨非想了想,说,二〇〇八年老马从版纳带回来的,也有十来年了。张凡问,谁是老马?杨非说,以前经常给寺庙捐钱的富源煤老板,后来煤矿倒了,就没再来过。张凡点点头,那也挺老了。杨非问,谁?张凡说,孔雀。杨非没说话。张凡往左边跨了一步,说,这是绿孔雀吧。杨非说,不知道,我不懂。张凡说,这是绿孔雀,我当兵的时候在怒江集训,见过这种孔雀,现在是濒危动物了。你们养得不好,毛色都变了。杨非问,你在怒江当的兵?张凡说,算是吧,滇西那片都待过。杨非问,怎么样,那边。张凡说,不好,不如东边。杨非没再说话。

张凡退到杨非身后,他们站在松树下面。一片云彩飘到太阳底下遮住光,天微暗下来,吹来一阵风,张凡觉得凉快,又觉得有些恍惚。空气中有从前院寺庙飘过来的檀香气味,在此刻短暂的静止中,他心里生出一久违的隐秘和平静。

从后院出来,她觉得饿,提议去寺外的清真街吃凉粉。张凡说好,他们便往外走。张凡说,我推你吧。她说,不用,走到千佛塔的时候,又说,好吧。他走过来扶住她的轮椅。她抬手指着千佛塔,说,上学的时候来参观过吗?他说,没有。她问,那你知道这是什么时候建的吗?他说不知道。她告诉他,是元代。他说,没谱,历史没学好。她说,有六七百年了。他说,噢,是古物。她身子往后靠了靠,说,我刚来寺庙的时候,每天就在塔下面看,看到太阳刺得眼睛睁不开才回屋,后来视力就降了,总是看不清楚。他说,那你配个眼镜。她说,不用,能看清人就行。他说,人你看不清。她岔开话去,问他,你知道这塔有多少龛佛吗?他说,千佛塔千佛塔,上千吧。她笑,你回去查查。他点点头,好,塔尖的两只鸟是什么。她随着他抬起头来,一齐看那座二十米高的佛塔,她笑,那是鸡,金鸡。他说,我看着倒挺像后院那只孔雀,你看,它也蜷着腿。

他们在凉粉店外坐下来。有几个人在里屋，杨非说热，他们就在外面坐下。杨非是熟客，老板娘笑问，今天吃什么？她说，两碗凉粉，我那碗不要米线，你呢，她转过头去问张凡。张凡说，我要多一点米线。杨非笑，问他，你现在做什么工作？张凡答，司机，给领导开车，之前跑长途货运。杨非点点头，介绍人没跟我仔细说你的情况。张凡看着她，你想知道什么，随便问。杨非摇摇头，现在不用了。张凡说，我离过婚，有个儿子，跟了他妈。杨非没说话。张凡又说，我爸死得早，家里有个老母亲，现在城里住的房子是我大伯的，我前些年在开发区买了套电梯房，还有辆二手车，大众的。杨非说，吃东西吧。

　　和张凡分开的那天夜里，杨非发起了高烧。房间里很闷热，她想也许是明天要下雨，然后想起张凡眼睛上的那颗痣，又想起洒在地上的玉米粒和落在泥土里的月季花瓣。她渐渐魇在清醒的梦里，小腹传来的疼痛没有减弱过，从子宫右侧的某个点开始，呈放射状地蔓延着疼痛，它不是持续的，大概隔几秒加剧，躯体的痛楚将梦境变成一堆破碎的画面。她有时听见开门声，有时听见有人在耳边低语，有时看见灰褐色的水泥广场和漫长的延伸到铁轨的马路，然后那个男人模糊的身影又开始出现，慢慢靠近，她感觉到自己在坠落，然后是奔跑，似乎有风从她耳边穿过，又拂过她的小腹，她摸到自己的双腿，突然从梦魇中清醒，像是沉溺在海底又浮出水面的一瞬间，那种熟悉而恒久的绝望。

　　一丝光从蓝色的窗帘透进来，她盯着窗帘上跃动的斑点，很久以后，那种梦境带来的无法言说的感受仍在持续，那种针刺般的、小小的欲望从她腿骨的一处开始蔓延。天渐渐亮起来，光充满空荡的房间，充满她内心某块凄清的空白。

她终于听见父亲起床的声音，她轻轻喊着，但嗓子几乎发不出声音来，她张着嘴吐出无声的语言，然后抬起右手，从空中降落，锤击在床沿，只是发出轻微的响声。过了很久，她听见父亲推开她的门，说，起床了。她没有回应他，他于是走过来，看她暴露出青筋的脸庞和手臂，以及肿胀的眼睛。他摸了摸她的头，说，我去买针水。她感觉到内心突然滋生起来的与悲伤相掺杂的怒火如同落在床上的拳头一样，软绵地四散开来，散布到身体的每一处。

那天她没到寺庙去，第二天也没去。第三天的时候，张凡找上门来。下午三点，父亲刚下中班回来，他在附近的小区当保安，三班倒。她坐在阳台上吹风，父亲走到她背后，说，你有朋友来了。她转头，短暂的诧异之后，她看见张凡的脸。透过窗户的光照在他的脸上，印出三条长形的条纹。

张凡走过来，把手里的水果放在茶几上，父亲咳嗽了两声，走进房间，关上门，将她和他隔绝于那间落满斜纹光影的客厅。张凡站在客厅中央，说，我去寺庙找过你。她没有说话。张凡又讲，阳台上晒，要不要我推你进来。她自己把轮椅退回来，摇到茶几旁边。

她请张凡坐，要给他倒杯水，张凡拦住她，说，我自己来。他在她面前站起来，身体挡住她面前的光，她注意到他今天换了一条腰带，棕色皮质。他握着杯子在她面前坐下来，说，我想了想，觉得我们能处。杨非说，怎么处。张凡转动着杯子，说，你看我的眼睛。杨非看着他。他说，左眼。她就看他的左眼。他说，你仔细看。杨非说，怎么弄的。张凡说，在勐海的时候，抓捕一个毒贩，他拿刀朝我眼睛捅过来，我没来得及躲。她问，勐海在哪里？张凡说，在版纳，对面就是缅甸。她说，挺狠毒的。张凡抬起手摸了摸左眼，说，他没下狠手，他本来可以朝我脖子捅，我肯定死。两人沉默，她又看他，说，这眼睛挺逼真，是马眼睛吗？小时候丝厂大院里有个男孩，被鞭炮炸掉了眼睛，在眼眶里装了一只马眼睛。张凡摇头，不是，是玻璃的。杨非点点头，不仔细看看不出来。张凡问，你们以前住在丝厂？

杨非摇着轮椅过去给自己倒了一杯水，说，以前我爸在丝厂缫丝车间，做到车间主任，我们就住在生活区，十平米的房子，没有厕所，整栋楼都是尿腥味。后来丝厂倒闭，我们就搬了出来。张凡站起来，在屋子里四处转着，说，丝厂是二〇〇〇年左右倒的吧。杨非说，好像是，想了想，又说，是，那年我初三。

张凡在电视柜的几张照片旁边停下来，他仔细看了很久，转过头问杨非，你小时候跳舞？杨非说，是，从小就学，拿过县里挺多奖。张凡说，真厉害，学过舞气质不一样。杨非没接话。张凡又说，你应该开个舞蹈班，教孩子跳跳舞。杨非说，我这样子怎么教。见张凡有些尴尬，她又说，我不喜欢小孩子。

张凡感觉到杨非兴致不高，他在那些照片旁边停了很久，说，要不然今天出去，你喜欢看电影吗？一中对面的商业中心新开了一家电影院，环境不错。杨非说，我不方便。张凡笑，有什么不方便。杨非说，我不爱出门。张凡说，要适当出去走一走，外面都大变样了，我带你去看看。

杨非没有拒绝。

她这几年相了很多亲，要遵从彼此匹配的原则，所以对方都缺胳膊少腿，像是照镜子，相互看见都觉得尴尬。她与张凡的第一次会面却不尴尬，这是她少有的体验。另一个觉得不尴尬的是一个乡镇中学的语文老师，右腿车祸截肢，爱读史铁生和路遥，眼镜总是滑到脸中央，笑起来眉头就皱在一起。他们那时几乎快成了，后来男方家里又嫌她工作不好，要她陪嫁一套房子，父亲几乎要妥协，她找到语文老师，说我们还是算了，残缺的地方不一样，彼此补不起来。

张凡是第一个以四肢健全的姿态站在她面前的男人，她观察他，想要发现他的残缺，最后得到的却是他的无比健全，她竟觉得恐惧。她早发现他的眼睛问题，可这种残缺和她的残缺并不对等，和她比起来，他仍旧是健全的。她厌恶他的健全，却又贪恋他的健全。

张凡开来一辆吉普，是单位的车。他将杨非推到院子里，上车的时候，他犹豫了一下，但这种犹豫没有持续太久。他说，我抱你上去，轮椅放在后面。杨非同样地犹疑，她看着张凡的腰带到达她的眼睛，突然觉得有些滑稽，她点了点头，双手从扶手抬起来，张凡蹲下来，轻轻咳嗽了一声，靠近她的身体，将她的双手搭在自己肩上，抄手绕过她的双腿，扶住她的后背，轻轻地，将她抱了起来。她轻轻贴着他的胸膛，大脑里有一瞬间的空白，除了父亲，这些年来，她再没有这么近距离地靠近过一个男人，他的军绿色衬衫上有着炙热的汗味，带着腥气，她的体内突然又升起那小小的刺痛感。

张凡将她轻轻放在副驾，她的重量在他手上消失的时候，他的衣衫上沾湿了一片汗渍。他关上车门，在炙热的空气里轻轻呼出一口气，提起地上的轮椅，放进后备箱。他记得那天热得出奇。

她坐在副驾，看着放置在她前面的车辆通行证，下面印着一个大大的政府红章。她轻轻吐出一口气，一种陌生的未知在她面前展现。

张凡上车，侧脸看了看杨非，说，系一下安全带，最近查得严。她拉过背后那条长长的黑色带子，始终找不到能够扣住的地方，她的脸憋得通红。他终于伸过手来，拉住她的安全带，轻轻扣进去。她没觉得得救，而是更重的沉溺。

一路上，他们没有说话。他推着她从地下车库走进电梯的时候，她尽量使自己不低下头去。电梯门快关上的时候，一个穿黑色裙子的女人跑进来，眼神在杨非身上停了很久，她与他们并排站立，毫无掩饰地表达出对于他们的好奇。从地下二层到一楼，电梯的空间始终呈现一种密闭而窒息的状态，从电梯出来，她再次感受到那种从海面浮起来的感觉。

他去买票，她在后面等。后来让她回忆，她完全记不得那天看的到底是什么电影。工作日下午看电影的人很少，售票小姐的声音在空荡的大厅里听得很清楚，售票小姐说，两张是吗？张凡说是，售票小姐问，是后面那位女士吗？张凡说是。售票小姐微笑着说，凭借残疾证可以半价。张凡说，不用，两张全票。售票小姐说，好的，请稍等。

她突然想立刻逃回去，逃回那间此刻已经落满日光的房间，一个人藏在被子里，睡上漫长的一觉，等到黄昏来临的时候，去感受房间空荡的凄清。但她终究待在原地，像她人生中所面临的所有选择。她看见他朝她走过来，她一时分不清他哪只眼睛是真的。他看着她，说，我们走吧。

她在梦境里再次沉溺，在梦境那片荒凉的废墟里，那种只属于她的昏黄色调的梦境里，她始终有一种不想再醒来的愿望。

那天从电影院出来，他说，你喜欢看飞机吗？她问，什么？张凡说，城外的军用机场，附近有一个很高的水坝，小的时候我经常去那里看飞机。

小城是云南最大的坝子，抗战时期在县城西南边建了军用机场，驻扎美国空军部队，建国后成了空军训练基地。张凡小时候跟爷爷住，就在机场旁边的村子，每天听见飞机在头上轰隆轰隆地飞过。他问爷爷，是不是要打仗了？爷爷抱着水烟筒，你想不想打仗？他说，想，电视里演的可刺激了。爷爷摇摇头，不说话。老家的墙上现在还挂着一张黑白照片，一个美国大兵，搂着一个小男孩的肩膀，男孩裸着身子，骨瘦如柴，瞪着眼睛看镜头。那个男孩就是爷爷，爷爷的父亲曾经是修建机场的民工，每天都要拉着巨大的石碾压碾机场跑道。有一次爷爷跑去机场给父亲送饭，美国人给他拍了一张照，后来洗出来送给他，爷爷一直视为珍宝。那个大兵，是开战斗机的嘞，爷爷说。张凡说，那我以后也要开战斗机。

他们最后去了盘江河边。盘江属珠江水系，绕县城四十余公里，这是距城最近的一段。河边新建了一片别墅区，修了宽大的柏油路和河滨公园。杨非小时候来过，那时候这里还只是一条长长的泥土路，在土堆里能找到大大小小的海蛳螺。那些童年的海蛳螺使她相信课堂上老师所说，这里原来是一片海洋，后来海水退去，成了一片平原，一片在云贵高原中低洼处的显眼坝子。

那时太阳已经落下去一点，没有建筑的阻挡，阳光恣意地、大片地照耀着柏油路大道，他推着她沿树荫下走。他原本想沿台阶下到河边，但台阶很高，没有适合轮椅下去的坡道，他就放弃了。他感觉她有些累了，便在一片树荫下的石凳坐下来，旁边是一棵炮仗花树，长出来的花红得像一串串鞭炮。在路的对面，一排排空着的商铺贴着招商广告，中间有一家突兀的小超市，他说，我去给你买瓶水。

她坐在炙热的大地里，转过轮子，去看河水。已是汛期，河水涨了上来，河流裹挟着从上游漂流下来的松木枝和各种垃圾。河岸的斜坡上间杂地长着各色矮牵牛，偶尔有羊群从公路穿过，不听话的几只就跑下来，咬几口岸边的花，再留下一堆小小细细的粪蛋，等赶羊人长长地喊一声，它们又跃跑着追上羊群。

等她转过身来的时候，他已经给她拧开了瓶盖。他指着河对面那片红墙建筑说，我初中就在那个中学。她点点头，九中。他说，你在一中吧。她说是。他喝了一口水，看来学习好。她笑，学习不好，小升初是舞蹈比赛保送。他便惊叹起来，真是厉害。她突然愿意谈论这个话题，说，我读书读不好。他说，我更老火，看见字头就疼，天天想着能开飞机。她笑，你想当飞行员？他说，从小就想，但我连高中都没考上。她说，你当兵了，也算是接近。他说，不一样的。他扎你眼睛的时候你疼吗，她突然问。

张凡看着河流上的大桥，那桥算是一个城乡分界线，驶过那座五十多米长的大桥，便算出了城。从前那只是一座不到三米宽的小石桥，每天晚上下自习，他就骑着自行车穿越那座小桥，去大伯家里。他借住在那里，留给他的是一个三平方米的小房间，之前是他的奶奶住，最后奶奶死在这个小房间里。大伯和父亲将奶奶从房间里抬出来，她睡得很安详，那对陪伴她大半辈子的、长长的玉石耳坠将她的耳朵坠到了底。小时候他曾问奶奶，你什么时候死？奶奶摸着耳朵，说，等我这个洞坠到底，就死了。他被那把尖刀戳穿眼球的时候，脑子里突然就想到奶奶那只坠到了底的耳洞，他觉得自己的眼睛也坠到了底。

　　他说，当时没有感觉，后来才觉得疼，觉得自己会死。她看着他的眼睛，说，后来呢，那个毒贩。张凡拍了拍自己的胳膊，抬起手来，臂膀上印着一只虫子的尸体。被战友击毙了，一枪穿破了脑袋，他说，就倒在我面前。

　　杨非不再说话。

　　张凡帮她赶了赶面前的飞虫，问，你以前跳什么舞？她看了看他，似乎自己也有点疑惑，顿了一会，才说，学的民族舞，老师说我跳孔雀舞好看，后来就一直跳孔雀舞。杨丽萍你知道吗？张凡点头，知道，我妈喜欢吃的那个糕点，包装上印着她。杨非说，当时老师天天让我看她的录像带，我还逼着我爸买了台VCD。张凡说，你爸对你真好。杨非沉默下来。

　　读书的时候追你的人很多吧，张凡突然问。杨非说，还行。张凡笑，看样子很多，有谈朋友的吗？

　　杨非说，有一个。张凡问，什么样的？杨非说，长得还行，就是有点胖，都叫他胖子。他爸是县里的官，有钱，每天都给我送早点，买礼物。张凡点头，是，男友有钱就魅力大增。杨非没搭话。张凡说，我能抽根烟吗？杨非说，你抽。张凡从裤兜里掏出一包红塔山，点了火，嘴里含着烟说，电视里都这么演，男人没钱，女人就要跑。杨非看着他，你觉得我是贪你的钱么？张凡说，我不知道，我也没钱，但我觉得你贪别的。杨非望着他，什么？张凡不说话。杨非说，麻烦烟借我一支。张凡看她，没说话，拿食指敲出一支烟，把自己的烟头凑近，点燃，递给她。张凡说，你会抽烟。胖子教的，杨非说。后来呢，张凡问，你和胖子。

太阳又落下去一点，杨非往树荫下挪了挪，后来我出事了，休学，没再联系过。张凡说，现实。杨非两只手叠在一起，望着对岸。

两人聊到天已有些擦黑，那时晚饭后到河边散步的人渐渐多了起来，张凡说，我们走吧。他推着杨非向路边的车走去，打开门，轻轻抱起她，放到副驾驶座上，他碰到她的双腿，觉得异常冰凉，他看了看她，她只是抿着嘴不说话。

她到家的时候，父亲坐在桌边。她叫，爸。父亲点点头，吃饭吧。她扒拉了几口，说吃饱了。父亲说，在外面吃了？她答，没吃，就是吃不下。父亲动了动嘴，没说话。

她回到房间，去抽屉里翻相册。门锁坏了，她就推着轮椅背靠着抵住门，一面听着外面父亲洗碗的声音，一面一张一张地翻照片。照片右下角印着的暗红色的日期在提醒她，在某个时刻，她曾在某个地方对着镜头笑过。与张凡聊天的时候，她发现自己似乎陷入一种失忆之中，记忆并非她想象中连贯的线条，而变成一些细小的、随时可以丢弃的碎片，这使她感到一种被记忆背叛的恐惧。这是第一次，她涌出一种强烈的、回忆过去的渴望，那些回忆曾被她强制压在脑子某一处黑暗的角落。

她突然听见父亲向她房间走来的脚步声，她左手抵住门，右手将相册往床底下滑过去，留出一个边角，她没来得及过去塞起来，父亲就推门而入。

父亲端着菠萝水进来，她从小就喜欢吃这个，用冰糖煮菠萝，放凉以后搁到冰箱里，冷透了再拿出来吃。以前没有冰箱，父亲总是煮好一锅，笑嘻嘻地去楼下的小卖部，放在小卖部的冰柜里，晚上去拿，给小卖部舀了大半，剩下的半锅端回来。

她接过菠萝水，问，今天不上夜班吗？父亲说，待会儿就去。父亲站在她面前，看她吃完几块菠萝，说，今天那个男的就是你周孃介绍的？她说，是。父亲说，还是找个真心实意的好。杨非说，他挺真心实意。父亲递纸给她，让她擦嘴。还是条件相当一些的好，父亲说。杨非吃下最后一块菠萝，菠萝卡在她的喉咙，等她吞咽下去，喉管里却始终残留着一段可感的空隙。父亲接过她手里的碗，转身出去，轻轻关上门。

她把纸巾捏在右手手心，用左手滑动轮椅到床边，用轮子推了推那本相册，她低下身子去，没有够到相册，她再弯下去一点，还是够不到。她的身子趴在自己的腿上，随即缓缓抬起，她扬起手，重重地锤在腿上，没有一点知觉。

张凡和杨非开始定期见面。一般是一周一次，张凡空下来，就去找杨非,他在寺庙外一条巷子等她,开车去河边,或者是公园。他们第一次亲吻是在月亮湾公园。那是一个废弃很久的公园,荒草长得老高,池里暗绿色的水发出阵阵臭味。是她提议去的,说是小时候去过公园里跳蹦蹦床,五毛钱两个小时,她很喜欢那种腾空的感觉,比跳舞时的那种腾空要精彩得多。那边,她指了指公园东北角,以前蹦蹦床就在那片空地上。张凡朝她指的方向看过去,现在堆满了一层层破碎的石棉瓦和几个废旧的皮沙发,越过围墙,旁边是一片居民区,居民楼窗户里漏出的光照在那片废墟上,能看见灰尘的颗粒在黄色的光晕里流动。

他们选择了一片草比较浅的石凳,他挨着凳子的边沿,扶着她的轮椅。她说,给我讲讲你当兵时候的故事吧,我爱听。她喜欢他那些与此刻不同时空的故事,带着残酷的荒蛮和猎奇。她也喜欢他讲故事时的神态,眼睛微微眯起来,仿佛与这个世界隔着一层主动的疏离,然而她却能穿过那层疏离,轻易地走进他的世界。

他说,我入伍的时候,跟的是李哥,就是我跟你说过,用枪打破毒贩脑袋的那个。他跟我是同乡,比我早几年入伍。李哥带我们去边防站查检,是个半夜,我记得挺清楚,刚下过暴雨,看得见蓝色的天空和白云。我们上一辆卧铺车检查,大部分人还在睡觉,各种奇怪的味道混在一起,我的脑子猛地清醒起来。几个男人坐了起来,抱怨一趟车要检查多少次,李哥低吼了一声,车里立刻安静下来。我跟在李哥后面,车门处的卧铺坐起来一个女孩儿,十六七岁的样子,头发黄黄的,看上去像发育不良。李哥挨个查身份证,让我搜他们的随身行李,其他几个战友搜车厢里的大件物品。那女孩低着头看我,嘴唇发白。她移动身子从床上下来,我在她卧铺上翻找,李哥提醒,床铺什么的都要翻,我一一照做,最后是她的包,一个黑色皮革的背包,表面的皮革剥落,我让她把包里的东西倒在床上,仔细查看每一件物品。然后第二个人。我们没有发现什么,我松了一口气,有点像以前看考试卷子上的分数,明明知道结果,还是会心惊。我和李哥走到车边的时候,李哥停留了一下,随即我们下车,就在下车的时候,那个女孩一下子扑倒在地上,嘴里吐着白沫,李哥看过去,说,他妈的。

杨非问,她藏毒?

他说,是,塞到下体的毒品破了,我们的女兵从她阴道里掏出几百克海洛因。我现在还记得那女孩的样子。后来没抢救过来。

杨非问,她为什么?张凡点上一支烟,开始沉默。不知怎么,他突然想起,曾有一次,他也这样问过李哥。在李哥退伍的前一年,那时候他的眼睛也还没坏,李哥给他讲过这样一个故事。李哥说,那时队里接到一条情报,派他去中缅接壤的一个村子里和毒贩接头。那个村子里原先有十几户人家,全部吸毒或者贩毒,后来死的死,逃的逃,成了一座空村。他就躲在村里一间土基房旁的石头后面,听见毒贩在外面开枪,他听到是手枪,但不能分辨型号,不知道对方子弹打完没有。等对方的枪声停止,他拿那把步枪抵着毒贩脑袋的时候,才看清楚,那人是曾带过他的一个老兵。那时张凡问李哥,他为什么?李哥摇摇头,过一会儿,突然问他,如果你是我,你会怎么做?张凡说,我会开枪。李哥又问,如果你拿枪指着脑袋的那个人是我呢?

想什么呢,他的回忆里闯进杨非的声音。烟灰落到裤子上了,杨非说着，伸手过来帮他拍了拍裤子上的烟灰。他笑了笑，突然说，我以前不抽烟。她抬起头，说，是吗？他说，当了兵以后才学会。她点点头。他说，那时候我们要整夜整夜地守着山头，全靠烟撑着。他抬起手里的烟，说，李哥那时候教我，在烟屁股上涂万金油，然后深深吸进去，整个肺都凉透了，脑子才清醒起来。那时候我们还开玩笑，说这么抽一口，跟吸毒没什么两样。

你尝过吗，毒品，杨非问。她的眸子望着他，似乎要从那只玻璃眼珠里发现些什么。

张凡没有直视她，说，不能算尝，有时候需要用牙床验毒，尤其是海洛因，纯度越高，味道就越酸越涩。张凡再点起一根烟，他的烟盒里已经没剩下几支了。越了解那东西，越知道不能碰，张凡说，以前我们队里一个老兵，缉毒的时候被灌了毒品，现在还在戒毒所。戒了又吸，吸了又戒，那东西根本不可能戒得了。

夜色深了下来，张凡听着那栋老旧的居民楼传来电视剧的声音，似乎是一对夫妻在吵架，在停火的间隙，他听见杨非问他，你杀过人吗？张凡吐出烟圈，烟雾随着气流缓缓上升，融合，然后消失。他说，杀过。

张凡第一次出任务，去山上伏击毒贩，李哥让他负责射击。对方是支土枪，估计是个新手，听见动静后虚空放了一枪，张凡没多想，朝着枪声的地方开了几枪，开完枪的手还不停颤抖着。李哥给他点了烟，接过他手里的枪，走到毒贩旁边，还没死透，又朝毒贩开了一枪，说，不要命的孙子。

那之后整整三个月，我天天梦见他，满身是血地看着我。张凡说完，低下头去，听见风吹过草丛的声音，他把烟蒂按在椅子上，烟灰随着风吹到一旁的草丛里，未熄灭的火星子闪了几下。然后他抬头，看见杨非的眼睛。她握住他的手，手心里全是汗珠，湿腻腻的，他就低下头去亲她的嘴唇。他听见她加大的喘息，闻着她脖颈里淡淡的香气。轮椅朝一旁摇了摇。他握住轮椅，将她放到面前来，用双腿固定住她的轮椅，他看见她脸上渗出的汗珠。

她从他的手臂里挣脱出来，觉得身体里的东西炙热得可怕。他稳定了自己的情绪，握着她的手。

她问他，后来为什么退伍，是不是因为怕死？他说，不是。过了一会儿，他又说，是。她看他，他说，不是怕自己死，是怕别人死。他说完，低下头去含住烟。她不说话，只是移过去，把头搭在他的肩膀上，一仰头，就看见稀疏的星星。

他们去河边约会的一个晚上，他送她回家，在路灯投入车内影影绰绰的光影中，他说，今晚别回去了吧。

张凡把车停在城边的一间旅馆，老式的招待所样式。张凡拿身份证去开房，杨非坐在车里等他。她看着旅馆闪着红灯的招牌，"鸿瑞宾馆"，在心里默念出声。"鸿"字的三点水掉了一个，"馆"字的颜色比其他三个字亮一些，应该是新焊接上去的。在心里默念的时候，宾馆两个字背后确切的含义慢慢在她脑海里显现，她的心脏开始加速跳动。她看见张凡走出来，站在"宾"字下面，随着闪烁的灯光点起一支烟，他厚厚的下唇兜住烟雾，再轻轻吐出来，她的目光和烟雾一起上升，停留在他那只玻璃眼珠前面，随着他轻轻的咳嗽，烟雾散去，她看见他那只在夜晚格外明亮的眼睛。她身体里小小的炙热升腾起来。

他终于走过来，打开车门，看着她有些异样的脸，说，我背你吧，不那么显眼。她说，好。伏在他背上的那一刻，她脑海里浮现出父亲的脸庞，那张蜡黄得如同牛皮纸揉在一起的脸庞，牛皮纸的褶皱里堆满了岁月对他的耗损，她觉得刺眼，将头转到另一边，侧靠在他的肩上，看着地上，他们重叠的身影缓缓拉长，又缩短，再拉长，进入大厅的时候，影子消失了。有那么一刹那，她有些恍惚地问自己，怎么到这个地方来了，到底是什么样的欲望将她推到这里，这种隐藏着无数污垢的地方。也许明天便会传到相识的人耳朵里，他们会用怎样的目光看她，会像当初他们盯着她残缺的双腿那样？她不知道。她的双手只是更紧地搂住他的脖子，带着一种下定决心的决绝。

　　他背着她上楼，步子放得很慢，一步一步，像是行军时跋涉险途的谨慎与警惕。楼道很窄，他小心地掌控着自己的力度，不使她的身体碰到发黄的墙壁和掉漆的栏杆。她失去知觉的双腿被握在他宽大的手掌之中，随着每一步的攀爬而更紧密地与那片肌肤相触碰。他握着她，随着每一步的颤动，想象着每个清晨她怎样醒来，如何将那条纱裙套进身体，再轻轻抚摸过双腿。

　　他们终于到达，他腾出一只手，推开黄漆的木门，一股长久未透气的霉味扑面而来。他的皮鞋踩上厚厚的地毯，地毯已经看不出原本的花纹和颜色，上面有很多小小的洞，虫子蛀的，或者是烟头烫的，这些小洞和地毯表面显眼的污渍告诉他们，这里住过很多人，很多同他们一样、或者不一样的人。灰尘从地毯上扬起，他听见她轻轻咳嗽了几声。

　　他将她放在床上，碰到老旧的木桌，发出嘎吱嘎吱的响声。

他的气息扑到她脸上，带着一丝理智问她，你做过吗？她没说话。他便把手伸到裙子下面。她握住他的手，说，我有点怕。他带着耐心，抽出手来，摸着她的脸，说，也许是灯太亮了，我去关灯。她又拉住他的手，说，你来吧，轻一点就行。

她很瘦，一摸就碰到骨头，两条腿的肌肉已经开始萎缩，默然地、软绵绵地蜷缩在那里，他轻轻摆弄她的身体，将双腿轻轻抬起，试图去验证是否真的没有知觉。他一直注意着她的表情，她闭着眼睛，右手紧紧握着脖子上的玉观音，不发出声音，疼的时候皱一下眉头，仿佛在经受某种既定的惩罚。她始终没有直视他的眼睛，将目光放在可及的老式电视机和布满黄色污渍的热水壶上。她闻见白色床单散发出浓重的漂白剂气味，在床单米黄色的暗纹里，她想象曾有多少身体在此刻她容身的床上留下过痕迹，她的喉咙里突然涌出一股酸水，她闭上嘴，酸水又顺着她的喉咙回返到她的胃里，她感觉到一阵恶心。

得不到回应，他很快就结束，她轻轻挣脱他，身体扭向一边，握着玉观音的手始终没有松开。

他光着身子起来，去洗手间。她望着床头柜上落满灰尘的台灯，几只小飞虫绕着灯泡旋转，黄色的灯罩上，团着一片片黑色的小点。他出来的时候，手上沾了水，湿漉漉的，他抽出电视机旁的抽纸，擦干手，走到床沿坐下，床垫便陷下去一片。

你的腿很凉，他说，但并没有转头看她。她轻轻咳嗽几声，说，今天晚上天气凉。不是那种凉，他说。她没说话。他问，是不是不太舒服。她有些恍惚，想了一会，答，还好，像是以前练舞时压腿那样，总是想尿尿。然后她问他，你觉得这个有意思吗？他说，我抽根烟，然后弯腰去地上捡衣服里的烟盒，没有找到打火机，他又将衣兜和裤兜翻了个遍，最后在衣服内衬的口袋里找到那个印着白酒广告的黄色打火机。打火机里剩的气体不多，只划出小小的蓝绿色的火星，他又用大拇指重重划了两下，听见黑色塑料清脆的响声之后，黄色火焰腾地升起来。

我不喜欢这个，她说。他深吸了一口烟，说，没关系，我不强迫你。她笑，那你找我图什么？他说，不图什么。她说，说实话。他问她，那你图我什么？她说，图你没缺胳膊少腿。他回过头去，说，我图你好看。她说，瞎扯。他说，真的，看见你照片的时候就觉得你好看。她说，那有老的一天。他说，老了再说。顿了一会儿，又说，老了我也喜欢。

抽完一支烟，他钻进被子里，和她并排躺在一起。他将手放在她的腿上，问，你腿怎么弄的？她说，一个事故。他说，什么事故。她没说话。他说，没关系，我就随口一问。过了一会，他又说，你腿太凉了，我给你按按吧。她饶有趣味地看他，你知道怎么按吗？他笑了笑，在床上坐起来，对着手掌哈了哈气，然后轻轻放到她的腿上。在她大腿中部的外侧，他的大拇指按下去，说，这是风市穴。她轻轻笑，你真的会？他的手往下，摩挲过她的肌肤，转到她的大腿内侧，按住，说，这是血海穴。她笑出声来，继续。他抬起头来，也笑，说，就记得这两个，以前训练腿疼，一个战友教我们按过，他爷爷是中医。借助他的胳膊，她微微坐起来，然后去握他的手。他抬头看她，她不说话，拉着他的手，顺着大腿往下，到达膝盖，她将他的手掌伸展开，扣住那片肌肤，说，这是足三里。他点点头，她带着他的手往后绕，按住腘窝正中，她抬起头看他的眼睛，说，这是委中。他的眼神又重新蒙起一层雾来，她还没有结束，拉着他的手，顺着小腿向下，他感觉到她皮肤细腻的纹理，她带他的手到达脚踝内侧，按住中间一点，她说，这是三阴交。他的手掌缓缓握住她细细的脚踝，就这么望着她，然后低头去亲她的嘴唇，她避开，握着他的手，到达脚踝下方，她告诉他，那里是昆仑。他看着她，到昆仑了？她笑，到昆仑了。

他用左手稳住她的脑袋，右手仍旧在她的双腿停留，然后再次去亲吻她。这一次，她顺从地、长久地停驻在他有些冰凉的嘴唇上。她闭着眼睛，听见自己血管里血液流动的声音，温热而缓慢地，从她的双腿往上涌，她明知那双腿已没有知觉，却在他手掌停留的部分，觉察到更深的炙热。面对这种奇异的知觉，她显现出自己的贪婪来，她双手扣住他的双臂，感受他健壮的躯体，她像台灯下的那只飞虫，绕着他的炙热旋转，一圈又一圈，直到再忍不住，飞蛾扑火一样撞向岩浆喷薄而出的地心，被灼伤了躯体，才本能地尖叫着退回来。她停靠在他的胸膛，轻轻喘息，在岩浆四溅而呈现白色画面的一瞬间，她又从那片高空狠狠地坠落下来。

当喘息平静下来的时候，他们又重新并排躺在床上，两手交握。他听见她说，丝厂倒闭那年。嗯，他应。她说，我爸没了工作，我学跳舞费钱，九几年的时候上一节舞蹈课五十块。他说，真贵。她接着说，我爸说要出去打工，但不放心我一个人。他问，你妈呢？她说，跟人走了，我六岁的时候。其实我能理解她。他问，怎么说？她说，我妈长得很漂亮，像香港电影里的女明星。你见过我爸吧，那么一个小矮个子，长得也不好看，我妈当时图他什么呢？

他说，也许是对你妈好。她说，她那时候怀孕了，临时找的我爸，给她接盘呢。大概就是图我爸老实，也确实老实，对她挺好，她没舍得立马就走，拖了五六年，她大概也觉得仁至义尽。他说，怀的那个是你？她说，是。他说，那你亲爸是谁？她说，我不知道，知道了也没用。他点点头。她说，这里没什么能赚钱的工作，我爸去了昆明，把我放在二孃家。我问他做什么也不说，就让我好好学习。那年我初升高，没考上一中，去了二中。二中离我二孃家远，每天去学校要蹬三十分钟单车。那时候我和胖子还好着，他出钱继续上了一中，每周我们见一次。我记得是高二刚开学的一天，那天晚上下自习，我们约在开发区一幢刚完工的楼。我到了楼顶，他还没来。我准备走，上来一个戴着黄色安全帽的男人，他问我在这里干什么，我说没什么。我要走，闻见他身上的酒气。他拉住我不让。我挣不过他，他捂住我的嘴，把我按在地上，脱我的裤子。力气有点大，我一使劲儿，楼道没有护栏，直接从楼上摔下去了，再醒过来，就成这样了。

张凡看着她，说，那个男人呢？她说，听说死了，也从楼上摔下来，脑袋着的地。张凡问，什么人。她说，不清楚，我也没问。

他突然坐起身来，又开始找他的烟盒，打火机再打不出火来，他有些恼怒，一把掰掉了银色金属的防风罩，急躁地持续划动，点火头终于升起微小的火苗，他急不可耐地凑上去，点燃他的烟。

他背对着她，默默抽完那支烟，烟雾在房间里四散，他听见她的咳嗽声，他起身，掐灭烟头，说，走吧，这里睡不着，我送你回去。

中午吃过饭，杨非想起还没喂孔雀，端着玉米粒到后院，看见老刘正给孔雀喂水。

老刘回头看见杨非，说，小杨最近不对头，天天忘记喂孔雀。杨非没说话。老刘又说，前面总来找你那个伙子呢，最近怎么不见？杨非知道老刘嘴碎，也不搭理。老刘叹了口气，和孔雀聊起天来，你这个大鸟啊，现在老得不爱动了，记得老马刚送你来庙里的时候，你天天嚎着嗓子叫，现在连眼皮都懒得抬起来咯。杨非抬头看了看天，东边的乌云渐渐飘过来，应该是要下雨了。孔雀似乎也有感觉，瘸着腿跳到石棉瓦搭的棚子底下，立在正中，羽毛随着风轻轻吹向一边。

遇上要下雨的天气，杨非总觉得身上的骨头也随着空气中湿润的气息松软下来，甚至她感觉到小腿的关节骨也咔嚓咔嚓响起来，像她从前练舞时那样，每个动作都伴随着她骨节清脆的响声。她想起张凡说她的腿很凉，父亲也总这样说。出事后那几年，每天睡前，父亲就坐在她的床边，一遍一遍地帮她搓腿，让血液循环起来。他布满老茧的手按着她的双腿，告诉她每一个穴位的名字，他也不过刚从别人那里学过来，就要开始在她面前炫耀。她的腿并没有知觉，但想起小时候父亲总是喜欢用那双布满老茧的手帮她擦脸上的眼泪。母亲脾气不好，时不时地发火，总拿她出气，要么罚站要么不准吃饭，有时更过火，一个巴掌就甩在她脸上。父亲护着她，把她拉到一边，用手轻轻揩掉她脸上的泪珠，小声说，待会儿带你去买小蛋糕。她才止住眼泪，说，爸爸你的手好疼。父亲就笑，告诉她，是"爸爸你的手擦得我脸好疼"，不是"爸爸你的手好疼"。她记不住，等到下一次，还要这样说，父亲总是不厌其烦地纠正她。她想，如果她的双腿还有知觉，父亲手上的老茧摩擦在她的腿上，她应该也会说，爸爸，疼。

后来她来庙里工作，也许是常活动的原因，父亲说，腿没有从前那样凉了。当时为了这份工作，父亲托了好些关系，工资虽然不高，但拿的是县里文物管理所的编制，保障很好。和父亲同期进丝厂的好些人后来都身居县里各种高位，父亲是个脸皮很薄的人，为了这份工作到处求人，她能想象得到父亲卑躬屈膝站在他那些老同事面前窘迫的样子。起初她并不是很愿意去，后来还是妥协了。从小旁人就夸她懂事，她想，她只是见不得别人难堪。她那时已经不喜欢父亲再给她按腿，觉得别扭，父亲笑，说她长大了。她说，我到了这个年纪才长大。

杨非感觉耳边落下来雨星子，这才摇着轮椅往回走。到了前院，雨滴落大了，她看见老刘从厢房小跑出来，拿塑料布去盖院子里晒着的橘子皮。一只山树莺从树上飞下来，低空掠过地面，发出带着自然转音的叫声。杨非想起，好像张凡来的那天，她也听到了山树莺的叫声。

和张凡再次见面是一个月后，杨非主动给张凡打电话。

杨非告诉张凡，她爸给人捅了，在县医院抢救。

张凡赶到抢救室，在走廊上远远看见坐在轮椅上的杨非。她垂着头，双手杵着脑袋，旁边人来人往，几乎要把她淹没。张凡走过去，把她推到长椅旁边，蹲下来，握住她的手。杨非缓缓抬起头来。张凡问，怎么回事？杨非的眼睛布满了红血丝，她哑着嗓子说，他昨晚值夜班，有几个混混要进小区，他没让，听说还吵了一架。今天早上他刚换班，在小区旁边的那条巷子里，被那几个混混给捅了。扫地的看到，报了警。

张凡陪着杨非坐在抢救室门口等，接近傍晚的时候，杨父被推出来，转到重症监护室。张凡推着杨非去医生办公室，杨非几乎没有力气说话，医生只好告诉张凡，病人原本就有严重的肝病，加上过量失血和伤口感染，引发了败血症，现在非常危险，就看能不能熬过去。张凡点点头，轻轻拍了拍杨非的肩膀。说完，医生又急匆匆地去赶另一场手术，末了，不忘提醒杨非，抓紧去窗口缴费。

你能送我回趟家吗？杨非说。好，他说。他推着她的轮椅，穿过医院两旁茂密的李子树，走到高原炽烈的阳光底下。她抬起手遮了遮眼睛，觉得整个身子轻飘飘的，像浮在云里。她想起六七岁的时候，也是这样炽烈的太阳底下，父亲骑单车载着她，送她去学舞蹈。她坐在单车的后座，两条腿轻轻在空中摇晃，听父亲嘴里哼着："人们说，你就要离开村庄，我们将怀念你的微笑。你的眼睛比太阳更明亮，照耀在我们的心上。"她闭上眼睛，张凡将她抱进车里，她脖子上挂着的玉观音在她胸口来回摇晃，她想起今晨在病房里，她握着父亲的手，那些厚厚的老茧也瘫软下来，不再像以前他给她擦眼泪时那样，硌得她生疼。

张凡在三门柜顶层，那件黑色的皮夹克口袋里，找到一张用卫生巾包裹着的银行卡。他从椅子上跳下来，穿上皮鞋，回到客厅，将银行卡递给杨非。杨非划着轮椅回到房间，背朝张凡说，帮我换条裙子吧，上面沾了点血。

张凡将她抱到床上，犹疑着，伸手去帮她脱身上那条带血的裙子。今天怎么没开那辆吉普，杨非说。张凡顿了顿，我没在那干了。杨非问，你要去哪儿？张凡停下手上的动作，接了个单子，跑趟长途。什么单子？杨非问。张凡终于将她的裙子褪到膝盖处，他头上透出汗滴，说，就运输。杨非问，运什么？张凡在床上坐下，说，孔雀。

他从兜里掏出烟，点燃一支，缓缓吐出烟雾，说李哥联系我，说遇到了点麻烦，让我帮忙运些东西。杨非偏头看他，说，就运孔雀？他没有回答，掐灭烟头，将衣柜里那条白底红花的丝绸长裙拿出来，穿过她的脚踝，慢慢往上。提到骨盆处，他用右手轻轻将杨非抱起来，左手将裙子提至腰际，然后缓缓放下她，走到客厅。

他给自己倒了一杯水，在沙发上坐下，他能看见卧室里杨非随窗外的风扬起的裙角。为什么躲我，杨非的声音从卧室传到客厅，仿佛梦境里一句轻飘飘的呓语。

张凡仿佛没有听见，他重新点起一支烟，说，李哥退伍以后，我们就没联系过。他轻轻呼出一口气，像是在跟自己说话，我眼睛被戳穿的时候，是李哥开的枪。停顿了一下，张凡又说，他暴露了位置，被毒贩埋伏的同伙射穿胳膊，摔下山去，那条胳膊再没能抬起来。张凡抬头看窗外，第二年，他就退伍了。

太阳顺着西边的窗广照进来，落在张凡的身上。他深吸了一口烟，剧烈地咳嗽起来。咳嗽平缓下来时，他说，那年我爸也出了事。

房间里很静，听得见两人细微的、此起彼伏的呼吸声。客厅也似乎空旷起来，他的声音甚至带着一点点回声。他看着房间里杨非的裙摆，说，他早年喝酒好赌，家里欠下好些债。后来在工地做建筑工，就现在开发区购物中心那片地，他晚上喝多了，强奸一个女学生，不小心摔下楼来，死了。张凡的声音有些嘶哑，他捏着还未燃尽的烟蒂，说，他下葬后一个多月，我才接到电话。我妈在电话里哭，说，儿，我们欠了天大的债。

窗外的光影从他身上移开，他听见杨非在床上动了动。

我们走吧，杨非说，该去缴费了。

张凡掐灭烟头，说，好。

人是下午没的，在张凡出发的前一天。

他赶到医院，看见杨非的轮椅靠在走廊窗前，她佝偻着腰，低头在腿上的通知书上签字。光将她的右半边脸颊晒得通红，颧骨上那块褐色的晒斑更加显眼。他走过去，低头扶住轮椅，她将背轻轻往后靠，声音有些轻飘飘的，说，几点了？他答，四点一刻。她说，哦，这么晚了。然后看着前方，目光却没有落在任何一处。

他陪她站在光影里，晒得他右边肩膀有些发烫的时候，他说，我先送你回家？这时她朝他轻轻仰起头，带着几分茫然，似乎在辨认他是谁。看见他眼珠的一刻，她的目光才重新聚焦起来。他似乎看见她轻轻笑了笑，然后听见她说，你不是说过，要带我去看飞机？他迟疑了一下，问，现在？她把头转回去，轻声说，现在。

他开车带她往城外去。

沿着盘江河上那座大桥出城，傍晚的风从对面广阔的田野上吹过来，他在后视镜里看见她随风扬起的头发。在他们的前面，有一辆拉豆秆的卡车，在公路凹陷的地方，卡车往左边侧了侧，掉下许多干掉的蚕豆，他开车压过去，听见空气中轻微的声响，携带着夏天汗渍的声音，使他想起幼时稻田里起伏的微风。

公路两旁种满了翠竹，只能从密密的竹叶里看到流过的盘江，偶有几个地方缺了一片竹子，便能往外看到不受遮拦的河水。沿着公路开到一个大的岔路口，他往左边拐过去，没走多远，道路就狭窄起来，他放慢车速，稳稳绕行几条乡间小路，再穿过一个村子，前面突然就开阔起来，他们看见一大片一望无际的平原，延伸到很远处的青色的群山。

车在平原上加速驶过，几个戴草帽的村民沿着公路行走，听见喇叭响，就往一边靠一靠。在村民的前头，几头水牛在车窗外一闪而过。最后，车子进入一条土路，他再次减缓速度，沿着不宽的路慢慢往前，直到那片漫长的穿越平原的水坝在他们面前展现。

他将车停定，解开安全带，说，这里轮椅上不去，我背你。

她搂住他的脖子，紧贴着他的背脊。他背着她穿过面前大片的豆田，鞋子陷进土里，他提起脚，沿着山坡继续向上，她感觉到他身上沁出的汗珠。

他一步一步，背她登上坡顶，站在水坝之上。坝中的水汹涌向前，涌入等待灌溉的土壤。

他问，怕么？她贴着他的背，答，不怕。他说，那我们就坐在这里，小时候我经常爬上来玩，淹死过几个孩子。她说，那小心一点。

他将她从背上放下来，让她侧身扶住旁边的石块，在地上坐定，然后他将她扶到坝边，轻轻将她的双腿放下，她整个身体立即感受到流水的凉意。

太阳渐渐落下来，远处就是那片机场，可以看见长长的跑道。一架银色的战斗机训练完毕，低空掠过他们的上方，向机场返航。她抬头，问，那是什么飞机？他握着她的手臂，保持在水坝上的平衡，他们听见脚下湍急的水流。他说，是歼20，它的机身是菱形，刚服役。她说，是吗？他又说，之前还有歼10和空警500，有一次就贴着我的头顶飞过去，是离我最近的一次。她说，飞机太吵。他说，听习惯就好。

他说，我查了。她问，什么。他说，我查了县志，千佛塔一共有一千六百九十一尊佛。不对，她说，是一千六百十三，我数过的。我数了很多遍。

他说，其实我早就认识你。她看他，什么时候。他说，九九年。她说，那时我上初中。他说，是，你上初二，我记得。他又说，那年澳门回归。她说，是。他说，县里的中学在你们学校礼堂办庆祝活动。她说，文艺汇报演出。他说，我们学校唱那个"你可知马靠，不是我真姓"。她补充，《七子之歌》，闻一多写的词。他说，我们临时胡编乱凑去的，还跟好几个学校重了节目。

你们表演舞蹈，我记得，张凡说，跳的是孔雀舞，你是领舞。杨非点点头。张凡说，你穿一条白色的裙子，裙尾拖地，上面都是绿色的孔雀羽毛。那时你的头发比现在长，一直拖到腰。我那时看见介绍人给的照片，一眼就认出了你。她说，所以你是有预谋的。他说，可以这么说。她说，挺有意思。他说，是，有意思。

接近傍晚，水边的虫子渐渐多了起来。她问，什么时候走？明天，他答。

天渐渐暗下来，他低着头，点开手机的闪光灯，放在一边。那群细小的飞虫便凭借着趋光性聚集到闪光灯的周围。他点燃一支烟，抬起手，火光落在远处的山峦上，风一吹，山峦上便布满了点点火星。他突然想起爷爷家门口那条长长的石子路，两侧都是低矮的瓦房，缝隙里插种着柏树，天一黑，柏树便伸着颀长的枝叶在晚风里晃荡，月亮隐在灰蒙蒙的山峦背后，间杂着狗吠和此起彼伏的虫声，却生出最令人孤寂的冷清来。

你帮我挪过去那边，杨非指着不远处与土坡分离，悬空的一段水坝。他这才回过神来，犹豫了一下，还是抱起她，小心地往那边挪动，然后让她抓住他的手臂，移到悬空的一段。

她不再面对水面。低头向下，是距离水坝七八米高的地面。她张开双臂，两只手臂交绕，傍晚的风从她的指缝、从她的胸口穿过。她听见舞蹈老师说，预备，她的小臂带动双手举向空中，食指与拇指相碰，形成孔雀的样子。旋转，直到天际的蓝与地面的灰相融，她看见那只孔雀站在对岸，轻轻颤动着，展开尾屏，消匿在远空暗紫色的黄昏。

又一架飞机飞过。胖子，杨非突然说。张凡转过头，什么？

杨非闭上眼睛。胖子向她走来，按住她的身体和喉咙，短暂的窒息之后，那个无数次出现在她梦里的男人现在终于在她眼前清晰起来。他从后面赶上来，试图帮她推开胖子压在她身上沉重的身体，却被轻而易举地推到一侧。他抓住胖子的手臂，胖子往旁边一推，他就从楼道旁的缝隙往下坠落。几乎是一瞬间，她本能地伸手去抓他，然后一起，穿过那个夜晚黑暗的尽头，在地面上降落。全部的，父亲断气前干枯的面孔，五岁那年母亲离开时喷的茉莉花香的香水，那天晚上胖子按住她的身体和喉咙的短暂窒息，统统从她的身体里奔涌出来。

　　她终于睁开眼睛，夜已经暗下来了，没有光，她在黑暗里，踩着脚下悬浮的、虚空的影子。最后一架归程的战斗机从她的头顶掠过，发出巨大的轰鸣。她在轰鸣的余音里回头，他仍旧站在她的身后，仰头看着天空。她将双手在狭窄的水坝边缘撑起来，缓缓地离开悬空，退回岸边，伸出她的手。她等待着，等他握紧她，她就回到他的身后，告诉他关于她的一切，然后和他一起，缓缓降落在地面。

余 华 点评

　　叶昕昀是北师大给我的一个惊喜,《孔雀》是这个惊喜的开端。《孔雀》的质地是冰冷的,在平淡和疏离中催生着一种没入水面的窒息。小说平铺着丰富的细节,在日常生活和两性情欲的渐进之中串联起诸多类型化象征化元素,构建了一个丰盈的令人眩晕的动荡空间。《孔雀》缠绕的情节和层层反转组成了一个好看的故事,好看的故事之下则由丰富感受力支撑。《孔雀》是沉重的,也是轻盈的,它试图让小说通往一个飞扬的空间,在飞扬的姿势中安放甚至消解现实的触目惊心。《孔雀》是叶昕昀写作的开始,它是一种可能,一种敞开,一种对未来的迎接。

10

焦典

木兰舟

焦典，1996年4月生，云南人，2018—2021年就读于北京师范大学文学院文学创作与批评方向，获文学硕士学位，作家导师欧阳江河，学术导师张柠。小说、诗歌及文学评论发表于《人民文学》《诗刊》《十月》《雨花》《星星》《飞天》《汉诗》《文学界》《中华文学选刊》《文艺报》《芒种》等。作品获得"2020中国·星星年度大学生诗人奖"、第六届"青春文学奖·中短篇小说奖"、首届"京师-牛津青年文学之星奖·金奖"等。代表作：《黄牛皮卡》《木兰舟》《六脚马》。现为北京师范大学文学院文学创作2021级博士在读，导师莫言。

《木兰舟》发表于《十月》2021年3期

王叫星坐在五菱宏光上，歪歪扭扭地往外开。路越走越敞亮，林子越伸越疏了。不像来时那个下午，雨说来就来，也不跟人打招呼，劈头盖脸，浇一身湿。泥水四溢，还以为就要翻在河谷里了。滑几次轮子，头上磕了个包，最后什么也没发生。

　　忽然又想起玉恩奶奶来了。

　　玉恩奶奶爱喝酒，王叫星是知道的。

　　玉恩奶奶有条小木船，四尺多宽，一丈多长，像个巨大的皂荚，从中剖开，这王叫星也是知道的。

　　但玉恩奶奶坐着船去哪里了呢？穿着白色筒裙，银腰带垂到脚踝。手指一叉，闭着眼，半瓶米酒下肚。桨也不备，就这么红着一张脸，赶着雨大，顺河往远漂。

　　也不知道以后是否还能再见了。

　　王叫星同寨子的时候，玉恩奶奶已经是七十多岁的老咪涛[1]了，在她心里恐怕还觉得自己是一天能做两三件衣服的少多丽呢。喝酒，每天喝三次，每次二两，跟别人吃饭似的，规律又认真。

---

[1]　傣族四十岁以上的女性称为"老咪涛"，男性叫"老波涛"；年轻的女性叫"少多丽"，男性叫"猫多力"。

别人喝酒，东倒西歪，玉恩奶奶不，越喝越有精神。雨季来了，寨子的路淹起来，酒瓶空空，没处买去。玉恩奶奶就趴在缝纫机上，脚一踏一踏，踩出七扭八歪的线。有人在竹楼下喊："玉恩，那裙子你做好了没？"也不理人，依旧踩她那不规整的线。被喊得烦了，伸出身子，骂一句："催命哪！再催我也在你后头呢！"

要在别个，一定免不了被回两句嘴："老不死的东西！"然而对玉恩奶奶，谁也不敢这样。倒不是敬重地位或者年纪，只是玉恩奶奶年轻时，还是寨子里唯一的巫医哩。当然，也不是敬重她的修为。寨子里的人早已信了南来的佛教，所有猫多力一到岁数就进庙里了。念几年经再出来，才有了成家立业的资格。若论救死扶伤一类，也是每个月按例来寨子里的汉医道行高。然而还是得敬重，毕竟听说巫医会"放罗"一类的奇异巫术，喜欢的人若有家室，一"放罗"，两人也就散了。谁也不愿意得罪，这敬重里带着怕。

来人被训了一顿，也不多说，在心里骂骂咧咧地走了。玉恩奶奶哑着嗓子唱起来：

伞下金银色光亮，赞你又怕得罪人。金银光彩照伞下，真想成你恋中人。

不会唱歌白出门，胸无半句空喜欢。没有山歌伴白云，如何引来妹欢心。

这样唱着，王叫星就进门来了。火塘里添把火，衣服裤子脱下来烤，烧一壶开水，洗了脸，把背包里的东西卸出来——鸡仔饼、珠江啤酒、烧鸭……全滴滴答答，落着水珠。从露台到前廊，从前廊到厨房，听得玉恩奶奶脑壳疼，声音焦闷着：

"莫弄了。"

"这破天气，车子路上打滑，我都差点没回来！"

"当了几年老广，都认不得云南的天了？"

"是深圳，深圳！"

"是啦，寨子里就数你走得最远，你小时候我就告诉你了。"

王叫星没应声，自顾自地收拾，心里起一层毛毛的忧虑。小的时候生病，嗓子和眼睛都冒火，玉恩奶奶煮一碗蒲公英水让喝下去，苦得眼睛一下子闭上了。"你会远走他乡的，"那时玉恩奶奶似乎是这么说，"像蒲公英一样，飞到很多地方去。"声音慢慢地度来，预言似的，让人担心，担心自己的一切早就已经被人看了去。上大学，寨里都高兴，吃一整天的流水席。去深圳，喜欢个人，被人家母亲打出门来。心里怕着，全是蒲公英的样子，飘飘忽忽，扎不了根。

转个身的工夫，听见清脆的一声响。果然，刚带回来的珠江啤酒已经见了底了。伸手夺过来，"别喝了，多大岁数自己心里没谱吗？"一面说，一面把剩下的几口倒进肚子。玉恩奶奶咂咂嘴，叹一口气。

"我也不知道还能活多久了，让我能喝就多喝点吧！"

说完很困似的，侧身倚靠在垫子上，呼呼地睡着了。

果然还是老了，王叫星心里叹气。玉恩奶奶一生没结婚生子，听寨子里叫自己回来的干部说，近来常犯迷糊，睁着眼睛看人，叫不出名字。还得了什么病，连汉医也说治不了，疼起来就抓心敲骨，摘着木瓜疼晕过去扎土里，吓得旁边人也跌在地上。费力背回床上，心想这次一定要问出她那个弟弟住哪里。万一真有个好歹……再往下，就不敢想了，虽然自己是八丈远外的亲戚，但心里总还连着点温情。

晚上月亮好大，低低地坠着，跟云南的云似的。月光穿云透叶，直挺挺地洒在脸上。

玉恩奶奶突然说："闻到了吗？有野象来了。"

抬起鼻子使劲闻，哪有味道？

"你喝了太多酒，脑子糊涂了。"

玉恩奶奶却笑："喝了酒才是清醒呢，我哪有骗人的？你不喝酒才净说骗人的鬼话。"

王叫星想辩解，话到了舌头上又卷回去了，算了，有啥好争的，一个快痴呆了还酗酒的老太太！

王叫星不相信人能闻着野象味儿，如果真能闻到，现在早就被消灭得一干二净了。那象牙，又白又亮，轻轻一顶，波罗蜜金黄色的果肉就露出来。小时候曾经看人驯过野象，坐背上，手拿一把长长的钩子。要行要住，或左或右，想快想慢，都用钩子示意；偶然遇到象发了倔脾气，不肯听指挥，就用钩子在象耳朵上一钩，据说象的耳朵最娇嫩，被钩着吃痛，只得老实听话。那挺差劲的，王叫星知道，那象眼里汪着一大颗泪呢。后来野象渐渐少了，几十个山谷看不见一个脚印。王叫星想，这也好，象跟人一样的，多了就不值钱了。

"我知道你回寨里是干吗的。我那弟弟，他老爱去河里电鱼，骑一辆凤凰自行车，挂个上海牌，铃儿都哑了，直往河里冲。就是年头久了，不知人现在飘哪里去了。"

王叫星睡不着了。

"明儿个你跟我去找。"

五月中，正是雨季，林子里潮湿闷热，好似全云南的虫子都躲这里来。多足虫、四脚蛇、蝎子、兰花、鹿蛾……走几步路就从头上掉一个。蝉声吵得震耳朵，吱唔吱唔的，密得和树叶子一样，把人都要埋起来。

王叫星好多年没穿过雨林子了，手里捏一根粗树枝，边走边挥，怕有东西落身上，被吓得叫出来，到时候再把老虎招来。玉恩奶奶走前头，穿一双胶皮雨鞋，裤腿扎得紧紧的，一步一探地走，仿佛不停地看着什么。不，没有看，是闻，是在用鼻子闻着走。

太阳斜到树叶子尖尖上，玉恩奶奶催一声快，一股强烈的味道刺进了鼻子。不像老虎的味道那么臊，是带着点青草味，还甜丝丝地杂着点血腥。扒开树枝，眼前出现一个灰褐色的巨大身形。那不就是野象吗？皮肤褶皱里全是红泥巴，苍蝇不停地往上落。张着嘴，躺在地上，鼻子呼哧呼哧地喷厚厚的气。肚子鼓鼓囊囊的，好像吃了十几个大木瓜。

腿蹬两下，没爬起来，压出个泥坑，一滴滴的血渗到里头。玉恩奶奶摸出个酒壶："来喽，喝一口就生出来啦！"野象听得懂似的，抬起点头，一壶酒全弃象嘴里去。两只袖子一卷，玉恩奶奶的胳膊就伸进大象阴道里去了。

王叫星不敢看，坐在地上，闭着眼睛，脑壳弯到膝头。仿佛又听见姐姐生产那天的哭叫，一声大过一声，充满了整个寨子，把寺庙里的佛爷都给惊动了。父亲拿出酒杯，请大驾光临的佛爷喝酒，佛爷问，还没生出来吗？父亲很恼怒似的说，还没有呢，都怪我平时太娇惯她了，打开腿一用力的事儿，还惊扰了您。佛爷走后，姐姐的气息也渐渐走不见了，跟佛爷鞋子上的泥巴似的。

一顿忙活，王叫星扶起小象崽，赶忙把嘴巴里糊着的膜掏出来——要再迟些，小象就得憋死。用两下劲，母象从血泥巴里站起来，柱子似的腿，抬起来就要往小象身上踹，吓得王叫星拖着小象要跑，脚一滑，摔一脸泥。

"莫气，莫气。"玉恩奶奶伸手摸母象，"都好着呢。"

后足一弯，前足再跪，母象温顺地跪在玉恩奶奶面前，鼻子高高地往天上扬，这就是欢迎的意思了。

"扶我上去吧，我老了，没力气了。"

该拉袖子拉袖子，该抬腿抬腿，玉恩奶奶是骑到母象背上了。王叫星想上，鼻子一挥，又给打到泥里。想起以前野象把人卷起来摔死的事，再不敢放肆了，乖乖站在野象屁股下面。

跑起来，雨林子地面嘭咚嘭咚地响。幸亏王叫星没跟上，不然心里的嫉妒得多久缓过去。说找人，结果是找野象，给自己摔一身脏。遇着木瓜树，那象鼻一探，一个个木瓜就滚到玉恩奶奶怀里。一棵树卷一个，全是最肥最熟的。

真痛快哩。玉恩奶奶的嘴笑得跟木瓜一样圆了。

到了晚上却是吃不消，腰背酸疼，玉恩奶奶躺在床上，闭着眼睛翻来翻去，咿咿呀呀地叫起来。伸手摸身上，"肿起好高！"脱下裤来，两条腿并在一起比，"右腿足足要高两厘米！"王叫星一面揉，一面撕一块"云南白药膏"贴上，"喝酒！还骑野象！七十岁的老咪涛，白白地贴膏药！"

疼得紧，咝咝直吸气，玉恩奶奶巴巴地望着道：

"给我拿瓶酒吧。"

"身上难在不能喝。"王叫星歇下手，准备放蚊帐，"不想着好好保养，多活几年。"

"人老了叫活吗？一天天挨过去！不光骨头，肉都在跳，灌点酒下去我才能闭会儿眼睛哪！"

"今天不能，人说吃了木瓜喝酒会中毒。"

"谁说的？"

"城里汉人医生都这么说。"

"哦。"

话这样说，王叫星心里小小的一点酸涩了。打眼看看，玉恩奶奶消瘦得多了，整日一个人，疼起来就喝酒挨过去！

"不过今天也真是值当，野象，有神性的东西，佛爷能不能骑上还一说呢。还救出个小的，抵庙里念几年经。我看您肯定会长命百岁。"

"谁稀罕长命百岁，我就是奔着骑象去的，多痛快，月亮里有人唱歌呢，我就奔着那儿去……"

这便是又糊涂了，叹一口气给被子四角掖上，找家里人的事就明儿再说吧。野象鼻子卷下来的木瓜，都一个一个地堆叠在竹廊，跟菩萨桌前的供果似的。

午后，有人来找，刺耳的宝岛电三轮，扎扎地响近竹楼。没刹住，硬是蹭到楼前的秃木瓜树上。跳下个黝黑的寸头男人，一身沾满泥巴的迷彩工作服。王叫星有些警惕地盯着，问是谁，声音刺刺的。

提下一白色塑料桶,递到跟前,没打开盖儿,酒味儿已经溢出来。是自家谷米酿的糯米酒,闻这味道,起码超过50度。那人说,堆花酒,特别好,十二版纳[1]佳酿。玉恩奶奶哑哑问一声,来干吗的?

"求您帮忙找找,老婆丢了。"咧嘴一笑,露出两排黄牙。

真有意思,老婆丢了,不找警察,来这里扯闲话,想回绝赶他走,玉恩奶奶已经招呼人进去了。起身四处翻找,不知从哪里摸出一颗生鸡蛋。点火起灶,丢进两团干牛粪,让火烧旺些。灶上一口锅,盛浅浅的水,鸡蛋丢进去咕噜咕噜滚动着。

"老婆哪里人?"

"就本地人,"摸摸脑袋又说,"远一点,勐海的。"

忽然又想起什么,玉恩奶奶在裤子上把手一擦,打开箧箱,拿出一本赞词,用与年纪不相称的清亮的声音慢慢往下唱。鸡蛋浮起来,玉恩奶奶缓缓捞出来,也不嫌烫手?

"你在心里想着你老婆的样子吧,仔细想。"

鸡蛋放在地上,用手压着轻轻滚动一圈,鸡蛋壳发出细碎的噼啪声。拿起来一看,上头布满了细细的裂缝,密密麻麻如同蜘蛛网。

玉恩奶奶轻轻叹口气,告诉来人:雨林已经做出了回应,一条裂缝又直又深,一直延伸到两端,说明离开的人心意已决,已经去到了难以追回的地方。中间又有一条横纹插过,表示本不是

---

[1] "十二版纳"即为"西双版纳",在傣语中"西双"为"十二"的意思,"版纳"是"一千亩"之意,一个版纳原为一个征收赋役的单位。

两相情愿的结合，强力干扰反而会损害自身。

那人待了一会儿，没听懂似的，随后又恼怒着扯开自己的迷彩服，用头咚咚地撞地，我搬木头搬两年攒的钱啊！这回又得去哪儿再买一个呢？

电三轮又去了，比来时气势小些，不扎扎地响了，闷闷地吐着黑烟。王叫星摸摸那棵被蹭掉一块皮的木瓜树，有些心疼，是棵不结果的公木瓜树，开丛丛白花，细长的花柄里蜜蜂叫着钻进钻出。身上疤痕累累，应该是被阉过好多次：竹片或者骨片削尖，狠狠往中心一钉，被这样一阉，往往就能变为有用的母树。寨子里很少见到公木瓜树，开大朵大朵的花，却不结果，人哪能容忍这个？往往两斧子就砍倒了事。整个寨子就这么一棵，孤零零地立在玉恩奶奶竹楼前。

玉恩奶奶咽一口酒，咂摸咂摸嘴，又念起赞词来。听一会儿，听不懂，王叫星起身拿起那颗鸡蛋，不转眼地对着蛋壳看，慢慢说一句：

"真厉害。"

接着又没有念赞词的声音了。玉恩奶奶的迷糊劲上来，直往脑袋里冒，闭眼前还念一句：

"酒是好酒，人不是好人。"

到再睁眼，太阳已经落了，敢大大地睁着眼睛看，红红的日头，比熟透的红毛丹还艳。

王叫星左手拿一颗鸡蛋，右手提一壶酒，伸在玉恩奶奶面前。

"奶奶，您真有神通，不如您今个儿再算算，你那弟弟是在哪个寨子落脚，我好把您托给他。——这酒，完事儿您随便喝。"

玉恩奶奶的迷糊劲已过了，然而眯着眼，依然不免："路太远了，走不动了。"

"没让您腿儿着去，您看看他住在哪里，到时我开车载您去嘞。"

手指了指裂了壳的鸡蛋说："那上面的路也是路。"

"那鸡蛋壳还没巴掌大咧，您走一步就到头了。"

王叫星接二连三地说了许多话，玉恩奶奶听得烦了，盛着气打开箧箱，翻一块大骨头出来，灰白色，看不出是什么动物。

寺庙晚戒的钟声响了。

"去找头羊吧，要黑头的。"

准备齐整，煮肉，切下块精瘦的。羊头也割下，血收了，放在当间。拿出捆草香点上，烟子浓，屋子里云蒸雾绕的。玉恩奶奶扯开嗓子，颂歌一唱，味（味佳）、视（黑首）、嗅（焚香）、听（赞词歌颂），献祭之礼这就一套齐全了。

还是点火起灶，把骨头丢进去，噼啪声一响，又用火钳子夹着翻个面。到时候了，夹着放进装满清水的盆里，水珠哐哐啦啦乱溅。

"我没力气走那么远，要找什么你就自己去找吧。"

递给王叫星半个木瓜，里面肉掏空，盛一半米酒，来回喝三次，王叫星就迷迷瞪瞪地倒下了。

身体渐渐下降，落到地上，瞧见一个沾满泥巴的头，大着胆子走近些，原来是在挖洞。洞里立起四根木桩，刷黑油，架木板，一间房子的雏形就出现了。里面钻进钻出三四个人，其中一人肤白无髯，戴个黑腿眼镜，衬衫的材料也滑滑的反着光。

电锯、斧头、发电机一起抬出来，嘎嘎的机器声响彻雨林，白烟到处弥漫，分不清是灰尘还是什么。仿佛割水稻似的，老树一茬一茬地被切掉，散发出悲惨的木头汁液香。那些人仿佛很高兴的样子，大口大口喝汽水、吸烟，讨论国有林古树茶叶的价钱。年轻模样的玉恩奶奶坐树下缝补着衣服，双手交叉这么几下，一颗纽扣就牢牢地钉在了布料上。脸白白的黑腿眼镜接过衣服，扶玉恩坐在自行车后座上，拼命摁着铃往前冲。下车来红着脸，额头上细密的汗珠挂着。正想过去说话，玉恩奶奶和那个脸白白的黑腿眼镜一起钻进新盖的小木屋里去了。

屋前、屋后，哭声、争吵声，一起响起来。刺耳的一声警笛，之后一切都沉寂下来了。再出来却只有玉恩一人，手里捏一颗扣子，望着地上皮卡车压出的车辙印发呆。房子也渐渐消失了，留下一个黑黝黝的大洞。只有光秃秃的雨林地依旧敞着，没有种上什么古树茶叶，荒得连蛇都懒得爬过。

从河滩上拖一条小木船回来，破一大洞，淤泥洗掉，露出漂亮的白漆。用木兰木，坚硬耐腐蚀，切刨到厚度相宜，铆钉嵌合刚好补上。一连几日，趁着太阳大，一遍遍上新漆。推进河里，玉恩跳上去解开麻绳，随着河水一起推好远，让人看着眼睛发酸。

之后却像发梦似的，又回到了深圳，还是平日生活的稀松样子，但好像一切又有些不一样。如同一台修了又修的电脑，外壳还是那个熟悉的样子，但里面的主板、硬盘又都换了一遍。女友在桌子前坐着，涂涂抹抹，在纸上写着什么。王叫星窸窸窣窣地挨到跟前，可不正是那个人吗？王叫星简直不相信是真的，伸手想去摸，又想起女友父亲红通通的眼睛来了，心里顿时好像跌下了深坑，骨碌骨碌地滚个不停。

一滴滴的水点打在脸上，冲得王叫星的脑袋嚓嚓作响，玉恩奶奶把人喊醒："回来喽，莫走太远了。"

打眼看看，还是那个竹楼，还是那个爬满皱纹的老咪涛。

"要找的人都找到了？"

揉揉头，脑袋里还嗡嗡作响，"不知道，好像走反了，走到过去似的。但又好像不是真的，也可能只是做了个梦。"

玉恩奶奶把烧裂的骨头收起来，从缝纫机里绕出几根杂色线，一圈一圈地绕在王叫星手上："你看见了就是走对了，时间不是只会往前流，还会后退，还会重叠，该发生的会没发生，不该发生的事却会提前发生。这地世，谁知道哪里是向前？想往哪迈步往哪迈步就得了。"

这话让王叫星听了爽快，抬起屁股想直冲回深圳把人夺回来，怎的，是找你女儿又不是找你？两条腿却不听使唤，只好重重地落回床板，紧紧地把眼闭住："真的累人，好像没日没夜连走了好几天的路。"再想问点什么，那个白脸男人是谁？究竟有没有骑自行车的弟弟？是不是胡乱编的谎？还是不想拖累家里人？有好多话想同玉恩奶奶讲呢，但最后又全都咽回去了。管它许多，想怎的就怎的，这就行了。

栗鸦鸟，一直叫，立刻就会钻进竹楼里来似的。故意赛着喊，朱鹂、蓝翡翠、黑喉咙的叶莺……一簇刚低下去，一簇又响起来，初来雨林的人会被吵得闭不上眼，然而对于听惯了的人只是更增添些寂静罢了。

待到后半夜，玉恩奶奶的哀痛声响起，所有的鸟儿就算不再吵。痛得从床上嘭咚一声翻下地，一个手扯胸口，一个手掐大腿，这却喜得王叫星累透透地睡得死，不然看见恐怕得落泪。指甲缝里都刮着肉，鲜血点点的。身上青青紫紫，难见一块好皮。然而玉恩奶奶总还有个法子，一斤酒汤似乎已经渐渐奏了效，又静静躺回床板上去了。

王叫星还在被窝里伸腿，玉恩奶奶已趁着天光起床了。好像难得的精神，坐在缝纫机前忙活，一脚踩一道黑线，一脚踩一圈红线，缝纫机踏板噗噜噗噜地起伏，跟划船似的。做完衣服又洒水把大房敞间里里外外擦个清爽，楼中央的火塘添上炭，让一直烧着除除湿气。端一杯米酒，坐在前廊，懒洋洋晒太阳。

坐一会儿，酒还没见底，有人来了。站在公木瓜树下，背个背篓。

"家里老人趟着魂了，请您去看看吧。"

似乎早知道有人要来似的，玉恩奶奶让王叫星拿篾箱，跟着一起去。提起篾箱，还挺沉，打开看看，里面钢刀、筷子、瓷碗、香线书笔，一样不少，整整齐齐地码着。王叫星跟在后面走出门，这才看见来人脚上穿着的是双草鞋，许是自己编的，路没有走两步，草钱头飞起来了。这年头还有人这么穷，王叫星还觉得有些新鲜。

等走到天已经快黑了，天边的云阴沉沉地压着，那户人家的竹楼也如同乌云一般黑，竹栏青苔阴阴的绿，应当从上个雨季结束后房子就没有修护过。

家里人出来接，小孩打一个手电筒，照在玉恩奶奶脸上："你们怎么才来啊？爷爷都快不行了。"

大人往他脑袋上用力呼一巴掌："狗×倒灶呢，敢这么说话？"

穿草鞋的人呼哧呼哧喘气："已经死命走了，肺都要走炸了。河里乌龟尽往外爬，路上还踩着一个壳都踩碎了。"

那户人家就说："真晦气。"

这时，天上的乌云又隐隐约约地响了起来，玉恩奶奶说："这就是要下大暴雨了。"

进屋，一个老头躺在临时架起的行军床上，散着一股子怪味，就像用完的雨衣没擦干就捂起来。咳嗽，止不住地咳，咳完就捂着胸口，发出像动物临死前的哀号。那声音听得人憋得慌，支支吾吾的，卡在嗓子里，像一口浓痰。

"你家老人怎么了？"

"就是咳，喊心里疼，快一年了。"

王叫星抢话，"寨子里每月来汉医，咋不喊人来看？"

说来看了，开点汉药，死贵死贵的，吃一次好几天，又犯病，渐渐就不管用了。

老人扶起坐着，一股死鱼臭味又泛上来。解开衣服一看，后背长满了褥疮。埋怨一句，咋不好好照顾自家亲爹？说咋不照顾，洗脸梳头、擦背按摩，一天供三次饭。每天擦背咋还长褥疮？愤愤一句，谁能天天干？不是你家老人得病，不是你来伺候，你懂得什么？

先是放血，数出五根筷子，蘸着水在胳肢窝拍打，很多乌黑的小黑点就渐渐地浮出来。玉恩奶奶拿一根针，毫不犹豫地扎进去，乌黑的血顺着针口一滴滴流出来，滴滴答答十几滴还不变红，依旧是黑血。玉恩奶奶又给包上，从箱子里拿出钢刀，蘸水，继续在身上拍打，"赶快跑吧，杀人刀子来了，再不跑就跑不脱了。"

做完，让王叫星帮忙，依旧是点香煮肉，这回却没有羊头，玉恩奶奶唱的颂歌声音也变得凶恶起来。

那户人家问："是趟着什么魂了？"

玉恩奶奶说："连成一片中间红，是父母；圆圆一块像粑粑，是平辈；周边一片比中间淡，这是娃娃魂。你家老人就是趟着娃娃魂了。"

娃娃魂？自家就一个孩子，在门口好好地逗青蛙，怎么会趟着呢？再问玉恩奶奶就不回答了，慢慢说一句："好好送走吧，别让他遭罪了。"

那户人家说："就知道城里汉医是骗人的，还说要动刀子，得收万把块！那钱得留着娃上学的，有那么好挣？"

于是老头又哀号起来，咳得更猛，要把心肝脏肺都咳出来。咳完就安静下来，只呼气不吸气，若有若无地。

喂一碗汤下去，草香袅袅，玉恩奶奶口唇翕动，叩头作揖，老头长长地呼一口浊气，去了。那户人家落下泪来，如释重负的样子。

怅怅地回到自家竹楼，公木瓜树在风中立着，花落得差不多了。

王叫星说："人真是没意思的东西，老了更没意思。"

玉恩奶奶不接茬，自顾自地说："走了好。"

半夜里大暴雨果然来了，厚厚的云对着大地把雨水灌下来。仿佛住在了瀑布底下，整个世界全是哗哗的水声。雨猛烈地浇了一整天不见小，虽然正值雨季，但也有些让人心惊。林子把水吸饱，再也吸不下了，地上水越积越高，那棵公木瓜树仿佛浮在一个大池子里，篱墙以下都淹没了。黄水不断地从竹楼架空的下面涌过，还好竹篾墙空隙留得大，否则必定被冲垮了漂在水里，人得和壁虎、蛇一样，在水里拼命地游着，碰到个浮木或者树干就缠上去。

王叫星趴在窗边看，一只手撑着窗板，木瓜树大而肥的树叶在雨中哗啦哗啦地翻动，弹起来又被雨水摁下去，弹起来又被摁下去。雨林子外不像再有天，天就是这些浓绿的叶子。这棵不结果的公木瓜树，到明年依旧是这么结实吧。从被劈头砍下的刀口处，继续伸展它的身子，开大朵大朵的花，多好啊。只是不知道如果玉恩奶奶走了，它还能不能继续躲过斧子和钢锯。

"真可怜啊。"看着公木瓜树忍不住地叹气了。

玉恩奶奶眼也不抬地，"真好啊，这世上谁也没有爱一棵公树的义务。"

"等天放晴我也该回深圳了，在这里天天衣服都没干过。"

"该走了。"

……

雨停了以后，树干上留下一层泥巴，漂流过来的断木和碎石头都还在地上，在林子中布满大大小小的水坑，汪着水，有命不好的鱼在里面扑腾。

玉恩奶奶烧一壶水，全身上下擦洗一遍，套一条白色的长筒裙，筒裙是自己用丝绸做的，在阳光下微微地反着光，走线不太规整，惹得王叫星笑。

玉恩奶奶一面穿，一面说，"你知道为啥人都要找我这个老咪涛做衣服？不是因为我比人机器做得整齐，机器走线死板得很，我想往哪缝就往哪缝。"接着又说，"你们城里那些厂的衣服，看着五花八门，其实都一个样。不是我说你年轻没见识，你看看我这裙。"前摆拖到脚踝，后摆不及腰部，腰身细小，下摆宽大，袖管又长又细，紧紧套着胳膊，还衬得有几分俏丽哩。

下竹楼解开麻绳，拖出用木兰木补的小舟，让王叫星搭把手，一直拽到河边上。黄水退回河道里，然而还是和岸一样高，凶暴地响着往前流。

坐进小舟，把银腰带系在腰间，说："走哩，今天这水正好。"

王叫星站岸边喊："桨还挂在墙上呢！"

没有应答，划开河水，倏地几下就漂远了，白筒裙时隐时现的，逐渐消失在河中。

莫 言 点评

　　这篇《木兰舟》，两年前我就读过。当时的印象是一种具有鲜明地方色彩的边疆小说。这次重读，感觉更顺畅了些，似乎她做了一些修改。修改得很好，我认为，一个作家，有个性，有自己的一套路数，是最可宝贵的，但也应该考虑到更多的读者，做一些通俗化的、无伤风格的处理。

　　作家或多或少地都会受到故乡和童年的制约，或者说，不管你写小说还是写诗歌，故乡和童年记忆总是要顽强地表现出来。我个人觉得这是好事，当然也有人会反对我的说法，这没关系。焦典是云南人，尽管她不一定成长在西双版纳的森林村寨里，但她对这样的环境，显然是熟悉的。她对她小说里的人物，更是熟悉的和有感情的。

　　我看过焦典几篇小说，都很喜欢。这篇《木兰舟》写得很美，独特的自然地理和人文环境，给人以神秘和朦胧的感受，在这样的氛围里，人自然也就具有超凡脱俗的气质，玉恩奶奶是寨子里的巫医，是通神的人，这样的人的言语和行为，自然是有异于常人之处的，但她毫无疑问是一个活生生的人，她的语言，她的行为，都是可以理解的。

　　焦典的小说，总是会让我联想到法国印象派画家，她的语言是感性的，是有神秘色彩的，她笔下的人物，也是散淡而自由的。她的小说写得比较轻，轻描淡写，娓娓道来，这些都是我喜欢的风格。我对她充满期待，期待她写出更多好作品。

11

武茫虹

儿子

武茳虹，1994年11月生，山西吕梁人，2018—2021年就读于北京师范大学文学院文学创作与批评方向，获文学硕士学位，作家导师苏童，学术导师张清华。作品发表于《收获》《十月》等杂志，代表作：《儿子》《宛远是个美人窝》《山的那边是海》。现为北京师范大学文学院文学创作2021级博士在读，导师余华。

《儿子》发表于《十月》2021年第3期

一

儿子来的时候并无征兆,他径直穿过街道,旁若无人一般,自然又冷静地敲开了单身汉家的大门。

起先单身汉是感到惊悚的,因为他打开门时看到了一张酷似自己的脸。那人风尘仆仆,正静静地端详着他,或者说他们在端详彼此,这种冰凉的打探让他怀疑是日暮之下的错觉。但那人只是温和,甚至有些谦卑地说,父亲,我是您的儿子。那人好像能看穿他的心思一样。单身汉茫然地说,开什么玩笑,我哪来的儿子?说着他抬头触到了那人的目光,像是想起什么似的,他开始越发语气强烈地否认,我真的没有儿子,更没有私生子。

那人只是静静地站着,他的声音混入了黄昏的钝感,听来尤为肃穆,父亲,我就是您的儿子。您曾经说过在您过寿的日子我要来找您的,为了不让父亲食言,我片刻也没有停歇。我的母亲,他顿了一下,继续说道,是白各庄的白寡妇,您不会忘了她吧?

单身汉大吃一惊,他的手先是插进了自己的头发,然后又像是无处安放一样,刻意地捂着自己的嘴。白寡妇,白各庄,他的儿子,这是一个谣言,只不过是从他自己嘴里传出来的。他不记得是哪一天了，就是最寻常的一天，单身汉路过柳寡妇家，那女人向来以皮肉生意闻名，家门时常虚掩。单身汉那次不知怎的，心中异样，轻轻推了一把，往里多瞭了几眼。从窗纸的影子上瞧见那女人家的炕上埋着一个黑影。那黑影在炕上似乎做着什么动作，过了不久就看见那个黑影伸出手往下探去。单身汉一阵紧张，忽地看见黑影伸手支开了窗户。柳寡妇从中探出了头，看到门外是单身汉的那一瞬，她慵懒风骚的神色立刻转成了满脸愤恨。她往地上唾了一口，嘀咕了句，有什么可看的，没儿鬼！这样骂人的话单身汉在沙村听惯了，可是随着年岁增长，越来越受不了这样的诅咒。何况连柳寡妇这种声名狼藉的女人竟也对他如此嫌恶，他心头浮上一阵难言的屈辱，不由得愤愤地说，谁说我没儿子！不一定！

什么不一定，难不成你的儿子是用泥巴捏出来的吗？

你别瞧不起我，有个地方叫白各庄你听说过吗？单身汉的眼中闪烁着锐利的光，他杜撰了一个地名，见那女人开始聚精会神地听他说话，不免有了点底气。他继续高声说道，白各庄有个寡妇——她可比你漂亮得多！我和她的儿子你见过吗！他脸上有一颗跟我一样的痣，就在这儿！单身汉故弄玄虚地指了指自己的左眼，我儿子有出息，是天底下最孝顺的儿子！等我过寿那天他就会回来给我养老送终！

单身汉想不到白各庄的儿子真的来了。

他不知所措，脸上浮现出一丝内疚的微笑，思忖了一会儿，单身汉对那人说，不一定，外面谣言很多的，虽然很多人说你是我的儿子，但你不一定是我的儿子。我倒是情愿相信你，但我告诉你一句实话，我从来没跟女人那个什么过。

那人一动不动地站着，他的声音与其说是恳求，不如说是命令，我是儿子，您的儿子。您看看我，我的母亲是白寡妇，每个人都各自有一个母亲和一个父亲，她是母亲，我还有一个父亲，我不是您的儿子，还能是谁的儿子呢？

单身汉抬头看了看天空，此时已经渐入夜晚，天色沉重而浑厚地落在了那人身上，闷热的夜晚总让人头脑不清。不知怎的，他看着那黑暗中轮廓模糊的儿子，感到了一丝盲目的顺从。他动摇了，从门缝里他确认那人的确和自己一个模子里刻出来的，连同神态举止都酷似。要是两个长得像的人没有血缘关系还有可能，但是连同内里的神气都是一样的，不是父子兄弟就说不过去了。于是他说，那你进来吧。单身汉拉开了门缝，将那人迎进了庭院。

庭院里长满了单身汉闲暇时种的蔬菜水果，这是单身汉慰藉孤独生活的最佳方式，看到这些郁郁葱葱生长的生命，他就觉得自己老有所依。单身汉一边往里走一边向儿子介绍自己，我是沙村有名的单身汉，祖辈三代单传。你爷爷，也就是我父亲，曾经想给我讨个老婆。但是那年天降旱灾，颗粒无收，家里又穷得叮当响，自然也就没人愿意嫁给我，这事情越拖越久，渐渐地我就成了方圆百里闻名的老光棍。

单身汉边说边打量着他，那人始终报以谦恭的微笑，微微低头聆听父亲的语言。现在单身汉觉得他们真像一对父子了。最开始几个月他们相处得很和睦，单身汉越来越觉得这人各方面与自己几乎如出一辙。比如，左眼都有一颗痣——这可不是谁都有的，都是国字脸，鹰勾鼻，单眼皮。半夜的时候都会有起夜的毛病，最重要的是说话时的神态几乎一模一样，天底下再也不能有比他们更像父子的人了。那人一直为单身汉精心侍弄庭院里的蔬菜水果，单身汉感到心满意足，他觉得是时候让沙村的人认识他的儿子了，要在一个风光的日子，让沙村所有人都瞧瞧，他的儿子比别人家的都要孝顺，都要成器。

于是他带着儿子来到了祠堂向村里人介绍，没想到有些人却以一种忍俊不禁的神情嘲弄地看着他。他心里越发有点慌张，瞟了一眼，只见儿子漠然站在身边，似是无动于衷。他壮了壮胆说，这是我和白各庄的寡妇生的儿子。这时人群中抖落出一阵又一阵的窃笑声，显然是不相信他。单身汉感到了一阵心虚，他随即高声说，白各庄的寡妇，比沙村的女人加起来都强。这是个不懂言语技巧的老光棍，他总在无意中挑起人们的敌意。这时候许多人听了便不服气了，沙村人的下流一向是闻名四方的，他们窃笑着问，强在哪里？吹箫吹得好吗？你倒是说说看。紧接着他们旁征博引了一堆关于男女之事的绰号打趣这个老光棍，显然这个一辈子没见识过女人的老头根本听不懂这些荤话。但他做出一副佯懂的样子，并时不时发出不屑的哼哼声，末了他说，你们也都知道，白寡妇吹箫的音乐悦耳动人，连树上的麻雀都要停下听一听。

当时人群中耸动的大笑声使得祠堂积年的灰尘都簌簌抖落，场面可谓壮观，人们忘记了在祠堂面前应当保持的敬意。女人则羞赧地掩面而笑，如一群秃毛的鸟在叽叽喳喳，聒噪之声不绝于耳。这个迷惘的单身汉不知道自己说错了哪句话，但他预感到今天在祠堂的一切将成为沙村每个人津津乐道的笑料，这是单身汉有生以来感到最受辱的一天，他沉默地拉着儿子离开了。

回去的路上下起了大雪，单身汉和儿子心照不宣地沉默。他想着这次可在儿子面前丢了人，应该如何挽回一个父亲的尊严呢？走着走着他突然滑了一下，摔倒在地。

他指望着儿子扶他一把，那人却像盯着一个陌生人一样，高大，伟岸，背着阳光站在他面前，一动不动。

儿子，扶我一把，你父亲老了，起不来。

那人始终沉默，但是他的眼睛却没有停止注视，他盯着单身汉老弱的身躯，看他犹如一只巨大的蛆一样在地上蠕动，却怎么也起不来。

单身汉渐感四肢无力，他在冬季微弱的阳光下，觉得儿子实在不像人，连同他酷似自己的面容都像是幻象，一张面具。儿子像某种具有神性的事物，他站在雪地的阳光下沉默地审判衰朽的父亲。雪地反射出耀眼的洁白笼罩着那人，他的目光叫人无从躲避，胜过世间所有灿烂的刑具。

单身汉伸出的手在空气中尴尬地举着，这时他突然做了个奇怪的动作，他捂住了自己的嘴，他身下的雪水一点点化开，手在寒冷的天气里冻得瑟瑟发抖，却只顾捂住自己的嘴。过了好大一会，他才从雪地里站起来。这一跤摔得单身汉鼻青脸肿，他近乎哀怜地说，儿子，你不再需要我做你的父亲了吗？

他觉得这样的场面似曾相识，经历这一次羞辱，他明白自己已经丧失了一个父亲在儿子面前应当有的尊严。但他此时极度害怕失去儿子，他从前做单身汉时一身轻松，突然叫他体验了这感觉，他便觉得失去儿子好像哪里不对劲一样，就好像他本来就有儿子一样。况且儿子实在没有过错，如果有错也只能怪他自己实在是太不体面了，谁叫他没有搞清女人就带儿子认祖归宗，白白成了笑柄。他可怜巴巴，惹人嫌恶地搀着儿子的胳膊，拼命往儿子旁边靠。就这样他们一路无言地回了家。

这一天晚上儿子既没有问候父亲，也没有像以前一样侍候父亲睡觉。单身汉伤心地躺在床上垂泪，但他听到了庭院里铁锹松土的声音。儿子终归还是爱父亲的，他生气也很正常，他还知道替父亲侍弄作物就证明他心里是有父亲的，俗话说得好，血浓于水不是吗。

但是这儿子到底跟他有没有血缘关系他也说不上来，想到这里他又捂住了自己的嘴。他好像隐隐感觉到他们之间存在着某种必然的关系，甚至是比血缘更浓厚的，更隐秘的关系。这是他自己传出去的谣言，然后儿子，一个无中生有的儿子，真的来到了他的身边，他的存在如此切实，如此合理，以至于让他畏惧。要知道人死的时候，管他是谁的儿子谁的兄弟，都会死得彻彻底底，死得不能再死。死会消解所有的关系，人在死的时候会逐渐感到血缘消散的一种过程，他会发现亲情啊，家庭啊之类的东西都只是一种形态，并无什么实际意义，通往冥界的人连亲妈长什么样都不知道。但是他和儿子这样的关系，是世界上任何形式的东西都无法瓦解的，他们是父子中的父子，想到这里他心满意足又心怀恐惧地睡了。

第二天早上他看到了令他痛心疾首、大为吃惊的场面。他的庭院被弄得乱七八糟，作物被连根拔起，铁具凌乱地摆在一边，庭院中间被刨开了一个坑。儿子正在那个坑旁边刨土，他大汗淋漓，显得非常辛苦。

儿子，你这是在做什么？你为什么要毁掉我的心血呢？

父亲，我在为您掘墓，那人说，古代的帝王从壮年登基就开始给自己修建坟墓了。作为儿子，给父亲养老送终是应尽的本分，我要趁早把这件事办好才放心。

单身汉含着老弱的哭腔语无伦次地说，就算这样，你也不能毁了我的庭院，我辛辛苦苦伺候了几年，还等着来年这里开花结果呢。

那人看都没看父亲一眼，继续挥着铁具刨坑，这是我为父亲能尽的唯一一点孝心，父亲不让我做这件事我就只有去死了。

单身汉这时候不管不顾地坐在地上怔怔发呆，他开始思考这到底是怎么回事，前两天还是好好的。儿子现在刨的坑还只有方寸大小，一切还有挽回的余地。现在那里顶多只能埋进一只兔子。说到底儿子其实也是一片孝心，隔壁屋的儿子也给他父亲买了上好的棺木，人家父亲可高兴着呢，到处说生了儿子的好处。单身汉觉得儿子也不是不可以谅解，他只是太年轻，太冲动了，太急于向父亲献殷勤，表孝心了。

单身汉想到这里觉得心中好受了一些，只要他能重拾父亲的尊严，就能让儿子听他的话。但是到了夜里，这儿子挥锹掘墓的声音一下一下地在寂静的庭院里像沉闷潮湿的鼓声响起。儿子不像个儿子，反倒像个天上派下来的榆木脑袋的傻瓜，即使要掘墓也不能影响父亲的休息，天底下任何事情都不能成为儿子影响父亲休息的正当理由。但是他不好意思把这话和儿子说，这是一个敏感的儿子，随随便便说一句话就会往心里去。不过这显然不是最重要的原因，重要的是他似乎有点害怕这个儿子。

　　这么多年来单身汉除了为老父亲守灵一夜没睡，还从没有缺过觉。这是做单身汉唯一的好处——身边不会躺着一个喘气粗笨的女人，她也不会半夜把腿啊胳膊啊之类的东西搭在你身上——但这个仅有的好处现在被儿子剥削了。这样一连几天下来，单身汉几乎没有睡着，白天因此头疼欲裂，身体的抵抗力也因为缺乏睡眠而下降，开始频繁地咳嗽。他想到这真是太奇怪了，明明没有什么事，他却感到自己的身体在日复一日地变得虚弱，有时候甚至感到精神恍惚。这就是因为人不能缺乏睡眠的缘故，睡眠对人实在太重要了。那浑厚的凿坟的声音让人始终处在半梦半醒中。这天他梦到自己还是个小男孩时走在阶梯上，他回头问自己的父亲这是在哪儿，父亲却在敲打着一样看不清的东西，不理会他。他再次大声地朝父亲喊，父亲仍然像个聋子一样只顾敲打东西。他只好转身走在阶梯上，这阶梯的尽头在天边，他向上走得渐渐无力，地上的父亲越来越远，敲打东西的声音反而越来越响亮，他望到尽头弥漫着神秘的雾气，感到自己似乎永远也爬不完这阶梯。他往下一看，却发现地面已经消失，在一片不真切的迷雾中，儿子挥着铁锹一下一下凿墓，整个地面都变成了墓穴。

　　他从这个梦中惊醒时感到惶惑不安，发现自己梦里听到的敲打东西的声音正是儿子掘墓的声音。他终于再也无法忍受了，这样下去他迟早要发疯。他觉得是时候和儿子挑明了。当他走到庭院时，看到儿子健美的身躯在月光下永远不知疲倦地挥动铁锹。

　　单身汉打定主意这次必须像一个威严的父亲一样，绝对不纵容儿子一分一毫，他必须要震慑他，好让他知道父亲的厉害。

儿子，我现在命令你马上睡觉！

我不需要睡觉，我要为您掘墓，您的墓一天不掘好，我就一天睡不好觉。

你就不能安静下来吗？我能睡安稳觉的日子也没几天了。

正因为这样，父亲，所以我昼夜不舍地为您掘墓，我不能让您走的时候连个体面的地方都没有。儿子背对着他一边挥铁锹一边说，片刻也没有停歇。

他这时尴尬地站在了庭院里，他的怒气并没有引起儿子的注意，儿子依然在忙自己的，没有任何的顶撞忤逆，甚至语气里都是一个孝敬儿子不辞辛劳的样子。单身汉想找个由头发火，但是种种迹象显示，老糊涂的人是他，儿子好像并没有什么错。

单身汉僵直地站在庭院，像个滑稽的演员在舞台上表演发怒而无人应和，他只期待儿子注意到他发怒了，但那人显然没有，那人不动声色，像一个局外的观众，默默注视他出丑的表演，连嘲笑声都懒得发出。他在空旷的舞台上无所适从，甚至不知道退场的方式。他突然明白他已经彻底丧失作为父亲的尊严了，丧失到了连尊严这个概念都在儿子心中不存在了，儿子不认为父亲和尊严有什么关系。这一切转变的源头都是因为他那天当众受辱，在那桩事之前他和儿子是天底下最好的父子，都是因为他不知道女人是个什么样的东西才把事情弄到了这个地步。

这一次他决心弄明白女人，他首先选择了和邻居打探，但是他感到些微的羞耻，不知如何开口。当他憋红脸手足无措地站在隔壁门口，指了指他们家的床铺时，邻居忍俊不禁，未等他开口便看穿了他的意图，你是想聊那事吧？于是邻居兴致勃勃地和他讲述了种种细节。那天屋子里生着炭火有些燥热，关于男女之事的种种妙处他似乎一句也没听进去，他只看到邻居的嘴巴一张一合，频繁地用一些乡下粗鄙的譬喻。男女之事越是描绘得详细，就越像一种怪诞的、不可理解的行为一样呈现在他脑海里。他脑子里两个赤裸的男女面容模糊，神情怪异，像被一种令人惧怕的力量勾连在一起。这时他突然看到门口偷听的邻居家儿子，便漫不经心地问道，你和你儿子相处是什么感觉啊？

邻居笑了笑说，跟别人一样呗，你不知道，儿子养大了都是仇。

单身汉脸上闪过一丝惶惑与落寞的神色。他从邻居家门口走了出来，这时已是午后。他看到街巷里走动的人群，有的是坐在一起攀谈的人家，有的是在地上嬉戏的孩童，一种人间烟火的气息让他涌上了一种陌生的艳羡。他回头看了一眼庭院，儿子住的那屋正紧紧地掩闭着，也不知他现在在做什么。他听到沙村那几个男人又围在一起说下流话了。以前他遇到这种情况为了避免成为笑柄，都躲得远远的，这次却刻意在附近来回走动，像是下了很大决心似的，极力表现出一副淡然的样子，装作不经意地打听人们的性生活。一些关于女人身体部位的辞藻和充满激情的艳遇故事不断传入他的耳中，让他听得面红耳赤，便不由得涌上了一股愤愤之情。他估摸着这帮男人也只是信口吹嘘罢了。突然其中一个男人的老婆走过来聒噪地驱散了他们。那女人肚皮隆得很高，体态臃肿，拖着一个五六岁的小孩，站在路口破口大骂，刚才还神色飞扬的男人连忙逃回了家中。单身汉看见这滑稽的场面，想到自己的日子其实过得也挺清闲自在，这帮人表面光鲜，实际上却要吃不少老婆给的苦头，女人是天大的麻烦。想到这里，他又不免扬扬自得起来了。

连续几天单身汉都热衷打探男女之事，这是沙村少有的光景，白天流荡着男女艳情的议论声，夜晚则是沉静古朴的掘墓声，此起彼伏，交相辉映。那是沙村少有的光景，颇有些奇幻的色彩。儿子最近凿墓的动静好像越来越大了，一天晚上回来单身汉怎么也睡不踏实，他觉得他们越是描绘女人，女人就越模糊不清。他屡次惊醒时都看到窗纸上的儿子一下一下地挥锹。伴随着浑厚有力的凿土之声，儿子的身影仿佛被一种博大的力量印在了窗纸上，如同在献演一幕庄严的舞剧。这阴影的存在似乎比儿子本人更加真切强烈。单身汉渐渐感到毛骨悚然，一股温热的液体自上而下贯彻他的身体，他弄不清楚是尿液还是精液，只觉得黏糊糊的，竟然就这么睡着了。

儿子是在第二天发现他尿床的，儿子只带了两个眼睛进了房间，沉默地盯着床上的秽物。那团秽物在昭示着父亲的身体正在以可见的速度衰朽。单身汉想解释点什么，但是他开了开口，喉咙里发出了黏黏糊糊的声音，不知道在说些什么。儿子又带着两个眼睛离开了。单身汉看到床上遗留的液体呈现出了不规则的形状，散发着难闻的腥臭味。

这一天他离开家门去村里照常开每月的集会，路上始终觉得儿子的那双眼睛在背后跟着他。这种感觉越来越强烈，令他忍不住时时回头，但只能看到白茫茫的空旷雪地散发出一种亘古以来的寂静气息，这一片雪地似乎更像是坟地。他越发感觉步履艰难。

一片广袤的渺无人烟的雪地是会让人感到没由来的害怕的，那种茫然的白色让人呼吸在一片不确定之中，分不清这到底是雪地固有的茫然，还是自己口中的气息。单身汉觉得自己今天不该出来。他踩在雪地上一步一印，发出的声音就像某种规律的节拍。这种自然的声音让人恐惧。他渐渐发觉这规律的节拍不是产生于他的脚下，因为他的步子早已经停下，但是雪地里规律、有力的节拍却始终存在，就像他夜里听到的一下一下的掘墓之声，充满了浑厚的钝感，却无比有力。那东西与他共存，或者正在剥削他的存在。

　　据说后来是儿子用铲车将单身汉从雪地里拉回来的，儿子一把将单身汉放在铲车前面，像推着一堆结了冰的雪块一样以清除路障的姿态将他沿路推回家里。单身汉则迷惘地坐在铲车上，事实上他的腿连同他的心智都一起冻僵了。他不知道儿子应不应该这样处置他，但是沿途的村民如同观看展览一样，朝他致以兴趣十足的目光。那目光分明在说，这个单身汉不行啦。儿子始终谦恭地弯着腰，似乎还在朝邻居致意，仿佛在为打扰了他们而感到抱歉。单身汉明白经过这一遭他的颜面几乎是丧无可丧。一个四肢健全的人不该将自己困在雪地里寸步难行，世人都是势利的，儿子把他当成了路障，当成了令人蒙羞的东西，世人也会以相同的方式看待自己。那一刻他们无声地达成了不谋而合的一致，况且连他自己都不免这样看待自己。突然一个衣衫褴褛的男孩站在他家门口，朝他后脑勺那里砸了个雪块，这是顽童恶劣的兴趣他又不能怎么样，只好吃痛地捂住额头。儿子无动于衷地将父亲推回了庭院，有人自门缝的余光中看到了庭院动土的痕迹。那时单身汉回望一眼,看到两条长长的雪辙从街道无边地延伸出去,似乎通往极为遥远的地方。

这一夜儿子把父亲扔在床上就开始他辛勤的劳作了,这个可怜到令人厌憎的父亲,以冻僵的身体坐立在床上,双目噙满泪水看着儿子。窗纸上儿子的黑影一下一下地弯腰挥锹,雄健有力。单身汉看得有些恍惚,仿佛儿子在做一件久远而神圣的事情。

二

第二天醒来,单身汉发现自己全身长满了冻疮。起初他还没有在意,这天天气很好,冬日的阳光让人产生眩晕的感觉。单身汉是个脸皮很薄的人,即使有人只是瞥了他一眼,他的脸上也会有憋红的颜色渗到皮肤表面,为刚才的注视感到一阵紧张。此刻他的皮肤呈现了细密不均的红色,那些边缘模糊的红色疮口,黏糊糊地长在他身上。像他这样的老骨头,什么没有见过呢,这点事情不算什么。可伤口似乎正在扩大,他渐渐意识到这绝不是错觉,才慢慢忧心起来。当儿子走进房间时,他迅速地用被子盖住身体。奇怪的是儿子这段时间对父亲冷冷淡淡,今天却突然要伺候父亲起床。他贴心地把父亲的衣服放在了一边,要服侍他穿衣。单身汉强装镇定地说,不用了儿子,我自己能行。

儿子淡淡地说了一句,您昨天着了凉,还是让我来吧。

单身汉僵持着,我说不用,儿子。

儿子一言不发,长久地与父亲对视。单身汉心中感到了一阵强烈的紧张，这种紧张让他面色潮红，冻疮也因之在他的身体里加速蠕动。为什么不能让儿子看到呢？他一定是不想让儿子担心，这是个心细如发、敏感至极的孩子，怎么能让他操心这件事呢？

清晨的阳光只照进了房间的一半，在阴影处的儿子唯有一双眼睛炯炯有神，仿佛能穿过被褥看到父亲的身体，他好像在观察什么，但又好像是无目的地注视，叫人感到惶惑不安。终于，儿子缓缓地离开了。单身汉长松一口气，感到如释重负，总算没有让儿子看穿。但他追随儿子推开门的身影，隐约看到远处庭院的坟坑似乎比昨天大了很多。瞬间他感到胸口仿佛吃了一记重拳，说不上来的憋闷。

他身上某些地方正在溃烂。不过是冻疮而已，没什么大不了的，从来没听说过这病能把人怎么样，单身汉这样想着。到了晚上儿子又开始孜孜不倦地挥锹，不知怎的，单身汉觉得儿子挥锹的节奏明显又比前几天快了许多，年轻真好啊，总是身强力壮。这世上的事情就是这样，父亲在一天天衰朽，儿子却一天天强壮。单身汉年轻的时候也是个强壮的小伙子，那时候他生个什么病都不用吃药，自己就好了。他自幼丧母，从不知女人的怜悯为何物，他想到这时候要是有个暖暖和和的女人就好了。单身汉躺在温暖的热炕上，听着儿子恒定有力的铲锹声，突然有种莫名其妙的踏实感。他想到自己前段时间也许是无理取闹，做儿子的给父亲凿个坟不是天经地义吗？他怎么能为这件事训斥儿子，平白无故伤父子的感情呢？想到这里他不禁一阵自责，忽而他听到儿子凿坟的声音似乎更加充沛有力了，频率也越来越快，不知怎的他感到冻疮处也随着那凿坟的频率一阵一阵发痒，浑身犹如千万只蚂蚁在伤口里蠕动。他忍不住用手抠破冻疮，这下脓血流了出来，单身汉坐起来，在微弱的月光下盯着那些伤口，像盯着深邃又悲怆的事物。他感到这一次它们似乎来势汹汹，那些伤口捅到了他生命的里层，它们在蠕动，千真万确。

第二天他像一只衰朽的虫子一样无力地躺在床上，也顾不得遮遮掩掩。儿子看到了这一幕，露出了嫌恶的表情。他可怜巴巴地，用乞求的态度说，儿子，这只是个小病，不一定有事，我今天看看大夫就好了。儿子远远地瞄了他的脖子一眼，他连忙想起把脖子上的冻疮遮住。这时候他看到儿子迅速地冷笑了一声，仿佛他在撒谎一样，连他自己也不禁产生了一阵负罪感。

这天他紧紧裹着衣服出门了，因为昨天双腿受寒外加冻疮的缘故，使得他的走路姿势怪异难看，引来不少人侧目。但他现在顾不得这些了，尽管万分不情愿，但还是去了村西看大夫。没想到大夫因为和老婆吵了架，被那悍妇砸伤了头，正有气无力地躺在床上。那悍妇喋喋不休地还在骂，单身汉听得心惊胆战。终于声音稍微消停点儿时，单身汉敲了敲门，悍妇大喊一声，我们这儿不看病人了，那死老头自己都快不行了！

单身汉可怜巴巴地接着敲门，只听见那悍妇又开始新的一轮骂战，大夫的声音微弱而衰竭，单身汉屏住呼吸只听见了一句，天晓得，我什么事情也没干。

时间逐渐到了下午，单身汉还在门口苦等，当他又一次开始敲门时，悍妇终于狠狠地打开门，问了句，你是要死了吗？单身汉冻得连句话都说不利索，远远瞟到里屋的大夫有气无力地躺在床上，这下连他自己都分不清谁才是病人了。他结结巴巴地说，我……我长了……一身冻疮，我快难受死了……我儿子也看不下去了……您行行好吧，让大夫看看我。

他千不该万不该这时把自己的衣领拨开，里面的皮肤烂得没有人样，本来是打算乞求同情，结果把那悍妇吓了一大跳，她像躲开丑陋的虫子一样猛地关上了门，大喊一声，滚出去！单身汉伤心地垂泪离开，临走时他听到大夫在里面用尽力气地说，回暖……明年春天回暖，病就好了……

三

这是个心善的大夫，只可惜摊上了这样一个老婆，他自己也没有办法，单身汉临走时自言自语了一句。在回去的路上他发现全村人都在议论大夫的丑事，单身汉凑了过去，听到大夫似乎是和一个女病人做了些见不得人的事，因而被狠狠揍了一顿。单身汉慌张地问了一句，那这大夫什么时候能好啊？汉子说，没死就不错了，伤筋动骨一百天，怕是明年才能出来喽。这是个刺耳的答案，单身汉果不其然听到了，不知道为什么他在去看病的路上就隐约有这种感觉了。他在回家的路上呜咽着想到无情的儿子不知道要多么嫌恶他这副样子，正所谓久病床前无孝子，他现在这副模样，人人避之不及。这时他突然想到了沙村有个流浪的女人，那女人因为脑子有点问题，一直以沿街乞讨为生，村民们看她可怜，有时候会施舍点东西。尽管她是个女人，但是沙村没有男人对她感兴趣，男人们互相讥讽时，经常会以污蔑对方和她发生身体关系为乐。不知不觉，单身汉就走到了女人乞讨的岩下，此刻已到了傍晚时分，四下无人。他紧紧地盯着那女人，突然起了一个肮脏的念头，很快他为自己的丑恶感到一阵惊惧。那女人浑然不觉，竟还冲着他笑。尽管她衣衫破旧肮脏，甚至有些地方难以遮盖，脸上也灰扑扑的，只有一双黑亮的眼睛还算有点看头。但是不知怎的，单身汉竟觉得这女人有种奇异的美丽。他朝那女人掏出一枚铜币，说，我丢一个，摸你一下，成不成？

那女人点点头，便漫无目的地四处张望，单身汉往女人身前的盒子里连续丢了三个铜币，他说，三下成不成？

那女人未置可否，只看着远处，不知道在想什么。单身汉颤颤巍巍地伸过手，当他刚触及到那女人的衣物时，感觉到了一阵奇异的柔软，像触电一般他的手瞬间弹了回去。他慌张地掏出身上所有的铜币和食物，塞给了那个女人，如同逃窜般离开了。

单身汉匆匆回到家里，一路上他几乎要流下眼泪，那女人真干净啊。回忆这隐秘的一幕让他感到羞愧难当，他想到儿子还在家里，可不能让他发现什么异样。他推开门看到儿子正在庭院准备挖坟。儿子随口问了一句，大夫怎么说？

单身汉的脸因为寒冷冻得通红，他说，大夫说没事，你不用担心。儿子盯着单身汉的眼睛，又问了一次，真的吗？单身汉的眼睛躲躲闪闪，真的，这又算不得什么病。

儿子说，父亲，我怕坟坑尺寸不合适，您先躺进去试一下大小。单身汉打着哆嗦说，好冷啊，今天天气真冷。这时儿子的声音听来平静而机械，像一种固定永恒的声音，而非自然从喉咙里流动出来的，他说，躺进去。

单身汉大吃一惊，他看到那个坟坑现在还不算深，大小也差不多，估计过了不多久儿子就要完全凿好了。他赶忙要回房间，儿子麻木又挑衅地挡在前面，骤然审视他，不容置疑地说，躺进去，躺进去我就让你出来。天空渐渐转暗，儿子的双目漆黑又空洞，透出不可抗拒的威严。

单身汉不由得怀疑儿子今天就想把自己埋了，吓得嘴唇翕动，身体也禁不住开始轻微地发抖。他终于开始思索这个儿子的来历，这使他产生了一种逃离的欲望。可就在他转身那一刻，他听到儿子站在他身后，准确地，像自言自语地说，父亲，你看看我，我不是你的儿子，还能是谁的儿子呢？

他回头再次看到天色沉重地落到了儿子模糊的轮廓上，单身汉晃着身体，做一些无关紧要毫无意义的动作来缓解他的尴尬和紧张，只听到儿子的声音无处不在，躺进去，躺进去我就让你出来。

他毫无办法，只好躺了进去，那个坟坑真是天造地设属于他的，大小刚刚好，合适得不能再合适，里面还雕刻着细致的纹路。他躺在坟坑里，仰望着黑夜，感觉到天上暗流涌动，波澜壮阔。他在坟坑里喃喃自语，每个人都各自有一个母亲和一个父亲，她是母亲，我就是父亲，她是母亲，我就是父亲……

这时他哀求地用眼神征求儿子的同意，儿子点了点头。他感激涕零地从那个合适的坟坑里迅速地站出来，不由得说了句，儿子，你为我挖的这个坟正合适，只有我儿子才能有这样的手艺，沙村谁也比不上。大夫说了，等到明年春天回暖的时候，病就好了。到时候估计坟坑也挖好了，咱们父子就可以歇一歇啦。他自言自语,也不管儿子是不是在听,只是重复大夫那句,明年春天回暖,病就好了……

等到明年春天,所有的事情就都会好起来的,包括失去的尊严和父子的感情。现在他已经不在乎那些虚头巴脑的东西了,只想着和儿子颐养天年,儿子早晚有一天会想通的,会意识到他的父亲是多么宽厚仁爱。到时候儿子就会后悔他冲动无礼的言行,虔诚地向父亲悔过。但前提是他的病得好起来,一个皮肤溃烂全身流脓的父亲是无法引起儿子的爱意的,所以这不是儿子的错。凭谁看到他这样一个千疮百孔、烂得不像样子的人,态度不一定比儿子更好。儿子已经在极力克制了,等到明年春天回暖,一切就都好起来了。

夜晚儿子又开始了他的劳作,辛勤而蓬勃的铁锹声在寂静的夜里规律地响起。这回单身汉没有任何反抗的意图,从前他还会坐起来可怜巴巴地看着儿子,伤心地流几滴无用的泪水。现在他在床上躺得平平整整,身上化脓的疮口时不时在里面蠕动,涌向生命的里层,这种蠕动的声音与儿子凿墓的声音,此起彼伏,一唱一和,犹如天地之间本就存在的固然之声。

没过几天,他发现全身溃烂的面积开始扩大了,他宽慰自己病情反复是常有之事,但他隐隐约约感到某种博大的力量在剥夺他最后的阳气,他好像在不可逆地、无止境地衰竭下去。

不久后,他的身体肿大,四肢像肥大的萝卜一样让他在夜里无法翻身,他发出一阵一阵呻吟。儿子对此充耳不闻,单身汉像是乞讨又像是报复一样故意附和着儿子凿墓的节拍呻吟,有时候儿子凿三下他喊一声,有时候五下喊一声。后来他渐渐没有力气了,变成了十下喊一声。再到后来，他已经无法正确地计数了，于是开始混乱地呻吟——真是个惹人厌烦的老头，即便呻吟都不能好好呻吟——伤口的感染引发了炎症，使他的体温高热不退，他不知道自己还能不能撑到明年春天。他感到自己的血液流动速度变得缓慢，某些地方甚至已经阻塞了。脑子也因高温处于持续的紊乱之中，许多纷杂无序的画面不断闪现在脑海，让他无法辨别现实和虚幻。这好像是必然的无可阻遏的趋势，一种贴近生命本源的状态。

终于到了一天晚上，单身汉发现自己再也发不出呻吟的声音了，他灿烂的舌头也垂下去了。与此同时他讶异地发现儿子为他凿的墓也完工了，那真是个精致的墓，任谁见了都要羡慕他儿子的工艺，有这样尽心尽力的儿子他还好意思说什么呢。马上就要到春天了，人们都说冻疮这种病到了春天回暖自然就好了，到时候他和儿子就是天底下最好的一对父子了，他们再也不会为了这个墓产生什么争执。

就这样单身汉在病榻上终于迎来了春天回暖的日子，连他身上的冻疮都感受到了春风拂动。自从得病后单身汉在床上一卧不起，今天他终于想出来看看庭院了。往年春天正是庭院里蔬果破芽而出的时候，新生的喜悦真让人动容。他感到自己的身体仿佛回光返照，一瞬间好像充满力气。他走到庭院里，看到儿子正在那里等着他。坟坑也平平整整地卧在庭院中央，安详而诱人。他的双腿不由自主地朝坟坑走过去，以便于看得更清楚一些。等他走到那里时，不由得再次赞叹儿子的手艺，这真是个精致的墓，难怪儿子凿了这么久。他忽然想到上次他生怕被儿子蒙骗一样赶忙从里面站起来，那动作一定伤害了儿子的一片好意，儿子只是为了让他舒舒服服地死，人死的时间可比活着的时间长多了，儿子说到底有什么错呢？他现在皮已经脱离了肉，垂坠在身体上，疮口散发着恶臭的气息，难道还要再劳烦辛苦的儿子把自己搬进坟坑里吗？

于是他心甘情愿地躺进了坟坑，看着春日的天空澄澈无垠，他突然起了个念头，缓缓伸手捂住了自己的嘴——这个动作起初只是他想跟儿子开个玩笑——这时孝顺的儿子果然开始埋他了，土壤以规律稳定的速度落入坑中，单身汉手上的力气也一点一点加大，他涨红了脸跟自己较劲似的捂住自己的嘴——这是他临死的姿态，几只归鸟在天空鸣叫。当他想把手放下来的时候却发现由于天气和冻疮的缘故，手上和嘴唇的皮肤不知何时像胶水一样黏着在一起。他用尽力气也无法分离，他突然感到了一阵惊恐，儿子好像注意到了他姿态的扭捏，蹲下来努力地协助他。他感到皮肤撕裂的剧痛，试图用声音告诉儿子不必帮忙，可是张嘴却只能发出呜呜啊啊的声音。孝顺的儿子在所有的努力都无济于事之后，顺手就用铁锹砍下了父亲的手，终于在临终前又为父亲做了点事情。可怜的单身汉那时无法发出一声惨叫，只能噙着眼泪向儿子表示感谢。

随着土坑渐渐填平，他的视线逐渐为土壤遮挡，不知怎的，他看到儿子的身影也越来越虚幻了，儿子像天空的影子映照在地，儿子像流风，夹着轻声细语，似有若无，儿子，他的儿子，他们亲密无间，生死相依。

单身汉躺在了宏大的死之中,听到了嗡鸣之声似乎从极为遥远的地方传了过来,夹杂着他的出生和死,以及言语所糅杂成的声音,犹如乐章。这声音与其说是听到的不如说是感受到的——将死之人会拥有发达的感官——他看到初来乍到那天,儿子飘浮在声音之上,循着无形的路前来寻觅他。那声音不依时光而行,那声音一直流荡回旋,像天地的法则。直到他听到余音消散,他才明白自己终于死了,寂静就像这片死亡一样安宁又清凉,土壤里静得出奇,他再也听不到人世的声音了。

余华 点评

　　武茳虹的写作常常由意象衍生出故事,由荒诞过度到现实,在她的小说中可以看到一种智性写作的尝试。作者借助层层设计的叙事迷宫,将混乱与迷惘并置,以极端的方式推进叙事,企图将读者带入到一个荒诞的世界。在她的小说中,意象不仅是思维的延展,亦是叙述的核心。无论是为父亲掘墓的儿子,又或是古老的沙漠中缓缓涌动的漩涡,这些意象本身就凝聚着某种紧密的张力,指向了存在的根本命题。

12

张祯

迷雁坡

张祯，1996年8月生，江苏徐州人，2019—2022年就读于北京师范大学文学院文学创作与批评方向，获文学硕士学位，作家导师苏童，学术导师张莉。短篇小说《迷雁坡》发于《大家》2021年第6期。曾获第六届"野草文学奖"小说组一等奖，"青工委"首届中国青年原创故事大会年度优秀大学生原创故事奖，"文学与人"第九届华语文学原创大赛入围奖，第一届全国大学生灵河剧作孵化季入围奖。

《迷雁坡》发表于《大家》2021年第6期

西北乡有迷雁坡，盖阴雾时塞，雁至此而迷也。

坡云迷雁，则人之迷而不悟者亦或不免矣。

像五晴这样四十岁还没结婚的女人，在王府庄很罕见了。同她一般大的妇人，风沙吹了满脸，如同秋后的芦苇，枯萎了，倒塌了，可她还是年轻的样子。这人呀，越是想老，便越是老得慢，老天总不顺人意的。数十年日月轮转，她只在这座空荡荡的院子里，与一条捡来的狼狗做伴儿。

元姑死后第三年，院子里老葡萄藤枯了。五晴刨净根，撒一把麦种，秋天便有麦子，连着风刮来的菜籽，一并长成了囫囵个，她就将就着吃，蒸馒头，下面鱼儿，春耕秋收，倒也自在。如此过着，一晃也是好多年了。她少与人来往，只有做衣裳的时间，才到旗杆街上的侯家制衣店里头坐上一刻钟，量好了尺寸，谈好了价格，不耽搁时候，立刻就回来。就是这样，还有那说长道短的闲嘴子，将那鳏夫与五晴乱扯一通。幸好五晴从小就不恼人，你都说到她脸皮子上来了，她也只是笑笑，仿佛跟自己毫无干系似的。

这不，到了秋日该添衣裳的时候了，五晴又来制衣店取衣服，一出门，就看见李奶奶在大马路边晒太阳。李奶奶年纪出了百岁，越老越多事了，仗着年纪对五晴横起来，非要让五晴陪她说话。五晴哪有话同她说，两家从爷爷辈就减了来往，就连元姑在世时，见了李奶奶也不招呼的，如今李奶奶却冲五晴，一口一个闺女叫得亲热。五晴躲也躲不过，瞧她满口的牙掉光了，话说得慢，儿孙都忙着，谁有空来听她说话？倒也可怜。反正五晴有的是时间，干脆搬了个小板凳，坐在太阳地里，一边嗑瓜子儿，一边听她说闲话。李奶奶说累了就停下来歇歇，五晴也不催，靠在不知谁家院墙上，闭眼晒太阳，恍惚发起困来，却不好意思就此睡去，一双眼睛开了合、合了开，最后妥协成条微缝，算是最后一点殷勤。李奶奶的痴呆病得了有几年了，纺棉似的，把旧事来回掰扯，直说到日头寥落，她才终于倦了，慢慢地哼起一首歌谣：

　　王府庄，生大元，忽必烈扩疆来屯田。
　　马行一日天色晚，王子在此安营寨。
　　杀了人来开疆土，从此这里称王府。
　　王府庄迷雁坡，失迷银子九缸十八锅……

五晴伴着这熟悉而陌生的小调，才真正闭上眼，沉沉睡去。

一

五晴父亲去世前半个月，苏塘下了入秋以来的第一场暴雨，一直下得天昏地暗，水涨船高。路淹了，父亲不让五晴出门，她只能推开窗子，和隔壁的阿蓬隔着雨帘下象棋。到了第三天傍晚，瓢泼大雨终于偃旗息鼓，转为蒙蒙雨雾。五晴给父亲添了热茶，溜到院门口脱了鞋袜，挽起裤脚，下去蹚水。水倒是不深，只淹没她细细的脚踝，还能看得见底下凹凸不平的青石板。雨冲来了河里的鱼儿，随便下手一捞，就有不少收获。五晴才掏出捕鱼兜子，一转身，就见一个头戴黑帽，身穿呢绸大衣的男人拎着小皮箱，快步拐进了她家的院子。五晴忙跟了过去，见男人把一柄黑伞竖在墙角，伞尖指地，伞身滴着永不断绝的水珠。他跺了跺雨胶鞋，放下手里的箱子，脱下淋湿了的黑色大衣，摘下帽子，轻轻盖在衣服上。五晴这才发现原来他头发竟已剪去了，后脑勺只残余着灰白的发根。那人安顿好自己的东西，才略略低头，转过半个身来，镜架顺着鼻梁微微下滑，眼球上翻，两道鹰似的目光从镜框上方扫视到五晴脸上。五晴见他胸前口袋里别着一支钢笔，心想，这位十有八九便是伯父童先生了。她背过手去，把捕鱼兜子藏在身后，乖巧地冲他咧开一张豁了牙的嘴。

　　童先生没做任何表示。他转过头去，习惯性地用手从光亮的脑门摸到后颈，打开行李箱，掏出一盒茶，往五晴父亲房里去了。五晴乖乖放下裤脚，踌躇着不知该不该跟上去。她自小在这里长大，从没回过北边的老家，只是听父亲说起过童先生。他是童家几代以来的出色人物，既精通上下五千年的历史，又颇有才学，文墨更是一绝，连县志也是他主持编纂的。庄里谁有不懂的，尤其是喜丧礼节，来往用度拿捏不准，都向他来咨询。五晴看着地上那一串湿答答的脚印，不断向前延伸，一直消失在父亲门前。紧接着，她听到父亲房里传来一阵剧烈的咳嗽和几声微弱的对话，一定是父亲挣脱病床的束缚，起身握住童先生的手，又牵动了孱弱的身子。

童先生住了下来。他每日早早起床，泡上两壶好茶，来接待远近亲戚和父亲旧友，让每位探病者都能感受到主人家的热情与细心。他吩咐五晴时刻守在院子里，见谁的杯子将要空了，自觉去添茶水。五晴向来疯惯了，没干过这差事，纵使打起十二分的精神，也难令他满意。她手里做着活儿，余光还时刻牵挂着童先生的脸色，愈是小心翼翼，前后思量，愈是两头落空，惹他不快。然而，这还不算什么，等客人都走了，才是五晴最坐立难安的时候。童先生——列举她今日的举止罪状，劈头盖脸地训诫一番。座位如何安排，谁为主，谁为次，什么时候该说话，说什么，如何说，什么不该说，怎样回答亲戚刁钻的提问，他一概都要严肃审问。五晴的回答达不到他的满意，他便罚她到廊下罚站。童先生看见五晴偷偷抹眼泪，面上波澜未惊，可就在五晴放松警惕之时，他突然拍着桌子大吼，随手抄起物件砸在地上。赫然声响，把她吓个哆嗦，这下她的眼泪就更不受控制了，连话也说不伶俐。

没人来探病的时候，童先生多半会在昏暗的病室里和她父亲聊天，五晴也能得一日清闲。父亲畏寒，屋里点着煤炉子，烟呛得很，五晴裹着绒毯缩在凳子上，听着他俩多半驴唇不对马嘴的谈话，随时准备起身端茶倒水。父亲咳得四肢疲软，吐着浓痰嘲骂生意场上的对手，童先生坐在一旁的太师椅上，半眯着眼，如同一块缓慢生长的沉香木。等父亲说累了，他便接过话，聊上两句，聊到极开心处，童先生放肆大笑起来，五晴也就陪着傻笑了。

父亲日复一日地吃药，病却不见半点儿起色，反而逐渐憔悴下去。及至父亲隔三岔五把她叫到床前，叮嘱她要听伯父的话，五晴知道，父亲再也庇护不了她了。她多半要跟门神脸的伯父往北边去，有多北，她也不知道，可那是父亲小时候的家呀，自然也是她的半个家。

才十几天，院子里的杨树叶子全掉光了，父亲就在这秋日黄昏里吐完了最后一口气。院子里架起了丧棚，纸人纸房堆了满满一堂。童先生拽着她的胳膊，把她往棺材前一推。五晴心里原是比谁都难过，鼻尖酸酸的，可就是哭不出来。她回头看见阿蓬正站在她身后，自己哭相这么难看，怎么能在他面前哭呢。人群里就有人开始低声议论，说五晴没教养、不孝顺。童先生的脸色闪过一刻的难看。等到下葬那天，他见五晴仍没有红眼圈，遂将她喊到僻静处，二话不说，直接扇了她两巴掌。

那一天，所有人都听到了五晴响亮的孝顺。

父亲的头七是五晴八岁的生日。她从苏塘坐船，坐火车，又换大巴，一次次被童先生拎起又放下，像个笨重而不知好歹的货物。不知是童先生很少从事体力活动，还是家族的肺病基因已经蠢蠢欲动，他搬箱子时总要很努力地换气。五晴想帮忙，手还没伸出去，他就吩咐五晴安心待在一旁，若她还欲伸手，童先生的话里就明显按捺了脾气，说了不用你动手！五晴只好悻悻缩回手，同时缩起脑袋。

一路远行，闲时太多，童先生问她读过哪些书。五晴连连摇头，父亲向来不问她的功课，连学堂里的书都被她撕光，折了纸飞机，烂毁在屋脊上。童先生从包里拿出一沓纸，摘下别在胸前口袋上的钢笔,默下了《三字经》全文。

就这样,在颠簸的公路上,五晴背会了《三字经》。

二

谁进王府庄,都得走旗杆街。童先生家就在这条街上,从写着"磨推子上北"的巷口进去,走个一百米,门前坐着两头石狮子的就是。早年间,这三进院不难找,因明清两代出了两位举人,在朝廷做了大官,童家老祖为记往日辉煌,勉励后世子孙,遂在门口筑立起一座旗坛,四五里外都能看到,久而久之,旗杆街也就叫开了。

五晴来的时候这一切都没了。她跟在童先生身后,进了一扇朱漆大门,穿过院子,影壁左侧开一扇旧门,斑驳红漆,显出一派底色凄凉来。如今外院连带倒座房,都是李家住着。往日在童家做活的下人不少,渐渐都分了房去,宅子北头的三进院连同后罩房,由孙家、王家或者刘家住着,与童家砌了高墙相隔。只是这李家的确可恨,不仅将外院据为己有,连左右屏门后头,原属东西厢的侧耳房也一并占去,倒逼得二门生生往里挪了十来步。当年争房之祸,气倒了祖父,因此两家虽日日穿院相见,彼此却无甚来往。

五晴随童先生进了二门,院里静悄悄的,不像是有人的样子,一阵穿堂风扫过,惊得廊上落下几只残叶,她抬头见廊上枯枝朽损,早已分辨不出是何草木,连同那旧梁古椽,皆似行将倾塌。这原是大宅子的内院，东西厢房分于左右，各有抄手游廊，通往厅堂。西厢紧锁，说是堆放杂物之类，并不能进。东厢里外共两间，她在路上就听童先生说起过，家里还有位堂姐，小名元姑，她想住的就是里头大的那间。外头小间已经收拾出来，往后这是五晴的住处了，如此一来，堂姐每次出门，必得先穿过自己的屋子，两人日夜相见，总不至于太孤独。她心里暗暗想着，脚下走到了正厅，还未跨过门槛，先有一股香味扑面而来，五晴疾行两步，见正对门的墙上挂着一幅夏日午荷图，翘头案两侧各立一只青花长颈瓶，往前一张八仙桌，两张苏式黑漆圈椅，左侧靠墙摆着绿面冰箱，与墙角留着一人空的间壁，冰箱南边一张黑色软皮沙发，中间靠背凹进去一块，里头裱着四寸见方的山水画。画装了新壳子，底子究竟是老的。东耳房是童先生的住屋，西耳房作了童先生的书房，五晴不敢进去，只踮脚朝里望了望，只见西墙角有一架螭纹万历柜，一并落着锁。细细算来，童家的三进院，如今连称一进也要打个折扣。

　　怎么搬这来了？童先生指着置香案上的小铜炉问。五晴听童先生话里似乎有些不满意，略略往前挪了脚，正犹豫着要不要过去搬走那香炉，就见绿面冰箱后头探出一张苍白的脸，白发，长长的，从两鬓哗啦一下披散下来，吓得五晴哎哟一声，跌坐在沙发上。

　　刚在这儿做了会儿功课。白发女孩双手捧起铜香炉，胡乱打量五晴一眼，挟走一屋子檀香烟儿。五晴呆坐在沙发上，回想起刚才那女孩的眼神，仿佛既为吓到五晴而歉疚，又为她的惊呼而感到轻蔑。

不多会儿，女孩端着三碗米饭、三碟菜从灶屋间出来，用大木托盘盛着，侧身闪过门帘，一样样摆在桌子上。片刻的工夫，她已换了模样，头发高束在脑后，混不似先前那样松散，也把整个脸儿叫人瞧个清楚。五晴悄悄偏过头，只用眼角余光一扫，见她白净素玉的面庞，细长的脖颈向上挑着，一身白衣裳，活像个雪堆起来的人物，仿佛一出这屋子，顷刻就能让日头烤化了似的，不由得多看了两眼，哪知女孩忽然偏过脸来与她对望，一双眼睛凶得叫人心惊。五晴心里咯噔一声，哪里还敢细瞧，匆匆移开视线。

这是你叔家妹妹，童先生指着五晴说。元姑扭过头，五官拥簇出难堪而虚假的微笑，这微笑大半是用来对付童先生，待他一扭头，她的微笑刹那飞逝，像日落时小贩收起摊位一样，收起疲惫的目光，转头却不知从哪儿搬来一把靠背椅，让五晴坐了。

才进来不过半刻钟的工夫，五晴全然忘记了外头天地，恍惚只觉岁月倒回百余年去，亏得软皮黑沙发和绿面冰箱还使她记得时日，否则真要不知岁月几何了。

好不容易坐定了，五晴正要下筷，抬头却见元姑手里的斗笠碗盖着大半张脸，只露出半扇眼珠子，穿过碗沿与鼻梁的缝隙盯着自己。好一家子，当真是一法儿瞧人。五晴把筷子伸向稀少的肉片，她的吊三白眼猝然压低，射出一种威胁的冷光，就像护食的饿狗喉咙里发出的低吼警告。五晴只好缩起脑袋，将手里不知轻重的筷子，落到不咸不淡的青菜汤里。童先生藏在大镜框后的双眼，也并不闲着，一旦五晴举止稍有不当，他就毫不留情地举筷敲打她的脑门。好一张八仙桌，给他们做成了三角形，一人一角，保持着相当距离的尊重，可眼神却形如飞羽，搏杀阵阵，你来我往间，打得砰砰乱响。一顿饭下来，五晴因为吧唧嘴被他敲了三次，又因为个头太小够不着，站起来夹菜被打了一回，单手接碗筷重敲一次。饭吃到一半，五晴脑门红了，眼圈也红了，狠狠咬住下唇。童先生的筷子落得又重又响，仿佛在向碗碟发泄着心头怒火。五晴把脸埋进碗里，眼泪啪嗒啪嗒滚在饭团上，她不敢声张，只得大口大口地吞咽自己的眼泪。童先生终于没有继续发作，三两口吃完，掷筷走人。

傍晚稍歇，她独自收拾行李，将从前所玩之物锁进柜子里，伏在桌上打了个盹，因怕童先生有事来叫，所以不敢熟睡。醒来不久，便见星辰升起，童先生点上灯，唤她俩到正堂来背诗。元姑比五晴大，开蒙早，记忆力也好，随手翻开《全唐诗》《全宋词》，哪一篇她都能倒背如流。五晴一点也不喜欢这些之乎者也，可她知道，只有乖乖背了书，才能换来童先生满意的微笑。偶尔五晴背得又快又好，童先生也柔声细语地鼓励她两句。五晴见到这难得的温柔，正欲措辞来对这温柔给予感激的答复，他却扭过头去，不理她了。

那一瞬间，五晴感觉自己像碗夹生的饭。

她们背诗，童先生也并不闲着，他戴上橡胶手套，捏着一把细头刷，扫去占董纹理中藏没的暗灰。有时是青铜器，有时据说是蛮珍贵的字画，更多的是瓷器碎片，他用特质胶水把它们一个一个粘起来，拼图似的，倒有些意思。五晴痴痴地看他侍弄老物件，私拉的电线亮着偷来的光，暗得人心慌。他的影子投在五晴半张脸上，五晴捧着《论语》，穿过伤眼的暗灯，努力打起精神。

童先生手里正摩挲着一对青花茶盏，那眼神仿佛她盯紧了层层菜叶下的羊肉。他能从斑斑点点里看出那不是伤痕而是甲骨文或者秦朝小篆——她在夜里蹲茅坑的时候也会把剥落的墙皮看成一只奔跑的狗，或者是汉朝画像上的西王母出巡图，她以为是缥缈的月光和流变的树影给了自己无限发挥的空间，后来才明白，人世间的虚无和幻想是一模一样的。

童先生有时叫元姑帮他寻件工具，元姑总推说功课没写完，完成了背诵任务，一刻也不愿多待。五晴是个没脾性的，又对古董表示出不少兴趣，就成了童先生的助手。童先生一边清理，一边给五晴讲解。五晴东瞅瞅、西逛逛，心里欢喜极了。人一欢喜过头就容易口不择言，五晴也是，她高兴地问，童先生，这很值钱吗？

屋里骤然寂静，五晴恍惚听见童先生鼻孔里发出听不真切的冷哼。长大后她才知道是自己把他看俗了，人并不是都为着钱的。她急忙垂下头去，以书遮脸，正欲偷偷溜走，却被童先生喊住了。

"我同教务打过招呼了，明天你跟元姑去学堂念书，日后无论上学放学你都得同她一起。"

五晴攥紧手里的书，耐心等待着下文。

"你姐姐和前院李家很熟络，你多跟他俩一起玩，他们要是欺负你，就来告诉我。你与他们去哪里玩，也都该告诉我一声。我看人最准，你比你姐姐懂事得多，让我放心。"

五晴似懂非懂地点点头，抱着书本出来，掩上身后的门，正要回屋，依稀瞧见院里的棋桌边坐着两个人，再仔细看，发现元姑披着一件大袄，棋盘未开，她已先入局了："这糖给我是糟蹋了，我也没什么好东西还你的大礼。"对面一阙黑影笑呵呵地道："不值钱的吃食，你要吃多少都有，只是，算术作业，我……""我就知道，果然天上白掉馅饼的事儿，落不到我身上，要我替你做功课？""不用你动手，借我看一眼就行。明日给你带去学校，也减轻你的书包。"元姑给了他，还要奚落他一番："你少花点心思在游戏上，谁能考得倒你？"话音未落，她转过身来，恼恼地说："你要过来便过来，躲在那阴处做什么？"对面那一阙黑影也站起来。五晴知道她是在叫自己，急忙走近了，瞧见她对面是个俊俏哥儿，眼睛不大，粗眉深目，敞着蓝棉衣，露出里头的混纺毛衫。元姑站起来，指着那俊俏哥儿道："这是前院李家的平二哥。"另一只手指着五晴："我叔家妹妹，小我六岁。"平二哥端起棋桌上的牛乳酥盒，正要递给五晴，元姑手一伸，将他的手拦在了半路："人家晚上可是正经吃了两碗饭，也不爱甜食，你可献不了这殷勤了。"五晴悻悻缩回手，脸上笑意却未掉："谢谢平二哥，童先生罚我抄诗，我得赶紧去写了。""那下次我带些咸口的来。"五晴听到平二哥还在她身后嚷嚷，只是不敢再回头，径直往屋里躲去。

　　五晴一进屋，迅速放下手里的书，跳到窗下的板凳上，两根小指勾住镂花窗子，朝院里张望。可恨游廊边的一簇竹子挡得死死的，五晴只能听见他们的声音："咱们总不好老一起出去的，以后少不了得带上五晴一起。"

　　五晴听见元姑在说自己，便把耳朵往窗子上贴了贴。

　　"那放了假我再来寻你，叫上五晴。"

"你真是会想，才见了一面，这么快就惦记上了。"

"她是你妹妹，自然也是我妹妹咯。"

"以前怎么没见你这么爱认人做亲戚的？"

平二哥干笑了两声，算是讨饶了。

"下次别翻墙进来了，清清白白来借东西，这样鬼祟，倒叫人觉得我不是个正经人。"

"谁敢这么说？"平二哥听起来有点恼。

"没人这么说，我自己胡想罢了。生什么气，你也不必天天为我在学校里出头，回家还要白赔一顿跪，犯得着吗？他们爱怎么样是他们的事。"

"他们欺负你，难道你就忍着？你就不觉得委屈？"

"我受的委屈还少吗？你少替我操心。我愿意作践自己，我心甘情愿，与你何干？"元姑一句赛一句强硬，让这话听起来有点不知好歹的刻薄。

正堂里传来一声咳嗽，将两人吓了一跳。平二哥求饶似的压低了声音。他们为啥这样躲躲藏藏的，是在躲童先生吗？五晴感觉奇怪得很。她想听已是听不真切，隐约只传来元姑低低地笑，不知道平二哥说了什么笑话，逗得元姑这样开心。五晴头抵在窗户上，夜里凉，冰得她额前木木的。昨天这时候，她还在和阿蓬打金钩钓鱼，她明目张胆地耍赖，阿蓬也不和她争，一副乐意输给她的样子。趁他不注意，她在他窗台上放了一条不值钱的五彩细麻手绳，她编了好多天才弄出来的、不伦不类的玩意儿。他可看见了吗？五晴低头想着，不觉失了神，再一抬头发现元姑已经站在门口了。她连滚带爬跑回桌前，腿撞到了桌角，来不及喊疼，随手抓起一支笔在纸上胡写。听见元姑推门进来，五晴手里的笔写得更快更乱，简直不似个模样，这字若给童先生瞧见了，非敲她脑瓜子不可。元姑走近了，递给五晴一盒牛乳糖，正是方才平二哥手里的那份："拿去吃吧，怪粘口的。记得漱口，坏了牙可没钱给你修。"

三

五晴父亲经商数十年，往来银钱，赚盈亏损，一笔一笔都登记在簿。他缠绵病榻时，五晴每日都要帮他核对账本，别看她不通诗书，看账簿却是一流。可在五晴看来，童家完全是笔糊涂账。童先生的工资，在村子里也是上等，而童家却像个无底洞，总是缺钱。童先生总在菜农即将收摊回家时，提着一篮子菜从菜摊上离开，那时菜价已是折了又折，相当于白送了。起初，五晴以为他是追求"一箪食，一瓢饮"，见他衣裳是补丁落补丁，袜子烂了也要缝缝补补又三年，还倒是节俭营生，可有一次，元姑在家烧水，不小心打翻了水壶，烫了一手泡，童先生带她去医院前，竟然跑前跑后，先找四邻借了五十块钱，才晓得他是真没钱。

按理说，耕田人家一年到头，刨去吃穿用度，尚有结余，五晴与元姑都在庄里读书，一年不过几块书本钱。童先生不许元姑打扮得花里胡哨，衣裳除了黑白灰，再没个别色儿，虽说是去制衣店现裁的，可挑的也不是上好衣料，又能用去多少呢？元姑身子单薄，经不得阳光，即便是七八月份热得狗吐舌头，也只能穿长衣长裤，算起来，不过多出几匹布钱而已。五晴这个拖油瓶自然只是捡元姑穿剩的。元姑的衣服到了她这儿，颜色乌了，甚至有些变形了，她照穿不误。元姑大她六岁，五晴得把腰往外卷几圈才能穿，跑起步来，总是要一只手伸到上衣口袋里去偷偷提着裤子。她从不敢跟同学打闹，一起身就得防裤子的背叛，生怕那不稳定的裤子给自己闹出了笑话。五晴自知是个大累赘，已经不是每餐多出一双筷子，洗澡多烧一次热水那么简单，从不敢有怨言。日子久了，五晴的颈椎先学会了弯曲，后来这毛病扩散到脊柱。她多想有件体面的衣裳，且不说什么光彩照人，只求不必时刻提心吊胆。她们从小被童先生教导着寻求精神上的富足，后来才发现自己一直想要的，不过一件新衣而已。

　　五晴是个外人，没什么不能忍的。可元姑哪里忍得过？她做梦都想有一条好看的裙子，总要隔三岔五闹一闹。元姑擦着桌子，嘴里嘟囔着说，若是没钱也就罢了，偏拿钱去攒些没用的东西，将来落到我手里，我便一个不剩地全卖了！童先生听了这话，不由得双目圆睁，仿佛眼珠随时能从眼眶里迸裂出来，喷人一脸血。五晴这才知道童先生往日的呵斥，已经算是极轻的惩戒。可童先生越是暴躁，元姑越漫不经心，她低着脑袋，掰着手里面的蒜瓣儿，或者扣着桌子上一块经年干瘪的汤渍，好像在听人讲一段没趣儿的故事。当童先生发现自己的愤怒激不起任何浪花的时候，这愤怒便化作巴掌，扇向元姑或者他自己的脸上。他打元姑不过是老子打女儿，这没什么意思，他打自己的时候就比较有趣了，最先哭的那个人是元姑。元姑挨打，一滴眼泪也没掉，巴掌一落向童先生，她终于忍不住，哇的一声哭起来。她一哭眼睛就会肿上一天，而那几年里，她的眼睛就没正常过。只不过吵够了、闹够了，日子还是从前那般过，元姑总还是要给自己找个台阶下，怨谁呀，东西也不是天上掉下来的，我再讨厌，那跌了砸了还不是损自己的钱。

转过年来，夏秋之交，五晴从箱底翻出来一件荷叶领红棉裙。这裙子是早年在苏塘时裁的，因五晴总是跟着一帮伙伴来去疯跑，父亲特意让裁缝剪了大裙摆，招招摇摇地跑过小巷，好看得不得了。五晴拿出来试了试，大小倒还能穿，只是搁久了，有霉味，遂将它洗了晾在院子里。才腾出手来，转头就见平二哥捧着一把红糖瓜子过到院里来。那瓜子刚出锅，炒得奇香，离老远就能闻到甜腻味儿。平二哥递了五晴一把，五晴不肯要。

"拿着吧，我兜里还有好多。知道你们爱吃，多带了些。"

"谢谢二哥，可我还有一件衣服要洗，待会儿洗完了再踏踏实实地吃吧。"五晴笑嘻嘻应着，从里屋搬出一把月牙凳，"二哥稍候，姐姐在屋里与童先生说话，马上就来的。"

"不碍什么，我来找你们玩，找你找她都是一样的。"

五晴笑了笑没言语，丢下他，好不容易翻遍柜子，又找来件衣裳搓洗。然而洗着洗着，她察觉到背后有眼睛正盯着自己看，是平二哥。他的眼睛简直像把刀子，一下下往她脊背上扎。好一会儿过去，五晴终于忍不住放下手里的衣服，转过脸去问，你看什么。平二哥惊慌失措，想转脸却已经来不及了，他半低下了脑袋，嘴里含含糊糊地说，我没看什么。五晴笑着说，你这人真有意思，我还没说什么，你倒先脸红了。

五晴向来不肯让人尴尬，主动说起天气来，竟也与平二哥有一搭没一搭地聊起了闲话。平二哥问她是不是见过童先生的收藏。五晴连连摇头，嘴上说着不知道，眼睛却无意间往西厢瞟了一眼。这一走神不要紧，手跟着一松，肥皂沾了水直打滑，呲溜从她手心逃走，滚到一片泥地上。平二哥见状，捡回来洗干净了递给她，一抬手的工夫，他发现五晴手指几近溃烂，指尖上层层叠叠的伤疤，在水的浸泡下浮现出更明显的纹路。"你的手怎么烂成这样？"平二哥一把捏住她的手，那指腹丧失了弹性，成为一摊死肉，轻轻一摁就凹下一处小坑。五晴把手往自己怀里拽，刚拿在手的肥皂再次从手心滑走，粘了满地新泥。五晴气急，抬肘朝他胸前一捶，嚷道："你干什么？"平二哥受了她一击，终于松了手问道："你找大夫看过吗？""看什么，就是水土不服，过了秋天就好了。""我家有药膏，你等着，我去给你找。"五晴看着平二哥着急离开的背影，心想，这人真是好笑，狗拿耗子多管闲事。

每年入秋时，五晴的十指就开始严重脱皮。她不停地洗手，手掌却浮起更多的小白泡。她用牙尖挑破浮泡，沿着外皮生长的痕迹撕出一条条纹路。刚撕下来的皮是透明的，透过太阳可以看到一段残缺的指纹，指纹是一种密码，每个人独一份儿的密码，由许多块皮质拼凑在一起形成的密码。一个人，一个物件，一个家族，都有自己的密码。但是密码也会破损。久了便会迅速发黄、内卷，像一片干瘪了的树叶。万一撕过了头，累及深层的肉，指尖便会留下深浅不一的伤口。皮肉是懂得退让的，流血的伤口在结痂后反而变得格外易揭，它忍让着它的主人，一直撤退到底线之下。无数个孤独的晨昏，她独自坐在院里，攥着一把枯萎的人皮,一一审视其中纵横的纹路。

平二哥跑进来,用干毛巾替她擦净手,仔细抹上了药膏。"行啦行啦,涂一点就行,抹这么多,我怎么洗衣服?""还洗什么,拿纱布包起来好得快。"平二哥不由分说地抓住她的手。"我不要,手指头肿成十根萝卜了。"五晴又气又笑,急忙拍着平二哥的手。

好巧不巧,元姑这时出了正堂来。五晴见元姑瞥了自己一眼,也不过来,反而匆匆往廊下走,料定她是生气了,遂顾不得满手药膏,忙上前拉住了她:"姐姐,平二哥在这里等了你好久,你们说说话。""爹约了朋友来,就快到了,恐他寻不到,叫我去接。"元姑嘴上说着,脚下也不停,只是一低头,瞧见身上衣服给她捏出来一把白印子,气道:"你手上粘的什么,脏死了,快拿开。"五晴松了手,往后退了退:"姐姐歇着,我去也是一样的。"好歹将元姑劝住了,才做出样子往门外寻去,可是哪里有什么客人呢?她只能躲在外头溜达溜达罢了。

黄昏时,五晴捧着一把瓜子来和元姑分,将平二哥今日的问话一一与元姑说了。这实在是因为她常听元姑发泄怨气时提起童先生的私藏,她也好奇西厢里到底装着什么。元姑手里正玩着一把瓜子皮儿,听了她的话,忽而掉了脸,将瓜子壳往五晴面前一丢:"什么好吃的,你吃吧,小心吃多了嗓子生疮变成哑巴。"五晴愣在原地,不知说错了什么话,竟让她的脸色说变就变。

到了夜里,大摆钟打过十二点,五晴在床上翻来覆去,难以入眠。一天到晚,偌大的宅子总是安静的过分,仿佛一踏进童家的门槛,就提前进入了黑夜。为了打破这亘古的沉默,五晴献殷勤地整理物品,清扫地面,洗刷碗筷,心想,我有很多好玩的事可以讲给你们听，我可以逗你笑，让我干什么我就干什么。在很长一段时间里，五晴每次在浴室清洗身体，都能感觉毛孔里争先恐后涌出的谄媚，甚至能掩盖掉令人作呕的汗味儿。她经常蹲到别人家门外，闻人家的炊火烟儿，听市井姑婆的腌臜话，看土狗躺在地上啃骨头。从前在苏塘，邻里相熟，家家户户门前流水，自个儿撑船，走到一家便讨要吃食，桂花糕、油糖酥，主人家里有什么招待什么。她无一日不想着从前的悠闲时光，也想从前的伙伴，隔墙的阿蓬哥，自幼便玩在一处，脾气秉性最是知道。临走的清晨，五晴到他家告别，朝霞满天，难得的晴好。原本这样的日子定要一起捕鱼捉虾，如今却天各一方，也不知他是不是早将自己忘了。她给阿蓬寄过十多封信，却一封回信也没收到。估计不是送信人懒怠，而是收信人早已不记得对院的故人了吧。往事种种，在这四方宅子里，一想就是一晚上，有时梦里泪湿了枕头，自个儿也不晓得。

五晴擦掉眼泪，挪了挪枕头，正预备要睡了，就听见元姑的房门抖了抖身子。五晴死死闭上眼，听见元姑径直穿过房间往外去了，衣裳窸窸窣窣地摩擦着。过了很久，外头一点动静也没了，元姑还是没回来。五晴悄悄掀被起身，扒着门缝往外看，却只有一地凉月，顺着屋檐淌进来。五晴轻轻推开门，大着胆子出来，还没走出两步，就听到冷冷的女声从背后传来："你起来干嘛？"

她给这声吓得汗毛直立，猛然一转头，窗边一条红裙子背对着她。那裙子之于元姑，算可遮住大腿，料想不算短，只是五晴少见她穿成这般，难保不惊奇。元姑面前放着连弧昭明大铜镜，一支粗狼毫湖笔，两束白发自后颈分流，梳至胸前，她看着镜里黄阴阴的脸，两根手指捻过发尾，另一只手拎起蘸满墨汁的湖颖，在发丝上画得专注。

"我想上茅房。"五晴小声说。

窗口阴风阵阵，斑驳树影遮住元姑的半张脸。

她半身落在月影处，半身浸在黑暗里，似乎跌翻了墨，泼得满世界都是，墨香咕噜咕噜满溢出来。她染完最后一缕，方才撂下笔，用篦梳把头发一根根仔细梳透了，冲镜子里的五晴招手："你过来。"

五晴挪到她身边，才注意到她刚洗了头发，满头凝着细碎晶莹的水珠，映得月光黯然失色。五晴看到每颗水珠里都有自己变形的脸，许许多多虚的脸形，霜一样结在她的发丝上，发丝与发丝缠绕着，打着卷儿，蛇一样交错，无数的脸撞着脸，交融或者滚落。

"你这裙子真好看。"元姑抚摸着裙子的腰线，身体在夜色里悄悄转动。她拿起窗台上的剪刀，毫不怜惜地剪去一缕头发。五晴看见无数水珠从她指间坠落，真像夏夜里划破苍穹的流星。枯萎的银发像是知道主人有心抛弃，干脆四仰八叉地死去，露出发丝包裹的一颗粉色泡泡糖。童先生一向教育她们女儿家应当端庄，不许随意披头散发，白日里元姑总是梳着高高的发髻，倒没叫人发现她头发里的秘密。

五晴见她左边头发自额骨处尽已变黑，沾了墨的头发妥帖板正，衬得她脸色苍白更甚，可惜墨干了板结成块，再飘动不起来了。

"让他们戏弄，不如我自己动手。"她偏过脸去找镜子，换了支极细的湖笔，在砚台中央抹了抹，描着左眉的纹路浅浅勾勒。她的脸比生宣还白，一点点黑落在上面，都是东风压了西风。元姑放下笔，葱白的手指浮光掠影般，往那胭脂盒里一点，涂在嘴唇上，苍白的嘴终于染了一点活色。

　　五晴猜得出来，定是元姑又在学校里受欺负了。那些风言风语她听过不少，他们说元姑是鬼女，专门下凡吸空人血，倾倒家业的，只看看童家破落空虚的家宅就知道。班上那些学生把嚼烂的泡泡糖丢到她头发上，端来家里的炉灰缸往她头上倒，说要给她上点颜色。自从五晴去了学校，还有许多人买了零食前来拉拢她，要她说出元姑在家里的怪异举动，好给流言添一点素材。五晴是好脾气大家都知道，有人笑她的口音她都不恼，却听不得别人当着面说元姑。她报复的手段隐秘且幼稚，偷偷将她们跳皮筋的绳子割下细细的口子，迟早要断裂，她耐心地等着，也许哪一天，皮筋就会像鞭子一样抽在她们身上。替元姑伤心难过的何止她？平二哥为这没少与人打架，隔三岔五脸上就带点彩，家里人一拷问，来去缘由他便交代了，李家人就罚平二哥跪在院子里，跪给元姑看。那日，五晴放学回来，看见平二哥正跪在紧闭的二门前。五晴轻轻一推门，就见侧影一闪，元姑匆匆往屋里躲去，转身时不小心打落了廊上的两朵凌霄。

　　五晴刚想开口安慰她，却被她捂住了嘴巴。元姑一手搭在五晴细肩上，另一只手指向罗汉榻、顶箱柜，还有那三折立地玲珑画屏："你看这儿，那儿，全是吸食人血的恶鬼。"她贴近五晴的耳朵，压低声音："我今晚就会死。"五晴低着头不敢喘气，元姑发间一滴墨滚落，如血飞溅在五晴脖颈边，五晴一哆嗦，墨滴便沿着身体下滑，穿过她的前胸，停在她的小腹上。

元姑笑了，冰凉的手从她肩上滑走，又懒懒地坐回镜前，右手遮住还未上色的半脸，下巴尖轻轻往门口一挑，左眼飞了个眼色："你不是去茅房吗？"

她们一前一后，穿过镜子望见彼此的脸。

许多年后五晴回想，如果非给故事一个起点，这才算她们真正认识的开始。过去她是她，元姑是元姑。大概是黑夜吧，黑夜击破了彼此的边界。此后无数个漫长的夜晚，元姑盘腿坐在月影里，用她轻柔和缓的嗓音，淡淡讲述着她对死亡的痴迷，像个即将得道成仙的老和尚对俗世子弟传布他的道法。五晴把自己听来的琐事添油加醋，编成好笑的故事，插科打诨，就为了让元姑一笑。夜晚的元姑很爱说话，偶尔月光明亮些，五晴便能看见她微笑时的梨涡。但大部分时候她们都看不清对方的脸，只听得到彼此的呼吸和微笑时鼻腔里的丝丝气流。五晴看着元姑落在白墙的暗影，觉得那影子就是自己。一个人是可以被分成两半的，五晴想，被切割的过程一定痛苦，就像重新糅合时一样。

次日，五晴起来时，见元姑重新盘起了头发，坐在游廊上看书，院里的水池边沿还流着几滴墨渍。五晴看看她，再看看晾衣绳上随风摆动的红罗裙。昨夜似真似假，梦里黄粱而已。

四

童先生又把五晴单独叫去了。

五晴推开门，看见童先生靠在太师椅上，半闭着眼——元姑说过，童先生熟睡时也会露出部分眼白，以极微弱的速度缓缓转动着，就像暗中蛰伏的虎豹，让你战战兢兢地熬着，不知他何时会真正醒来。

　　他永远也不会闭眼，元姑曾对她这样说。

　　五晴轻手轻脚，在沙发一角乖乖坐定。她已经在这宅院里住了好几年了，寄人篱下，多多少少该长点看人眼色的本事，虽然年纪尚小，却也渐渐在这恓惶的日子里生了七窍玲珑心，她明白童先生找她做什么——无非就是问一问最近元姑是不是与平二哥走得过于亲近。童先生拿她当他的一双眼睛，替他去看那些他不方便探听的内容，她也规矩着，认清了自己外人的身份，总该尽些义务才能心安理得地住下。

　　她无聊地摆弄着头发，等童先生醒来。这是她从元姑那里学来的游戏。女儿家似乎天生就有打发时间的好法子，老宅里的时间太长了，手必须去触碰些什么，才足够打发长日无聊。五晴从马尾里分出一小绺头发，两个食指捏住尾端的分叉，撕啦。

　　"你知道什么是头发的刑罚吗？"元姑将五晴往自己身边拉了拉。五晴闻到她颈边花露水味儿，凉丝丝的，似一条蛇钻进她的鼻腔里。她从元姑的头发里听到了无数声漫长的抽泣，撕开的发丝里流出了黑色的血。

　　"姐姐，你帮我也撕一撕。"五晴拔下一根分叉的头发，放在元姑手里。

　　"你自己来。一离开头皮，头发就咽气了。"

　　五晴转脸扎进头发的海洋，辨别着每一根发尾的形状，许许多多分叉的发尾争先恐后地朝她扑来，一瞬间她感到窒息，仿佛有什么正拉着她急速向海底沉去。后来，她抓住一根做浮板，仔细一数，足足有十四根叉。五晴感到一种难以言说的快感，她的手快乐地在发间摆弄，仿佛她手里撕开的不是头发而是一只炭烤鸡腿。如果有人在傍晚走进童家庭院，就能看见两个女孩在廊下撕发尾。她们坐在灰色的夕阳里，身上流满了黑色的血。黑血汇聚成一弯细流，从她们的鬓边流下来，流进她们眼里，流到她们嘴边，流遍她们全身。

呸呸呸，黑血是辣的。五晴吐了吐舌头。

童先生醒来的时候，五晴还在和一根分叉的头发较劲。见童先生醒了，五晴正起身来，理净了头发，见桌上茶凉了，急忙添了热水，将数月以来的玩乐嬉闹一五一十都说了，一点没留底。她实在不知这些有什么好瞒藏的，只不过就是平二哥和元姑开了什么玩笑，说了什么闲话。往日平二哥不来，元姑是不爱出门的。她喜欢躲在屋里看书，把那些翻烂了的书再翻一遍，仿佛她的一生将随着这些书老去了。五晴不敢撺掇她出门，只好先去敲平二哥的门，转头来做个报信使。平二哥来了，元姑便叫上五晴，带着水和干粮，沿着旗杆街往西北走，去迷雁坡上看大雁。五晴跟在她身后，像个打杂的小喽啰，撑着一柄大花伞，给她遮阳。元姑在小土坡上支起画架，五晴给她捏捏肩、捶捶腿，还时不时调侃她，将来成了享誉全国的大画家，可别忘了叫自己去给她端茶倒水。元姑笑着，手里却不停，一杆笔刷在白色的棉布上飞舞：蓝白的花，波涛汹涌的大海和无际的天。她喜欢蓝色，凋零的蓝、奔腾的蓝、静谧的蓝，样样都长在她心里。于是五晴看到的每幅作品，都有一个蓝色的幽灵。然而，看久了，就不是五晴在看画，而是画在看她。画里的幽灵就是元姑的化身。就像她总是坐在角落里，很少言语，可你每一次抬头都能发现她在盯着你，你被她的眼神盯得发毛，恨不能把她的眼睛蒙上，甚至挖去。她却若无其事一般，像是把你的骨头都看透了，根根都摆得清楚。

　　迷雁坡就是一座普通的土坡，如一只身驮土砾的龟，伏地长眠。每年入秋后，北地的大雁边就会成群结队一路向南飞去，却不知怎么，每每飞到这里就连领头雁也不辨方向，人字队伍仿佛被什么冲散了，众雁在半空中凄然长鸣，久久不去。"王府庄，生大元，忽必烈扩疆来屯田……王府庄迷雁坡，失迷银子九缸十八锅……"元姑挤着颜料，嘴里哼着童谣，给五晴解释迷雁坡流传的故事。平二哥躺在草地上，分心听元姑讲故事，他手里攥了只蚂蚱，噗啦一捏，蚂蚱的脏腑直接喷射而出。五晴尖叫着躲开，平二哥讪笑着，扔掉手里的死蚂蚱，顺手拔了一棵狗尾巴草，挠着五晴的脖子。干什么，五晴一巴掌拍在脖子上，拽过那根草，翻身在草地上打个滚儿，匆匆离他远些。平二哥还追过去闹她："你晓得忽必烈是谁？他在这儿建过王府，所以才叫王府庄，后来他去南边，就把宝贝都埋在这里了，这歌谣是藏宝图呢。"五晴不理他，枕在元姑腿上，仰着头看着元姑的下巴颏儿，小声嘀咕道："姐姐，真有这些宝贝吗？九缸十八锅，这得值多少钱呀！"五晴十个手指头来回掐算，乐得嘴角咧到耳朵根儿了。元姑拍醒五晴的白日梦："要真有，怎么几百年了都没人找得到？快起来，我的腿被你压麻了。"五晴坐正了，抬头指着天上盘旋的雁群，随口胡诌道："也许它们知道呢，不然这歌儿里怎么说的都是它们呀！"

那是一句没头没脑的胡话，可是偏偏有人认作了金玉良言。次日一早，五晴看到平二哥在擦弹弓，那弹弓打打麻雀还算有两下子，雁飞得那么高，怎么能够得着？可是谁也没想到，后来她们真的得到了一只雁——自然不是平二哥打来的，倒像是老天爷的怜悯，一挥手从袖子里不小心掉出来的。

是深秋了，按理说这时候往南的雁群早飞走了，单剩下这一只雁，飞得很低，差不多刚从她们头顶上擦过，飞出没多远，就盘旋着跌落在草丛里。五晴急忙跑过去，发现是只受伤的雁。幼雁见有人靠近，徒劳地扑腾两下翅膀，平二哥伸手就将它逮住了。

于是那几天，天刚亮平二哥就趿拉着拖鞋，提着笼子，哼着不三不四的小曲儿，跨过门槛来。他家原有个养喜鹊的鸟笼子，喜鹊死后，笼子还在屋檐下吊着，风侵雨蚀，生了红锈也不管，如今又拿下来养起了大雁。这虽然是只幼雁，身形也比喜鹊大许多，站是站不直了，只能弯着脖子，向前探起脑袋。长久地保持这姿势，对雁来说近乎毁筋断骨，它细弱的呻吟在淫雨霏霏的秋天里，像一段没音没符的滥调。五晴只当它是饿着了，溜着墙根后檐割了一把野秧草来喂它。元姑离得远远的，耐着性子看五晴又是换药又是喂水，看看看着她忽然就恼了，捂着耳朵抱怨说："吵死了，它怎么老是这么叫啊，烦死了，快给我拎走！"平二哥朝元姑瞪了一眼，低声对五晴抱怨道："你瞧她，小心眼儿，什么都能生气。"五晴悄把秧草往平二哥手里一塞："别说了，你快拿回去喂吧，姐姐要恼了。"

小半月过去，眼看着幼雁的伤好了，五晴要把雁放出来去找宝物，平二哥嘴上抱怨说别让它飞走了，可为了哄五晴开心，他抓住两只雁翅，将雁提起来，手心一攥，雁突然尖叫起来，腿失控地蹬着。五晴被雁这一声尖叫吓坏了，往后退了退，不小心踩到了元姑的脚尖。元姑扔过来一截麻绳说，你要是怕它飞走，就把它捆起来吧，掰断了它的翅膀，它就永远都飞不起来了。平二哥觉得麻绳不称手，干脆将一对雁翅用大力胶死死缠住。幼雁在笼子里待久了，身体已经变形，头老是那么低着，后背鼓凸，连挣扎的力气都没有，任由他们捉弄。五晴在幼雁脚腕处系上风筝线，幼雁一迈步，风筝线圈上嘀嘟嘟地滚起来，五晴跳前两步，拉住线圈，递到元姑手里。元姑站在原地，扯着线收收放放，幼雁拱动翅膀想要飞起来，无奈被束缚着，不死心地试了百十来回，终于放弃了，黑滴滴的圆眼失魂落魄地张望着。幼雁一路往西北走，像一只蠢笨的鸭子，步子跌跌撞撞，绕了不少冤枉路，最后竟又来到了迷雁坡上。元姑丢掉风筝线，任由幼雁瑟缩着羽毛，躲到附近老槐树的树心里，拱着嘴去啄羽翼下的胶。这棵树前年遭了雷击，被劈成了拱状，树心全空了，生了黑漆漆的虫卵，树冠却依旧开自己的花。平二哥唯恐幼雁跑了，急忙捡起线头拖了拖，要把雁从树心里拉出来。幼雁好容易得了一处舒适的休闲之地，自然是脚掌死死踩住地面，哀号乞怜，不肯离开。五晴看见风筝线将它的踝骨勒出一道深辙，心中不忍，正要去劝，哪知元姑也急了，先一步伸手去夺平二哥手里的线，嚷道："松开，你要把它摆弄死了。"平二哥哪里就肯让她拿去，他往后退了两步，争辩道，我把它拉出来，别叫它跑了。元姑被那雁叫得心中不爽，嘴上更不饶人："你非要把它折磨死？就算真有什么好东西，还轮得到你？"平二哥见她板起了脸，不由得也恼了："对，我这么普通怎么轮得到我呢，哦，我忘了，你比别人特殊，你上上下下都比别人特殊。"他这话一听就知道在心里憋了许久，今日可算找到了机会反击。这下五晴是想拦也来不及了。元姑绷着下巴，看了看平二哥，又看了看五晴，最后冷笑了一声，别过脸，松开手里的一截风筝线，独自下坡去了。平二哥还大声嚷嚷着说，这雁是我抓住的，我想怎么办就怎么办，你是谁，管得着嘛，他猛地将绳线一扯，幼雁被他高高提起来，又重重摔在地上。五晴顾不得和他争论，急忙下去追元姑。

黄昏时分起了北风，前院李家的油烟尽往她们院里吹，还带着一股焦香。五晴不是有意要听墙根，可李奶奶嗓门太大，她想听不见都难。李奶奶抱怨说，那雁叫魂似的，叫得我天灵盖发麻，我早就跟你说了，给它拔了毛，过油一炸，香不香？

另一人只顾着嚼骨头，嘴里呜呜噜噜的，听不清说了什么，可一猜也知道是谁了。五晴关上院门，回头发现元姑正站在自己身后。元姑盯着炊烟看了半响，忽然说，这油真臭，我一闻见这些油炸的东西就恶心。五晴看见元姑苍白的脸闪了一下，黄昏就消失了，炊烟漫过了童家内院，元姑剧烈地咳嗽起来。

最后是五晴做了和事佬，劝了左边劝右边，三人才又玩在一处，只是从此之后，他们再也不提那只雁，寻宝计划就这样无疾而终。

这些琐碎的事情五晴当然不打算告诉童先生，免得他又要训诫她们姐妹俩不务正业。五晴是个聪明人，知道什么该说、什么不该说。莫说对童先生，就是对元姑，她也不肯交底，倒不是她有意要瞒，只是有些话说出来，难保不被误会，譬如平二哥净拣元姑不在的时候来，又说些怪话来逗她。有一次五晴到他家去，天热，地上铺了凉席，门敞着，他穿着裤衩躺在上面啃西瓜。他让五晴躺到他身边，你到电扇底下来，这里凉快。五晴见他这样子，连连摇头说，你吃吧，我就来问问你，下午去不去玩。你想去吗，你想去我就陪你去，平二哥伸手从后面的箱子里抱出一对白兔说，咱们一人一只，你挑一个。五晴笑着摆手说，你没听说过兔子不能单养，分开来，这两只都死了。平二哥说我怎么不知道，我还知道童先生不让你们养，所以才替你养着它。是吗，五晴脸上笑着，心想你脸皮可真厚呀。她拉过旁边的矮板凳坐下，将一只兔子抱在腿上，轻轻抚摸着兔子，趁他没注意，朝兔腿狠狠掐了一把，那兔子疼得耳朵打犮，尖叫着跳下来，躲进箱子里去了。它怕我，五晴的手向前探了探，要去捉那兔子似的，你瞧，我和它是没缘分了，不过姐姐可是最喜欢兔子了，你有空了去问问她吧。平二哥突然放下了手里的西瓜，一本正经地说，你不怕她吗，她的眼睛……像鬼。五晴笑了笑，看见他的桌子上还放着元姑送来的两个香梨，平二哥，她是我姐姐，我一点也不怕她。后来，她格外留意着，却并没听元姑说自己得了一只兔子，那一对兔子究竟下落如何，她是全然不知了。

五

元姑一大早就穿过外屋，打水净脸，毛巾绞了一遍又一遍。五晴微微抬起脑袋，看见天灰蒙蒙的，薄雾笼罩着王府庄，杨树发了新叶，蒙蒙之间透出一点新绿的鲜活。可巧今早下了大雾。

雾天好，她想，太阳升得晚，人便起得晚，或者平二哥同元姑说完悄悄话走了，童先生还未起身呢。三个月前她就听说平二哥要去县里的如川高中上学。他的成绩并不算一等，据说是有亲戚在那里教书，得了一个名额，才将学籍转过去了。他母亲原是从县里嫁来的，早就谋划着要去县城买房子，靠着娘家得力，亲戚协助，事事都办妥当了，因而这离别是早早就定下的。她也掰着手指头算过，还有十天，还有五天，还有三天。她也许该为这一天做点什么，童先生素来将自己安插在两人之间，做一双眼睛，这耳聪目明自然是好，可是那眼睛也有进了风沙的时候，就像今日，它实在是该病一病了。

　　五晴懒怠地翻个身，决心今日就不管不顾地睡下去。然而，脑袋落在枕头上，翻来倒去也睡不好。元姑已等了少说有半个时辰了，难道平二哥连一声道别也没有？五晴掀开被角，看见元姑正在廊上坐着，手里摆弄着两片凌霄叶，大约又过了半刻钟吧，平二哥方才来了，脸上仍是一副玩世不恭的模样，悄悄绕到元姑身后，捂住了她的双眼。元姑猜也不猜，一回脸，抬手打在他胳膊上："干嘛？"他笑着往后一躲，闪开了："我要走了，你还这么凶？"元姑觑他一眼："你走你的，跟我有什么关系？"她稍稍转过正身，上下打量了他一眼道："瞧你今天打扮真像个人似的。"五晴看到平二哥转了个身，背向元姑，眼睛正往自己窗户这儿乱瞟，急忙往边上躲了躲，可还是被平二哥给瞧见了。平二哥冲她挑了挑眉。五晴竖起食指，贴在唇边，让他不要出声，怕是元姑知道了，又要发脾气。平二哥意会，转向元姑说："怕你想我，临走了，再给你看最后一眼吧。"元姑掉了脸儿，伸手朝他后肩扭了一把：

"做你的梦,今日出了这门,我明天就想不起来你是谁了。""哎哟,好姐姐,"平二哥揉着胳膊,歪着嘴笑道,"今日记得也好,能记一日是一日,也不枉……""不枉什么?"元姑扭过头问。

正堂的门突然被推开了。五晴见童先生走出来,手里端着一杯茶,忽然想起童先生每日早晨都要烧水滚茶,瞧他杯里的茶色,恐怕他才是今日起得最早的那个。元姑快速闪到一旁,靠着廊柱嗑着手里的瓜子。平二哥跟童先生说了两句话,外头李家就开始扯着嗓子在寻他了。"快走吧。"元姑冲他摆了摆手。五晴趴在窗边,看见平二哥冲元姑笑了笑,还朝自己这里望了一眼,背影在二门处一闪,就消失了。没多久,她听到外头街上的汽车发动起来,轰隆隆绕过了宅子。

五晴与元姑已经渐渐熟悉了,没了平二哥,她俩处起来反而轻松自在了不少。元姑不念书了,童先生托人为她找了个清闲的活儿,就在图书室里,每日八点去,下午四点就可回来。到了暑假,五晴天天背着书包跟元姑一起出门。图书室里的三台电风扇底下坐满了织毛衣的妇女,一堆人挤着闹着,闲言碎语就像她们手中永远理不完的棉线。五晴看着那些穿针引线的手,心想她们怎么这么多的毛线,有这么多衣裳要织。元姑是不反对她们织毛衣和大声聊天的,她只恨她们把带来的水果啃得汁水四溢,引来许多飞虫鼠蚁,临到下班时,也不收拾,她好脾气地对付了几次,她们竟越来越放肆,脑袋碰脑袋嘀嘀咕咕地不讲人话。元姑终于忍不住了,将她们赶走,却被她们闹起来,里头有个女人的丈夫是个不大不小的领导,害得元姑白受一顿闲气,差点连工作也丢了。

想来在那里也多半不痛快,刚过秋天,一场北风就把元姑吹病了。原是一场普通流感，半个村子都病倒了，却不想在她身上演变得格外严重。她打了半个月的针，也没见好，咳嗽还是厉害，停了针，她天天叫嚷着心口痛。五晴到她屋里陪着，见她发起病来，疼得紧咬被角，伸手一摸，枕头上全是眼泪。她平日总是三病两灾的，童先生只让她宽心休息，连她自己也没当回事，这一忍便忍到了年关。那天，她正在院里扫地，忽而丢了扫把说自己头晕，坐在廊上急急地喘着，好端端竟然吐出一大口血来，昏死了过去。五晴捂着前门襟上的血，急忙跑去请大夫，送去检查才瞧出来是肝肺里的毛病，照着新开的方子一日三碗药汤灌下去。只是疗效甚微，前后病了大半年，才稍微有了好转之迹。

那几年也不知是不是该着童家时运不济，元姑刚好了些，童先生又差点丢了命。那回，庄里的老教书先生从镇上淘来了个明代鎏金卧佛像，上门请他前去掌眼，童先生早晨去的，中午也没回家，直接被人抬去了医院。五晴没见到那天的情况，只是听人说，他看了佛像说是真玩意，值五位数。主人家高兴，做东请他喝酒，喝到三巡，老先生拿出好烟来请他抽，烟还没点着，他突然昏倒在地上，幸好老头的儿子眼疾手快将他扶住了，没摔断脑袋里那根要命的神经。

五晴记得，童先生是六月底出的院。他比自己第一次见时老了好多，脸失重地耷着，行动迟缓。那时候他已经知道自己老之将至了吧，就将她们姐妹俩叫到院子里来，吩咐五晴锁上二门，开了西厢。五晴对西厢存了太多东西好奇，急忙探头去看，只见四扇大画屏横亘眼前，左侧留有一人的道儿。东西太多了，让屋子都显得拥挤不堪，甚至地上也摆着，只在物品中间留出一条窄窄的路，且不论满橱满柜的物件是不是真的，它的数量就足以让人惊叹不已。五晴发了呆，简直不知道该用什么词汇去形容那刻的感受。她走上木梯，转个小弯，只见二层的顶箱柜里，陶罐瓷碗摆的密密麻麻，一卷一卷的名人字画，用两层旧报纸包着，角落里的物件因为不常擦拭而积了一层薄薄的尘。她走马观花地看着，忽而一抬头，见两架柜顶间横着一块大木板，金粉写就的"童家大宅"四个字，直直撞到她瞳仁里来。她的心骤然紧了一下，急忙挪了挪身子，不想蹭到了柜子边，连震到上头的牌匾，字缝里的金粉和着灰落进她眼睛里。

小心点，童先生拉住五晴，把手里空白老账本递给她。童先生将躺椅搬到了西厢门口，点上烟，宅子就像巨大的烟灰缸，他是里头一片糊烟卷儿，飘飘摇摇，从早晨到深夜，他历数着每一件藏品的经历，哪年哪月由何人手中购得，是否经人鉴定，买时花了多少钱，在他手里进行过怎样的修补装裱，有的已经过去了几十年，他仍然记得清清楚楚。五晴听他并不是一一按种类说起，猜是他心中自有一杆秤，哪个越重要就先说哪个，自不必再问。不过她也没想到，离开了苏塘，还会再干起从前记账的老本行来，两三天里，光是造册她就写了二十五本。到第四天黄昏，元姑终于清点完所有物品，分门别类地摆放完，只剩角落里的柜子还没开。童先生让五晴将今天誊抄的账本送到屋里去。五晴回来，发现躺椅在院里孤独地摇摆着，童先生则在屋里和元姑说话。她猫腰在窗户底下，听童先生低声说："这柜子里头十几件都是最老的，你有空了自己整理吧，外头的那些你知道该怎么挑了……有一些我还在找……"元姑打断了童先生，你在找什么？是迷雁坡的传说吗？五晴踮起脚，看见童先生把西厢的钥匙放在元姑手里："从前我怎么教你的，'守拙'……"

她们去县里是十个月之后。童先生去参加一场会议，破天荒地带了她们姐妹一起。元姑在出门前隐隐表现出了不安，她戴着一顶大草帽挡住大半张脸，只露出两片浅红色的唇，唇角顶着一颗燎泡。童先生为她们指定了一条游玩的路线，那是一条颇有深意的路线，她们逛完商店出来，才发现斜对面不远处就是如川高中的门牌。那一刻，五晴意识到，童先生是故意放她们到这里来的，他知道她们一定会去找平二哥。也许他已默许了元姑与平二哥吧，作为一个父亲，他终究还是希望元姑过得快乐一些，毕竟她天生的身体就已经比其他女孩子要多受许多罪了。

五晴叉着腰站在学校门口，心想这也不怎么样嘛，窄窄的门楼，前边坐着两个打哈欠的保安。这会儿已经下了课，学生清一色的白底蓝字校服，三五成群地笑着，几位上了年纪的教师，推着破旧的洋车，吱扭吱扭地互相打招呼。平二哥走时说过，他家在县城里买的房子还没装修，只能先寄住在学校里，想必这个时候还没出来。她回过头，见元姑小心翼翼地将帽檐往上一挑，瞟了一眼又匆匆压下来。自小当异类惯了，在这种人来人往的地方，她从不敢与人对视，仿佛连看一下都算亵渎了人家。五晴看着，为她的小心心疼不已。

她们沿着学校里的小路闲逛，不知不觉走到一处湖边。四月底的黄蔷薇无人约束，攀得到处都是。她俩背靠背坐在草地上，五晴一双眼睛在周围人的身上滴溜溜乱转，随即在远处的两个人身上停住了。她一眼就认出那人是平二哥，正要喊他，却见他和一女孩额对额贴得极近。五晴盯着两人看了片刻，见他支起一只手，伸到女生的发间，她突然转身蹦起来，拍着屁股，踩着脚尖叫，哎呀，什么东西，咬死我啦!

周围的人都被这叫声惊着了，齐齐往她们这里看。五晴看见远处的那对男女也回过头来，明明是看到自己了。元姑拨开五晴拙劣的表演，瞟了一眼，就明白了她的用意。五晴确信，元姑看到了平二哥，平二哥也看到了她。然而两人却像不认识一般，各自别开了脸。五晴不知道怎样办才好，两人这样冷漠，弄得这招惹好不无聊。

元姑靠在她后背上，五晴感觉到她的碎发扎着自己的脖子。她们就这样安静地坐着，什么都没说。过了半晌，元姑站起来，拍了拍后裤腿上的土，三点四十分了，还有半小时电影就开场了，我们走吧，新城电影院不远，阴天里还可以散散步。元姑的声音听起来比平常要大，故意要让远处的人听到似的。五晴回头瞟了一眼，看见平二哥侧坐着，和对面的女孩说着话，还分出半只眼睛朝这边望，可是一见五晴的眼睛扫过来，他匆忙撇过头去了。她心想，话已经说给你听了，你若有心，该到电影院来找我们。

回想起来，五晴已经记不得当时他们看了一场什么电影，也许是武侠片子，有个长头发的女人，她的袖口会飞出一支红色的飞镖。亮了散场灯后，她们都没有起身。等等再走吧，这会儿人多。她们坐在位置上，打量着四周的顾客，却并没有发现那个熟悉的身影，这让她们起身显得格外落寞。

她们坐在电影院的门厅里，不知道是在等童先生还是在等平二哥。这大概是今日晚饭前最后一场电影，连柜台后面卖票的都去吃饭了,空荡的影厅里只有她们俩。元姑把头歪在五晴肩膀上,你怎么这么瘦,她捏捏五晴的肩胛,真硌人。抱怨归抱怨,她还是偎着五晴,借我靠一会儿,我累了,元姑说。五晴就势歪过头,也靠在她的头顶。你喝水吗,元姑指着柜台说,我看那儿有消暑的酸梅汤。五晴抬头看了看周围,卖东西的人都走了。元姑闭上眼说,走就走吧,都走了才安静。或许她们进来不久外头就下雨了吧,电影院门口地势低,下水道张着嘴吞咽不及,路边已经积了好多雨水。五晴看着雨水从电影院的门帘上滑下来,空气潮湿,衣服沁了水更贴在身上,黏糊糊得让人不痛快。

元姑又病倒了。一连几天,五晴喊她吃饭,都没人应。第三天中午,当五晴又站在门口喊,元姑没答应,童先生却怒了,别管她,不吃饭就叫她饿死好了。五晴不敢回嘴,悄悄端起一碗豆花儿,撒上两把香菱,说是要到灶火间找汤匙来,转身却到元姑房门口。

门开了,漏进一点点光。

窗帘拉得紧紧的,窗子都关了,元姑侧歪在床上,细溜的手臂叠在一起向前伸张着,快垂到了地上,像是这张老木床上分泌出的一块白癣。五晴以为她睡着了,想替她开个窗子,却听见床上人说:"别动那帘子。"五晴一回头,见元姑的细脖子将头撑起来,两片单薄的嘴唇上下翕动着,眼袋卜飞过去两道明显的泪沟,到尽头却给几条细纹打劫了去。"别开窗,我冷,我总是冷,冷得睡不着。"元姑稀薄的身体蜷缩在被底,像夜里的下弦月。"你到这儿来。"元姑从腰下抽出一只软枕。五晴听到她的指甲撩动了枕上的丝线。她依声侧躺下去,看见床脚边放着五晴初来那日见过的铜香炉，香线燃到半截，透出一点猩红的火星子，像她夜里起妆时点染的红嘴唇，似明似灭，在黑夜里摇曳未定。看到那两炷香了吗？元姑耳语道，我浑身的力气就像它一样，渐渐给风吹散了。我想我死的那天，一定会起一阵狂风，狂风会把我的身体吹裂，把我的魂吹走。她嘴里说着这样咒自己的话，却嬉笑着翻了个身。

五晴闻到元姑身上的病气。从前父亲病时，也有这样病体腐坏的气味。人身上一旦起了这气味，就算是在阎王殿里画了押，哪日说走便走了。"你躺着，屋里又这样闷，对你的病总没有好处。其实平二哥他……"五晴话还没说完。元姑像是听进了劝，跨过五晴的身子，一手扯起被单裹在身上，胸口、袖口处用发夹一别，香肩半露，长长的被单摇曳在地上。过去每户人家大概都有这么一床被单，肉粉底子上绘着一枝硕大的牡丹，从拖尾绵延至她后颈，左肩斜出的一枝绿叶探进她的前胸里。她赤脚在冰凉的地面上行走，五晴原以为她是去开窗，却发现她朝自己房间走去，她像是猜到了什么，急忙追上去。

少要你那些小聪明，假惺惺来劝我，你也只会被那些男人骗。元姑伸手要去掀五晴的枕头，五晴扑上去，把枕头护在自己身下。元姑一把薅住五晴的头发，五晴被她扯痛了，龇牙咧嘴，还死死护住身下那封尚未寄出的信。你藏枕头底下的信，我全都看过，元姑另一只手掐着她的腰，五晴低头咬住枕头角，嘴里呜呜地叫着。你以为瞒得住我？元姑不解气似的，在她胳膊上扭了一把，不甘不愿地松了手，顺手夺过桌上的扇子。那把扇子是元姑用旧的，扇坠子掉了，就给了五晴，五晴新打了个流苏坠子，刚挂上还没两日，图个新鲜。五晴急了，伸手去夺，你又不用，给我用用怎么了。这是我的东西，元姑把扇子别在身后，另一只手推开五晴，我爱给谁给谁，就算扔了撕了，那是我情愿。五晴不服气，说话也不知轻重起来，你喜欢平二哥，连招呼都不敢跟他打，却回头来冲我发脾气。我打不打招呼跟你有什么关系，吃了我家的东西，倒在这里对我指手画脚，行，是我不好，元姑欠了欠身子，我给你道歉行了吧，谢谢你的好心，是我狼心狗肺了。元姑提起硕大的裙摆，托起腰后的牡丹花梗，钻进黑森森的房洞里。姐姐，我不是这个意思，我没有……五晴想追上去，两条腿却站在原地怎么也迈不开。

  元姑的饮食越来越少，送去的饭菜几乎全都剩下了。童先生好声好气地劝过她，见她仍是这副要死要活的样子，一气之下断了她的汤药，后来不忍她日夜痛咳不止，又叫五晴去赊药。那年的十月异常多雨，一到雨天，元姑屋里的帘子就开着，桌子上放着一把发灰的凌霄。她干瘦的身体套在一身黑衣裳里，因为太瘦，所以眼睛显得格外大而空洞，任何人都无法通过这副面貌判断这是一个年后才满十九岁的女孩儿。她坐在靠窗的凳子上，抱着"童家大宅"的匾额，一遍又一遍的擦拭，湿布阴透木质的筋骨，匾额就慢慢开裂。怀里的匾额就像一把无弦的琴，她每一次的擦拭都是在弹奏美妙的声乐，五晴听到这个椽梁正在逐渐崩坏。

  又是一年除夕，五晴特意向庄里的老人取经，买了许多红纸，剪成灯笼模样，挂在屋檐下添些人气儿。傍晚时元姑出来了，她坐在月牙凳上看夕阳，天边的晚霞难得灿烂，红的、黄的，丝丝绕绕，像童先生焚在炉里的檀香烟儿。将黑时，天上忽然刮起了风，五晴要去喊元姑进屋，却见她收起凳子，躲去了西厢。五晴一个人在屋里无聊，拿出剩下的红纸，偎着火炉想剪几对窗花。剪什么呢？她心里没个主意，盯着空窗发呆，手却不听使唤地随意剪起来，剪完展开一瞧，才发现手里捏着一只幼雁。她抚摸着裁剪的纹路，雁脊毛刺刺的，雁在她指尖咬了一口，渗出两滴红血。幼雁添了颜色，从她手心飞走了，直直跌入火盆中。五晴看着火里的幼雁，像是俯视自己。火在她周身焚烧，溅起两三点火星子，哔剥乱响。外头的风越吹越大，凌霄枝条被吹离了廊柱，飞出无数爪牙捶打西厢的门。风里有歌声。这时节，谁有闲情唱歌？五晴伏在窗户上细细分辨，那人唱的分明是遗山先生的雁丘词，是元姑。五晴伸手要去推窗子，可狂风向东吹，反倒把窗子锁死了。歌声拍打着正堂紧闭的两扇门，撞击着五晴身后冰冷的窗，在这无路可逃的青砖红墙打转儿。元姑不知疲倦地唱啊，唱啊，一遍比一遍绝望，一遍比一遍凄凉，仿佛很久没有这样真情过了。五晴倚着窗户，心被歌声扰乱了，握住刀把的手越剪越快，一只只大雁从她手心飞出，在半空折翼而亡，坠入火盆，炭火越燃越旺，简直要燎上她的袜边……

歌唱到一半忽然断了。

红纸剪净了，火盆燃着灰烬的余烟。她依旧不过瘾似的，拿出枕头底下那封没有寄出的信，剪了一对雪白的大雁，纵容它们跳入火盆之中，随之烧掉的是许多时间，过去的，未来的。

半夜时分，五晴起夜，发觉风已停了，夜里下过一场大雪，现在外头还飘着零星的雪花。她提着油灯出门，发现元姑正在庭中看雪。她纤弱的四肢裹在一条红罗裙里，雪把她染得更白。她惊诧地望着元姑身上的裙子，问她，她却不答话。雪中的王府庄寂静而明亮，她们穿过村庄，走上迷雁坡。五晴仰头，大片大片的雪花像一只又一只坠落的雁，直冲面门，砸在她眉尖的伤疤里，摔在她唇边的黑痣上。五晴捂着脸哎哟地叫唤，拉住元姑的手，发觉元姑掌心热得烫人。

五晴从梦中惊醒，挑起帘子，见外头雪停风静，喃喃自语道："是新年了，外头又在放鞭炮，姐姐，你听见了吗？"

元姑是除夕之夜去世的。和夜晚降临的大雪一样，悄无声息，下满了天地。

西厢的钥匙传到了五晴手里，一把纤细油亮的脆铜片。半下午的光阴，庭院里却连鸟叫声都没有。五晴也不念书了，她整日在家，今日栽新花，明日换新苗，又养了两只野雀，真有几分大宅院里掌事当家的女主人模样。有一天，当她穿过两条街道去打麻油，王府庄的人们才意识到那个躲在童先生身后怯弱的五晴已经长大了，他们埋怨童家大宅圈禁了正值青春的少女，于是很多媒婆吵吵嚷嚷地找上门来，声称要替五晴的青春讨一个公道。

五晴用微笑着迎接来来往往的说客，听她们喋喋不休，临走时还在每个人的手里塞上一串今年新下的红椒。你问她心里的主意，她就给你打马虎眼儿，让你费劲口舌自讨没趣。她送走说客，仍然在院子里洗着永远也洗不完的衣裳，一年、两年、三年，时间被她们跨门槛的声音冲淡了。这些年，人走人散，连童先生也是今日回来，明日又不见了。他喝酒的毛病没改，反而越来越严重。以前他在外头会控制着酒量，如今一沾酒就多，喝多了不辨是非，什么都往外说，惹得主人家不快，只有又犯了痛风，他才能记得厉害。那些年庄子里年轻人都南下打工，赚了不少钱，盖起了一座座阔绰的小楼。平二哥早随父母搬去了镇上居住，他父亲还来庄上监工，请人将房子翻修，安顿家里的老人。童家小院夹在新楼之间，显得过分寒碜，仿佛被遗忘了。她见过有孩子指着路口的立牌，问母亲旗杆街上哪儿有旗杆呀。母亲急着买馒头回家，不耐烦地拉着他往前走，谁知道呢，快走吧，晚了花馒头卖光了，你待会儿别哭鼻子。孩子立马放下了心中的疑问，向着馒头摊跑去。

对呀，谁知道呢，被庄子遗忘的，也不止那座旗杆吧。

那是元姑死后的第几年？她记不清楚了，那年天热，大雁南迁得格外晚些。五晴抓着两把空心菜，准备中午拿青椒炒一炒，正洗着菜呢，忽然就听到有人拍门。童家的油漆老门已经有许多年没有被这样急促拍打。她推开门，见几位王府庄的村民，他们叽叽喳喳地说着发现童先生尸体的经过。五晴的脑子一片空白，她被人推着，走上坡顶，看见童先生弓着背，头埋在土坑里，灰扑扑的手掌向上摊开，指缝里塞满了泥土，像是正在挖着什么。

"你在找什么？迷雁坡的传说吗？"元姑曾经这样问过童先生。

五晴抬头，发现天空有大雁飞过，盘旋萦绕，长鸣不衰。

"大雁鸣叫在高空，不知南北和西东。

迷失方向声哀鸣，四处乱飞没队形。

天黑栖在北荒地，明晨分明东西再启程……"

五晴醒来，揉了揉酸痛的脖子，脑海中依然回响着童谣小调的旋律。失重的天空一点一点向下坠落，几只哀雁走失了路，在半空惶惶盘旋，凄然长鸣。迷雁坡已被夷为平地，可怜大雁忠贞痴情，世世代代都记得。五晴仰头望着它们，簌簌落下几颗泪来，急急用手抹去了，越老越爱哭了，脾气这样坏，可怎么行呀。两只雨燕低低掠过，倒让她记起出门前院子里还晒着谷子呢，将夜了，赶早回家收起来，说不定夜里还会下一阵呢。五晴懒洋洋地起身，心里说李奶奶多少是个长辈，总还要装规矩赔个不是，谁知一扭头，身边哪还有李奶奶，分明是元姑在大花伞下画画，满世界都蘸着她手里的油彩。她给迷雁图上完最后一处颜色，撂下笔，抬眼望着漫天哀号的雁群道：

"北雁南飞了，多希望它们没从这儿经过，早点回家吧。"

苏 童 点评

  张祯的文字好,有天生的温婉抒情的调性。《迷雁坡》讲述两个亦敌亦友的乡村女孩在半封闭环境下的成长故事,有悲伤的雁鸣伴随小说时空,符合她的叙事气质,也是她可以掌控的故事场域,这是我从一开始就对《迷雁坡》有所期待的原因。

  小说的初稿暴露了几个问题,最严重的是叙事结构的问题,由于采用了五晴和元姑的双重视角,故事的流动被人为阻隔,两个女孩子的戏份不断转换,变得谁都没有戏唱,人物也就显得"虚""弱"。

  小说的第二稿在结构上做了有效的调整,由五晴一个人的单声道来讲述她和元姑两个人的命运故事,这声音便流畅了许多响亮了许多,五晴的形象站起来之后,元姑这个人物也搭着五晴的肩膀站了起来,我们能清晰地看见他们悲苦无助的面孔,能体会他们互相的依靠与排斥,小说的空间显得饱满了,我们得以相信了这个故事。

  但第二稿中仍然有一个问题有待解决,迷雁与迷雁坡的意象从某种意义上是小说之眼,但这个意象在小说里显得"贴纸化",并没有很自然地融入小说的骨肉之中。这个意象需要准确地传达,意象与故事的融合需要文字与细节去表现,所以我希望张祯解决这个问题。

  很高兴,张祯又认真改了一稿,基本上解决了这个问题。这便是我们今天看到的《迷雁坡》,一篇能听见雁鸣声的小说。

编后记

张莉

这本书所收录的是，2014年以来北京师范大学"文学创作与批评专业"（全日制）自主培养的青年作者们的作品，这些年轻人入校后实行双导师制，除学术导师之外，他们还分别师从莫言、余华、苏童、欧阳江河、西川、李敬泽、李洱等作家导师。经过名师指点后，他们在校期间便在《收获》《人民文学》《花城》《大家》等重要期刊发表重要作品，包括叶昕昀、焦典、崔君、陈帅、于文聆、张明慧、武茳虹、孙莳麦等在内的同学获得了包括牛津-京师文学之星、《人民文学》之星、《钟山》文学之星等多个文学奖项，作品入围了包括"中国好书""收获排行榜"等多个文学榜单，这样的文学实绩在全国范围内可谓首屈一指，引领文学教育风气之先，令人欣喜。值北京师范大学120周年校庆之际，为集中展现这些青年写作者的文学风貌，北京师范大学文学院和北京师范大学国际写作中心共同推出"京师青年作家群"年选系列丛书。

这本书是"杂志书"，以出版北师大青年作家们的优秀作品为主，希望在未来能引领青年一代的写作。为此，特意选择了"耘"这个词作为"杂志"名。"耘"是我们从"励耘"这个词中拆出来的一个字，"励耘"对于每一位北师大人都不陌生，意为"励精图治、勤奋耕耘,旨在教育学子们要以勤奋学习、服务社会为己任。""耘"字本身也是动词,隐喻"辛勤耕读、服务社会"之意,这是一个让人心生期待、寄予希望的词。

作为《耘》的第一期,本书收录了12位同学公开发表的12部小说。多数作品是他们的处女作,代表了他们在读期间所取得的文学成绩。当然,这并不是2014年以来所有文创专业同学的作品结集,面对众多小说,各位导师一起讨论,共同遴选。编选的原则是,作品必须是这些年轻人在校期间发表的(因此,毕业之后发表的更为成熟的作品没有能收录在内);作品要有代表性,虽然有些青涩,也能看到这位年轻人未来发展的空间和可能。当然,因为主要以小说为主,所以对诗歌及非虚构作品只能舍弃。好在,这是《耘》的第一期,等待合适时机,"耘"将专门收录同学们的非虚构、戏剧及诗歌作品,并且,作者群也将不仅仅限于文创全日制同学,还将扩展到更多北师大学子。

"每当有人醒来"是我们为《耘》第一期选择的书名。它来自于文聆的小说题目,我们之所以看重,在于这句话的隐喻性,"醒来"是召唤、是复苏、是起点。

想到这些年轻人初来北师大的情景。他们来自全国各地,有的同学本科主修中文专业,有的则主修电子商务、动物保护专业,又或者读的外语系……之所以冲破重重考试难关来到北师大攻读研究生学位,在于他们对文学深深的热爱与渴望。也正如张清华老师在序言中所说,"作家讲座"课带来巨大提升,正是在这门课上,他们近距离和余华、格非、李敬泽、苏童、毕飞宇、周晓枫等老师交流,他们的作品也将进入"名师工作坊"进行研讨……事实上，无论是经典阅读课、写作实践课、作家讲座课还是名师工作坊，都为这些年轻人打开了"美丽新世界"。

为了更好地展现导师们与同学的互动，本书特意邀请作家导师为这些作品撰写评语，——在这本书里，你将看到作家导师们如何评价这些年轻作者，如何对他们进行悉心培育；也将看到那些初出茅庐的年轻人如何逐渐褪去青涩、焕发光彩。《耘》里蕴含着每一位作家导师的拳拳之心，潜藏着一代年轻写作者的成长足迹。

北京师范大学的百年校史与中国百年文学史有着密不可分的关系。一百年来，一代又一代的著名作家在这座美丽的校园里任教，一代又一代的卓有影响力的作家也从这里成长起来。而这一次"京师青年作家群"的推出，不仅将展现一代新锐作家的集体崛起，也将展现北师大一代代优秀作家之间的美好及长久的传承关系，——《耘》的出版，将为当代文学现场提供鲜活的文学生态版图，它将生动呈现"一代大师的青年时代"。

感谢文学院和国际写作中心各位领导和老师对编选工作的支持和帮助，感谢上海世纪出版集团阚宁辉先生、上海文艺出版社毕胜先生、李伟长先生的工作，因为大家的共同努力，才有了这本书的如期问世。

2022 年 6 月 27 日
北京，枫蓝公寓

图书在版编目（CIP）数据

耘：每当有人醒来 / 张莉编. -- 上海：上海文艺出版社，2022
（"京师作家群"年选系列）
ISBN 978-7-5321-8402-6

Ⅰ.①耘… Ⅱ.①张… Ⅲ.①短篇小说－小说集－中国－当代
②短篇小说－小说评论－中国－当代－文集
Ⅳ.①I247.7②I207.427-53

中国版本图书馆CIP数据核字(2022)第126362号

北京师范大学文学院和北京师范大学国际写作中心共同推出"京师青年作家群"年选系列
特邀作家莫言题写系列书名

发 行 人：毕　胜
责任编辑：余雪霁
封面设计：道辙 at Compus Studio

书　　　名：耘：每当有人醒来
作　　　者：张莉 编
出　　　版：上海世纪出版集团　　上海文艺出版社
地　　　址：上海市闵行区号景路159弄A座2楼 201101
发　　　行：上海文艺出版社发行中心
　　　　　　上海市闵行区号景路159弄A座2楼206室 201101 www.ewen.co
印　　　刷：苏州市越洋印刷有限公司
开　　　本：1194×889 1/32
印　　　张：11.875
插　　　页：2
字　　　数：266,000
印　　　次：2022年8月第1版 2022年8月第1次印刷
Ｉ Ｓ Ｂ Ｎ：978-7-5321-8402-6/I.6631
定　　　价：58.00元
告 读 者：如发现本书有质量问题请与印刷厂质量科联系　T:0512-68180628